從前的優雅

紳士與小姐的絕代風華

李舒

輯二

從來沒有寫過序，問李舒，她也沒有寫過。

印象中近來寫序寫得最活色生香的是唐諾。一九九八年，勞倫斯・布洛克（Lawrence Block）的小說中譯本面世，前言是他寫的。他稱之為導讀，洋洋幾千字，旁徵博引，天花亂墜，永遠與正文打著擦邊球，又恰如其分地起到暖場效果。個人認為寫序寫到這份上，才叫高明。可惜我不是唐諾。

與李舒結緣是因為《繁花》一劇。二〇一七年開始正式籌備。原著共三十一章三十五萬字。細看是花開兩朵各表一枝，一邊是飲食男女，另一邊是山河歲月。左顧右盼要理出一條線索，

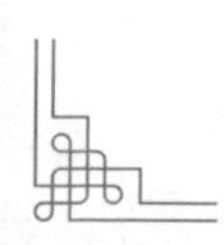

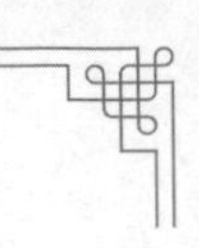

談何容易？求助於原著作者金宇澄，他推薦我找李舒。五年籌備，讓我有幸遇到不少貴人、妙人，李舒肯定是其中一位。黑澤明有一部電影叫《大鏢客》。我常將創作上的貴人比喻為電影裡浪人三十郎用以指路的樹枝，在你茫然不知該左或右之際，推你一把，讓你少走冤枉路。五年以來，李舒推我何止一把，讓我受益匪淺。

她人如其名，文字舒服，為人處事讓人舒心。她喜歡讀舊時小報，梳理山河歲月難不了她；對於滬上的星花舊影、飲食男女，更加是順手拈來。記得我們第一次見面，《繁花》只是開場白，一頓飯下來，聊的盡是唐魯孫。唐魯孫先生的記憶是一本食譜。李舒是唐先生的鐵粉，胃口也不遑多讓。她的壓驚良方是一只熱乎乎的肉包子加一角白糖糕。可見她對食物有特殊的感悟，點評人物，也有唐氏之風。都是從吃開始，鍊師娘的檸檬派、陳巨來的地瓜、胡適的拿鐵燒餅套餐，皆神來之筆，三言兩語，道盡了生命中無能為力處的滄桑。她的文章多發於她的公眾號「山河小歲月」，意思以小喻大，按這個標準，她是成功的。

她擅寫亂世浮生。然而生活的支離破碎，理想的面目全非，不一定是大時代的專利。過去一年，她奔波於京滬兩地，輾轉在公司和醫院之間。她記趙蘿蕤一文，據她說是在胸腔外科的問診室完成的。這篇文章收在本書的最後一章，是壓卷之作，也是我最喜愛的一篇。它的副題是「如何度過至暗時刻」。美國作家瑞蒙·卡佛（Raymond Carver）一生只

寫詩和短篇，理由是「可以在狗屎不如的生活裡迅速完成」。他早年的傑作不少是寫於他在自助洗衣店等候烘衣機停下來之前，或者是他孩子午睡之後。按他的說法是「在繁瑣生活的夾縫中，借一紙光明來點亮至暗人生」。也許這就是李舒執意要在此時此刻出版這本書的原因。

每個人度過至暗時刻的方式都不一樣。趙蘿蕤會守在廚房吃一口奶油麵包。馬修・斯卡德（Matthew Scudder）會喝一杯摻了波本的咖啡。對李舒而言，可以借從前的明月，來滋養今天的自己。今天重看大半個世紀之前的非常人、非常事，意義何在？是可以參考他們在至暗時刻的堅守，在漫漫長夜的表裡如一。也許這就是李舒心目中的從前優雅。可能沒有肉包子加白糖糕來得實惠，但至少可以惠及十方。

二〇二二年二月　香港

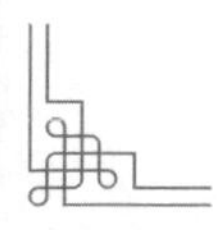

從前的優雅

紳士與小姐的絕代風華

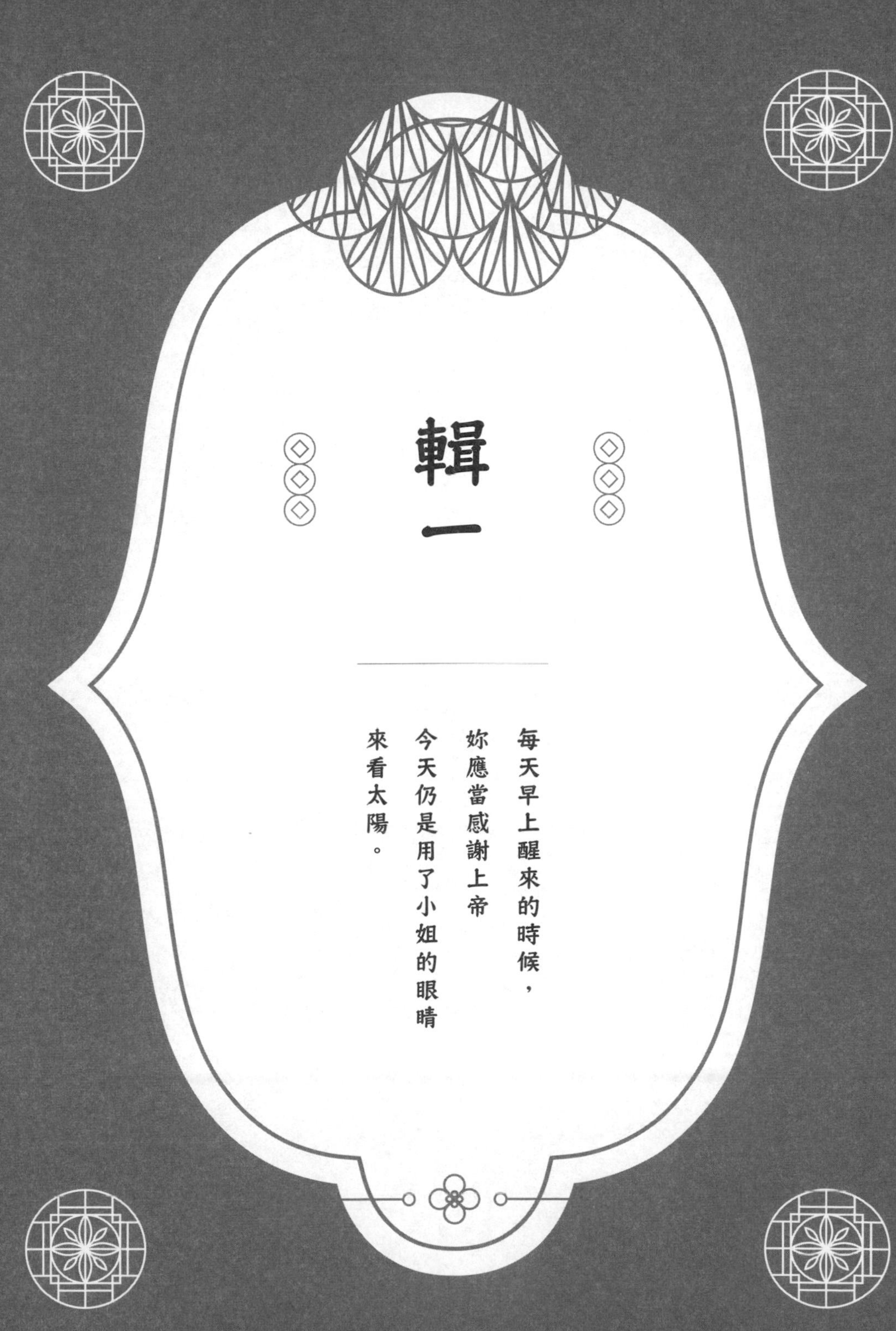

輯一

每天早上醒來的時候，
妳應當感謝上帝
今天仍是用了小姐的眼睛
來看太陽。

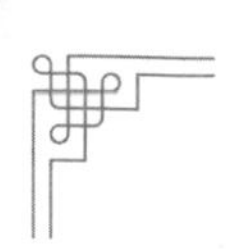

唐瑛

九十年前上海最時髦的女性

在唐瑛的年代，「交際花」是一個褒義詞。

一九二三年五月，《申報》的《花情蝶義》影評裡第一次出現了這個詞語，作者稱讚女主角麟弟小姐「好裝飾，處處不肯苟且，不愧交際花矣」。

清華大學校長梅貽琦曾經給冰心寫過一首打油詩，說她嫁給吳文藻是「冰心女士眼力不佳，書呆子怎配得交際花」。假如交際花是我們現在理解的含義，我建議要懷疑梅貽琦是冰心女士的死對頭林徽因女士陣營的得力戰將了。

只有那些社交場所裡最傑出的名門才女、大家閨秀才有資格叫交際花。細細想來，我們對於交際花的誤解，似乎始於《日出》裡的陳白露，還有《太太萬歲》裡的上官雲珠，她們跳跳舞吃吃飯，依附著男人生活，如同纏繞大樹的藤蘿。其實，這類女人在當時亦有

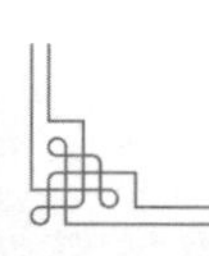

稱呼，叫「交際草」。草非花，高下立判了。

如何成為一名真正的交際花？吃飯不要隨便講話，吃菜不許挑挑揀揀，好菜要放在長輩那一邊，只有長輩夾給自己，自己才能吃；走路要邁小碎步；要拎包，無提環的可夾在手臂處，有提環的則要挎在手臂處；小包不可以花裡胡哨，金色、銀色或綴滿珠子的為宜；撿掉在地上的東西，上半身須保持直立姿態蹲下去撿，或者用手護胸再下蹲，避免因領口過低而走光。去跳舞，仙樂斯勉強可以，百樂門卻只能偷偷去，因為魚龍混雜，等級不一。跳舞的穿戴也有講究，穿鑲邊雙開襟衣服和旗袍，戴的首飾多是鑲嵌式的鑽石。「金子一向都不戴的，暴發戶人家的小姐才披金戴銀，我們不興的。」

這規矩讓今天的我們聽來瞠目結舌，唐薇紅說，這都是姐姐唐瑛說的。

一

「南唐北陸」，翩然兩驚鴻，端的雙生花。作為第一代上海灘交際花，陸小曼和唐瑛身上有著不少共同點，兩人都出生於上流社會家庭，都畢業於教會學校，都致力於學習西方語言，都深諳社交禮儀，同時受家庭薰陶，又熟悉傳統文化，試想一下，這樣的年輕女

性進入社交場合，如何能不被當時人追捧。

陸小曼是北京城不得不看的一道風景，濃得簡直化不開；相比之下，上海的唐瑛顯得那麼淡，她當然是美的，但又不是那麼絕世容色。連和陸小曼的合照，她看起來都落了下風。但顯然是刻意避的鋒芒，同一場慈善演出，預先知道陸小曼做主角，唐瑛甚至會主動「回戲」（不演）。

很久以來，唐瑛的面目對於大眾始終有些難以捉摸，我看過這樣一段文字，形容恰當：「唐瑛面目漫漶於浮世風霜：她缺乏轟動性太強的婚戀史，交際場合潤滑劑、爽身粉，亂世中粉飾太平的一道流蘇。唐瑛是萬綠叢中最靜、最香濃的一朵『西施粉』。」

她的父親唐乃安是獲得庚子賠款資助的首批留洋學生，北洋艦隊醫生。唐在滬行醫並設有藥房藥廠，家業頗豐，但他的外室開銷也大。關於他的八卦，最著名的一個是唐家大太太生日，唐醫生對她說：「我要送妳一件意想不到的禮物。」然後帶了太太開車出門去。左拐右拐到了一個地方停下來，對太太說：「妳在這裡等一下，我馬上就來。」過了一會兒，他果然回來了，手裡抱著一個孩子。唐太太對他的風流行為採取放任態度，只有一條規定，在外所生的所有孩子必須領回由她管教。唐醫師去世後，家中一切由唐太太總管，除了兒子兒媳一房外，還有領回來的女孩多人，家中開銷不菲。唐瑛是大太太所生，唐薇

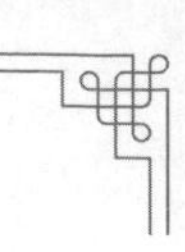

紅則是四太太所生。

當陸小曼在北平社交場上以北洋政府外交翻譯的身分大出風頭時，唐瑛還沒有出道，她比陸小曼小了好幾歲，彼時尚是中西女塾的青澀女生——中西女塾後來和聖瑪利亞女校合併為市三女中，張愛玲算是唐瑛的學妹。唐瑛和所有的淑女們一樣，十六歲才進入上海社交場。但一出場，她就成為所有女孩的夢想。以下都來自唐薇紅的講述：「那個年代，她就開始穿CELINE的套裝、訂製的旗袍，背LV的手袋，用蜜絲佛陀的化妝品了。姐姐的房間裡有一整面牆的大衣櫃，一打開，裡面全部是毛皮大衣。」即便是待在家裡，唐瑛一天也要換三次衣服，早上短袖羊毛衫，中午旗袍，晚上西式長裙。那時候的旗袍緄寬邊，緄邊上繡出各種花樣，唐瑛最喜歡的一件旗袍緄邊上有一百多隻翩翩飛舞的蝴蝶，用金絲銀線繡成，鈕釦熠熠生輝，顆顆都是紅寶石。

唐瑛去參加舞會，無意中跳掉了一雙舞鞋，當時小報說，這雙鞋價值兩百塊——天哪，《情深深雨濛濛》裡，依萍找黑豹子，開口講了一堆「爸爸，我們已經欠了房東太太兩個月的房租了！家裡沒米了，媽媽一年到頭就那一件舊旗袍，還有我的鞋已經破到修鞋師傅都不願意再補了」之後，她要的生活費，也不過兩百塊而已！唐瑛的衣服都是上海灘獨一份。據說，她看到新式洋服，就回家自己畫圖樣，在某些細部有別出心裁的設計，

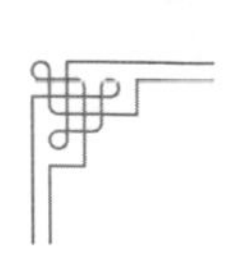

然後讓裁縫去做。「每次姐姐穿一件新衣服出門應酬，全上海的裁縫哦就有得忙咧，因為又有不少小姐太太要照著我姐姐的樣子去做衣服了。當時有句話不是講嘛：唐瑛一個人，養活了上海灘一半的裁縫。」

這句話似乎一點也不誇張，唐瑛有了新的造型，立刻便有人拍照，或《玲瓏》或《良友》，奉若珠寶般立刻刊登，大大的照片旁邊細細地寫了唐瑛的名字，上海灘所有的小姐們便心知肚明，沒寫出來的只有兩個字：買它。

唐瑛唱昆曲了，唐瑛給英國王室當翻譯了，唐瑛用英語唱京劇《王寶川》※了……整個上海都是唐瑛，每個男人的夢想都是得到唐瑛，每個女人都夢想成為唐瑛。除了唐瑛自己。

二

父親給了她做一個名媛所需要的一切，她看起來那麼自由，只有一樣，婚姻。

※《王寶川》是根據京劇《紅鬃烈馬》改編的英語劇，為了使不熟悉中國文化傳統的西方觀眾易於接受，劇作家熊式一將主角王寶釧名字中的「釧」字，去除偏旁，改為「川」字。

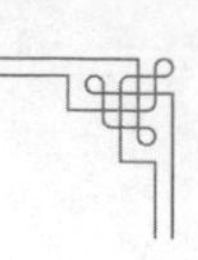

她的婚姻沒有自由。

一九三一年七月二十三日清晨，一列火車緩緩駛入上海北站。月臺上迎接的人有一些小小的焦躁，因為火車在路過蘇州時晚點了一個多小時。月臺上的人等的，是火車裡的宋子文，當朝國舅爺。

火車停穩了，先下車的是衛士，排成兩排站在車廂門口。稍停一會兒，兩個著法蘭絨大衣的男子一前一後下了車，接站的人笑著上前。剛走出候車室，幾個身穿員警服裝的人忽然上前，掏槍便射，並且在開完槍之後迅速打出煙幕彈，一人倒地，現場一片混亂。《申報》在第二天就刊登了消息，這群刺客的經驗十分豐富，目標直指宋子文，後來得知，派出的刺客是暗殺大王王亞樵的心腹人馬。倒在血泊中的男子卻不是宋子文，而是宋子文的好友、同學兼祕書唐腴臚——也是唐瑛的哥哥。我在《申報圖畫週刊》上找到唐腴臚的結婚照，他娶的是譚延闓的女兒。

在很多故事版本裡，唐腴臚之死，使得唐瑛和宋子文的戀情徹底宣告失敗。這當然是謠言，楊杏佛的兒子楊小佛曾經專門寫文章闢謠，事實很簡單，一九三一年的時候，宋子文已經和張樂怡結婚四年，而唐瑛甚至連兒子都生好了。但他們確實談過戀愛，而唐家人也確實極力反對這門婚事。

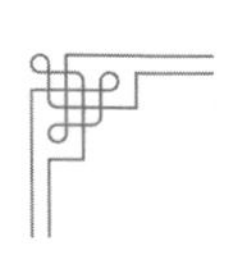

唐薇紅回憶說：「我不知道我姐姐和宋子文的戀情始源於父親還是哥哥，但我知道他們為什麼分開，我爸堅決反對。我爸說家裡有一個人搞政治已經夠了，叫我姐姐堅決不許和宋子文戀愛，說搞政治太危險。」唐死後，行政院按例給撫恤金二萬元，楊杏佛鑒於唐家開銷大，父子均死，無人工作賺錢養家，向宋子文力爭將撫恤金增到五萬元。楊小佛的印象裡，一年之後，宋子文約唐老太太及其家人在祁齊路家中晚餐，楊杏佛帶著兒子同去。楊小佛第一次看到了「狀如電冰箱的家用冷氣機」，大家心照不宣，席間不談之前北站遇刺事，以免引起唐家老小傷心。那段時間，約有兩年，楊杏佛常在星期日帶兒子到巨籟達路唐家去吃飯，談天或打牌，在座的還有唐瑛和她的丈夫李祖法。但那時，這對夫婦就已經看出不和諧的苗頭。

李祖法出身於鼎鼎大名的「寧波小港李家」，其父是時任上海商務總會總理的李雲書，名副其實的浙地財閥，滬上新晉的一代天驕（愚園路李家、西摩路李家都是他家）。李祖法畢業於耶魯，少年得意，大登科遇小登科，娶到唐瑛這樣著名的妻子，他一開始是極為滿意的。順便說一句，小港李家的公子似乎都喜歡娶名媛，二代名媛周叔蘋的丈夫是李祖侃，嚴仁美的第二任丈夫是李祖敏，李祖敏有個弟弟叫李祖萊，曾經綁架過張伯駒。他有一個妹妹叫李秋君，是張大千的紅顏知己。

這樁婚姻看起來門當戶對，但娶回家來，卻發現不是這麼一回事。一個好動，一個喜靜，好交際的妻子遇上了愛宅在家裡的丈夫，從一開始，兩人的三觀完全不同。李祖法在上海擔任一家人壽保險公司的總代理人，善於經營，長於理財，他對妻子那種穿花蛺蝶般的交際花生活頗有微詞。

一開始，唐瑛並不想因為結婚就打算完全退隱，上海交際花的桂冠，戴上去不容易。一九三五年秋，唐瑛在上海卡爾登大戲院用英語演京劇《王寶川》，這齣戲的開頭，王寶川自己把繡球拋給薛平貴，我一直在想，演這齣戲的時候，唐瑛會怎樣想呢？王寶川是這樣主動的女子，飾演王寶川的自己，卻要為了家庭不得不把和宋子文的情書鎖在櫃子裡。

她本來還有機會去紐約演出這齣戲，一九三五年十二月底，導演熊式一發電報給唐瑛，邀請她到美演出：「妳何時能坐船來參加一流的世界性歷史劇目？一起幫助中國發揚光大，讓世人了解中華佳麗。如果應允，速航空寄照片。」當時負責演出的國際藝劇社社長伯納迪恩・弗里茨（Bernardine Fritz）也認為，「整個中國最適合扮演這角色的」非唐瑛莫屬，她認為，要是唐瑛能涉洋去百老匯，必定引起轟動。但唐瑛的回覆是：「擬不予考慮。至歉。」

當然不能成行，李祖法這樣的出身，絕對難以容忍太太成為一個「戲子」。唐瑛這樣

的閨秀，最懂得給丈夫體面，但也許也是在彼時，她已經開始打算離婚了。

兩年後，一九三七年，二十七歲的唐瑛與李祖法離異，他們的兒子李名覺歸唐瑛撫養。小報上的報導卻出奇地克制，我翻了翻，只有幾篇講唐瑛如何落寞出行，拒不回答記者提問，又猜測李祖法有新歡云云。在那一刻，我忽然意識到，南唐北陸，一濃一淡，唐瑛的淡，並不是為了襯托陸小曼的濃，正因為這一份淡薄，才避免了輿論的追殺。她早知浮世繁華太過濃烈，會情深不壽，不如揮一揮衣袖，不帶走一片雲彩，藏著的鋒芒，雖然看起來有些無趣，但至少，安全。

唐瑛的第二任丈夫是友邦保險公司的容顯麟。容先生是廣東人，叔叔是中國留學生之父容閎。容先生性格活潑，愛好多樣，如騎馬、跳舞、釣魚等，也是文藝愛好者。容先生的家世和李祖法比差遠了，他同樣有過婚姻，而且還有四個孩子。唐瑛喜歡，她吸取了教訓，這一次，她要為自己而活。一九三七年，他們在新加坡結婚，中途一度去了美國，一九三九年又回到上海，住在鄧尼斯公寓。

李名覺喜歡和容伯伯在一起，他喜歡在週末被牽著手帶著去看戲、看電影、看畫廊、聽音樂會或是外出野餐，每個週末都令人愉快。容伯伯對他十分寬容，不看演出的時候也會帶他去吃點心，吃湯麵、煨麵，還吃美國巧克力和漢堡。他很愛吃漢堡、吃麵食，印象

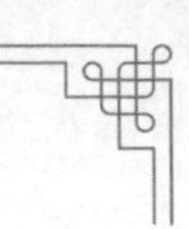

中家裡幾乎是不吃米飯的。

一九四八年，唐瑛全家去了美國。順便說一句，和唐瑛離婚的李祖法在太平洋戰爭爆發之後，將西方人壽保險公司所有投保客戶個人資料保存下來。二戰結束之後，他耗時數年追尋客戶下落，仍兌現戰前承諾，因信譽而聞名保險業。一九四七年，美國西方人壽保險公司在香港開設其亞洲總部，李祖法移居香港，我多次在船王董浩雲的日記裡見到李祖法的名字，董浩雲視他為知己，言必稱「兄」。

和姐姐唐瑛一樣，妹妹唐薇紅也是十六歲進入社交界。從震旦女中畢業之後，她沒有再上學。她喜歡跳舞，第一任丈夫也是在舞廳認識的，「我們那時候談戀愛是很含蓄的，最初幾次出去玩必須一大幫人一起，等到後來熟了之後大媽媽才讓兩個人單獨出門。約會的內容也無非是看看電影，去仙樂斯跳『茶舞』。『茶舞』的意思就是下午茶時間的舞會，其實不喝茶的，只是跳舞，因為舞廳裡的東西都不會好吃。跳完舞，我們才去康樂酒家這樣的大飯店吃東西。」

婚禮是在華僑飯店舉辦的，婚禮上便有了一絲不和諧音符，給長輩行禮時，新郎老老實實地跪下去磕頭，唐薇紅只是鞠了一個躬，婆婆大為光火。結婚之後，婆媳關係更糟糕了，一隻雞上桌，腿給公婆，翅膀給老公，到了唐薇紅那裡，只剩下雞頭。新媳婦還特別

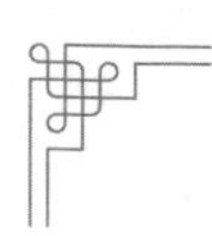

嫌棄夫家「吃臭冬瓜鹹魚，這些東西我們家是從來不拿上桌的，連佣人都不要吃的」。一開始，她不想生小孩，對婆婆說想要玩兩年，婆婆氣到半死。到了二十歲，她生了第一個小孩，婆婆才對她有了笑臉。

三

一九四九年五月十日，《申報》新聞裡再次出現了交際花一詞：「交際花徐琴舫失手殺斃四歲養女」。

此時，大家還想不到，這是這張報紙最後一次提到交際花。五月二十六日晚上，唐薇紅和丈夫從睡夢中驚醒，外面隆隆槍炮，兩人隨後決定蓋著棉被睡覺：「就是死也要睡個痛快。」第二天早上醒來，門外馬路上睡著解放軍，上海解放了，《申報》於當日停刊。

家族裡的兄弟姐妹們基本都走了，唐薇紅不想出去。她認為出國是做二等公民，「像白俄流落到上海一樣」。她是唐家少數留下來的人：「去了海外，沒有了百樂門，玩都沒得玩了。」那時的她還想不到，沒過幾年，百樂門舞廳成了紅都電影院，確實玩也沒得玩了。

丈夫應單位分配去了深圳，她先帶著兒子跟過去，可是完全不適應環境，她不幸流產，

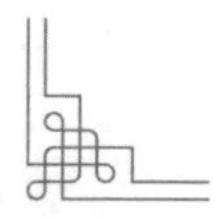

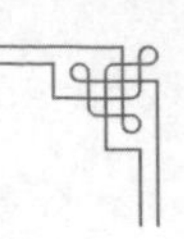

最終自己帶著孩子回到上海。據說，回到上海家裡，心才定下來，她大哭起來。一九六三年，三十八歲的唐薇紅提出了離婚，此時，距離他們結婚已有二十年了。她想起自己在婚禮上堅持穿白色婚紗，婆婆強烈反對，因為「穿白的是觸霉頭的」，現在想來，「倒被她說中了」。

因為家底殷實，恢復了單身生活的唐薇紅不用為生計發愁，不能去百樂門，去朋友家裡打打麻將跳跳舞也一樣。有一天，她在家裡辦派對，朋友們登門，其中一位原是認識不久的龐維謹——出身浙江南潯四大家族之一的龐家。龐公子一登門，看見客廳裡唐瑛的照片，就說：「啊！我認識妳大姐姐的。」這句話，成了新一段關係的開始。

龐維謹的太太也在解放時和他離婚了，太太去了香港，龐維謹留在上海。這兩個相差二十多歲的人三觀一致、志趣相投，很快結成半路夫妻。龐維謹和唐薇紅的婚後生活依舊瀟灑，蕩蕩馬路吃吃飯店，家裡的小孩都扔給保姆帶，只是，派對愈來愈少，舞愈來愈沒得跳。沒多久，文革開始，產業被合併，房子被充公，唐薇紅去弄堂裡的街道作坊做女工。工作是盤細鐵絲，一卷十五斤，一天下來要盤兩三百卷，回到家兩隻手哆嗦得連飯碗都端不起，常常什麼也不吃就直接往床上一躺，睡死過去。她在接受《南方都市報》採訪時說：「金銀珠寶藏都沒地方藏，我的幾瓶CHANEL（香奈兒）香水，只能倒在馬桶裡，那個

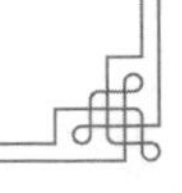

馬桶連著香了一個禮拜。」

一個月，她的工資只有三十來塊錢，但無論多麼苦，唐薇紅還是願意省下十塊錢，留給龐維謹買白麵包吃。那是患上癌症的龐維謹最後的念想。即便是這樣，她也從來沒想過死：「我有四個小孩呢，怎麼好去尋死，我死了誰養他們呢。也不好哭的呀，愈是這樣，愈是不能哭。」被街道群眾批鬥，她就默默到巷口去幹活兒；回到家，她依舊嘻嘻哈哈。抄家劫後餘生的金葉子、小碎鑽，她縫到女兒的棉襖裡，叮囑女兒：「千萬不要弄丟了哦。」唐薇紅仍舊記得，龐維謹去世下葬的那天夜裡，天特別冷，她穿著毛褲，「上海的冬天太陰冷，實在難熬。」唐薇紅關緊了門窗，在衡山路公寓裡冒著風險放了一次黑膠唱片，她一個人跳了一曲華爾滋，是最後的送別。

此時的姐姐唐瑛，正在和嚴幼韻打牌。一九六二年，她在容先生故世後住到兒子隔壁，她的表弟媳婦嚴蓮韻是嚴幼韻的姐姐，唐瑛的牌技好，手氣也不錯。她的另一個驕傲是兒子李名覺。李名覺在加州讀大學，師從美國一流舞臺設計大師喬・梅爾齊納（Jo Mielziner），後來成為泰斗級的舞臺美術大師，舞臺設計作品有百老匯、芭蕾舞和古典及現代劇，如《奧賽羅》、《馬克白》、《伊蕾克特拉》、《等待果陀》、《喜福會》等。他被公認為近代美國劇場最具影響力的人，享有「美國舞臺設計界的一代宗師」之美譽。

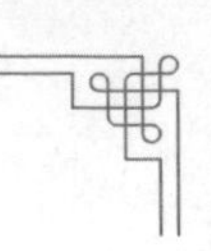

不過，大家更熟悉的並不是李名覺這個名字，而是Tang Dynasty——用的是母親的姓氏。

唐瑛喜歡帶孫子們去看兒子的戲，心情好的時候，她也喜歡下廚，據說她炒的芹菜牛肉片比飯館裡的還好吃。她不用保姆，一切都是自己打理，所有見過她的人都說，她對誰都是微笑著的。

唐薇紅和姐姐唐瑛在文革之後只見了一次，大家又勸唐薇紅出國，她仍舊拒絕了，這次的理由是「我太老了，折騰不動了」。

一九八六年，唐瑛在紐約安靜離世。

唐薇紅住在龐維謹留給她的衡山路公寓裡，「我一個人帶個保姆住，愜意得不得了。」確實愜意，她又開始去百樂門跳舞，連接受媒體採訪也都約在百樂門四樓包廂。她喜歡別人叫她的英文名Rose，她還是愛用香奈兒五號，我印象最深刻的一句話，是她說自己的保養心得：動手動腳，動手是打麻將，動腳是跳舞。當時她的舞伴二十四歲，她得意地說：「因為我，他還出名了，現在許多人都來找他當伴舞呢。他已經可以喊到五百元一小時了。」

一旁的舞廳經理滿臉殷勤：「唐阿姨是全上海最時髦的老太太。」在那一刻，唐薇紅的臉半是嬌羞，半是欣慰，如同一朵玫瑰。我猜，那一刻，她一定想起了自己的姐姐——九十年前上海最時髦的女人。

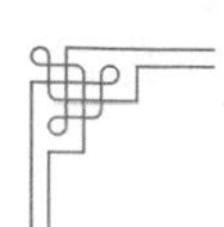

言慧珠

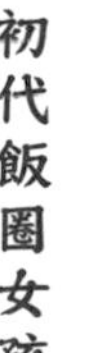

初代飯圈女孩

民國二十六年，一九三七年元旦。天兒挺暖和，老舍正在寫他的《駱駝祥子》，街坊們打招呼的時候都說，聽說今年小年夜恰逢立春，看來是個好年景。北平老百姓都樂呵呵地迎接這個新年。誰也想不到，七個月之後，日本人會打進來。

早稻田大學法律系畢業的金大律師發現兒子不在家，女僕不敢講，少爺金宗憲又端著照相機去東安市場吉祥戲院了。金宗憲是京戲迷，他拜了中華戲校教師郭春山為師。在當年，「富連成」科班和中華戲校的地位，大約等於今日之北影和中戲。中華戲校以「德和金玉」來給每一屆的學生取名，王金璐看名字屬於「金」字輩，人卻屬於「和」字班，王金璐自己解釋說：「我在家裡按排字叫慶祿，我本是『和』字班，焦菊隱校長說『和祿』俗了，讓用『金』字吧，人還是『和字』班級的，就改成『金璐』了。」

金宗憲認識王金璐，他和王和霖、儲金鵬、李金泉等也都相熟，他們給金宗憲取了個外號，叫「照相的」，因為每逢他們演出，金宗憲必定去觀劇並給他們拍照。但王金璐一定是最打眼的，這種打眼，不僅因為臺上的英姿颯爽，也來自臺下的粉絲團。

這是民國初代飯圈[1]女孩。

京城飯圈，之前還是男人的世界。每個黨派聽起來都很嚇人，喜歡譚鑫培叫「痰迷」，愛楊小樓叫「羊迷」，迷王瑤卿叫「瑤痴」，梅蘭芳資深粉最可怕，叫「梅毒」。（所以一百年之後粉絲們叫個「玉米」什麼的太小兒科了。）綜合徐凌霄、丁秉鐩諸位老先生和張文瑞《舊京伶界漫談》等各種資料的說法，大約分為以下幾種：

文捧：「找名流作詩，找貴人題匾，酸酸溜溜，吹吹唱唱，標榜一氣。」（徐凌霄語）散戲路上就要開始構思，回家不睡覺趕緊寫吹捧文章，要趕當晚就送至報館，有的甚至航空郵寄至滬上等大碼頭，為的是文章見報，給角兒提氣。

前臺武捧：成群結隊包廂占座兒，角兒一出臺，先齊聲來個好兒。不管角兒是唱是念，必定一句一個好兒。角兒一下臺，捧角兒者全體離席。在他們眼裡只有心儀的角兒，

若是多瞧了別人一眼，就好比烈女失身，罪莫大焉。這種捧法，要人多勢眾，豁亮的嗓門，整齊的腳步，有指揮如意的隊長，有步伐整齊行動敏捷的選手，所以叫做武捧。

後臺捧：通過關係向戲園子老闆和管事施壓，把角兒戲碼兒往後排，能唱大軸兒絕不派壓軸兒，能唱壓軸兒絕不來倒第三。海報排序儘量靠前，名字寫得大如斗。

文藝捧：請名師指點歌舞唱腔。

經濟捧：就是出錢。

千萬別小看這些追捧手段，講究可不少。拿最不需要門檻的武捧來說，「叫好兒」不是扯著脖子沒完沒了的叫，「好」字須帶腔兒，字頭、字腹、字尾一個不能差，據說當時最完美的叫好兒是「好哇唔」，我少女時代去看言興朋的戲之前，還費勁和一

編注

1 「飯圈」是網路用語，即粉絲圈，由英文 fan（粉絲）諧音挪移中文而來。

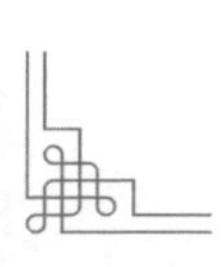

位老先生學過，拐彎兒帶鉤兒，滿宮滿調，十分考驗中氣。但最終還是沒有喊出口，感覺舊社會習氣太重了，主要還是沒辦法做到沒臉沒皮。叫好兒的時機也很重要，角兒一出場，須要有碰頭好，這時候要洪鐘大呂，要力拔山兮氣蓋世，用今天的話來說，叫排場。不管角兒今天發揮如何，該有好兒的地方一定要有，一個也不能少。甚至有時候，知道角兒這個唱腔不行，大家用好兒蓋過去——典型案例就是譚富英。根據丁秉鐩先生的回憶，譚富英在天津演《四郎探母．坐宮》裡的「叫小番」嘎調沒翻上去，臺下喝倒彩。譚富英從此落下病根，凡到此處，嘎調就上不去，最後還是戲迷們想辦法，他們選定幾個區域各預定十多個座兒，戲迷分撥兒埋伏好，待譚富英「叫小番」的「小」字剛出口，各處預埋爆破點兒同時炸響，數十位卯足了勁兒，齊聲一個雷鳴般的「好」。譚富英的嘎調「番」字誰還能聽得見？別的觀眾以為喊好兒的人肯定聽見了，也就跟著喊。這種應援方法，我在刻苦學習了現在的飯圈用語諸如「爆肝」[1]、「屠榜」[2]之後，只能說，現在的粉絲，和當年的粉絲相比，還是小兒科了。

在民國飯圈女孩眼裡，以上種種，只有四個字：隔靴搔癢。

初級民國飯圈女孩，直接用黃金攻略：扔戒指，扔項鍊。和戒指一起上臺的，是手絹，是情詩，是六國飯店的房間鑰匙。所以，要角兒收下妳的心意，這戒指最起碼是足金，珍

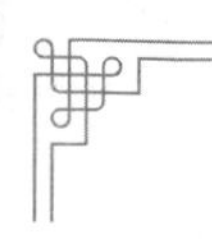

珠的圖個別致，有鑽石更好。我曾經諮詢過當年一個扔過戒指的飯圈女孩：「扔鑽戒上臺，鑽石會不會瓻（ㄘㄟˋ）[3]了？」當年的女孩攏了攏自己的銀髮，抿一口咖啡，哼了一聲：「鑽石咯，又不是玻璃的。」

終極飯圈女孩只有一句slogan（口號），愛他，就要嫁給他。與當年「捧角家」相對的，是「捧角嫁」。這個也好理解，《大宅門》問世那麼多年了，要嫁萬筱菊的白玉婷，就是典型的「捧角嫁」，她的原型真的是同仁堂的姑奶奶。

王金璐當年的飯圈女孩，基本就是這樣的陣仗：吉祥戲院一開戲，北平的女學生粉絲魚貫而入，高呼王金璐的名字，一謝幕，臺上的戒指首飾丁零噹啷……金宗憲的鏡頭裡最搶鏡的是一個高大豐滿的姑娘，只要她一出現，所有人的目光都聚焦向她，而她的眼裡只

編注

1　爆肝，指粉絲熬夜為心儀的偶像投票、增加瀏覽量等，以提升偶像的排名和影響力。

2　屠榜，指粉絲花費金錢和精力，好讓偶像的作品在各大榜單排名榜首。

3　「瓻」是老北京話，碎裂之意。

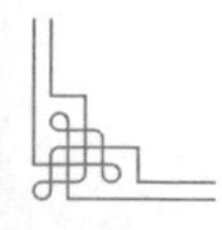

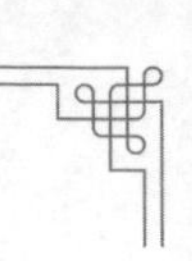

有王金璐。金宗憲說，當時他沒和那姑娘搭話，沒想到多年之後，他的兒子在她擔任校長的上海戲校上學。

那時候大家都叫她「言二小姐」，我們更熟悉她的大名言慧珠。小報上幾乎每天都有方塊新聞：「言二小姐如痴如狂」、「言二小姐狂捧王金璐」。發明了「捧角嫁」一詞的劇作家吳幻蓀痛心疾首地撰文批評：「嘗於某報公開徵求討論此點，來件所述，胥極歪曲，尤以署名『珠』女士者一篇，既自承為某鬚生之女，復詳釋其愛慕戲校某武生之心理，赤裸裸為色情狂者供狀，吾恐為故弄狡獪之文人所貽，終未予以發表，唯是××珠捧戲校某武生卻不假，且每以文字揄揚，名則署為『HJ』焉！」

她一點也不顧忌，仍舊帶著擁躉們[1]，每天一放學就去戲院看戲。坐在自己固定的座位上，只要王金璐一登臺，她就和同學們拚命鼓掌。謝幕，她擁到臺前高聲叫好，笑著喊著，儼然是全場焦點。

她有這樣恣意青春的資本。

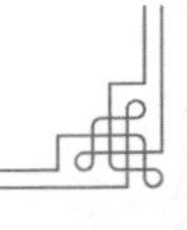

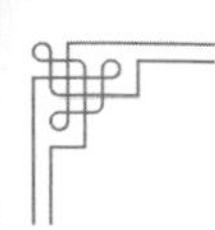

慧珠的父親言菊朋是「四大鬚生」之一，慧珠的母親高逸安則是一名電影演員。慧珠父母據說自新婚之夜開始就不睦，唐魯孫先生講了個可怕的故事，據說八卦來源還是孟小冬：「言、高花燭之夜，按滿洲規矩新娘盤腿坐在炕上不下地行走。夜闌人散，菊朋進入洞房，一挑蓋頭，赫然發現新娘有腔無頭，人頭放在兩膝之間，他一驚而蹶。等還醒過來，又怕是自己眼岔，祕不告人。因此卻扇之夕，並未合巹。」頭在兩腿之間也太可怕了，我估計最大的可能性是新郎喝多了酒，新娘子太累，耷拉著腦袋，新郎醉眼，有此誤斷。

言太太還是相當厲害的，和梅蘭芳太太上汽車也要搶C位[2]的主兒，弄得後來言菊朋都沒辦法和梅蘭芳合作。這樣的性格，夫婦感情不和可想而知。一次又一次的爭吵後，高逸安帶著二女慧珠和三女慧蘭離家出走。她來到上海，因為說一口京片子，又有演戲天

編注

1　擁躉是粵語，擁護者、支持者之意。

2　C位，指中央位置、主位。

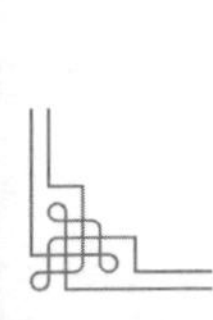

分，很快簽約明星影片公司，專門扮演中老年婦女。唐魯孫先生讚歎：「在三十年代初期，中國婦女能夠毅然離開足以溫飽的家庭，而遠走他方者實不多得，但她卻攜兒帶女自行謀生，其勇氣是值得佩服的。」慧珠身上剛烈要強的基因，大約來自母親。

明星公司的老闆喜歡京劇，下屬的「明星歌詠社」裡就有票友唱戲。小慧珠當時已經會哼幾段，有時候玩得高興，當紅小生鄭小秋給她拉胡琴。大家都說，這孩子生得這樣美，要是當電影明星，將來肯定會有出息。慧珠還是最愛唱京劇，她正式學第一齣戲是《宇宙鋒》，連身段帶唱腔，整整學了兩個月，上臺幾次，大家都說好，得了一個雅號「小票友」。

後來，父親到了上海，用整整一期唱戲的錢，和高逸安正式離婚，並且要回了慧珠姐妹的撫養權。慧珠回到北平，父親卻不願意她專業唱戲，讓她考春明女中，也是希望能培養她就此成材，了了老父親的心願。言菊朋自己是票友下海，卻不允許子女唱戲，大約是自己吃夠了梨園行的苦，懂了太多世態炎涼，希望最心愛的女兒不要重蹈覆轍。

慧珠只好把一腔熱情奉獻給了京劇飯圈，她的愛豆（idol）便是王金璐。一九三七年一月十日，《立言報》的「童伶競選」經過一年終於產生了結果：王金璐以一萬零九百九十二票獲得了生行冠軍，這一萬多張選票裡，慧珠出力不少。那時候不僅有飯圈，還有「愛豆營業」和「粉絲福利」。得到角兒認可的粉絲可享受走戲園子後門看戲等福利

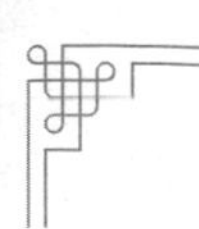

待遇，慧珠小姐起碼是「站姐」[1]級別了，所以王金璐有時候還得陪著一起吃吃飯喝喝咖啡。

不過，「落花有意，流水無情」，言二小姐雖然人美，卻不是王金璐的意中人。他和女朋友李墨瓔在大街上蹓躂，看見慧珠遠遠地過來熱情揮手，嚇得連忙回頭就跑。在得知王金璐最終打算娶李墨瓔女士的消息之後，慧珠心態崩了。

李墨瓔，貝滿女中出身，王金璐粉絲團一員。慧珠心想，貝滿怎麼了，我出身春明女中，也不差啊！春明在宣武門外，三十年代初辦了高中班。那時辦高中的男中也不多，所以有高中班的春明女中，在京城赫赫有名。除了言慧珠，寫出《城南舊事》的作家林海音、《日出》中陳白露的原型名媛王右家、張恨水的第三位夫人周南等人都曾在該校讀書。

和言慧珠的高調追捧不同，李墨瓔採取低調追星，她更像一個「散粉」[2]，每次演出都不動聲色地坐在包廂裡，不亂走動也不與人搭訕。丁秉鐩先生說，王金璐對李情有獨

編注

1 「站姐」、「站哥」是網路用語，他們掌握偶像的行程，使用高階相機拍攝偶像的照片（有的還幫偶像修圖），再無償或有償分享給其他粉絲，偶爾號召粉絲合作應援活動。

2 散粉是網路用語，指不經常參與活動或不加入任何形式後援會的粉絲。

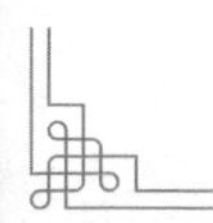

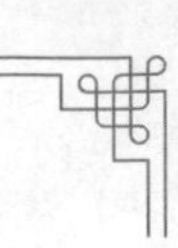

鍾，主要是「認為李墨瓔大家閨秀，人既漂亮又有修養，不像言慧珠那麼瘋丫頭似的飛揚浮躁」。

李墨瓔的父親是孫傳芳手下的一個師長，聽說李墨瓔看上了一個戲子，家裡人都頗為意外。一日，母親包下了戲院裡兩排座位，帶著眾多親戚前去看王金璐演的《南陽關》。看完戲，母親看上了小女婿，父親卻勃然大怒：「你們要這個女婿還是要和我一起過？要女婿咱們就分開過。」最終，李墨瓔和母親堅定地選擇了王金璐，父親則帶著二姨太到山東隱居。

慧珠和王金璐對待唱戲的看法也不相同，慧珠唱戲是真愛，王金璐唱戲完全是為了飯轍[1]。那時候，京劇演員仍屬於下九流，王金璐決定入中華戲校唱戲時，他病危在床的母親，拚盡全力朝他砸了一個茶杯，「她大概覺得家門不幸，出了我這麼一個。」八十多年後，王金璐先生向我說起這段時，仍然充滿悲傷。王金璐唱戲的理想是「成角兒」，但為什麼要成角兒，他的理由比別人的都可愛：「成了角兒，就可以吃香的喝辣的。」在戲校，老師教他《戰馬超》，在吉祥演出之前，老師對他和師哥蕭德銀說，你們倆小子聽著，明兒就演了，如果演得不灑湯不露水，一人二十個包子，我給你們買去；如果要是演砸了，一人二十板子。王金璐到了晚年都記得那天的演出：「還挺好，包子吃上了倆人。」

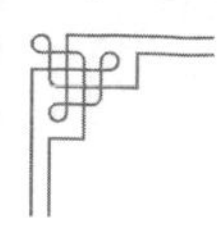

三觀不同的愛豆和粉絲，註定不可能走到一起。

言二小姐追星失敗，你以為她會哭暈在家裡，抑或黯然神傷地退出？那就不是言慧珠了，這個奇恥大辱，她暗暗記住，好姑娘報仇，三年不晚。

慧珠終於說服父親，走上了專業學戲的道路。先師從九陣風（即閻嵐秋），幾個月的工夫，演唱和表演「果然全是那麼回事了」；又拜朱桂芳，複跟梅蘭芳的琴師徐蘭沅學習，過一陣，連父親言菊朋也不得不承認，慧珠是「祖師爺賞飯」的那一種類型。他讓慧珠在自己的班裡擔任二牌旦角，演了幾次，大為賣座。言菊朋以為是自己老當益壯，結果卻是

編注

1 飯轍，「轍」指維持生活的門路，混飯吃之意。

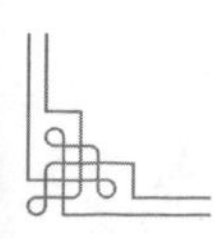

女兒「雛鳳清於老鳳聲」。翁偶虹見證了這樣一幕：

言菊朋在吉祥園唱了一場，大軸他演《托兆碰碑》，壓軸言慧珠《女起解》。吉祥園的看客以學生居多，是言慧珠的基本觀眾。年輕人做事是主觀而直覺的，《女起解》下場，捧言慧珠的人都走了。言菊朋上得臺來一看，觀眾走了一大半，這才明白，上座不錯原來是女兒的號召，自己已是大勢去矣。自己幾十年的藝術，竟不如小毛丫頭能叫座。

——丁秉鐩／《菊壇舊聞錄》

言慧珠是真的紅了，她應天津某戲院之邀去唱一個短期約，武生人選還未定，這時候，有人說，你從前那麼喜歡王金璐，他如今可倒楣著呢，何不提攜提攜他？原來，王金璐出科後沒有什麼出路。在校時固有「戲校楊小樓」的美譽，那是人家虛捧，一結婚，女粉絲一哄而散。畢業後打算搭班，北平比他資深的武生多了去了，誰肯請一位剛出科的武生掛三牌呢？據說，太太和岳母甚至賣了菜市口的一處房產幫他添置行頭，一家人勉強度日。慧珠知道了王金璐的現狀，不說不行，也不說行，留了個活口，要是王金璐想唱，那他自

己來求唄。王金璐迫於現實，只好向慧珠求和，終於獲得了演出機會。

飯圈女孩，搖身一變成了業界女王。

言慧珠一輩子，拿的是大女主劇本。她的美麗是極具侵犯性的，「傳」字輩昆劇演員朱傳茗曾經對昆大班的學生們說，學閨門旦，要記得去淮海路上觀察那些太太小姐們的舉止風度，在言慧珠擔任戲校校長之後，朱傳茗說，你們去看言校長就好了。

一如她的性格。幾位太太一邊打牌一邊議論：「慧珠高頭大馬，真像個外國女人。尤其是她的胸部，和中國人簡直不同。」另一位說：「那一定是假的。」這時，言慧珠從外面進來，立刻當著大家面，把套頭毛衣往上一捋，昂著頭說：「妳們來檢查，看究竟是真是假！」

我最喜歡的卻是這姑娘的幽默感。一九四三年，她演吳幻蓀（對，就是罵她『捧角嫁』的吳幻蓀）寫的《花濺淚》。排演時，一個圓場跑得不好，在一旁的翁偶虹給了指導

意見，言慧珠按翁的路子一試，果然成功，她說：「翁先生的招兒，真是『艾窩窩打金錢眼兒——又蔫又准』。」去白雲觀打金錢眼[1]乃舊俗，用艾窩窩[2]這種糕點打，軟而易中，大家一聽，哄堂大笑。《花濺淚》上座不好，同演的哥哥言少朋頗為憂慮，倒是慧珠處之泰然，散了戲叫人備夜宵，當時她自稱「狼主」，稱少朋為「上大夫」：「今天的夜宵麼？給我買八毛錢的爆肚，天福號買六毛錢的醬豬肝，一塊燻魚。上大夫若同餐，可倍之！」

慧珠還是歇後語小能手，她在梅派《西施》的基礎上改編了一齣《西施復國記》，大家恭賀演出成功，她說：「您別見笑，我們是『敬德打糍子[3]——糊鞭（胡編）』。」解放後，她到南京雨花臺買雨花石，見四塊石頭，紋樣特別像《西遊記》裡的唐僧師徒，愛不釋手，開價五百，公社領導答以：「尚未配齊白龍馬，暫不出售。」慧珠笑說：「只欠一馬，就馬馬虎虎地賣給我吧。」領導急擺雙手：「馬虎不得！配齊之後，也要售予國家。」慧珠趕緊說：「我真是個馬大哈[4]！」

但她飯圈女孩捧角嫁的心態，仍舊不改。和影星白雲戀愛，在報紙上發表〈我為什麼愛白雲〉，像極了當年追王金璐，自己演出賺錢愛的供養，白雲卻拿了她的鑽戒賣掉去玩舞女。和薛浩偉是典型的御姐小弟戀愛，言慧珠親自下廚包餃子熬雞湯，薛浩偉吃餃子不愛吃餃子邊兒，言二小姐就用碗口把邊兒切下——還是飯圈女孩的痴情。

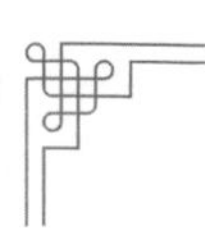

她喜歡作家徐訏，約他吃飯跳舞給他寫情書，吳義勤《我心徬徨》裡說，言慧珠的名作《戲迷家庭》就出自徐訏之手，她甚至跟著徐回了自己的慈溪老家。誰知道，當她「滿懷欣喜地等著徐訏求婚的時候，接到的卻是他的一封絕交信」。一九四九年，徐訏突然消失，後來大家才知道，他和葛福燦結婚了。

她和俞振飛戀愛同樣炙熱。一九五九年，俞振飛和言慧珠赴京與梅蘭芳合作拍攝電影《遊園驚夢》，下榻前門飯店。因公出差的報人許寅來看望俞振飛，剛進房間，便被俞振飛一把抓住，要求他與自己同住。還沒等許寅答應，俞振飛的學生就讓服務員加上一張床。學生偷偷對他說：「您來得正好，先生實在吃不消了。」

言慧珠也有飯圈女孩的敏感。白雲風流多情，章詒和〈可萌綠，亦可枯黃——言慧

編注

1 打錢眼：北京白雲觀內有一巨型銅錢，錢眼中吊著一個銅鈴，訪客習以硬幣扔銅鈴，擊中時發出清脆聲響，寓意好運。

2 艾窩窩，一種以糯米做皮、內包餡料的清真風味小吃。

3 尉遲敬德是唐初名將，擅使鐵鞭；打糍子，糍糊之意。

4 馬大哈是相聲段子《買猴兒》的主人翁，為人粗心、做事馬虎。

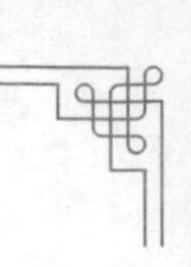

珠往事〉裡說，言慧珠讓女友顧正秋假裝陌生女人給白雲打電話，約他到某個地方見面，對方同意了。掛斷電話，言慧珠眼圈一紅，深深嘆口氣說：「做一個女人真苦。」這個故事在顧正秋的回憶錄《休戀逝水》裡截然不同：

到了外面，她卻說是要打電話。我問打給誰，她教我假裝一個仰慕大明星白雲的影迷，打電話約他去霞飛路迪迪斯咖啡館喝咖啡。電話接通了，我就捂著話筒，裝著鼻音說：

「白先生，我是你的影迷啦，我想請你下午三點鐘去霞飛路咖啡館喝咖啡好嗎？」電話那頭傳來白雲的聲音：「對不起，我沒空，」就把電話掛了。言姐姐聽了，露出一副既得意又鬆了一口氣的笑容。

此時的言慧珠已經是滬上當紅坤角兒，在戀愛上卻仍如小女孩一般幼稚。她跑到城隍廟去占卜問卦，求籤說她和白雲的感情不得善終。回來哭哭啼啼告訴白雲，白雲氣得罵她，人事不是神事。白雲在他自編自導的《孔雀東南飛》裡安排了一個烏鴉嘴神婆，我總覺得是在諷刺言慧珠。

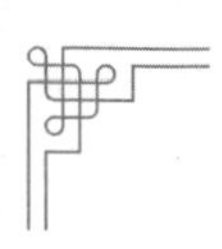

兩個人是典型的性格不合，戀愛一場也罷了，慧珠卻偏偏相信結了婚就可以浪子回頭。一九四六年五月十三日，兩人結婚；五十二天之後，閃電離婚，讓人瞠目結舌。言慧珠自己做的總結如下：「江山易改本性難移，他不多幾天舊態復萌，依舊上舞場、攬舞女，使我冷了心。」白雲有另外的解讀，他接受中影雜誌採訪時說，他婚前要求言慧珠婚後引退，「因為言慧珠不引退難保貞潔」，言慧珠當時答應，婚後卻出爾反爾，故而離婚。

孰是孰非，現在已經很難判斷了。但有一點可以肯定，這樣的挫折對於任何一個女人來說都是致命的，但幾乎就在離婚前，慧珠獲得「上海小姐」評選之「平劇皇后」，我找到了她當年領獎時的影像資料，談笑之間，看不見一點離異的憂傷。她完美地把自己的哀愁隱藏起來，她要觀眾們眼中的自己永遠美麗。

一九六一年十二月，言慧珠和俞振飛帶隊的「上海青年京昆劇團」在港舉行公演。之前多虧朋友們幫忙才涉險「過關」的言慧珠又活過來了：在百貨公司，她為獨子言清卿挑選的玩具是一架美國產玩具飛機，已過不惑之年的她覺得自己還是當年的「平劇皇后」，燙了最時髦的髮型，珍珠項鍊、翡翠鑽戒又戴上，因為出門前找不到假睫毛，她還生了半天氣。她見到了老上海的電影人朋友們，李麗華、王元龍、歐陽莎菲……她也見了傳過緋聞的徐訏，會見名單裡，唯獨沒有白雲。

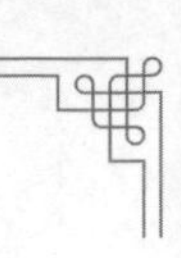

我相信，這還是因為愛之深，她終究沒有放下的，也許只有白雲。這是慧珠最後的風華絕代。

一九六六年九月十日夜，言慧珠失去了對生命的信心。在此之前，言慧珠塞在燈管裡、藏在瓷磚裡、埋在花盆裡的幾十枚鑽戒、美鈔、金條、存摺都被抄走。她讓感情已經破裂的丈夫俞振飛和她一起自殺，俞振飛說，我不死，妳也不要死。她明明有不死的理由，她寵愛無比的獨子當時不過九歲，可她仍舊用一條唱《天女散花》時用過的白綾結束了自己四十七歲的一生。

此時，她的白月光王金璐正因為家中困頓不堪打算去給人家看自行車，可是李墨瓔不同意。那個飯圈女孩用自己的尊嚴換取了丈夫的尊嚴，她靠給工廠畫燈紙、糊火柴盒和紙燈籠維持全家的生活，王金璐說：「我一輩子都沒什麼主意，就盯著她，她管我。」

在得知言慧珠的死訊之後，徐訏寫了這樣一首悼亡詩：

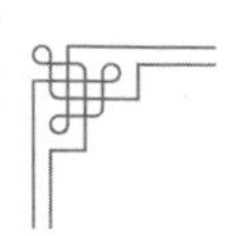

愛比恨更無情
夢比現實更惡毒
聰敏的堅強的自殺了
愚笨的懦弱的活下去
而我，負一個陰影
一腔悔恨與一種
無可傾訴的悲情

十六年之後，一九八二年八月二十七日傍晚，孑然一身的白雲在日月潭畔一座六角亭內服毒自盡。他的遺體無人認領，鄉公所將他葬在魚池鄉第十二公墓內，學生歐陽莎菲等前往悼祭時發現，墳墓上連墓碑都闕如。歐陽莎菲哭倒在墳前，她想起白雲生前說過這樣一句話：「生是飄客，死是遊魂。」

在死亡這件事上，只有白雲選擇和言慧珠做了知己。

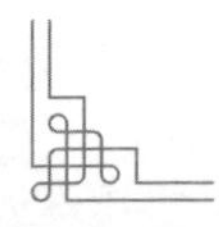

上海小姐

所有的禮物都明碼標價

言慧珠的人生高光時刻，來自一九四六年八月。

那一年夏天，是「上海小姐」評選。決賽前，童芷苓宣布退出，把自己的選票轉讓給言慧珠，大家猜測，這大約是童芷苓意識到自己選票落後，不如「大度」一把，保全顏面。童芷苓的退出，使得言慧珠成了「平劇皇后」。

一說起上海小姐，大家總會想起王安憶的《長恨歌》，王琦瑤的人生起點，正是「上海三小姐」。《長恨歌》獲茅盾文學獎風靡全國之際，我正在做《申報》研究的作業。窗外的雨淅瀝瀝地下個不停，校圖書館解放前期刊研究室裡，暗褐色地板彷彿可以滲出水來。管理員是一個沉著臉戴袖套打毛線的阿姨，她時常偷偷瞪我一眼，因為我這個不識趣的借閱者，一坐便一下午，已經一連幾天打攪了她的提早下班計畫。阿姨的不快，我當時

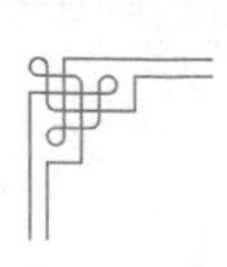

無從知曉，因為我完全沉浸在一九四六年八月的《申報》裡，那是屬於上海小姐的八月。

從一開始，《申報》就成了上海小姐事件的擁躉，開設上海小姐專欄。八月開始，又為入圍的小姐們連篇累牘寫專題。報紙已經泛黃，且又附了塑膠膜，但不知為何，你還是可以找到那種興奮。八月二十日當天，報紙特別加印四個版面，從通欄設計到排版，字裡行間都透露出一種「躬逢盛事」。

別看《申報》是日報，時效性並不比現在的新媒體慢。晚上就要開幕，當日下午，《申報》還做了即時的參賽者採訪，我覺得《申報》記者手腳迅速，比公眾號還要快。新聞也是很有料的，比如在最後一刻，童芷苓宣布放棄了競選。當時票數較為靠前的是謝家驊，她的採訪被放在第十五版很顯著的位置，題目叫「上海名票友謝家驊小姐願盡人類互助的責任」。而根據當天的報導，截止到八月十九日晚上六點，謝家驊自己已經拉到二千五百萬元，比第二名劉德明多了二千萬元，看上去確實勝券在握。

如此熱火朝天，《申報》上同樣存在著很多批評這場選秀的聲音，這種聲音的主旋律，主要是——你們還記得這場活動的主旨是為了救災嗎？

是的，一九四六年的上海小姐競選，初衷是為了救災。

這一年入夏之後，江淮平原遭遇特大水災，三百萬難民流離失所，數十萬蘇北難民擁

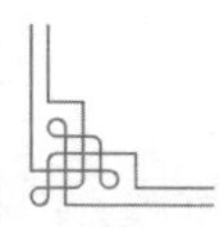

入上海。一九四六年六月二十四日，「蘇北難民救濟協會上海市籌募委員會」成立。賑災籌款的目標是二十億元法幣[1]，一開始純靠募捐，然而發現完全達不到，於是就想出發起一次帶遊園會性質的選美比賽——這便是上海小姐競選活動的由來。

七月二十五日，策劃方案出臺，主辦方希望評選出上海小姐、電影皇后、平劇皇后、話劇皇后、越劇皇后、歌唱皇后和舞國皇后。其中，上海小姐的入圍條件為：閨閣名媛、女公務人員、女自由職業者、女文藝家、女運動家、工商業女從業者。

選舉規定為無記名投票，向全體民眾發行選票，民眾可以購買選票並且填寫所推選的上海小姐或皇后姓名，於遊園會當天把選票投入票櫃。大會開幕三小時後當眾開櫃，現場宣布結果。選票分為三檔，紅色選票十萬法幣，充當票數一百張；綠色五萬法幣，充當五十張選票；黃色一萬法幣，充當十張選票。

遊園會當天的入場券需要另外購買，限量三千張，每張票價二萬法幣。看著還是滿划算的，除了可以共襄盛舉之外，還有冷飲和贈品（其實就是百雀羚護膚品一盒）。

一開始的招募並不順利，這主要是因為，上海過去類似上海小姐的選美活動，參選的都是四馬路的娼妓。要爭取真正的閨閣名媛參加，難度是不小的。招募發出後一個星期，名媛組一個報名的也沒有，許多女性表示，自己並不想和那些舞女歌女夾纏到一起。

直到八月十二日，《申報》才報導了第一位「良家婦女」的參加——十七歲的民立女中高二女生高清漪。籌備組立刻在各大報紙宣傳高小姐的良家身分，很快，報名人數增加至三十九人。不過，仍舊有女中的學生抱怨說：「我是被同學硬拉來的，說是要我做個伴兒，早知道有這許多新聞記者要來拍照，倒後悔當初不該太糊塗了。」

在這其中，最為耀眼的是復旦大學商科畢業的謝家驊，各大報紙都有她的身影，謝家驊也被認為是拉票最為積極的閨秀。這主要是因為，一九四六年，謝家驊的人生一落千丈。她的父親謝筱初曾任南洋商業銀行總經理，但謝筱初還擔任了汪偽經濟委員會委員，戰後因「經濟漢奸」受到審判，最終因「通謀敵國，供給軍用物品」判刑兩年半，「財產除酌留家屬生活費外沒收」。謝小姐需要賣力，獲得上海小姐，是這位落難閨秀的大好機會。

儘管有不少人唱反調，懷疑選美的真實目的，但有一點是不可否認的，這場上海小姐的選舉已經成為一九四六年上海人最大的關注點。他們在熱議著佳麗的同時，也在悄悄討論著這場活動的背後策劃者——樂善好施的杜先生。

編注

1 法幣是國民政府發行的國幣，初期與英鎊掛勾，匯價為一元等於英鎊一先令二．五便士。

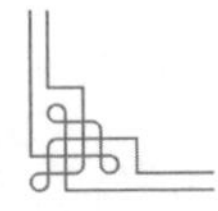

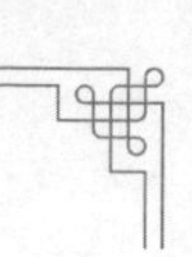

八月二十日七點，大幕拉開。

大門上端懸著「蘇北難民救濟協會上海市籌募委員會園遊大會」的紅綢金字匾額，下面吊著「園遊大會」四盞紗燈，進門便是一只投票櫃，沿大門兩側則是收選票的職員。報館在這裡送著當日報紙，其中銷量最好的是《申報》。主場設在花園舞池，先上臺發言致辭的是杜月笙，他感謝了之前表演舞蹈的舞星。八點鐘，樂聲四起，回光燈向主席臺散發出數道銀光，主席臺上坐著的市參議會副議長、社會局局長等依次發言。值得注意的是，其中一位嘉賓李副局長的發言很簡短，但他特別提到，面對外界的若干批評和非議，多虧杜月笙先生出面，對社會做出了貢獻。

臺上講著話，臺下投票也沒有停止。園子裡、草坪上，每一個藤桌都坐滿了人，露天舞池裡，大家席地而坐。這時，忽然有人敏感地發現了另一位佳麗，二十三歲的王韻梅。這位姑娘在前期基本沒做太多的宣傳，甚至一開始報名表格上連照片都沒貼，但這時，她忽然和兩位杜家女公子一起翩翩入場，並且接受了美國《生活》雜誌的訪問。有人竊竊私語：難道謝家驊會被翻盤嗎？

講完話是演唱環節，有張伊雯的《薔薇處處開》，輪到韓菁清上臺時，她先不唱歌，講「蘇北難民太苦了」，話音未落，大家已經瘋狂鼓掌歡呼，她為大家演唱了《羅曼娜》。

十一點十分，開票時間到。王韻梅橫空出世，當選上海小姐，票數是六萬五千五百票。謝家驊屈居亞軍，票數二萬五千四百三十票。劉德明以八千五百票居三。

結果一出，大家大為驚訝。耐人尋味的是，在宣布結果之後，當選的前三名都被請上了主席臺。但此時，話筒裡忽然響起「杜先生請范紹增軍長上臺講話」，這樣呼叫了兩遍。可是范軍長沒有上臺，於是三位上海小姐就這樣下臺去了。

有人說，范紹增便是王韻梅的後臺，當天晚上七點鐘，他專門在上海酒樓宴請了協會諸位要人，確保王能當選。盧大方在《上海灘憶舊錄》裡說，王韻梅的撐腰人范紹增，預付了一張空白支票，揭曉之前，如果別人最高數字是十萬元，他即在空白支票上填十一萬元，別人再怎麼辛苦努力，均為他擊敗。董竹君的自傳裡也提到這位王韻梅是「四川軍長范紹增加碼到拋出七千銀元才得勝」。

雄心萬丈的謝家驊雖敗猶榮，媒體為她不平，民眾也勸慰她。她獲得了不少廣告商的青睞，連《秋萍毛衣編織法》上都有她的倩影，大家都認為，她才是實至名歸的上海小姐。

王安憶的小說裡，王琦瑤是三小姐。我尋找資料時，也著重想要尋找第三名劉德明的照片，找是找到了，不過，大為失望。八月二十日，《申報》上有劉德明的介紹：「年青美麗的劉德明小姐是劉道魁律師的女公子，現在是新成區區公所的助理員。由於該區長王劍鍔律師的鼓勵，終於也加入競選。劉小姐十九歲，上海人，啟秀女中畢業。她體重一〇四磅，身材雖不高，卻窈窕多姿，笑起來眼珠一亮亮的，更是嫵媚動人。……她美麗聰明懂事，還演過幾次話劇，是位典型的上海小姐。」

《星光》去了劉德明家採訪，找到滬西劉宅，「頓使當事人大吃一驚」，原來只是一間平房，房內除桌椅外一無長物。劉德明和王琦瑤一樣，都是「小家碧玉」出身。在當選上海小姐後，劉德明受到導演方沛霖的青睞，被邀請試過鏡，但終因外界反對而放棄。

小說中，提攜了王琦瑤的李主任空難去世；現實中，一九四八年十二月二十一日，方沛霖為籌拍歌舞片《仙樂風飄處處聞》，乘坐中航「空中霸王號」由滬飛港，因大霧導致飛機撞山，死於空難。王琦瑤的故事，確實有劉德明的影子。

但上海小姐們的真實結局，也遠比王琦瑤唏噓。

冠軍王韻梅，在選美之後的主題詞是「不勝其擾」。她參加了一些慈善活動，比如代表上海市民向後方醫院獻旗等。但活動數量遠比二小姐謝家驊少。一九四六年的《上海灘》和《快活林》曾經披露有「私生飯」[1]去偷看王韻梅早上吊嗓子（他們找到她家住在邁爾西愛路環龍路）。她去蘇州遊玩，也有人跟在後面意欲圖不軌，王韻梅曾經非常憤怒地說：「我的生活受到了很大影響。」

董竹君是王韻梅的鄰居，她住在邁爾西愛路一六三弄六號，一、二層和樓後的廚房、保姆間、汽車間屬於董竹君，三樓則住著王韻梅。她說，在王獲得上海小姐之後，還時常看到范紹增去王家。有人勸董竹君搬家，因為「在老虎口裡」，董竹君說，「虎口是最佳避風港」。

一九四七年一月十一日下午四點半，華懋飯店舉辦了一場盛大的婚禮。證婚人是國民黨元老吳稚暉，新郎是上海顏料業鉅子榮雲漢的次子榮梅莘，新娘則是謝家驊。這是一場閃電結婚，謝家驊比榮梅莘小十三歲，兩人認識的時間很短。不過，當時的報紙說，兩人家庭背景類似，都喜歡唱戲和跳舞，可謂郎才女貌。

這場婚禮唯一的遺憾，是新娘的父親謝筱初還在獄中。我查過《申報》，到一九四七年八月二十日（上海小姐選舉一周年），謝筱初才獲得了保外就醫，報導的題目是「上海小姐之父謝筱初有病獲保釋就醫」。這樣的新聞當然不算什麼好新聞，謝家驊肯定希望這樣的宣傳還是少一點。然而，事與願違。

編注

1 私生飯一詞源自韓國，指以偏激方式接近偶像、刺探偶像私生活的瘋狂粉絲。

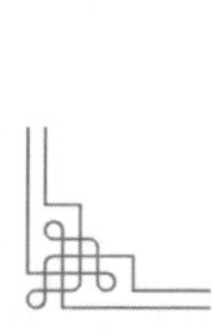

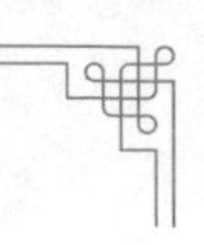

十二月八日，《申報》上的新聞是：「上海小姐」披頭散髮鬧婚變。原來，謝家驊在婚前就和香港大中華影片公司簽約。一九四七年十一月三十日，剛生小孩三個月的她隻身前往香港拍片，此事當然瞞著榮梅莘，因為榮的控制欲很強，「禁止家驊與別的男人握手，因為怕家驊的皮膚教別人碰著了，使他心裡難受。」

十二月三日，榮梅莘得知此事，立刻飛到香港，兩人在淺水灣賓館大打出手。謝家驊脖子被掐、衣服被撕，一時間滿城風雨。有意思的是，因為這場風波，電影製片方把原本的《上海小姐》改成了《滿城風雨》。

一九四八年一月十三日下午，謝家驊和母親從香港返滬，榮梅莘獲得了線人的「情報」，跑到機場來接機。可惜謝家驊下了飛機之後，對丈夫完全不理睬，坐上預備的汽車就走。根據祝淳翔〈人生如戲，戲如人生：民國上海二小姐謝家驊〉的考據，當時的目擊者說，榮淚盈滿眶，攀住謝的汽車，向其岳母哀稱「面子有關」，求謝與其同行。但謝母答以「有話可到醫院去講」，意思是讓他去找其時已保外就醫的謝筱初理論。旋即馬達開動，疾馳而去。謝家驊對於榮的冷漠，除了之前的家暴事件，似乎還有榮的出軌。所以她對榮提出了三個條件：一、榮梅莘立即與同居的舞女瑤麗脫離關係；二、雙方避免無謂交際；三、合法出行各得自由權。榮梅莘全數答應，兩人言歸於好。

你以為結束了，一九四八年八月四日，《申報》第四版，〈苦命的上海小姐，謝家驊仰毒遇救〉：「半年以來，因榮始終未踐諾言，對謝之行動既管束綦嚴，對其張姓情婦則又不願脫離關係，謝以空閒寂寞，抑鬱寡歡，自思遇人不淑，乃萌厭世之念，上月二十四日夜間突吞服安眠藥片自殺，幸灌救迅速，未陷險境，嗣即入醫院療養一週，昨始出院。」《申報》還附上了一張謝的照片，圖注是：「服毒遇救後之上海小姐謝家驊」。

三天之後，榮給唐大郎打電話，說：「家驊的自殺，其實沒有這一回事，《申報》的記者，是她打電話請來訪問的，躺在床上的照片，拍了又拍，中間還掉過一件旗袍，哪裡有自殺的事，簡直開玩笑。」唐問她為什麼要這樣做，榮說：「只有一個理由，她要出風頭……」

就在大家等著這對怨侶離婚的時候，他們又和好了。《青春電影》上有〈謝家驊之女周歲，榮梅莘大擺筵席〉的報導，女兒周歲宴花了三十億法幣，比上海小姐募捐還要多。

這對上海灘著名歡喜冤家就一直在報紙上吵架——和好——吵架。一九四九年九月十日，已經解放了，《青青電影》（十七卷十八期）還刊登了謝家驊夫婦大吵，打碎玻璃鏡子的新聞，原因是謝家驊想要辦托兒所，榮不同意。一九五〇年三月十八日，謝家驊在《新聞日報》第五版登出尋夫啟事：「梅莘鑒：君於六日離家，一去旬餘，音訊毫無。今家中開支無著，生活困難。望見報於三日內返歸。至盼至望。家驊啟。」

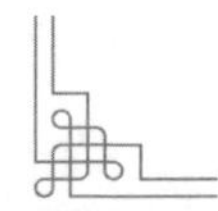

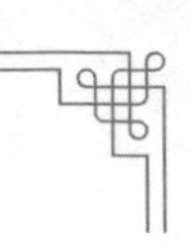

一九五二年，謝家驊夫婦前往香港定居，最終因感情不和而分手。一九七二年十二月十日，謝家驊忽然在酒店客房去世。她的死，陳存仁曾經在《我的醫務生涯》裡有一個版本：

某天深夜，陳存仁接到了謝家驊的電話，說要他立刻去，陳不肯。她說，你不來，我就寫「陳存仁不來，我死了」。陳趕去一看，見謝遍體淤黑，已無可救藥，便悄悄抽去紙條走人。過了三天，報紙上登出上海小姐謝家驊逝世的新聞。一位朋友告訴陳：「這位謝小姐有一個同居的人，從遠地辛辛苦苦帶來兩皮箱白色的東西，是三人合夥帶來的。謝家驊見是白色的東西，大發小姐脾氣，趁他們三人外出時，把白色的東西全部倒入廁所便桶中，一抽而盡。這三人回來，見到兩皮箱東西已化為烏有，因而狠狠地打了她幾頓，這才造成了這一個事件。」

幾個月之後，榮梅莘移居美國紐約。一九八二年與朱寶玲女士再婚。我見過他晚年的幾張照片，一點不像是年輕時風流花心小開的樣子，也許遇到了對的人，他便成了一個好人。

三小姐劉德明的資料非常少，我看過小報上的一則八卦，說有一天，兩個男性友人同時約她出去，一個有自己的汽車，一個沒有。她選了有汽車的那個，另一位特別生氣，讓她脫掉他給她買的戒指、大衣、旗袍和皮鞋。劉德明只得當場脫下，借了女朋友的大衣鑽進汽車才得以脫身。

她幾乎消聲匿跡了。盧大方的《上海灘憶舊錄》書中，倒有「三小姐居處猶是無郎」一節，說劉德明一直留在上海，從事律師業務，但和老母親居住，沒有結婚。她曾寫信給居港的女友，說近來發覺自己漸漸老去，想托女友替她留心，找一個中年物件以付終身，好安度晚年。

看，即使是上海灘三小姐，憂慮和尋常女子，並沒有什麼兩樣。

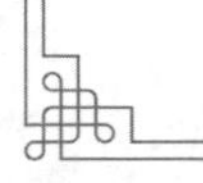

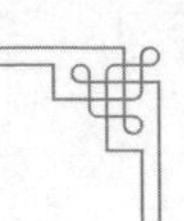

尹桂芳

一想起來就讓人如沐春風的「越劇皇帝」

在你的生命裡，有沒有一想起來就如沐春風的人？

我曾經有過的，是一位十五年前在戲曲論壇裡認識的姐姐。彼時，我們常約了一起去看戲，人民廣場靠近來福士的地鐵口，姐姐永遠早到。劇場外，姐姐默默遞過來一條麵包一瓶水——為了看戲多半是來不及吃飯的。姐姐是某京劇演員戲曲網站的站長，接待不少全國來上海看戲的戲迷，我們陪著蹭飯，席間大家侃著大山[1]，姐姐微笑著聽，很少說話，她從來沒讓其他人買過單。我那時還在讀書，姐姐到年末，總要送聖誕禮物，戲曲碟片化妝品套裝小皮包，包得漂漂亮亮的，卻放在一個最不起眼的袋子裡，回家的地鐵上，她下車之前往妳懷裡一塞，彷彿害怕客套，自己先紅了臉，「禮物，給妳的」，小小的蚊子似的聲音。一抬眼，她已經跑下車。

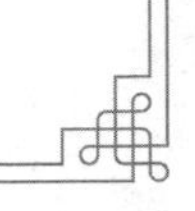

有時候真覺得她是自己姐姐，學校裡的煩心事，前途的迷茫，甚至論壇裡和人吵架，都說給姐姐聽。那時候因為寫戲曲評論，我惹了一點不大不小的麻煩，姐姐知道此事，請我大吃一頓，臨別送一塊凱司令[2]奶油蛋糕：「多吃點，消消氣。」吃完那塊蛋糕，流了眼淚，然後真沒那麼生氣了。

那時候在柴俊為老師的《絕版賞析》實習，接觸認識了很多戲曲名家。京劇界的前輩多半是男性，談往掌故，無所不包；越劇界的偏女性，只要一講起勁，就帶著小女生的那種八卦，印象最深刻的，莫過於傅全香老師說自己和尹桂芳老師合作《盤夫索夫》：舞臺上，曾榮被嚴蘭貞的真情打動，一句「手扶香肩輕喚妻」，傅全香說，我真感動啊，聲音都抖起來了，那一刻，我就是嚴蘭貞，尹大姐就是曾榮，哦喲，就覺得我為「他」，幹什麼都可以。

編注

1 侃大山，北京俚語，指漫無邊際地閒聊。

2 凱司令是上海老字號西點品牌。

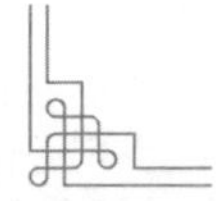

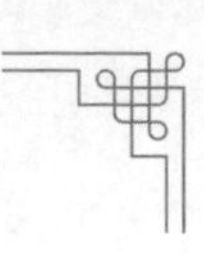

余生也晚，從來沒有見過尹桂芳的現場演出。但不知道為什麼，只要一提起「尹大姐」，每個人都笑語晏晏起來。呂瑞英老師當年收到尹桂芳的入團邀請，她的養母激動萬分：「那可是尹桂芳啊！」張雲霞老師說，只要跟尹桂芳搭戲，你一定會被尹深深吸引，不可自拔。袁雪芬老師講《山河戀》被禁演，「十姐妹」裡，只有尹桂芳、吳小樓和她一起衝去社會局找當時的局長吳開先（中統特務）。袁雪芬祕書黃德君說：「老太太總覺得別人覺悟不夠高，我就勸她，妳想想衝進社會局是個多大的事情，妳不能要求大家都和妳一樣膽子大。」一向嚴肅認真的袁雪芬老師回憶起這段往事，說：「尹大姐一出來，就氣得不行，說這太過分了，要是有把槍，真想把他們都槍斃了。」字字句句都鏗鏘用力，唯獨「尹大姐」三個字，是笑著講。

說起尹桂芳，彷彿每個人都如沐春風了：「尹桂芳真是越劇界名副其實的大姐，她品格高。」（鄧穎超語）

她的資格比袁雪芬還老，紅也是實紅。我認識一個老太太，是資深尹迷，跟我講當時為了阻止尹桂芳去福建，她和幾個姐妹還去「臥軌攔火車」，「寧可死也不能看不見尹桂芳」。與尹桂芳合作的余彩琴說過：「別說觀眾迷尹桂芳，我做花旦的也迷尹桂芳呢！」

她喜歡吃煮得硬硬的米飯，愛吃紅燒肉，解放前的小報裡，她的拿手菜是「栗子燒

雞」。更多報導說她喜歡跳舞，她帶著尹小芳去舞場，尹小芳頭一次看見旋轉門，走進去，被彈出來，尹桂芳看了哈哈大笑。

她的脾氣是出了名的好，芳華的旦角演員許金彩回憶：「那時候，師傅打罵徒弟、名角欺負一般演員是常有的事，但和她一起那麼多年，從未見她發過火，即使對劇院的雜役，她也是客客氣氣的。」有次在麗都後臺，尹桂芳隨口對許說了句：「阿彩，有觀眾說妳的扮相有些顯老。」當時的許金彩年輕氣盛，立刻回：「幸虧妳是小生，妳要是花旦，比我還老。」尹桂芳聽了也不生氣，反而轉頭安慰許金彩。

一九九〇年，茅威濤在上海霞飛杯比賽，因為麥克風出問題，心情特別沮喪。尹桂芳請她吃西餐，講自己過去的糗事安慰她。茅威濤說：「她的晚年很淒苦。但是她會給她自己營造一個非常溫暖的一種氛圍，她常常會帶頭說笑話，她會很輕鬆，打撲克牌還會賴皮，她說『這個不是我出的』。」

但也做過惡作劇的，微博網友雲十洲曾經聽尹小芳老師講起，尹桂芳騎馬摔傷，在賈舜華的親戚家裡休養。尹小芳當時在電臺點唱，尹桂芳閒得無聊，打個電話過去點播《浪蕩子・嘆鐘點》，小芳彼時沒學過這齣戲，「心裡想，反正尹派我都會了，就這麼唱，差不了多遠。」拿了張唱詞就瞎唱。過幾天，尹桂芳把尹小芳叫去痛罵一頓：「《嘆鐘點》

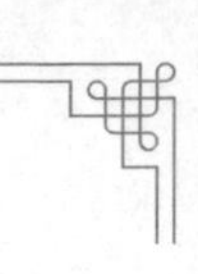

唱得一點也不對。」她是出了名的講義氣，待在福建時，一度有機會調回上海，《盤妻索妻》的作曲高明講：「上越（上海越劇團）說整個團不行。尹團長說那不行，從我到炊事員都得回上海才行。」

尹桂芳的暖，每一個跟她交往過的人，都能切身感受。

連《結婚十年》的作者蘇青也不例外。一九五一年一月十九日，政府為了「培養知識分子從事戲改工作，發揚新愛國主義的人民戲曲」，由上海市人民政府文化局戲曲改進處出面，在《解放日報》上刊登通告，主辦「戲曲編導學習班」。蘇青也報了名，但她連「唱詞」是什麼也不知道，最終並沒有被錄取。時任上海文化局局長的夏衍得知此事，特批蘇青進入學習班。學習班地點設在延安中路浦東大樓的八樓。一進學習班，蘇青給所有人的印象是「豪爽率直」。周良材說，蘇青操著一口硬邦邦的寧波話「自報家門」：「我叫馮允莊，就是寫《結婚十年》的蘇青，你們幾位，誰讀過我的書？」大家一聽蘇青的名字，自然如雷貫耳，蘇青送了每人一本《結婚十年》。第二天，教務長卻召開了全體大會，批評說「這是舊社會的作品，宣揚的是不健康思想，不能在班內散發氾濫」，並責令一一收回《結婚十年》。蘇青對於教務長的「殺威棒」似乎毫無反應，據說之後她「依然談笑風生，神色坦然，加上她隨和熱情，豪爽不羈的個性，與班上同學相處極好」。學習班最後

要交作業，蘇青因為是前輩，幫著大家「出點子，定選題，制提綱」，她參加的越劇《蘭娘》小組，本子卻未被採用。

其實她應該有所警惕，這一年三月三十一日，她的前夫李欽後因為貪汙被判處死刑，判決書裡有這樣一句話：「在敵偽時期他的前妻蘇青所寫風行一時的黃色小說《結婚十年》中所指的男子即為李欽後。」——「黃色小說家」蘇青，實在太幼稚了。尹桂芳當時剛從香港回來，她也參加了這個學習班，因為資格老，常常蹺課，讓徒弟尹小芳去上。但蘇青一開始並沒有成為尹桂芳芳華劇團的編劇，她去了戚雅仙的合作越劇團。但因為合作越劇團不願意給她正式編制，蘇青一氣之下辭了職。最後，經編劇陳曼介紹，蘇青進入了尹桂芳的芳華越劇團。

蘇青沒有讓尹桂芳失望。她最擅長的，乃是市井夫婦的家長裡短，柴米油鹽中的歡喜愛情，一如一九五三年秋她改編的《賣油郎》。這個戲我看過昆曲《占花魁》和越劇《賣油郎》，越劇的印象更深刻一些，裡面有一幕，賣油郎秦鐘為了見到花魁，努力工作一年湊了十兩銀子，結果見到的卻是大醉的花魁。一夜時間漸漸過去，秦鐘一邊焦急「啊呀我的十兩銀子要完了」，一邊仍舊溫柔體貼服侍花魁，這種情感細膩而真實，更容易打動觀眾。一九五三年九月，《賣油郎》在麗都大戲院首演，導演司徒陽，設計仲美，作曲連波，

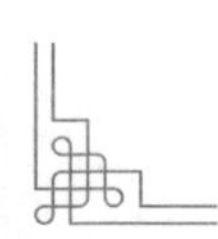

技術指導鄭傳鑒。觀眾很喜歡，有關方面仍舊出示了批評意見——這就是傳說中的叫座不叫好。

蘇青和尹桂芳的合作鼎盛劇碼是《屈原》。《屈原》是掛髯口的老生，尹桂芳之前演繹的都是才子佳人，這個戲難寫，也難演。但蘇青和尹桂芳都打算試一試。為了寫《屈原》，蘇青向趙丹和郭沫若都做了請教，她甚至自費跑到北京，在郭沫若的學生文懷沙家裡住了半個月。最終，《屈原》獲得巨大成功，尹桂芳真的走出了「才子佳人」的套路，她飾演的屈原，獲得了包括趙丹、周信芳、俞振飛、田漢等藝術家的讚賞，俞振飛甚至因此打了退堂鼓不打算演昆劇《屈原》了。

《屈原》之後，蘇青給尹桂芳的本子是《寶玉與黛玉》。尹桂芳的賈寶玉，和後來我們所熟悉的徐玉蘭版本的賈寶玉不同，從現存的唱片版本中，我可以窺見，尹桂芳版賈寶玉的人設突出在「情」字，聽她的《哭靈》、《問紫娟》，聽到最後，總是難以自持地心痛，而蘇青恰恰把握住了尹桂芳的這一特徵，她的《寶玉與黛玉》同樣突出的是「愛情」。趙景深對這部戲的評論是「應該推薦給上海市民」，而《解放日報》上的報導可以窺見《寶玉與黛玉》當年的盛況：陰曆臘月二十二開始預售，當日全部售罄。正月初一一直演到五月，連演三百場，全部滿座。

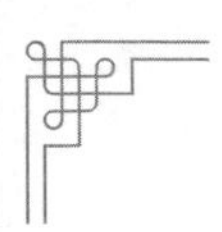

七月開始，芳華前往京、津、濟等地進行兩個多月的公演，九月回到上海，仍舊是《寶玉與黛玉》，接檔的是蘇青編、司徒陽導的《李娃傳》。蘇青的兒子李崇元覺得媽媽重新又意氣風發了，「那一段時間母親的生活最穩定，因為編寫劇本收入非常不錯，每月三百元錢，那時別人每月只有三十幾元。」這樣的時光驟然而止，一九五五年十二月一日，蘇青被捕，據說是因為跟賈植芳的通信（她曾經給賈植芳先生寄過《寶玉與黛玉》的劇本，後來又請教過《司馬遷》的相關問題），《寶玉與黛玉》戲單上編劇馮允莊的名字換成了「集體改編」。

兩年後，一九五九年，芳華越劇團南下福建「支援前線」，蘇青沒有跟隨芳華一起去。蘇青不願走，尹桂芳亦沒有強求。她本就是寬厚的大姐，她亦知道，出走沒有越劇基因的福建，對於越劇團來說會遇到怎樣的困難，人同此心，想留在上海，在當時是再正常不過的事情。更何況，對於告別，尹桂芳遠遠經歷過比這更痛的。

在很多戲迷眼中，尹桂芳和竺水招是拆不散的CP。

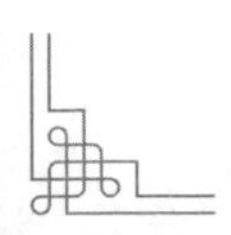

十九歲那年，是我與竺水招小姐兩人可紀念的一年。因為那年春天，我和竺水招小姐正式搭檔演出於黃岩。彼此間同心協力，悉心研究越藝，所以非唯營業日盛，就是我和竺小姐間的感情，也與日俱增中。

——尹桂芳／〈從藝十五年〉

她們共過患難，面對當地流氓地痞的糾纏，這對舞臺姐妹不得不投身警局，做慰勞演出。她們曾經抱著必死的信念，流落在異鄉，最終又不得不暫時分開。到了上海的尹桂芳，一聽到竺水招的消息，立刻換搭檔：

演至十月中旬，我的舞臺情侶竺水招小姐來滬，先前竺小姐同徐玉蘭小姐在曹家渡演出，後被我的堅邀，水招即與我再度合作……

——尹桂芳／《從藝十五年》

她們是舞臺情侶，亦是相依為命的親人。竺水招的母親在去世之前曾經對尹桂芳說，

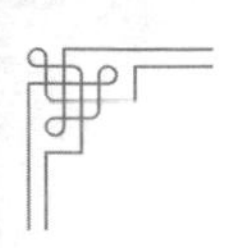

自己的女兒脾氣戇，從此以後就要託付給尹桂芳了。所以，她們的情分非一般人可比，就像尹桂芳的花旦余彩琴曾經說的那樣，她們不一樣的。連芳華越劇團這個名字，也是出自她們兩人的名字，芳是尹桂芳的芳，華是竺水招的原名竺雲華的華。

可這樣的情分，卻忽然拆檔了。拆檔的原因眾說紛紜，一九四六年八月十一日《越劇報》十九期上的新聞說尹竺兩人暫時鬧翻，現在又和好了：

尹桂芳竺水招繼續合作九星二十號開幕

尹桂芳搭竺水招，真是天生一雙，地成一對，好無再好，尹竺雖會一度分開，不久仍舊合作。這次九星歇夏時尹竺二姝為了一個朋友的關係又告鬧翻，而且雙方決不再合作，竺水招登報辭行，預備到故鄉去享清福，大有寧願犧牲燦爛前程，以全友誼，抱著大無畏炎犧牲精神，這樣一來，騷動了整個越壇，後經有關各方之竭力拉攏，幸雙方破除成見，重歸於好，尹竺繼續合作，仍在九星演唱，期間半年。

但一年之後，一九四七年八月二十四日，竺水招忽然被張春帆招進了國泰：

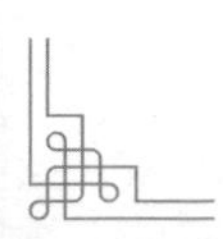

竺水招進國泰，這是突如其來的消息，原因是袁雪芬尹桂芳本來決定進國泰，最近幾天發生種種問題以後告吹，因此國泰主持者張春帆就以閃電手段聘定竺水招，據說小生是焦月娥，趙雅麟唱二肩，定八月初一日登臺。

《越劇報》還曾經報導過一篇《吳小樓做調解尹桂芳竺水招講和》的文章：

尹桂芳同竺水招的一對臺上夫妻，本來很是要好，後來為了一個「要好朋友」，你搶我奪，弄得尹竺兩人反而不要好起來，結果那個朋友與尹熱絡，竺也無可奈何，去年尹輟演，竺退出芳華，另打天下，而且由花旦改唱小生，紅極一時，所以竺之改演，可能因為尹竺不和而出此一策。

同是唱戲姐妹淘，應該感情融洽，才可使越劇繁榮，尹竺之鬧翻，也是我們越劇界的不幸。

老生吳小樓，與尹竺搭檔過好幾年，彼此感情很好。她為了此事願做調解人，奔走頗為忙碌，早想替她們兩人拉拉場，大家破除成見，現在，居然如願以償。尹竺聽了吳小樓

之忠言相勸，已經講和，恢復以往的情感，仍舊要好非凡。

也就是說，她們的分開，為的是一個「要好朋友」。有關這件事的版本，我聽過三四個，都很唏噓。斯人已去，我不願多說，但有一點可以肯定，這件事雖然造成了這對舞臺情侶的拆檔，卻並沒有拆散兩人的感情，在這之後，竺水招的團裡帶著尹桂芳的弟媳婦，尹桂芳也特別喜歡竺水招的女兒，竺水招的女兒管其他的「十姐妹」都叫阿姨，唯有尹桂芳，叫的是「大阿姨」。

戲迷們總喜歡講一件事情，五十年代，尹桂芳重開芳華，竺水招的雲華也在上海。每年夏天，各大劇團都要歇夏的，具體哪一天歇，卻沒有規定。當時尹桂芳和竺水招還沒有恢復往來，尹桂芳卻希望芳華和雲華同一天歇夏。於是，芳華在劇場門口掛了一個倒計時牌子，上書「距離本劇團歇夏還剩××天」。據說，牌子上還掛著「剩十一天」的時候，忽然傳來雲華將於三天後歇夏的消息，尹桂芳趕緊叫人把牌子上的十一改成三（也不知道為啥就是要和雲華同一天）。因為這個故事，我總是願意相信，在尹桂芳的心中，愛情也是要讓位於竺水招的。

她與她的情分，終究是不同的。

尹桂芳和竺水招合作的老唱片裡，我收藏有一張一九四四年的《破肚驗花》。《破肚驗花》又叫《剖腹驗花》，這是三四十年代越劇舞臺常演的一個劇碼，妹妹柳青禪被表兄陷害，哥哥柳青雲帶妹妹前往公堂。最終，為了證明自己的清白，妹妹當堂剖腹。錄製這張唱片的時候，扮演妹妹的竺水招大概永遠不曾想到，自己最終的命運，居然和柳青禪一樣。

一九五〇年，竺水招曾因個人婚姻問題去過香港，這段經歷使得她被安上了「叛國投敵」的現行反革命罪名。「掀起鬥爭竺水招新高潮」的日子來臨了，竺水招經歷了一次又一次的抄家，她本人則被一次又一次地揪鬥，打、逼、供、信，九十度彎腰，揪頭髮，噴氣式……數不清的罪行，供不完的交代。這時，已經被限制自由的竺水招得到一個消息，遠在福建的尹桂芳因為不堪忍受批鬥，自殺了。

一九六八年五月二十六日，星期日，天氣晴朗。竺水招先喝下大半瓶癬藥水，又用水果刀的刀柄頂住了桌子邊沿，對準刀尖用盡全力刺破了自己的脾臟。四十七歲的竺水招用這種極其慘烈的方式結束了自己的生命。但這時的她還不知道，尹桂芳自殺的消息並不確實。不久，遠在福建的尹桂芳聽到了竺水招自殺的消息。

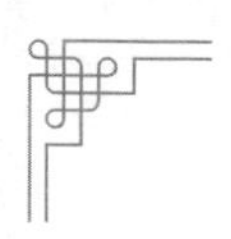

她同樣對生命失去了信心，把積攢下來的安眠藥一股腦吃了下去，同時又喝下了癬藥水。

我整整昏迷了五天五夜，醫生、護士看見我遍體鱗傷都掉下淚來，他們出於革命人道主義，千方百計搶救我的生命。癬藥水燒壞了我的口腔、喉嚨和胃部。經過五天的奮力搶救，我還在深度的昏迷之中，據說當時我的眼睛睜得很大，可是我什麼也看不見。醫生沉重地說：「尹桂芳不行了，準備後事吧。」聽了這話，團裡很多姐妹都哭了。這時有個醫生說：「讓我作最後的一次努力吧。」他切開了我的氣管，插進了橡皮管，我開始了正常的呼吸。醫生從死神手中奪回了我的生命。我漸漸地清醒過來，我的第一個念頭是：幹嘛要救我呀！

——尹桂芳／《拭血淚　登征程》

竺水招離開了人間，尹桂芳被搶救過來了。渡盡劫波，人卻不再。一九七九年九月，在恢復芳華越劇團建制一個多月之後，尹桂芳來到上海，在文化廣場舉行了「尹桂芳越劇流派演唱會」。劫難過後的尹桂芳再次和袁雪芬唱起了「十姐妹義演」時《山河戀》中的《送信》。臺下觀眾的情緒頓時沸騰了，那一句「妹妹呀」一出，幾乎所有人淚流滿面。

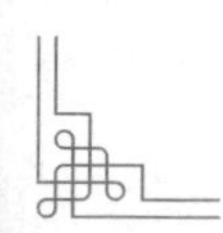

細心的觀眾發現，尹桂芳當時一隻手撐著桌子——因為中風，她幾乎癱瘓，一隻手已經無法動彈，可我分明看見，她的眼裡有光。

蘇青沒有去看這場演出，她生命的最後幾年纏綿病榻，有次去醫院檢查拍X光片，醫生居然找不著她的肺。一九八二年十二月七日，蘇青的小兒子李崇元「一到家，進去，母親躺在床上沒有聲響，我也不大在意，正準備洗菜，轉頭看看母親，母親的頭歪在一邊。母親當時身上還是熱的，嘴角有血，靠門的一隻眼睛睜著，估計是等人來吧」。兩年之後，一九八四年十一月十九日，上海市公安局做出了《關於馮和儀案的複查決定》：「經複查，馮和儀的歷史問題屬一般政治問題，解放後且已向政府作過交代。據此，一九五五年十二月一日以反革命案將馮逮捕是錯誤的，現予以糾正，並恢復名譽。」

一九七八年，竺水招去世十年之後得到了平反，她的女兒劉克美改名竺小招，繼續從事越劇表演和教育工作。

一九八八年，尹桂芳在《南京日報》上發表文章，紀念竺水招去世二十周年：

水招妹妹離開我們已經整整二十個年頭了。二十年，是一個相當漫長的時期。但是，她的音容笑貌，還常常在我的腦海中浮現。最近，在她二十年周年祭的時候，我更是

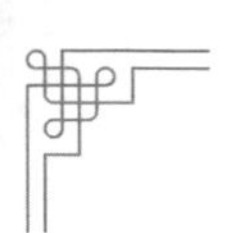

日思夜想，不能自己，往事歷歷，如在眼前。

——尹桂芳／《患難姐妹難忘懷——憶念水招妹妹》

想要寫尹桂芳，已經很久很久了。前幾年，有朋友送我一本李金鳳寫的《我在人世間——越劇皇帝尹桂芳的舞臺伴侶李金鳳自述》。書中，李金鳳回憶自己十五歲第一次見到尹桂芳：「客廳門口一位身著淡茄色旗袍，腳著拖鞋。似燙非燙齊肩短髮，悠閒靜雅地從客廳門口經過。」《盤妻索妻．洞房》裡那句「娘子啊」，聽得人酥酥麻麻，從毛孔裡透出舒坦。尹桂芳的唱腔，和她的人一樣，都是如此嫻雅幽靜。

一九四八年秋天，上海的越劇觀眾投票選舉「越劇皇帝」，「越劇皇后」的桂冠很多人都戴過，自有越劇以來一百年，觀眾心目中的「越劇皇帝」，卻始終只有一個尹桂芳一個人。大家都說，她「比美男子還要美」。這種美被放大之後，我們發現，尹桂芳的美，是善良，是包容，是一想起來就讓我們如沐春風。

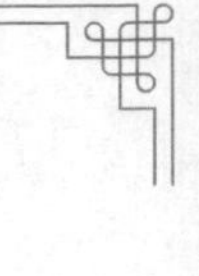

姚莉

世間再無時代曲

一九三八年情人節，上海新光大戲院上映了一部叫《三星伴月》的電影。周璇扮演的電臺歌星王秀文和情人分手時唱了一首〈何日君再來〉，曲子由上海音樂專科學校的學生劉雪庵即興創作，導演方沛霖請編劇黃嘉謨填了詞，作曲、填詞、歌唱的人都沒能想到，這首歌成了影響他們三個人一生的歌曲。

〈何日君再來〉很快風靡上海。某日，李香蘭到錄音棚灌唱片，忽然聽見隔壁有人唱〈何日君再來〉，居然情不自禁在錄製中激動大喊「啊，周璇」，自己的錄音只得作廢。

李香蘭在自傳《李香蘭——我的前半生》裡說：「我是個周璇迷。」那個年代，周璇迷絕不僅僅李香蘭一個，還有十六歲的小姑娘姚莉。兩年前，她在華新電臺參加慈善演出，唱完才發現，自己「唯一的偶像」就坐在下面聽自己唱歌，那種感覺，「難為情死了」，

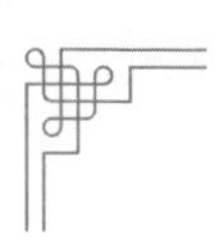

同時「又開心得不得了」。那次慈善節目，點周璇唱一首歌五塊到十塊不等，姚莉想，我一個月才兩塊，她真紅。姚莉沒想到的是，首先開口的是周璇。她的第一句話是：「小妹妹妳怎麼這麼厲害啊，年紀這麼輕會唱我的歌。」姚莉回答：「妳是我的偶像嘛，每天在家裡聽收音機。」而周璇的先生嚴華則對姚莉說：「過兩個禮拜，妳來百代公司找我。」

兩個禮拜之後，嚴華對姚莉說，他要給姚莉寫一首歌，「讓妳做歌星」。這首歌便是〈賣相思〉。我很喜歡〈賣相思〉這首小調，輕鬆俏皮又少女。但第一次聽，完全以為是周璇在唱，嚴華對姚莉的栽培，是否暗含著對於周璇的深愛，我們不得而知。不過，也許是因為這首歌太過於模仿周璇的聲線，姚莉本人並不太喜歡，雖然正是這一曲為她贏得了「銀嗓子」的稱號（周璇為「金嗓子」）。

一九三六年的《咖啡味》上曾有評論說，姚莉能取得目前的成就，是因為「她對於歌唱的愛好，也比別人愛重一些」，雖然有人覺得「姚莉有時候架子太大了」，但「一個還沒有深刻修養的小姑娘，在她天真的思想裡有時不免要舉動過火的」。我找了找那時候她的照片，還是圓嘟嘟可愛的臉，不知道為什麼，《歌星畫報》裡居然幾次評價她為「排骨西施」，覺得她「太瘦」。

一九三八年，小報上開始傳周璇和嚴華的感情危機。但那時一切看上去都是謠言，這

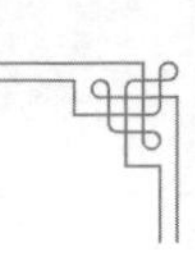

對明星夫婦一如既往熱心提攜後輩。在嚴華家裡，姚莉把一個看上去沉默寡言的年輕人帶到偶像面前，嚴華對這個從來沒有學過音樂的小夥子大加讚賞，並推薦他進入當時赫赫有名的上海百代唱片公司。

姚莉推薦的年輕人是她的哥哥姚敏。姚敏和姚莉都是藝名，取的是「要名要利」的諧音。本名姚振民的姚敏做過雜貨店學徒、電影院領位員和三年海員。回國之後，他曾和妹妹姚英、姚莉組成「大同社」，《歌星畫報》第一期刊登過兄妹三人的照片。三兄妹的家庭裡完全沒有音樂細胞，他們的父親是牛奶公司小開，在一場場賭博中輸掉了全部家當，最終淪落為乞丐，潦倒身亡。也許因為這個原因，長兄如父，哥哥姚敏雖然不善言辭，卻在姚莉的生命裡地位極為重要，甚至超過了母親。（他們的母親一度離家出走，在姚莉兄妹開始唱歌養家之後才回到他們身邊。）

嚴華發現了姚莉和姚敏，把他們推薦進百代唱片。姚莉一轉身，遇到了人生第二個貴人——「歌仙」陳歌辛。陳歌辛有一半印度血統，照片上總是怯生生的，我見猶憐。那時候，他是上海灘最帥氣的作曲天才。在百代公司擔任作曲時，每成一曲，往往叫幾個人來試唱。他在一旁聽，不發話的即為不滿意；倘若略一點頭，這首歌就屬於這個歌者。姚莉就是在這樣的試唱中被陳歌辛選中的。聽陳歌辛給她寫的〈等待〉，已經漸漸脫離了早

期周璇式的少女唱法，變得多情沉鬱，很難想像，這是一個十五六歲的姑娘的聲音。

一九四〇年，周璇主演了著名的電影《天涯歌女》。這部電影誕生了大量耳熟能詳的歌曲，但漂洋過海並且產生巨大國際影響力的，卻來自配角姚莉，歌的名字叫〈玫瑰玫瑰我愛你〉，作曲陳歌辛。

唱〈玫瑰玫瑰我愛你〉時的姚莉，嗓音仍偏向拔尖，她曾經毫不諱言承認，這首歌在發聲方法上，的確有周璇的影子。姚莉說，這首歌聽起來輕鬆得不得了，實際上「唱掉我半條命」。原來，灌錄這支唱片時，陳歌辛希望能呈現「絢麗得想讓人跳舞」的效果，動用了近三十位百代簽下的白俄樂手，比一般歌曲多上好幾倍，當時的錄音條件有限，如果出錯只能重來，壓力之大可想而知。

最終，十八歲的姚莉成功了。

十一年之後，一九五一年，美國歌星法藍奇．連（Frankie Laine）翻唱了英文版的〈玫瑰玫瑰我愛你〉（"Rose, Rose, I Love You"），在全球知名的美國《告示牌》（*Billboard*）雜誌音樂排行榜上排名第三。時至今日，"Rose, Rose, I Love You" 仍然是該榜上唯一一首出自中國作曲家之手的原創流行音樂作品，這也是中國有史以來第一首被翻唱成英文的流行歌曲。

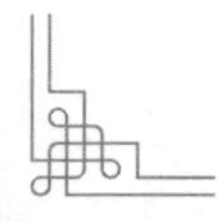

陳歌辛給姚莉創作了許多歌曲，我最愛的並不是〈玫瑰玫瑰我愛你〉，而是〈蘇州河邊〉。金宇澄老師的《繁花》裡，姝華與滬生立於船頭，姝華手扶欄杆，忽然輕聲讀出〈蘇州河邊〉幾句歌詞：「河邊／只有我們兩個／星星在笑／……」我讀到此處，心中一慟，時代車輪滾滾向前，在片刻安寧中，〈蘇州河邊〉的戀人溫柔唱著「你望著我，我望著你，千言萬語變作沉默」。這一刻，含蓄的愛意暗流湧動，下一秒便是生離死別，因為「夜留下一片寂寞」。

陳歌辛的兒子、《梁祝》的作曲陳鋼曾說：「龍應台一九九六年到上海，對上海一無所知，但是上海老歌全背得出來。她會問一個問題：哎，不是有首歌叫〈蘇州河畔（邊）〉，那蘇州河是不是在蘇州啊？她不知道蘇州河在上海。」

創作〈蘇州河邊〉的陳歌辛化名「懷鈺」，我不知道這個「鈺」是誰。但看姚莉授權發布的自傳裡，曾經專闢一章講這首歌。據說，姚莉和陳歌辛曾經漫步河邊，兩人都不講話。不久，陳歌辛寫出此歌，卻一反常態，自己並不演唱，而讓姚莉和哥哥姚敏合唱。後來，姚莉和陳鋼說，自己年輕的時候曾經暗戀過陳歌辛，不過她又說：「那時候的小姑娘，都暗戀陳歌辛嘛！李香蘭也暗戀過。」

姚莉和姚敏合唱過的歌曲不只〈蘇州河邊〉，大眾更為熟悉的是已經淪為超市歌曲的

〈恭喜恭喜〉，一九四五年，聽到抗戰勝利的消息後，曾經被關進極司菲爾路七十六號飽受折磨的陳歌辛創作了這首歌。

〈恭喜恭喜〉中的喜悅溢於言表，孤島中的上海，多少人用音樂和藝術表達自己抗戰的決心。一九四四年，抗日戰爭末期，周璇在電影《鸞鳳和鳴》中演唱了一首陳歌辛創作的插曲〈不變的心〉，這是一首具有愛國情操的歌曲，之後被反覆傳唱，其中也包括當時在仙樂斯舞廳演唱的姚莉。姚莉在臺上一開口，「你是我的靈魂，你是我的生命」，臺下一個中年人淚如雨下，他辦過報，搞過電影皇后票選，擔任過《萬象》首任主編，這首歌深深打動了他，他決定開始自己的填詞生涯。

這個人叫陳蝶衣，之後，他先和陳歌辛後和姚敏搭檔，並在香港時期和姚敏、姚莉結成了牢不可破的「鐵三角」。他填詞的歌曲膾炙人口，說兩首就足夠——〈我的心裡只有你沒有他〉、〈春風吻上了我的臉〉。

姚莉的仙樂斯生涯充滿了驚險，仙樂斯的小開瘋狂追求姚莉，姚莉的母親吳巧寶十分擔心女兒重蹈自己的覆轍。姚莉還曾在仙樂斯被某漢奸騷擾，最終吳巧寶決定中止女兒和仙樂斯的合約，改投揚子飯店。揚子飯店的名氣和酬勞都不如仙樂斯，但揚子飯店的經理黃志堅非常喜歡姚莉，他不僅給姚莉配備了專門休息的房間，認姚莉做乾女兒，還跟吳

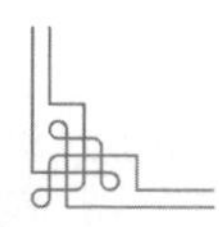

巧寶說：「妳女兒跟我簽四年合約，我還有一個條件，就是要讓她做我的媳婦。」做媒做的是黃經理的大兒子黃保羅，黃保羅雖然比姚莉小四歲，但人家是交通大學機械系的大學生，端的一雙璧人。新房安置在愚園路漁光村，離姚莉母親在聖母院路的家不遠。結婚那年，姚莉二十五歲。很多年之後，作家淳子採訪姚莉，誇她「眼光好，丈夫選得好」，她回答：「我覺得做人要有一個原則，自己要知道當初出來是為了什麼。」

一九四九年五月二十七日，上海百代宣布停業，姚敏姚莉陳歌辛們一夜之間失業了。姚敏帶著妻兒離開了上海，姚莉一家也先後前往香港會合。陳歌辛立刻把自己的兒子陳鋼送去參加中國人民解放軍，陳蝶衣則匆匆忙忙把大兒子陳燮陽帶回了老家武進，他什麼也沒說，只是囑咐他要聽爺爺奶奶的話。

父與子之間的溝通本來就很少，一九四〇年開始，陳蝶衣因為外遇和妻子分居，兒女們對父親充滿恨意。陳蝶衣隨後不告而別，那一年，陳燮陽剛剛十二歲。遭受重大打擊的妻子帶著三個兒女艱難度日，因為過度勞累與傷心，三十九歲就患癌症過世了。沒

有一封家書的陳蝶衣把最複雜的情感寫成了歌曲，這便是〈我有一段情〉的由來。

一九五二年，陳歌辛和陳蝶衣一起到達香港，但很快陳歌辛選擇了回到上海。我們已經無法得知他回來的動機，也許，他只是想要和孩子團聚；也許，他對新中國充滿熱情，想要創作更多為人民服務的歌曲。

也是在這一年，百代在香港重新開張，姚敏＋陳蝶衣＋姚莉的香江黃金格局再度盛放。《姚莉：永遠綻放的玫瑰》裡這樣寫道：「時局變遷，所有的上海藝人都南遷至香港……也期待英殖民地香港能夠取代當年法租界時期的上海，成為東方的好萊塢……一九五二年，百代公司在香港重整旗鼓，重新召回上海時期的眾多音樂人和歌手。姚莉、姚敏等人知道消息之後，雀躍不已。長久以來，大家始終緬懷在上海時期締造的輝煌時代……本來英國的百代公司想要把華語樂壇的基地建設在新加坡，但是後來得悉上海的樂壇精英大多遷徙到了香港才改變了初衷，把陣線轉移到香港，香港樂壇從此走進了一個輝煌的年代。」

回到上海的周璇飽受精神疾病的困擾，姚莉的演藝生涯卻在香港獲得了新生。她的演唱風格再次發生了變化，在兄長姚敏的幫助下，她開始嘗試一種帶有黑人靈魂樂風的歌曲，以中文翻唱的一首首美國歌曲走紅香江，贏得了「時代曲歌后」的美名。

這一切當然和姚敏的支持分不開。一九五五年臺灣《聯合報》刊載署名「鏘鏘」的報導裡，姚敏已經成了香港電影界的「香餑餑」：「至於現在的姚敏，更紅得發紫，只要有歌的片子，誰都會去遷就他。」一九五七年，姚敏據說因為太忙，「連製片公司送給他的酬勞，也沒有工夫去領，各公司都有姚敏的存款」。同為「上海七大歌后」的白光慨歎：「姚敏我很佩服他，的確滿有天才，不過他一年要作兩三百個曲子，怎麼作得好。」

真正奠定姚敏香港流行歌壇及電影音樂霸主地位的，是電影《桃花江》。《桃花江》由香港新華影業公司出品，導演張善琨、王天林，編劇作詞方忭（陳蝶衣），姚敏作曲、姚莉幕後代唱。這部電影實際上是一部低成本製作，在劇情方面有諸多不合理之處，但這一切都被陳蝶衣的歌詞、姚敏的作曲和姚莉的歌聲填補了。《桃花江》被視作此一類型電影的啟航者，如今香港電影資料館還特別注記：「本片掀起國語歌唱片潮流」。

當時，姚敏和陳蝶衣的創作小組長年駐紮在尖沙咀的格蘭咖啡館，姚敏創作的時候要喝酒，陳蝶衣則喝咖啡，酒喝到位了，歌也寫出來了。姚敏喝醉後就開始飆英文 "have a drink"，這讓人想起他的海員生涯。

有的歌曲創作起來很快，一九五九年姚敏到臺灣時曾經透露，李香蘭的《三年》，他只花了十分鐘就寫好。並非所有時候都靈感迸發，《解語花》的插曲《天長地久》則花了

五個月。張惠妹唱過的《站在高崗上》，也是姚敏的作品。

這時的他們還不知道，一九五七年，周璇因病去世，創作了〈何日君再來〉的劉雪庵因為這首歌變成了右派和黃色作曲家。而他們更為熟悉的陳歌辛在前一年國慶聯歡上剛剛為上海市民創作出〈龍舞〉，也被劃成了右派，並於一九五七年底送安徽白茅嶺農場勞動教養。很多年之後，音樂家賀綠汀回憶：「五十七年反右是看中我的，陳毅同志來電話保了我，於是陳歌辛成了我的替罪羊……」

一九六一年一月二十五日，曾經創作出〈夜上海〉、〈玫瑰玫瑰我愛你〉、〈鳳凰于飛〉等傳世之作的作曲大師在白茅嶺勞改農場餓死。他一生寫過數十首春天的歌，可自己卻在一九六一年春天來臨之前，過早告別了這個世界。這一年，陳歌辛四十六歲。

六年之後的三月，驚蟄。姚敏在一次宴會中忽然面色鐵青倒下，第一個發現的是姚莉，她衝過去，看到哥哥嘴唇已經發紫。最終，姚敏因心臟病離世，享年五十歲。

姚莉說，在很長時間裡，她無法接受沒有哥哥的日子。為了整理哥哥姚敏的遺作，姚莉走馬上任香港百代唱片公司的唱片總監，最後於一九七五年正式退出歌壇。

一九八五年，姚莉回到上海。她見到了栽培她的嚴華，見到了黎錦光和嚴折西。在故友白虹的門口，開門的人已經認不出她，她說：「我姚莉啊！」剛講到「姚」字，兩個人

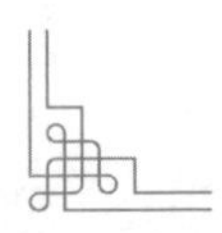

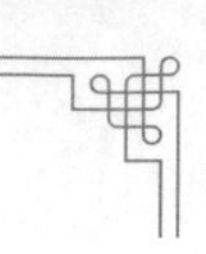

抱頭痛哭，白虹一邊哭一邊叫：「小莉啊！」

已經成為著名指揮家的陳燮陽聯繫上了父親，但父子之間的隔閡一直都在。在姚敏去世之後，陳蝶衣宣布封筆，再也沒有創作過新的歌曲，但他和姚敏合作的曲子仍舊在被傳唱，比如大家熟悉的〈賣湯圓〉。一直到二〇〇二年，澳門舉行「陳蝶衣作品音樂會」，登臺指揮的是陳燮陽，在那場音樂會的結尾，陳蝶衣在人們熱烈的掌聲中走上了舞臺，與陳燮陽擁抱，那一年，陳蝶衣九十五歲，陳燮陽六十三歲，這是父子倆第一次合作，也是他們第一次走得如此之近。

二〇〇五年，黃保羅去世，這一年也是他和姚莉結婚六十周年。丈夫去世之後，姚莉悶悶不樂了很久，但她說：「沒有辦法，人的生離死別是一定的，他不過先走一步，我慢慢也要去的，去天堂跟他一起。」二〇〇九年張露（杜德偉的媽媽）去世，王勇去看她，她說自己和張露特別要好，王建議她再回上海看看，她說，不想回去了，我的朋友們都走了。

二〇〇七年十月十四日，在距離百歲生日只有三天時，陳蝶衣去世了。去世之前，他仍舊每天去麥當勞寫作，別人問他以前的事情，他說：「不記得了，上海小籠包子記得的。」拿出相冊一頁一頁看過去，陳蝶衣手指著陳燮陽的照片，自豪地說：「他是我的大兒子陳燮陽。」

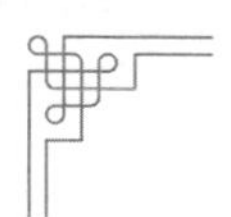

二〇一四年九月七日，李香蘭去世。

二〇一九年七月十九日，姚莉去世，她身分證上的生日是一九二二年七月十九日。她很少接受採訪，有人去養老院看她，她都堅持要給自己畫好口紅，這是一代歌后的尊嚴。她說：「我不要人家看我，有什麼好看的，這麼老了，我要他們聽我的音樂，永遠。」

至此，上海歌壇七大歌后，周璇、白虹、龔秋霞、姚莉、白光、李香蘭和吳鶯音全部離開了我們，時代曲的時代終於落幕了。

感謝她們。

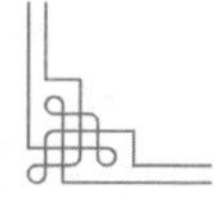

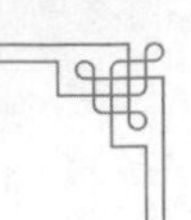

蘇青與張愛玲

塑膠姐妹花

一說到張愛玲的朋友，除了炎櫻、鄺文美，避不開的還有蘇青。第一證據便是張愛玲寫的〈我看蘇青〉，這實際上是張愛玲為蘇青的散文集《浣錦集》寫的序：「如果必須把女作者特別分作一欄來評論的話，那麼，把我同冰心、白薇她們來比較，我實在不能引以為榮，只有和蘇青相提並論我是甘心情願的。」有物證也有人證。蘇青的妹妹蘇紅回憶：「這兩個女作家白天不寫文章，常常相約去喝咖啡，她們無話不談，非常要好。」

但事情又有點蹊蹺。因為除了商業互吹，她們並無其他的交往細節。相比之下，和炎櫻的AA制下午茶，寫給鄺文美信裡的旗袍花樣，才更像是女生之間的友誼。〈我看蘇青〉裡還有一句：「至於私交，如果說她同我不過是業務上的關係，她敷衍我，為了拉稿子，我敷衍她，為了要稿費，那也許是較近事實的，可是我總覺得，也不能說一點感情也沒

有。」

張愛玲和蘇青的友誼究竟如何？是真友誼，還是傳說中的「塑膠姐妹花」？如果真如蘇紅所說「非常要好」，是什麼事情導致了她們的分崩離析？

我一直認為，張愛玲是個不世故的人，儘管她一直假裝世故。接待粉絲水晶，知道預備「一瓶八盎司重的 CHANEL NO.5 牌香水」，但一聽水晶那番對於《海上花》的主觀論斷，她立刻「先微微一驚，然後突然大笑起來」，顯然是不贊同。同樣的香水，她也送了柏克萊大學的助手陳少聰。可是她為了不跟人家交流，就「目不斜視，有時面朝著牆壁，有時朝地板」。上司陳世驤請她去家裡吃飯，她選擇應邀前去，去了呆呆坐在沙發上，只和陳說話，其他人一概不理。最後還是夏志清去幫她解釋：「（愛玲）最不會和顏悅色去討人歡喜的人，吃了很大的虧。」在對待蘇青的問題上也一樣。

〈我看蘇青〉是蘇青《浣錦集》的序言，作為一篇吹捧文章，整篇都充滿著彆扭。明明可以說「我很喜歡她」，偏偏說：「我想我喜歡她過於她喜歡我，是因為我知道她比較深的緣故。」明明可以說「《浣錦集》寫得很好」，偏偏說：「我認為《結婚十年》比《浣錦集》要差一點。」明明是表揚，偏偏要說：「也有兩篇她寫得太潦草，我讀了，彷彿是走進一個舊識的房間，還是那些擺設，可是主人不在家，心裡很惆悵。」

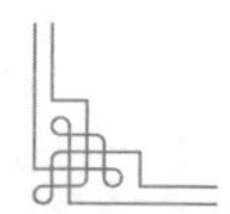

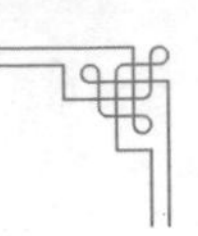

要搞清楚這篇文章裡的彆扭，我們要先弄清楚該文的寫作時間——一九四四年春。

一九四四年春天，作為作家的蘇青是比作為作家的張愛玲還要紅的。一九四三年五月開始連載的《結婚十年》印了三十六版，是出版業的奇蹟。一九四三年十月十日，蘇青創辦的《天地》雜誌首印三千冊，五天即賣完，加印二千冊，復一掃而空。作為出版人的蘇青親力親為，不僅坐在裝運白報紙的車上親自押車，還親到報攤收款，真是我們這些後輩學習的楷模。相比蘇青的繁花似錦，張愛玲「小荷才露尖尖角」。一九四三年五月，她透過母家親戚黃岳淵的介紹，在周瘦鵑的《紫羅蘭》上發表了〈第一爐香〉，但周瘦鵑本人並不那麼欣賞張愛玲的文字，她真正的伯樂是《雜誌》，給她帶來聲名的《傳奇》也是由《雜誌》所在的上海雜誌社在一九四四年八月出版的。一九四四年的小報評論說，蘇青和張愛玲是「最紅的兩位女作家」，蘇青在前，張愛玲在後。

所以，這段友誼的開始，並不是張愛玲屈就蘇青，但確實是蘇青上趕著結交張愛玲——為了約稿。

如果穿越回去，我一定要向蘇青請教一個終極問題：如何催稿。我的前同事雙紅，人稱「催稿婆」，她的催稿方式是天天催、日日催，用發紅包的形式提醒截稿日期，時人嘆服。比起蘇青，雙紅就是小巫見大巫。跟周佛海的太太楊淑慧約稿，蘇青知道她貴人多忘

事，於是「再三勸說，每日催促」，終於在創刊號上約出一篇重磅〈我與佛海〉。跟《古今》社長朱樸的續弦梁文若約稿，蘇青索性邊吃邊催，弄得人家不好意思，居然「在樸園午餐，餐畢草此」，簡直立等可取。

楊淑慧是蘇青的過房娘[1]，所以蘇青曾經帶著張愛玲一起去周佛海家裡，給得罪了汪精衛的胡蘭成求情。楊和梁都是票友，非專業寫作者，張愛玲是作家，不能強行約稿（所以請各位編輯以後也對我溫柔一點），蘇青就給她寫信，用「我也是女人」這種「同性」同情法約稿，果然成功，這便是張愛玲在《天地》第二期發表的〈封鎖〉。

在約稿之後，蘇青和張愛玲的交往開始頻繁。一九四五年二月二十七日她們曾一同出席座談會談婦女問題，蘇青也到張愛玲家裡去接受記者採訪，就如同蘇紅說的那樣，她們開始外出喝咖啡約會。潘柳黛第一次去張愛玲家，也是蘇青陪著去的。

但《天地》也成為胡蘭成和張愛玲「孽緣」的開始。在看過那篇〈封鎖〉之後，他立刻給蘇青寫信問：「張愛玲係何人？」蘇青的回覆：「是女人。」這個回答非常妙。後來

編注

1　過房娘是上海話，乾媽、義母之意。

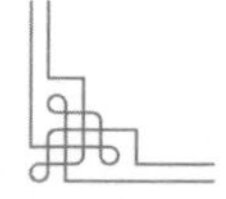

胡蘭成去上海，一下火車即去尋蘇青，又問張愛玲，蘇青說「張愛玲不見人的」。問她要張愛玲的地址，她「亦遲疑了一回」才寫給他。可以說，蘇青算是胡蘭成和張愛玲的媒人。

蘇青何以遲疑？我初看《今生今世》時，以為蘇青知道胡蘭成是登徒子，看出他「項莊舞劍意在沛公」，不想把女朋友介紹給胡蘭成。直到看了蘇青的《續結婚十年》，我不禁感歎：我還是太幼稚了。

我承認我挺喜歡蘇青的，因為她敞亮。

喜歡什麼就說什麼，毫不矯情，比如她說：「我愛吃，也愛睡，吃與睡就是我的日常生活的享受。」在對女人要事業還是愛情這個問題上，她也一針見血：「一面工作一面談戀愛的女人，總會較專心戀愛而不做工作的女人吃虧的。」甚至替撈女講話，不怕挨罵：「要求物質是女人無可奈何的補償，因為她們知道男人容易變心，而且變得快，還是趕快抓住些物質，算是失望後的安慰吧。好歹我總弄到他一筆錢，這是女人被棄後的豪語。」

有人說她是「猶太作家」，大約是說她小氣，她也堂堂正正回覆：「猶太人曾經貪圖小利

出賣耶穌，這類事情我從來沒有做過，至於不肯濫花錢，那倒是真的，因為我的負擔很重，子女三人都歸我撫養，離婚的丈夫從來沒有貼過半文錢，還有老母在堂，也要常常寄些錢去，近年來我總是入不敷出的，自然沒有多餘的錢可供揮霍了……我的不慷慨，並沒有影響別人，別人又何必來笑我呢？」

連寫自傳性小說《結婚十年》，蘇青也坦誠得可怕，如一卷畫軸，不是徐徐攤開，呼喇喇一下盡收眼底：婚禮上忍受不能上廁所、丈夫和表嫂有染、生了女兒之後公婆不讓自己餵奶……她寫被丈夫填鴨餵食，只為了能下奶，效果不好，丈夫就埋怨：「妳自己倒是愈來愈胖了，真是自私的媽媽！」我一個女朋友讀到此處，居然潸然淚下，直說真切。

所以她讀了〈傾城之戀〉，可憐因為香港淪陷才終於成為范柳原太太的白流蘇，因為范柳原這樣的男人，嘴上說著「執子之手」，卻永遠不會停下浪蕩的腳步。但她理解白流蘇的痛苦：「我知道一個離過婚的女人，求歸宿的心態總比求愛情的心來得更切。」

寫這句話的時候，她絲毫不避諱，因為自己就是一個離過婚的女人。

編注

1 撈女是帶有貶意的網路用語，指為了物質和金錢而拋棄尊嚴的女性。

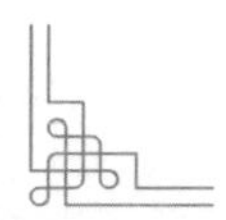

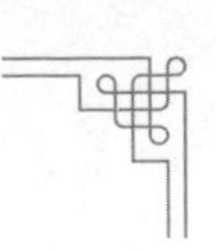

蘇青是主動離婚的。張愛玲評價蘇青，說她謀生亦謀愛。亂世之中，謀生已經足夠艱難，何況還要謀愛。這樣看來，蘇青骨子裡是理想主義的。謀生，蘇青靠的是偽上海市長陳公博的青眼：

和儀先生：

……知先生急於謀一工作……我想請妳做市府的專員……我想妳以專員名義，替我辦辦私人稿件，或者替我整理檔。做這種工作，不居什麼名義也行，但有一件事——不是條件——請妳注意，最要緊能祕密，因為政治上的奇怪事太多，有些是可以立刻辦的，有些事是明知而不能辦的，有些事是等時機才可以辦的，因此祕密是政府內為要的問題，請妳考慮，如可以幹，請答覆我，不願幹就做專員而派至各科或各處室辦事罷。

至於薪俸一千元大概可以辦到。

此請

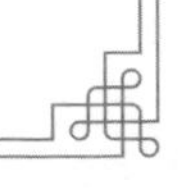

著安

陳公博　啟
六月十九日

據說，陳公博看到蘇青在《古今》「周年紀念專號」上寫的〈上海的市長〉，非常讚賞。「陳氏是現在的上海市長，像我們這樣普通小百姓，平日是絕對沒有機會可以碰到他的。不過我卻見過他的照相，在辣斐德路某照相館中，他的十六寸放大半身照片在紫紅綢堆上面靜靜地歎息著。他的鼻子很大，面容很莊嚴，使我見了起敬畏之心，而缺乏親切之感。他是上海的市長，我心中想，我們之間原有很厚的隔膜。」這篇文章惹得平襟亞大罵蘇青，他和蘇青是親戚。平襟亞認為蘇青和陳公博有一腿，因為她讚美陳公博的鼻子——在那時候的直男認知裡，男性的鼻子是性能力的隱喻。

我覺得平襟亞吃瓜[1]吃得莫名其妙，寫文章的時候陳公博壓根還不認識蘇青呢，況且

編注

1　吃瓜是網路用語，原指在戲院前排吃瓜子看戲，後引申為聽八卦、看熱鬧之意。

陳公博的鼻子確實相當出名，當時的報紙畫漫畫，都凸出他的鼻子，所以蘇青注意到也沒有什麼奇怪。

不過，很多人看到陳公博的信，還是疑心陳公博有其他想法，「辦辦私人稿件」，意在讓蘇青做私人祕書——陳公博的情婦莫國康便是做他的貼身祕書的。有人善意勸阻蘇青，認為莫國康「手段毒辣」，蘇青不是她的對手。莫國康北大法學院畢業，確實手段了得。抗戰勝利後市面上出版的《汪精衛的豔史》，莫國康排行僅次於汪精衛老婆陳璧君，居然比陳公博太太李勵莊還要靠前。

最終，蘇青選擇了做一個專員，而不是祕書。陳公博不僅給了蘇青官做，還支援蘇青辦雜誌——這便是《天地》的由來。

《天地》第一期原印三千，十月八日開始發售，兩天之內便賣完了。當十月十日早晨報上廣告登出來時，書是早已一本沒有，於是趕緊添印兩千，也賣完的。

——蘇青／《做編輯的滋味》

藏家謝其章曾經買到友人轉讓的《天地》，「是崑崙影業有限公司的舊藏本，借閱登

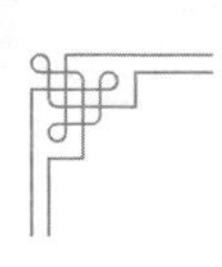

記卡片上還有『馮和儀』的名字（馮和儀即蘇青），自己寫的書要請別人幫忙複印，自己辦的雜誌要從圖書室去借閱。」

《續結婚十年》裡，蘇青坦誠，陳公博（書中為金總理）給了自己十萬塊。黃惲先生考證，陳公博還給了蘇青配給紙：「特別可貴的是，他給了錢，又給了紙，卻並不插手來控制蘇青的辦刊，並不預先給定一個什麼核心價值觀……」這是難得的信任了。《續結婚十年》的坦誠不僅如此，蘇青甚至老老實實地描述了自己的「豔史」，黃惲先生曾經在《萬象》雜誌專門撰文，猜出了書中各位男子的原型，我一一比對過，相當準確，在此不再贅述。這其中便包括胡蘭成。

《續結婚十年》有一節「黃昏的來客」，裡面便有談維明（胡蘭成）和蘇青的一夜情，原文摘抄如下：

> 春之夜，燠熱異常。房間似乎漸狹窄了，體積不斷的在縮小，逼近眼前，使人透不過氣來。我閉了眼睛，幻想著美麗的夢。美麗的夢是一剎那的，才開始，便告結束。天花板徐徐往上升，房間顯得荒涼起來了，燠熱的空氣似乎發散開去，不久便使人心冷。談維明抱歉地對我說：「妳滿意嗎？」我默默無語。半晌，他又訕訕的說：「妳

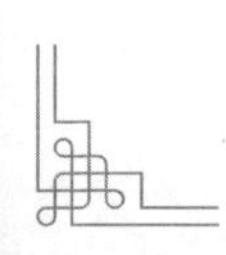

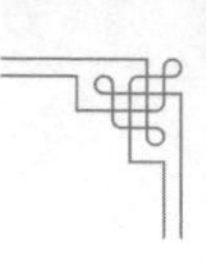

沒有生過什麼病吧?」

我驟然憤怒起來。什麼話?假如我是一個花柳病患者,你便後悔也已嫌遲了。我對他說:「我恨你。我恨不得能有什麼東西可以傳染給你。」他笑道:「這有什麼好生氣的?妳不要以為妳朋友都是有地位的,其實愈是有地位的人愈有患此等病的可能。這是一種君子病。君子諱疾忌醫,所以難以斷根。」我恨恨的說道:「然則你不是君子,你該不會有什麼病吧?」他湊過臉來笑對我說:「不信請妳驗驗看。真的,我要請妳驗個明白才好。」

我開始討厭他的無聊,轉過臉去,再也不肯理他。他輕輕問:「妳疲倦嗎?」我心裡暗笑男子的虛榮可憐,無論怎樣在平日不苟言笑的人,在這種場所總也是愛吹牛的。從此我又悟到男人何以喜歡處女的心理了,因為處女沒有性經驗,可以由得他獨自瞎吹。他是可憐得簡直不敢有一個比較的,他們恐怕中年女人見識廣,歡喜講究技巧;其實女人的技巧有什麼用?妳的本領愈高強,對方的弱點愈容易因此暴露出來,結果會使得妳英雄無用武之地。女人唯一的技巧是學習「一些不知道」,或動不動便嬌喘細細了,使男子增加自信力,事情得以順利進行。歡場女子往往得有「小叫天」、「女叫天」等雅號,大概是矯枉過正,哼得太有勁了,所以別人如此調侃她,這種女

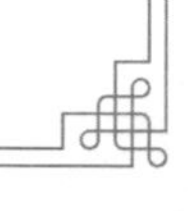

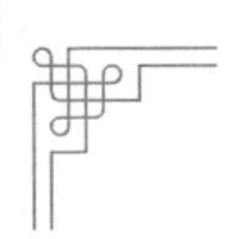

人是可憐的；男人也可憐，假如他相信她的叫喊真是力不勝任的話。

談維明見我良久不說話，心裡也覺不安。但是他卻不甘自承認，只解嘲似的諉過於對方說：「怎麼啦？妳竟興趣索然的，漸漸消失青春活力了？」我聽了心中不悅，也就冷笑一聲，反唇相譏道：「是老了，不中用了。」他敷衍片刻，也就披衣起床。

……

「妳恨我嗎？」他嚴肅地說。

「……」

「恨我什麼呢？」

「你不負責任。」

「我要負什麼責任？」他忽然貼著我的臉問：「同妳結婚嗎？」

「誰高興同你……」

「這樣頂好。」他又嚴肅地說：「我可從來沒有想到要同妳結婚過。妳不是一個安分守己的女人，懷青。誰會向妳求婚便可表明他不了解妳，妳千萬別答應他，否則你們的前途是很危險的。一個聰明能幹的女人又何必要結婚呢？就是男人也是如此……」

「那麼你又為什麼同我……？」

他哈哈大笑道：「這因為我歡喜妳。懷青，妳也歡喜我嗎？」

我驟然把臉閃開來，笑道：「我是不滿意。在我認識的男人當中，你算頂沒有用了，滾開，勸你快回去打些蓋世維雄補針，再來找女人吧。」

難怪胡蘭成的《今生今世》裡，戀愛的女人五花八門，簡直集郵一般，獨獨沒有蘇青，原來如此不堪，忍不住給蘇青點一千八百個讚。也因為這個原因，在胡蘭成打算去找張愛玲的時候，蘇青有一些不高興——即使是一夜情，也有女人天生的嫉妒。

胡蘭成和蘇青的一夜情，發生在胡蘭成勾搭張愛玲之前，這還是張愛玲的《小團圓》告訴我們的。在《小團圓》裡，蘇青是文姬：

她（九莉）從來沒妒忌過緋雯，也不妒忌文姬，認為那是他剛出獄的時候一種反常的心理，一條性命是揀來的。文姬大概像有些歐美日本女作家，不修邊幅，石像一樣清俊的長長的臉，身材趨向矮胖，旗袍上罩件臃腫的咖啡色絨線衫，織出累累的葡萄串花樣。她那麼浪漫，那次當然不能當樁事。

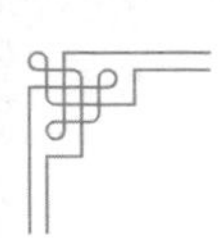

「你有性病沒有？」文姬忽然問。

他（邵之雍）笑了。「妳呢？妳有沒有？」

和蘇青赤裸裸的描寫相比，張愛玲顯然向著胡蘭成，她不僅修改了兩人的對話，還把「是否有性病」這個問題的首問者由胡蘭成轉成了蘇青。這有兩種可能，一種是她被胡蘭成騙了，還有一種是她知道真相，但刻意隱瞞。我比較傾向於後者，畢竟，在《小團圓》裡，她給蘇青起的名字是「文姬」，我一開始以為是「歸漢」的「蔡文姬」，細細咀嚼回味一下醒過神來，原來是「文化之姬」，姬者，妾也。所以她拿文姬和緋雯並列，緋雯的原型是胡蘭成的妾，舞女應女士。還有一種可能是諷刺蘇青，因為她在戰後被小報稱為陳公博的「露水妃子」。

張愛玲是什麼時候知道事情的真相的呢？我們沒辦法知道具體時間了。胡蘭成在收到蘇青的《浣錦集》之後寫了一篇書評〈談談蘇青〉，在那裡透露了一點細節：

她長的模樣也是同樣的結實俐落：頂真的鼻子，鼻子是鼻子，嘴是嘴；無可批評的鵝蛋臉，俊眼修眉，有一種男孩的俊俏。無可批評，因之面部的線條雖不硬而有一種

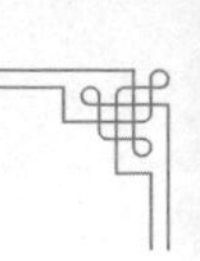

硬的感覺。倒是在看書寫字的時候，在沒有罩子的檯燈的生冷的光裡，側面暗著一半，她的美得到一種新的圓熟與完成，是那樣的幽沉的熱鬧，有如守歲燭旁天竹子的紅珠。

是什麼時候才能看到蘇青「看書寫字」的樣子呢？只有在蘇青的家裡。倘若張愛玲足夠敏感，也許就可以覺察出來。但那時兩人正在熱戀，胡蘭成文中還故意提及張愛玲，這顯然是暗戳戳秀恩愛。戀愛的人是盲目的，我猜張愛玲看出這段文字玄機的可能性不大。

在張愛玲前往溫州，被胡蘭成喝斥回到上海之後，她和蘇青還有往來。一九四六年四月一日，上海《香海畫報》發表署名「風聞」的報導〈張愛玲欣賞名勝解決小便〉，報導記錄了蘇青的談話：

蘇青提到她的同行張愛玲的小便問題。……張愛玲對蘇青說：「我最不喜歡出門旅行，除非萬不得已，我總不出遠門的。假如出門的話，到了某一個地方，別人在那裡趕著欣賞名勝，我卻忙著先找可以解決小便的處所，因此別人問我看見了什麼，我並不知道。我哪裡有心去看風景呢，假若找不著地方小便……」

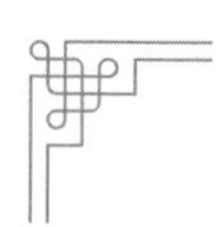

所以，兩人友誼的結束，更大的可能是一九四七年一月，蘇青出版了《續結婚十年》。以張愛玲和蘇青的熟悉程度，她讀到此書的可能性極大。此時，她雖然已經寫過「我已經不喜歡你了，你是早已不喜歡我了的」，但看到這樣赤裸裸的描寫，她當然不可能再維持這段本來就是由業務發展起來的友誼——誰會再想見睡過前男友的女朋友啊！

但蘇青顯然更厚道一些，《續結婚十年》裡，她寫了那麼多偽政府男女，唯獨沒有張愛玲，這是一種同情，她知道，那時候的張愛玲，頂著胡蘭成「漢奸老婆」的名號，活得戰戰兢兢。她心裡始終是有張愛玲的。

她們友誼的高光時刻，大約是一九四四年三月十六日，《雜誌》舉辦女作家聚談會，會上有張愛玲、蘇青和潘柳黛。當著潘柳黛的面，張愛玲和蘇青的雙簧唱得非常成功，蘇青說：「女作家的作品我從來不大看，只看張愛玲的文章。」張愛玲說：「踏實地把握生活情趣的，蘇青是第一個。她的特點是『偉大的單純』。經過她那俊傑的表現方法，最普通的話成為最動人的，因為人類的共同性，她比誰都懂得。」潘柳黛聽了便很尷尬，因為在場作家裡，大家都認為她們三個人是朋友。後來潘罵張愛玲炫耀自己是「李鴻章的重外孫女」類似「太平洋裡淹死一隻雞，上海人吃黃浦江的自來水，便自說自話是『喝雞湯』的距離一樣，八竿子打不著的一點親戚關係」時，也是蘇青拿著文章提醒了張愛玲，張愛

玲讀後「一時氣得渾身發抖，差點流下眼淚」。

和潘柳黛有過交往的沈西城先生在〈喔唷！表妹來哉！〉裡說，張愛玲在被潘柳黛羞辱之後，曾經回應，潘柳黛「腰既不柳，眉也不黛」——實際上，這句話的出處是蘇青。蘇紅在回憶蘇青時予以了證實，這確實更像是蘇青說出來的，就像胡蘭成說的那樣，蘇青，是有一種認真的俏皮（她曾經對《秋海棠》的作者秦瘦鷗講，你這麼胖，哪裡「瘦鷗」，明明是「胖鴨」）。另一個說法是，張愛玲說：「潘柳黛是誰，我不認識。」這個方像是張愛玲的回答。還是王安憶說得好，蘇青「是上海三十年代和四十年代的馬路上走著的一個人，去剪衣料，買皮鞋，看牙齒，跑美容院，忙忙碌碌，熱熱鬧鬧。而張愛玲卻是坐在窗前看」。

一九八二年，蘇青吐血去世，去世時沒有人在她的身邊。也是在這一年，北大學者樂黛雲輾轉託人請張愛玲到北大做一次「私人訪問」，張愛玲拒絕了：「我的情形跟一般不同些，在大陸沒有什麼牽掛，所以不想回去看看。」

三年後，蘇青的小女兒李崇美前往美國，行李箱裡有一件特殊物品，乃是蘇青的骨灰。那時的張愛玲正在為了無中生有的蚤子東逃西竄，她當然不知道，自己的女朋友以這樣一種方式來到了自己所在的地方。

但她一定不會忘了，一九四五年二月二十七日，在張愛玲家，蘇青和自己進行了一場對談，她們談了很多，當談到「標準丈夫」的條件時，蘇青認為要「本性忠厚」、「學識財產不在女的之下」，張愛玲則說「男子的年齡應當大十歲或十歲以上，我總覺得女人應當天真一點，那人應當有經驗一點」。作為過來人的蘇青說的是肺腑之言，這兩條，胡蘭成一條也沒挨上。

蘇青走了之後，張愛玲一個人站在黃昏的陽臺上，忽然感慨：

我想道：「這是亂世。」晚煙裡，上海的邊疆微微起伏，雖沒有山也像是層巒疊嶂。我想到許多人的命運，連我在內的；有一種鬱郁蒼蒼的身世之感。「身世之感」，普通總是自傷、自憐的意思罷，但我想是可以有更廣大的解釋的。將來的平安，來到的時候已經不是我們的了，我們只能各人就近求得自己的平安。

——張愛玲／〈我看蘇青〉

那天是元宵節。

唐玉瑞

婚姻保衛戰裡沒有贏家

一九一二年，國民政府外務部收到了美國駐中國公使的一封信，信的內容有些激烈，概括起來是一句話：「為什麼前三年沒有任何女生獲得庚子賠款獎學金？」

庚子賠款是清政府被迫簽訂的《辛丑條約》中所規定的賠款，本金和利息共計十億兩白銀。對於這筆賠款，列強處理各不相同。一九〇八年，美國免除了部分賠款，又將剩下的賠款分為兩部分，一部分用來建設清華大學（辛亥革命後，清華大學收歸國有），一部分用來資助中國留學生。所以，從一九〇九年開始，清華向美國輸送庚款官費學生，前三年都是男生，於是才有了開頭美國公使的疑問。很快，清華開始實施「派送專科女生留美」政策。

一九一四年，清華學校透過上海女青年會招考第一批赴美專科女生。報考條件是：

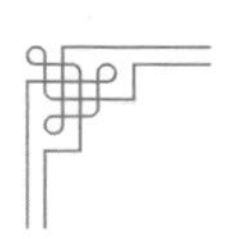

一、中學畢業程度。二、年齡必須在十八到二十一歲之間。三、必須體檢合格。首批報名者為四十一人，其中三十九人通過了體檢。女生並沒有因為性別就被差別對待，在上海，她們需要參加和男生同等科目的十項考試，考試類目粗略分為：國文、英文、德文或法文、代數、幾何、三角、物理、化學、歷史、地理。

最終，選出了十名女生，這便是中國第一批留美女大學生。這十名女生基本上都來自沿海開放地區，有六名畢業於著名的上海中西女塾，而唯一沒在教會學校讀過書的，是中國第一位女教授陳衡哲。陳衡哲回憶，上船之後，她得知「船上有清華學校一百多個男生和十四個女生（包括自費生），其中九個是獲得清華獎學金的一組，（由於）我們中的一個出發前突然得了重病，因此只能留在中國」。

出發前生病的那個女生叫唐玉瑞，她因為乘電車摔傷了腿不能按時出行，而改為一九一八年初入史密斯學院。這次意外之傷，改變了唐玉瑞的命運，她雖然沒能和陳衡哲們一起趕上首批留美的大船，卻因此收穫了一個愛人。

這個愛人，叫蔣廷黻。

即使是對民國歷史感興趣的讀者，對蔣廷黻這個名字大約仍舊陌生，他是哥倫比亞大學哲學博士、清華大學歷史系主任、國民政府行政院政務處長、中國駐蘇聯大使……他寫於

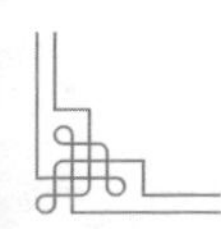

一九三八年的《中國近代史大綱》，對舊中國史學界產生了不小的影響，有關近代中國史和近代中國對外關係史著作，幾乎半數以上都是因襲蔣廷黻的史學觀點。

唐玉瑞在史密斯學院獲得社會學學士學位之後，轉學進入哥倫比亞大學研讀社會學。我猜測她的轉學和蔣廷黻大有關係，因為她在史密斯學院讀最後一年時，已經成為蔣廷黻的正式女友。他們的月老，是當時北美留學生中華基督青年會會刊《基督中華》，蔣廷黻是主編，唐玉瑞是女子欄的編輯，還曾一度當選為青年會第二副主席。唐玉瑞轉學到哥倫比亞大學之後，兩人相處的時間更多，所有認識他倆的同學都說，這兩人的感情簡直「如膠似漆」，蔣廷黻的博士論文扉頁上赫然寫著「獻給玉瑞」。

一九二三年年初，蔣廷黻收到了南開大學西洋史教授的聘書，決定回國。唐玉瑞在哥大學習一年，獲得社會學碩士學位，決定和蔣廷黻一起回國。關於他倆的結合，有兩個不同的故事。一個說，兩人在回國的船上進行了結婚典禮，證婚人是船長。另一個故事版本，則是唐玉瑞沒有和蔣廷黻一起回國，但她在收到蔣廷黻求婚的電報之後，決定回國。唐玉瑞的船到日本橫濱時，在碼頭，她見到了蔣廷黻。蔣廷黻說，這是遵循古禮迎親。他們在橫濱舉行了婚禮，然後一同回了天津。我覺得都挺浪漫。不管是哪個版本，這對年輕夫婦，可以說是當年最令人羨慕的金童玉女，也可以說是當年學歷最高的夫婦之一。

蔣廷黻夫婦先在南開，後到清華。同在清華執教的好友浦薛鳳說：「廷黻與余同在清華執教多年，又同住北院，朝夕相見，加之網球場上，橋戲桌邊，又復時相過從。」他們時常一起玩耍，要麼打網球，「或預備霜淇淋一桶，置球場旁，吃吃打打」；要麼玩橋牌，「只計分數，有勝負而無輸贏」。浦薛鳳回憶，經常參加打網球與玩橋牌的，除了蔣廷黻，還有陳岱孫、王化成、陳福田等人。他們打牌的時候，「廷黻大嫂（唐）玉瑞與內人（陸）佩玉時相過從，且常與（北院五號）王文顯夫人，三位並坐，一面編織毛線衣帽，一面細話家常。」此時的蔣廷黻與唐玉瑞已經育有二女二男：長女智仁（大寶）、次女壽仁（二寶）、長男懷仁（三寶）和次男居仁（四寶）。王子和公主幸福地生活在了一起，如果故事停留在這一刻，也許是最完美的結局。

然而沒有。

在清華六年，蔣廷黻不僅顯示了學術上的實力，行政才幹也得到一定展現。在獲得了蔣介石三次約見之後，一九三四年七月，他受蔣介石委託，以非官方代表身分出訪蘇聯、

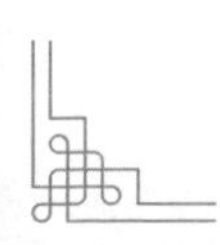

德國、英國。一九三五年末，蔣介石親自兼任行政院長，即任命非國民黨黨員的蔣廷黻擔任行政院政務處長。這也是他棄學從政的開始。

對於蔣廷黻的身分轉變，唐玉瑞十分滿意，她喜歡做一個外交官夫人。蔣廷黻出使蘇聯時，唐玉瑞隨行。他們的感情在這一時期依舊很好，蔣廷黻的公務基本都有唐玉瑞參加，朋友們說，這是他們的「二度蜜月」。

一九四三年，蔣廷黻赴美國新澤西州公務，停留整整一年。《傳記文學》曾經披露了在這一年之間蔣廷黻寫給唐玉瑞的十一封信。奇怪的是，這十一封信都寫得情意綿綿，完全看不出，就在次年兩個人的感情就發生了巨變。

從蔣廷黻的日記上看，兩人的矛盾似乎是從唐玉瑞想要前往美國開始的。當時很多國民黨要員的太太都在美國，唐玉瑞有美國生活求學背景，想要帶著孩子去美國一段時間，似乎也情有可原。蔣廷黻在日記裡說：「我對她說，她要去美國就去好了。千萬不要因為是我的太太就阻攔了她。」（蔣廷黻的日記是英文，此處是我翻譯，下同。）隔了一週，似乎唐玉瑞又提起要去美國的事情，蔣廷黻說：「我不予鼓勵。」看起來問題還不大。結果，到了一九四四年十一月二十五日，蔣廷黻剛剛從美國回來不過一個星期，他在日記裡赫然寫道：「晚餐之後，我草擬離婚條件，打算明天交給玉瑞。」

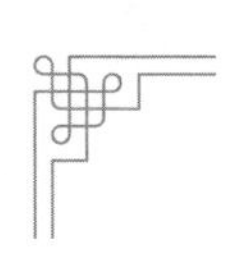

次日，他在打橋牌時和太太唐玉瑞攤牌，兩天後得到答覆：「不離婚。」這段時間，兩人的感情似乎是發生了一些問題。浦薛鳳在〈十年永別憶廷黻〉一文說，這時，他們仍舊一起打橋牌，「每逢橋戲，玉瑞自然出來招待酬應，但主人與主婦之間卻少講話。有一次，星期天上午，餘客尚未到達。玉瑞走到客廳招待，坐下寒暄談話，承詢及佩玉（即浦薛鳳之妻）暨兒女情況。玉瑞曾云：你們雖然暫時分離，但感情要好，不在距離之遠近。說此幾句時，淚珠一滴已到眼眶邊緣，強自抑制。」

這件事最終被冷處理，過了一個月，蔣廷黻忽然答應了唐玉瑞的要求，讓她和孩子去美國，理由是唐玉瑞要治哮喘病。

再見時已經是一九四六年三月十八日。蔣廷黻赴美公幹，唐玉瑞帶著四寶和兩個領館工作人員在紐約迎接。看起來是全家團聚了，他繼續履行一個父親和丈夫的職責，陪小兒子搭積木，陪太太看電影，其樂融融，然而，到了五月，他給唐玉瑞寫了一封信：

自從一九三八年以來，我們即已分居。因此現在我們分手，對於一方均無損失。小孩子均已長大，現在我們分手對於他們沒有影響。假如妳一定要顧全面子不肯離婚，將會影響我後半生，我會恨妳。

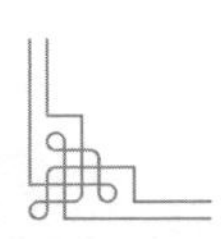

如果按照這個說法，蔣廷黻和唐玉瑞的感情應該早就破裂了。對此，二人的幼子蔣居仁後來猜測，當時唐玉瑞時常向丈夫提出，想要去政府相關部門任職，藉此結識宋美齡等實權人物，「我母親的野心很大」。而蔣廷黻不答應，兩人起了爭執。但蔣廷黻的日記裡，又宣稱唐玉瑞徒有學歷，不自立，只想做「外交官夫人」。而對於我們這些吃瓜群眾來說，更加不可解的是，一九四三年赴美期間那些情意綿綿的家書又算是什麼呢？

面對蔣廷黻的離婚要求，唐玉瑞仍舊一個態度：不同意。她的答覆很短，只有幾個字：「我和孩子需要你。」

很快，我們便會得知，蔣廷黻這次急吼吼離婚，原因在另一個女人身上。

一九四五年四月七日，蔣廷黻寓所裡，又一場牌局正在展開。

太太孩子均在國外，橋牌高手蔣廷黻的牌搭子是他的同事沈維泰，沈帶來了他的太太沈恩欽。這是沈恩欽和蔣廷黻第二次見面，這個名叫 Hilda 的女人很快走進了蔣廷黻的心。

他們打牌時，沈恩欽的丈夫沈維泰一直在場，兩人如何暗通款曲，我這樣膚淺只忙著算牌和吃點心的人大概永遠搞不明白。據說，後期蔣廷黻為了方便和沈恩欽往來，甚至調離沈維泰，讓他出差。

一九四六年，就在唐玉瑞給蔣廷黻寫信回覆不同意離婚的同一天，蔣廷黻還知道了另一個訊息，沈恩欽和沈維泰離婚了，因為是過錯方，沈恩欽放棄了房子和孩子。

蔣廷黻騎虎難下，那邊已經離婚，他走不了回頭路。兩天之後，唐玉瑞又來一信，質問他為什麼又提出離婚。唐玉瑞和我們吃瓜群眾一樣，她憤怒地質問：如果像你所說的，我們的感情早就破裂，你為什麼之前寫信的時候還好好的呢？你上次提出離婚之後，我們不是已經說好不再說這件事了嗎？

蔣廷黻破罐子破摔，回覆唐玉瑞說，我從來沒說過不要和妳離婚，之所以拖延，是為了給妳考慮的時間。請妳在有生之年做一點有益於人類的事情。在當天的日記裡，蔣廷黻氣憤地寫道：「她從未關心家、愛和伴侶，她從不在乎我所寫的或所做的任何事，她只在乎物質享受。當我要求離婚，即便我願意付很高的贍養費，她仍舊裝作很生氣。」

之後，我們所看到的便是蔣廷黻一再要求離婚。他先開出四分之一儲蓄加上四分之一薪水的條件，而後增加到贍養費三千美金以及每月二百美金，他派出同事去勸說，也讓好

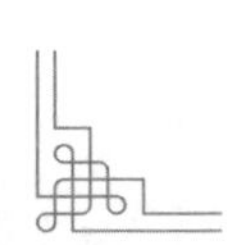

友胡適等人敲邊鼓，然而唐玉瑞那邊的態度只有一個：奇怪，為什麼要離婚？

男人走上了離婚的道路，似乎就昏了頭，錯誤低估了女人的韌性。蔣廷黻見唐玉瑞「死豬不怕開水燙」的態度，居然打算造出「輿論事實」，他公然和沈恩欽同居，在公開場合，也是沈恩欽陪同左右。

在上海當然可以如此，可是到了美國，蔣廷黻看見了迎接他的唐玉瑞：「她對我很是熱絡，我有點不安。」唐玉瑞依舊裝作什麼事情也沒有的樣子，蔣廷黻到了旅館，唐玉瑞甚至拿來一本《讀者文摘》，蔣廷黻覺得這是唐玉瑞「想和我夜宿」，他對唐玉瑞說：「妳如果在這裡，我就走。」唐玉瑞離開了，這一夜，蔣廷黻失眠了。

更絕的還在後面，蔣廷黻當時還沒有和孩子們講離婚的事情。所以到了曼哈頓，他去了唐玉瑞和孩子們的住所，打算和唐玉瑞好好談談離婚的事情。結果，還沒來得及談，唐玉瑞開口就說，你有想過我們的金婚嗎？蔣廷黻整個人崩潰了，為什麼？因為這一年是一九四七年，距離他們的銀婚還差一年，難道唐玉瑞要拖到金婚嗎？

蔣廷黻開口說，我希望我立刻就死了。

唐玉瑞說，那讓我們一起死。

過了幾天，從崩潰中稍稍恢復過來的蔣廷黻透過同事再次傳話唐玉瑞，如果他答應不

和沈恩欽結婚，唐玉瑞是不是就答應離婚？唐玉瑞說，不離。

第二天，蔣廷黻接到了聯合國常任代表和安理會代表的任命，他的第一個反應是「不能接受，唐玉瑞若知道更加不肯和我離婚」。但同事和好友們都勸他，不要為了離婚而耽誤了自己的前程。在離婚這件事上，蔣廷黻的朋友分為兩派，一派是強硬派，立勸離婚，而且出主意說讓蔣廷黻把唐玉瑞送到南京去謀一個教職，不要再待在美國。另一派則主張要善待唐玉瑞，這一派最終占了上風。

蔣廷黻單方面提出：

一、不離婚。

二、隔一段時間蔣和唐公開亮相。

三、唐不干涉蔣的私生活。

條件傳到唐玉瑞那裡，她要求再加一條：要和蔣廷黻住在一起。且聯合國代表大會的名牌上，她希望自己永遠是"Mrs Tingfu Tsiang"（蔣廷黻太太）。

蔣廷黻一計不成，又生一計，這一次，他開始「鑽法律空子」。透過諮詢朋友，他得知美國各州有關離婚案件的處理不同，以紐約最為麻煩。他的一個朋友慫恿他去墨西哥辦理，最為方便。他依計而行，聘請了德克薩斯州一個西班牙律師進行辦理，一個月就獲得

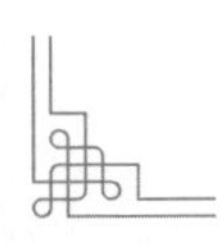

了離婚批准。他把這個文件發給唐玉瑞，果然，唐玉瑞大發雷霆，大聲說絕不承認。當夜，蔣廷黻的日記裡這樣記載：「她的眼神、說話的聲音令我發抖。」而後，蔣廷黻和沈恩欽於一九四八年七月二十一日在康州格林威治城結婚。唐玉瑞發表了公開聲明，她並不承認兩人在墨西哥的離婚，所以，蔣廷黻此舉乃是重婚。

這件事已經鬧得沸沸揚揚，國內的小報天天八卦，甚至有傳言，蔣廷黻為了重婚，也許要丟掉官職云云。蔣廷黻的侄兒蔣濟南在一九五〇年一月十六日的〈致蔣廷黻的一封公開信〉中說：「你搶了你下屬（編審處長沈維泰）之妻，與這次貪汙案有關。李卓敏想拿實權，你又極無聊，他便投你所好，將沈的妻子介紹與你打牌，跳舞，進一步便同居，又進一步便與沈維泰脫離，由李卓敏將她拉進建國西路五七〇號。沈維泰則被你調『升』到美國去！李卓敏得了實權，便與端木愷、趙敏恆等合夥，強迫你的妻子唐玉瑞與你離婚。不成功，後來到美國又要張平群來辦這事，勸唐玉瑞與你離婚，由上海鬧到紐約，由紐約到墨西哥，醜名處處聞！最後你說墨西哥法庭准予離婚。到了美國，你又利用你的美國汽車夫來欺壓唐玉瑞，以後到巴黎開會，或紐美開會，你便與『沈小姐』（沈維泰之妻，也姓沈）雙雙出現在外交場合之下！」

胡適支持蔣廷黻離婚，但他和葉公超一樣，認為應該到國內辦理離婚手續，而不應該

使詐。另一方，唐玉瑞的閨蜜楊步偉寫信給她，認為她已經自強不息，到了這個地步，「蔣廷黻已經棄妳如敝履，為什麼還要賴著他？不如早點離婚。」而唐玉瑞完全不理會楊步偉的建議，這時候的她，似乎已經忘記了自己知識女性的本色，忘記了自己的身分和修養，她成了一個絕望的女人，一個充滿怨氣的女人。

一九四九年三月，《合眾社》二十四日紐約電說：「中國駐聯合國代表蔣廷黻的夫人唐玉瑞女士，二十四日曾請求聯合國人權委員會協助解決其婚姻糾紛，伊要求該會調查伊與其夫蔣廷黻（四個孩子的父親）間的糾紛云。聯合國的主要目的在解決國際的糾紛，此事純屬私人家事，也就不了了之，他們兩人多少年來心情總難平復下來。」

從此之後，那個意氣風發的唐玉瑞消失了，她變成了一個潑婦一般的人物。當時紐約外交界，只要蔣廷黻去哪裡開會、哪裡演講、哪裡參加酒會，總有一個女人不請自到，一來就要坐在第一排，設法與蔣接近，她就是唐玉瑞。

她甚至聯繫了《紐約時報》的記者，控訴沈恩欽身分不合法。蔣廷黻不得不動用外交手段，敦促《紐約時報》出了澄清聲明。顧維鈞兒子結婚，蔣廷黻和沈恩欽去參加婚禮，到了那裡，便看見對著他們舉手打招呼的唐玉瑞，沈恩欽不得不提前離開，這樣的事情，唐玉瑞幹了不止一次。她也會三不五時打電話到蔣廷黻家裡，質問蔣廷黻，是不是帶沈

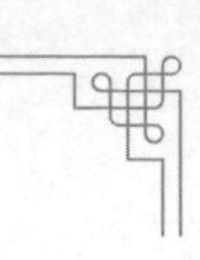

恩欽去見了羅斯福夫人，抑或是帶她去了卡內基音樂廳，她對蔣廷黻的動向知道得一清二楚，也令蔣廷黻毛骨悚然。

葉公超曾經把這一情況告訴宋美齡，希望宋美齡幫忙勸說唐玉瑞，畢竟唐玉瑞一向聽從宋美齡的勸告，宋美齡回答：「你知道，在美國，怎麼能夠讓一個女子勸告另一個女子去放棄她心愛的男人，我不幹。」

他們最後一次公開衝突是一九五四年，蔣居仁婚禮。蔣廷黻當時表示，如果唐玉瑞參加婚禮，他便不去。這件事讓兒女們很為難，最終，唐玉瑞答應不去參加。但到了當日，蔣廷黻再次看見唐玉瑞走進教堂，完全不顧旁人引導的位子，徑直坐到了第一排，坐到了沈恩欽旁邊。奇怪的是，參加完婚禮，唐玉瑞並沒有爭吵，她安靜地離去，沒有理睬蔣廷黻和沈恩欽。我猜測，在那一刻，她也許真的只是不想錯過小兒子的婚禮。

一九六四年，知道自己患了不治之症的蔣廷黻預立遺囑分配財產：一半給沈恩欽，一半給唐玉瑞。他內心深處，大約也知道自己的離婚並不合法。

一九六五年五月，在蔣廷黻卸下「駐美大使」前，政府曾有意調他回臺工作。但蔣廷黻表示，想要退休後去中央研究院繼續他的中國近代外交史研究。五個月之後，他便去世了，享壽七十歲。所有朋友都對他的去世頗為遺憾，劉紹唐的評價代表了許多人的看法：

「如果他沒有婚姻上的不幸與困擾，如果他還像寫這批家書時所表現得無『後顧之憂』，也許還有幾個勝仗可打，也許還有幾本大書可寫，至少至少還可以多活十年八年！」

而在蔣廷黻的追悼會上，唐玉瑞依舊作為原配夫人，與沈恩欽並列坐於靈堂前排，到了最後，她仍舊堅持自己是Mrs Tingfu Tsiang。

唐玉瑞曾經在晚年多次提起自己在南開中學授課的經歷。不知道她是否還記得，一九二七年大年初五，南開校長張伯苓的新年聯歡會上，她第一個登場，表演鋼琴獨奏，全場轟動，每個人都在談論「蔣太太的鋼琴絕技」，這一刻，蔣廷黻的臉上滿是光輝。

我非常心疼唐玉瑞，也十分理解她最後的執念。只是，仍舊還是，可惜了。

一九七九年十一月四日，唐玉瑞女士病逝於紐約，享壽八十四歲。一九八二年八月二十七日，沈恩欽女士病逝於臺北，享壽七十歲。

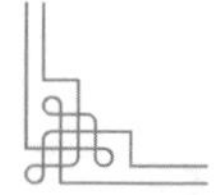

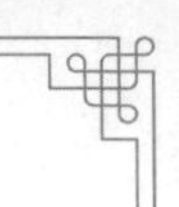

一九四九年，唐玉瑞因為蔣廷黻的事情在紐約大鬧，她氣急敗壞給一個女人寫信，這個女人在自己的回憶錄裡如是說：

> 她眼見婚姻無可挽救，於是背上一塊標語牌，站在聯合國大廈之前，向公眾宣示她丈夫違法重婚。她的照片登在紐約各家報紙上。這個女人在大樓門前等候前來參加聯合國大會的當時臺灣「外交部長」葉公超，呈遞一封封申訴信，訴說她所蒙受的損害。葉客客氣氣地把信收了，回到華盛頓中國使館後便嘲笑起這位可憐的夫人，說她肩扛標語牌，樣子實在荒唐。我卻不覺得可笑，但也不知道能為她做些什麼。
>
> 這位夫人寫信給我，問我能否安排她與羅斯福總統的遺孀見面。我問她，「那又能

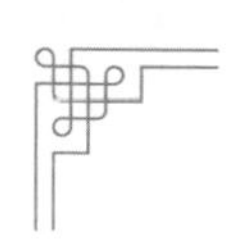

起什麼作用呢？」她也說不清；她只想求得公道，她從未得到的公道。

——黃蕙蘭／《沒有不散的宴席》

這個女人不會想到，很快，她的丈夫也將和唐玉瑞的丈夫一樣，愛上別的女人。更為諷刺的是，連產生曖昧的地方都一樣——牌桌。

我一直納悶，牌桌為什麼這麼容易產生曖昧，我打麻將時只顧算牌，對家什麼神色動作，一概看不清，直到看完《色，戒》，才有點懵懵懂懂。

唐玉瑞的求助信，是寫給黃蕙蘭的，她當時正是顧維鈞的太太。顧維鈞在牌桌上「紅杏出牆」，看上了同為外交官的楊光泩的太太嚴幼韻。黃蕙蘭回憶，有次打牌，黃蕙蘭殺到，叫丈夫回家，顧維鈞默然不理。黃蕙蘭怒極，嘴裡罵著嚴幼韻，手中一盅茶直接澆到顧維鈞頭上。顧嚴二人巋然不動。這件事大約是真的，因為當天張學良也在場，他也對唐德剛回憶了這個細節。

黃蕙蘭和嚴幼韻，都不是普通女人。

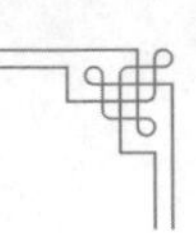

一九二七年，復旦校園裡的男生之間忽而竊竊私語，忽而閉口不言，他們在悄悄傳遞著一條爆炸新聞。這一年九月開始，復旦招女生了。

第一批女生剛剛入校，便引起了全校轟動。男生們望著女生宿舍（俗稱「東宮」）門口的「男賓止步」的牌子，有的望洋興嘆，有的不斷張望。不知是誰，偷偷在「止」上加了一筆，變成了「正步」，第二天，一群人走著正步直奔女宿舍，結果把姑娘們嚇得大哭。不要覺得矯情，那時候，能夠進入女生宿舍參觀，是一件特別了不起的事情。不要說在大學女生很少的中國，即使在大洋彼岸也一樣。比如學霸楷模胡適之，在美國康乃爾大學讀了整整四年，最大心願仍舊是進入女生宿舍參觀一回。這個心願，一直到畢業前期才得以圓滿——「今夜始往訪 Sage College（女子宿舍）」。

第一批進入復旦的女生中，最吸引男生眼球的，無疑是嚴幼韻——這位綢緞莊富商的女兒二十二歲，從滬江大學轉來，讀商科大三。嚴幼韻一開始是不住校的，在「東宮」建造前，她喜歡自己開車到學校，很多男生每天就站在學校門口，等她的車路過。因為車牌號是八十四，一些男生就將英語“eighty four”念成上海話的「愛的花」——從滬江大

學到復旦大學，「愛的花」叫遍了整個上海灘。

那輛車是別克，很多年之後，她的女兒楊雪蘭成了別克所在的通用汽車的副總裁。楊雪蘭在一九八〇年回上海探親，很多年之後，她向《三聯生活周刊》回憶，舅舅帶她去看一個朋友。老先生住在弄堂裡，破破爛爛的三樓，燈光也很昏暗。天氣很熱，他穿著背心短褲，拚命搧扇子：

舅舅介紹我說：「這是楊雪蘭，嚴幼韻的女兒。」老人的臉一下子亮了起來說：「噢，妳就是『84』的女兒?!當年，我們可是天天站在滬江大學大門口，就為了看『84』一眼！」

嚴幼韻的父親在南京路上開著「老九章綢緞莊」，每天更換的衣服總是令人眼花繚亂，上午上課是一套，下午做演講則是另外一套了。「愛的花」讀書並不算用功，但人家有的是辦法交作業。據說，每次deadline之前，總有男生激動地收到「愛的花」的電話，說要借他的習題一閱。等到習題返回，男生更激動了——因為上面有淡淡香水，那是「愛的花」所贈的禮物。

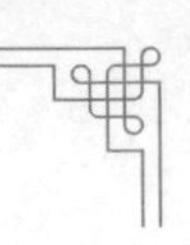

雖然如此，「愛的花」在學校並不是什麼都不擅長。比如，人家的英語就學得很好，所以一畢業，就選中了如意郎君——年輕的外交官楊光泩——楊先生的追求法則，據說是一場一場陪著打麻將，一場一場陪著跳舞。婚禮在上海大華飯店舉行，上千人參加，是舊上海的摩登縮影。

如果故事就這樣結束，嚴幼韻就不能稱為傳奇了。

一九四二年一月二日，馬尼拉淪陷。嚴幼韻的印象裡，那一年「濃煙遮天蔽日」。日本軍隊逮捕了美國和英國平民，所有美國人的房子都被日軍接管，他們的汽車也被沒收」。楊雪蘭說，兩天之後，大家在吃早飯時，日本憲兵忽然闖進來，對父親說：「你被捕了。」楊光泩當時擔任中國駐馬尼拉總領事，他好像早有準備，很鎮靜地回到房間，帶上早已收拾好的箱子，跟著日本人走了。後來，她才知道，不久之前，日本人轟炸珍珠港，日美開戰了。

嚴幼韻以為，關幾天總會回來的。她帶著孩子去探監——丈夫被關在西班牙人造的水牢裡。過了一陣，日本人給她寄了一包東西——裡面是丈夫的一縷頭髮和一副眼鏡。嚴幼韻失聲痛哭，那是她一輩子最失態的時刻。

儘管很多人勸她，日本人不會輕易殺害外交官，但她的預感沒有錯——因為拒絕交出抗戰資金，楊光泩慘遭殺害。一瞬間，easy 模式活了三十七個年頭的上海灘名媛變成

了隨時可能有生命危險的寡婦。她從上海帶出來的珠寶，也被洗劫一空。孩子們總是在生病——水痘、皰疹、登革熱，一個接著一個。更糟糕的是，外交官太太們因為丈夫們的失蹤而驚恐崩潰，每天院子裡充斥著吵架的聲音——兩個不同太太的廚師在後院揮舞菜刀打了起來。大約就是在那時，嚴幼韻有了這句口頭禪：「事情本來有可能更糟糕。」之前，她帶領太太們打麻將跳舞；現在，她帶領著她們在馬尼拉的院子裡養起了雞和豬，還學會了自己做醬油和肥皂。

一九四五年，麥克阿瑟的夫人找到她的中國朋友嚴幼韻時——她簡直不敢相信自己的眼睛，這位公認的中國美人看起來骨瘦如柴——她只剩下四十一公斤。在麥克阿瑟夫婦的協助下，一九四五年，嚴幼韻一家登上了「埃伯利海軍上將號」。

初到美國，她不知所措。朋友給她介紹賣保險的工作，她說不知道怎麼做，「我只買東西，從來沒有賣東西。」即使沒有錢，她仍然要自己給自己做指甲，她的證婚人王正廷來家中拜訪時，她正在給自己塗指甲油，只好窘迫地把手垂在半空中。

在朋友們的幫助下，她到聯合國工作。對於她的能力，大家不太擔心，但大家都忍不住問她：「妳能保證每天早上九點來上班嗎？」她從來沒有上過班，但獲得這份工作之後，她每天早上九點準時到，從來沒有遲到過。

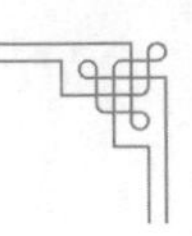

如果故事就這樣結束……嚴幼韻算是一個傳奇，但不算一個大傳奇。

在嚴幼韻在馬尼拉為孩子們的水痘和三餐苦惱不已時，一位力壓宋美齡的「遠東珍珠」在中國社交場上大放異彩。

她是曾被*Vogue*雜誌評為一九二〇至一九四〇年代「最佳著裝」的中國女性。有一年，她得了皮膚病不能穿襪子，便光腳去了上海。結果沒兩天，上海的女人們也接二連三地把襪子脫掉了。「第一夫人」宋慶齡從廣州到北平，住在她家，也曾打開她的衣櫃，偷偷學習她的「穿衣經」。二〇一五年，紐約大都會藝術博物館的「中國：鏡花水月」（China: Through the Looking Glass）展覽中，除了迪奧（Dior）、加利亞諾（Galliano）、湯姆・福特（Tom Ford）等西方設計大師的作品之外，還展出了一件一九三二年的中式旗袍——這件旗袍的主人，叫黃蕙蘭。

黃蕙蘭，印尼「糖王」黃仲涵最寵愛的孩子。不到三歲，黃蕙蘭就獲得了一件禮物，這是一條金項鍊，上有一顆八十克拉的鑽石。因為鑽石實在太大，她戴著，便不斷敲打胸

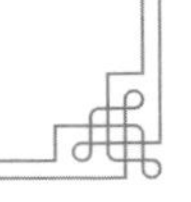

口，居然在胸上留下一條難看的傷痕。這時，黃蕙蘭的媽媽才意識到，這鑽石對她來說實在大了些，要保姆收起來，等她大些再戴。「不過，當我長大時，我就不常戴它了，因為手頭總是有新的。」黃蕙蘭在自傳裡這樣說。

一九一九年，在義大利遊玩的黃蕙蘭接到母親的來信，催促她去巴黎。流連義大利湖光山色的黃小姐滿心不情願，母親卻再次來電，這次理由明確：「有位先生，在巴黎等你。」這位先生，便是剛剛在巴黎和會上大放異彩的中國外交官顧維鈞。他剛剛喪妻，妻子是唐紹儀的女兒唐寶玥。偶爾得見黃蕙蘭的照片，顧維鈞大為欣賞，便託黃蕙蘭的姐姐黃琮蘭做媒。

相親的宴會上，黃蕙蘭大為失望。這個理著老式平頭的中年人連跳舞都不會，實在和自己那些在英國訂製衣服的朋友們相差甚遠。可是，顧維鈞有自己的法寶。他們去楓丹白露出遊時，顧維鈞來接黃小姐，用的是法國政府供給的享受外交特權牌照的車，有專職司機；後來相約一起聽歌劇，他們享用的是國事包廂。這是用錢也買不到的榮耀，黃蕙蘭動心了。

外交天才需要一位富有的妻子，富商家族需要新一代的權力，這兩人一拍即合，他們的婚姻看起來真是天作之合。一九二〇年十月二十一日，他們在布魯塞爾中國公使館舉行婚禮。黃家的嫁妝讓所有人瞠目結舌，即使是餐具也在倫敦攝政街訂製，純金刀叉；床單、

桌布和床頭罩也是訂做，雖然是亞麻的，扣子卻是全金的玫瑰花樣式，每朵花上有一粒鑽石；酒宴上的座席架也是純金，專從中國訂做送來，刻有一個「顧」字……

剛結婚不久，兩人就為佩戴珠寶的事情發生了爭執。顧維鈞對黃蕙蘭說：「以我現在的地位，妳戴的為家人所欣羨的珠寶一望而知不是來自於我的。我希望妳除了我買給妳的飾物之外什麼也不戴。」黃蕙蘭才不會理睬丈夫的建議，因為隨後，顧維鈞沮喪地發現，自己的外交生涯，要在黃蕙蘭亮晶晶的珠光寶氣中光耀寰宇。

黃蕙蘭對衣服材質的選擇十分敏感，當時的中國上流社會，女人們都熱衷穿著法國衣料，中國綢緞似乎是最中產階級的選擇。黃蕙蘭卻反其道而行之，她就選用老式繡花和綢緞，做成繡花單衫和金絲軟緞長褲，這是外國電影裡神祕精巧的「中國風」，一出場當然出盡風頭。

她去香港，看到一些人把老式的古董繡花裙子遮在鋼琴上，可以阻擋灰塵。這裙子非常便宜，黃蕙蘭就買了不少帶回巴黎，偏偏選在晚宴上穿著，引起了轟動，這種古董裙的價格居然哄抬了幾百倍。來自東方的時尚讓包括瑪麗王后、摩納哥王妃、杜魯門的妻子在內的西方名流們驚歎，如果論起時尚品味，黃蕙蘭絕對能夠贏嚴幼韻十八條馬路。

但在贏得丈夫這件事上，卻未必。

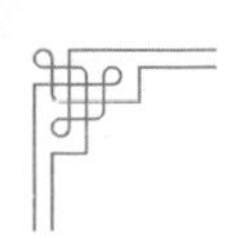

嚴幼韻和黃蕙蘭的第一次對決，便是在麻將桌上。

其實，顧維鈞和嚴幼韻早就相識。嚴幼韻的自傳裡，有一張她和丈夫楊光泩在歐洲參加聚會的照片，顧維鈞和他們僅僅隔著幾個位子。顧維鈞是楊光泩的老上司，嚴幼韻到聯合國工作之後，顧維鈞對嚴幼韻也多有照顧。一開始，這種情感似乎是克制的，祕而不發的。顧維鈞和黃蕙蘭的感情，早已陷入冷戰，而黃蕙蘭卻認為，這是嚴幼韻的從中挑撥。在黃蕙蘭的回憶錄裡，她始終不肯說嚴幼韻的名字，而說她是「聯合國工作的女相好」。

黃蕙蘭聽說，顧維鈞和嚴幼韻成了「麻將搭子」，兩個人在牌桌上「眉目傳情」。眼裡容不下沙子的她怒不可遏，立刻衝去興師問罪。顧維鈞認為妻子胡攪蠻纏，堅決不肯下麻將桌。黃蕙蘭一怒之下，拿著一杯水澆在顧維鈞的頭上，顧卻仍舊淡定地打牌（這大概也是一個外交家的風範吧）。黃蕙蘭輸給了自己的壞脾氣，一九五六年，顧維鈞和黃離婚了。三年後，他和嚴幼韻結婚。

嚴幼韻對顧維鈞的照顧無微不至，她每天凌晨三點一定起床，為他煮好牛奶放在保溫

杯中，還附上一張「不要忘記喝牛奶」的紙條放在床邊。據說，顧維鈞晚年在談到長壽祕訣時，總結了三條：散步，少吃零食，太太照顧。所謂「太太照顧」，除了細節上的，似乎更有情緒方面的感染。顧維鈞很快變得活潑起來，楊雪蘭說，「顧先生本來是很嚴肅的一個人，跟我們在一起時間長了，顧先生也被我們『改造』過來」，變成了一個「非常好玩的人」，「他會像孩子一樣喜歡過生日Party」。他愛上了滑雪，《時代週刊》還專門刊登了「七十二歲的顧維鈞開始學滑雪」的文章。這一切都要歸功於嚴幼韻。

一九八五年，顧維鈞平靜地去世，他最後寫下的日記是：「這是平靜的一天。」晚年的黃蕙蘭住在紐約曼哈頓，靠父親留給她的五十萬美元的利息，養狗為伴。在她的回憶錄中，對顧維鈞雖有怨言，並無一句惡語。直至去世，她還是以「顧太太」自居：「雖然我們已經分居了，我們家裡人也不承認的，我的小孩（她和顧維鈞生育的兒子顧福昌、顧裕昌）在新年只給我磕頭。」

在紐約，嚴幼韻已經成為一個活傳奇。人們津津樂道於這位老太太對於生活的熱愛和達觀。她一百歲時，還穿著高跟鞋去超市買菜。出門見客時，她總要細細描眉，淺淺施粉，她說，這是對別人的尊重。九十八歲時，嚴幼韻被診斷出大腸癌，大家都很擔心，只有她滿不在乎。接受手術五天後，她就回家休養。長女楊蕾孟說，母親跟家裡人說，最疼的時

刻，不過是拆線時護士揭開傷口膠布的一瞬間。幾個月後，嚴幼韻又穿上了一襲白色繡花旗袍，蹬上了金色高跟鞋，化上濃妝，與為她手術的外科醫生一起在九十八歲壽宴上跳舞。

嚴幼韻一直不戴假牙，結果有一次去醫院檢查回來，坐計程車出了事故，把老人家的牙撞沒了。孩子們都很難過，嚴幼韻反過來安慰他們：「事情本來有可能更糟糕啊，說不定命都沒了。」

《紐約時報》在她一〇九歲時採訪她，問到她的長壽祕訣時，她說：

不鍛鍊；

想吃多少奶油吃多少奶油；

不回首。

一九九三年，黃蕙蘭去世，享嵩壽一〇〇歲。二〇一七年，嚴幼韻去世，享嵩壽一一二歲。我一直猜想，倘若沒有顧維鈞，她們也許會成為好朋友的。

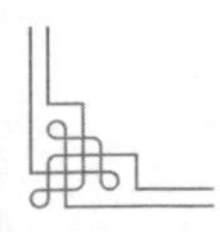

朱家溍與趙仲巽

得意緣

有段時間，我痴迷京戲。吃飯走路，全是《春閨夢》、《捉放曹》、《洪洋洞》。一有空就看戲吊嗓子，結交的朋友全是戲迷。連閒空時聊天吹牛都是這風格的：「等妳結婚，我們唱《獅吼記・跪池》，送上最誠摯的祝福——讓妳的老公像陳季常一樣懼怕妳。」「那還是杜月笙風光，以後我發達了給我家修個祠堂，把全國名角兒請來弄個粉戲大聯歡。」

凡此種種，純屬白日做夢，一說出口，就遭到朋友們的吐槽。但有一個願望，已經忘了是誰最先提起了，反正一說出來，大家都大為擊節，深以為然：「如果找到一個也愛唱戲的愛人，結婚時唱一回《得意緣》。」

《得意緣》說的是書生盧昆傑娶了活潑可愛的雲鸞，卻在無意中得知岳丈全家都是強盜，嚇得想要逃跑，雲鸞最終選擇愛情隨丈夫一起下山的故事。這齣戲唱的很少，幾乎全

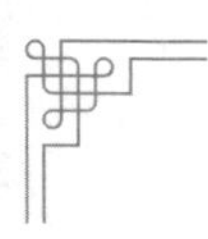

是對話，兩個人在舞臺上還可以加詞兒，我曾經聽過荀慧生和葉盛蘭的版本，荀慧生曾經唱過梆子，葉盛蘭現抓詞兒說：「還是你去說，你那小嘴跟梆子似的。」荀慧生一點不含糊，沒多久來了一句：「喲喲，我還以為妳沒看見呢。」（嘲諷葉盛蘭是近視眼。）

提議唱《得意緣》，並不全因為這齣戲活潑熱鬧，更多地，是我們每個人都仰慕也唱過這齣戲的朱家溍先生和他的夫人趙仲巽。

一九八二年，故宮博物院研究員朱家溍寫了一篇題為「咸福宮的使用」的文章，這篇文章旨在證明咸福宮並非大家從前認為的「嬪妃居住之所」，而是清朝中後期皇帝守孝居住之所。在寫這篇文章時，朱家溍先生有了一個特別有趣的發現：同道堂原存物品中，有一紫檀匣，匣內有咸豐元年、三年、七年等不同年月的朱批奏摺，都是當時「留中不發」之件。其中比較突出的有左都御史朱鳳標參劾琦善的奏摺，列舉了琦善的罪惡，建議不應再起用。還有朱鳳標、許乃普等主戰派為抵抗英法聯軍進攻大沽時列舉的各項切實可行之辦法。這些意見都未被採納。

彈劾琦善的朱鳳標，是朱先生的曾祖父。在無意中，朱先生見到了他的祖先一輩子求而不得的答案。

蕭山朱家，是朱熹的後代。從朱鳳標力主對外用兵之後，朱家的子孫們似乎就失去

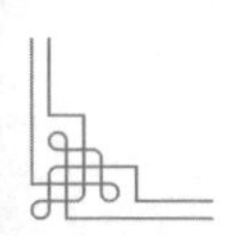

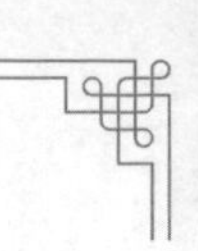

了皇帝的歡心，但他們依舊勤勤懇懇做官，歡歡喜喜做學問。朱家溍的父親朱文鈞在光緒三十一年（一九〇五年）留學英法，當時，中國的年輕人正為前一年清政府拖延立憲的決定而大失所望，清王朝失去了一個可以轉型的機會。那道拖延的懿旨，草擬人叫榮慶，清末軍機大臣。

趙仲巽是榮慶的孫女。趙小姐有先天性的心臟病，最嚴重的一次，家裡人都覺得活不了了，就讓保姆把她抱到馬號。保姆老王媽不忍心，在馬號守了她三日，竟然醒了，老王媽趕緊給餵米湯，這才活了過來。

趙小姐的母親給老王媽打了一對金鐲子，說：「這孩子一條命是妳撿的，以後這是妳的閨女。」

因為這個原因，趙小姐的童年非常幸福，她獲得母親的特批，放風箏、划船、爬山，樣樣精通。除了寵愛她的母親，還有更寵愛她的「五老爺」——五老爺是外祖父終身未嫁的妹妹。五老爺擅長種葫蘆，有次種出一個三分長的小葫蘆「草里金」，五老爺用心愛護，終於成形。她對趙小姐說：「可惜配不上對，要再有一個一般大的，給妞鑲一對耳墜子多好。」趙小姐出了個主意，借用東坡的詩「野飲花間百物無，杖頭惟掛一葫蘆」，「叫玉作坊用碧玉給琢一根竹杖形的戳枝，叫三陽金店用足赤打一個條帶結子把葫蘆鑲上，豈

不是一件有詩意的首飾。」五老爺照辦，並把這玉釵送給了趙仲巽。這件玉釵後來在文革中被抄沒了。

朱先生和趙小姐是世家的情誼，沒結婚之前兩個人就認識了，她喚他朱四哥，他呼之以二妹。兩人的婚事是上一輩的老人介紹的，但並不算盲婚啞嫁。在決定結婚之前，趙小姐去看了一場堂會。

那是一九三四年，這一年，朱家溍二十歲。訓詁學家陸宗達的祖母八十壽誕。韓世昌、陶顯庭、侯益隆等在福壽堂飯莊唱堂會戲。這也是朱家溍首次登臺，演了三齣：《邯鄲夢‧掃花》中的呂洞賓，《蘆花蕩》中的周瑜，為譚其驤的《聞鈴》配演陳元禮。

朱家溍卻不知道，他演的這三齣戲如同月老的紅繩，拴住了自己一輩子的姻緣。觀眾席上，趙小姐的嫂嫂陪著趙小姐看戲。一到朱家溍出來，嫂嫂就問：「妳覺得朱四的戲怎麼樣？」趙小姐回答：「朱四的《掃花》演得真好，《聞鈴》的陳元禮也不錯，有點楊派武生的意思，《蘆花蕩》的周瑜不怎麼樣。還是呂洞賓的扮相最漂亮，總而言之是戴黑鬍子比不戴更好。」

趙小姐也不知道，便是這幾句話，定了她的終身。

這段「戲評」很快傳到了「朱四」本人耳朵裡，他大為驚喜趙小姐的點評如此精到，

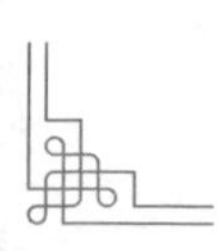

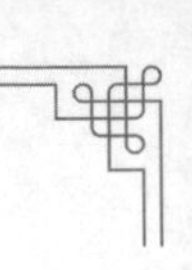

親友之間見面，總拿「戴黑鬍子比不戴更好」開朱家溍的玩笑，但他並不生氣，且頗為得意。很多年之後，朱先生仍舊對這場堂會記憶猶新：

沒有多大時間她說的話就已經傳到我耳朵裡，大概對於我們後來的結婚有些促進作用，因此我也對於這場堂會戲留下了很深的印象。第二年我們結婚了。從此聽戲的時候，我們也是伴侶。

——朱家溍／《中國文博名家畫傳·朱家溍》

結婚之後，朱家溍的十姨媽生日唱堂會，家裡不少親戚都加入演出，小倆口演了一齣《得意緣》。在後臺，朱家溍給妻子拍了不少照片，女兒朱傳榮說：「可以想見，父親真是得意呢。」

◎

結了婚，就不能做嬌小姐了。

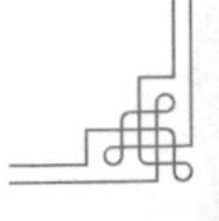

仲巽成了朱夫人，她成了一家子的女主人，操持家務。偶爾地，她仍有一些做小姐時的天真爛漫。在北平時，朱夫人曾帶著孩子們上房放風箏（北平的屋簷是可以放風箏的！），結果公公回家，大兒子眼尖，先「飛快地下了房，還把梯子挪開」，等到仲巽發現，已經下不了房，索性坦然地站在房上叫了公公。幸好，留過洋的公公並不是封建家長，不僅沒生氣，還覺得「挺有意思」。

在那個動蕩的大時代裡，這個小時候差點活不了的蒙古貴小姐，跟著丈夫從淪陷的北平一路到重慶，搭順風車時，司機因為疲勞駕駛把車開下了山，幸而落在江邊軟沙灘裡，才倖免於難。路況差的時候不能通車，人跟著人力架子車一起走。她告訴女兒：「如果太陽出來上路，日落之前住宿，一天走六十里。如果天未明就走，走到天黑再住，差不多可以走一百里。」一路沒有掉隊，全憑仲巽少年時代愛爬山練出的腳力。

到了重慶，朱家溍週末才能回家，仲巽負責所有的家務活兒。屋裡進了蛇，她見之大驚，飛跑去叫人，漸漸也學會「用根竹竿挑到遠處去就是了」。警報一響，她能最短時間內收拾好一切，帶著孩子和必需品鑽防空洞。

週末，朱家三兄弟回家吃飯，仲巽負責做飯。豬肉價貴，就買來豬肺，用清水多次灌入，以手擊打，排出血水，加了杏仁川貝，做一道銀肺湯。他們的生活充滿艱辛，但並不少情趣：

過年時候，山上到處有梅樹，折一大枝在草屋裡，油燈把梅花的影子照在蚊帳上，一幅天然墨梅。

——朱傳榮／《父親的聲音》

一九五一年十一月，故宮博物院停止工作，進入全院學習階段，「三反」運動開始。朱家溍因為在重慶期間曾經加入國民黨的經歷，在運動中被列為重點對象。有關朱先生「三反」中的遭遇，我曾經聽劉曾復先生和吳小如先生講過，但奇怪的是，兩位老先生最愛講的兩段，卻並不悲傷，像是動盪中的傳奇。

第一段是朱先生被捕，我來引用一下王世襄先生的描述：

季黃此時問我：「你從東嶽廟回家後，是怎樣被抓送公安局看守所的？」我說：「回家後兩天，派出所通知前往問話，進門早有兩人等候，把我銬上手銬，雇了三輛三輪，押送前門內路東朱紅大門的公安局。」季黃兄大笑道：「抓送我的規格可比抓送你大得多了。」這時四嫂等都笑了，知道將有精彩表演可看了。

季黃接著說：「拘捕我可是二、三十人編了隊，開了三輛吉普來的。特工人員從炒豆胡同大門進入，每進一道門就留兩個人把守。越過兩層院子，進入中院，正房和兩廂房頂上早有人持槍守候。」這時我插話：「看這個陣勢，知道的是拘捕朱家溍，不知道的以為是準備拍攝捉拿飛賊燕子李三的電視劇呢。」一下子又引起一陣笑聲。

季黃說：「那天傍晚，我剛洗完澡，坐在床上，尚未穿好衣服，兩腳也未伸入鞋中。忽聽見院中有人聲，破門衝進兩人，立刻把我銬上手銬，並叫我跟他們走。我因兩手不能下伸，提不了鞋，忽然想起林冲在某齣戲中（戲名可惜我忘記了）的兩個動作，可以採用。我立在床前，像踢毽子似的，先抬右腿，以鞋幫就手，伸指把鞋提上。再抬左腿，重複上述動作，把左腳的鞋提上。做兩個動作時，口中發出『答、答』兩聲，是用舌抵上膛迸出來的，代替文場的傢伙點，缺了似乎就不夠味兒。」兩個動作做完後，季黃問大家：「你看帥不帥？邊式（指演員在舞臺上表演，身段漂亮，動作乾淨俐落。）不邊式？」一時大家笑得前俯後仰，說不出話來。

——王世襄／《錦灰不成堆》

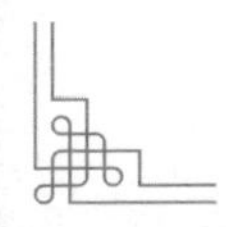

朱先生和王世襄一起先被關在白雲觀，後來移送到東嶽廟，之後又進看守所。拘留時的編號，王世襄是三十八，朱家溍是五十六。關押中的審查重點是貪汙，要交代從故宮偷了什麼。朱家溍說自己沒偷，結果被定調為「拒不交代」。有一位古物館的馮華先生曾經給美國收藏家福開森（John Calvin Ferguson）編過收藏目錄，為了過關，就寫了一份名單，說讓福開森帶到美國去了。結果沒通過，理由是嫌棄名頭太小。馮先生被逼無奈，加上唐宋元明清的，不僅故宮藏的，凡是知道的都寫上，儼然「一部中國美術史」。

一九五四年四月一日，朱家溍被釋放回家，到家已是半夜。下面的這個故事，我已經聽了無數遍，但還是決定引用朱傳榮阿姨在《父親的聲音》裡的講述，還原一下這個精彩不過的場景：

父親下車按門鈴，就是母親來開門，隔著門問了一聲，誰呀。父親說，我，我回來了。母親卻突然用戲裡念白的口氣說了一句——你要後退一步。《武家坡》中，薛平貴一路追趕王寶釧來到寒窯之外，叫門，說，是妳的丈夫回來了。王寶釧說，既是兒夫回來，你要退後一步。這話的意思是，退一步，可以隔著門縫看清楚來人。

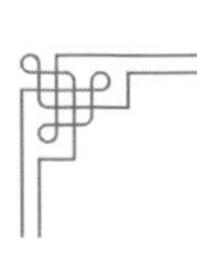

父親也就接了薛平貴的對白：

——哦，退一步。

——再退後一步。

——再退一步。

——再要退後一步！

第三次之後，

——哎呀，無有路了啊！

母親在門洞裡說了最後一句，這一句更響亮一點：

——有路，你還不回來呢。

這才開開門，給了車錢。

好幾十年之後，父親每提起這一晚，都對母親開門時候的玩笑佩服得不得了，一句話，妳娘，偉大。就那時候，還開呢。（這個「開」是開心，開玩笑，開涮[1]的簡略

編注

1 開涮，逗樂、尋開心之意。

語，綜合了三者，似乎又高於三者。）

「三反」不過是一個開始，不久，朱家湣又帶著夫人仲巽和小女兒傳榮下放到五七幹校。在那裡，六十五歲的朱先生要一天給廚房挑二十多擔水，打滿十二個水缸。還要去咸寧火車站卸煤，去嘉魚潘家灣運磚，有時候還要拉著板車去縣裡拖大缸鹹菜，來回幾十里路，朱先生覺得這是「鍛鍊身體」。

朱家養了一條無名的混種狗，全家人都很喜歡牠。據說，平時家裡來人，如果態度和善，小狗就不聲不響；若來的是造反派，氣勢洶洶上來就「朱家開會去」，牠就會「嗖」的一下猛撲過去。來人嚇壞，躲得老遠，連聲說：「請你快點去，我就不過來了。」

文革期間，朱先生的戲癮依舊很大，他唱了一回《沙家浜》裡的郭建光，洋洋得意和朋友們說：「我這幾個亮相，還是楊（小樓）派的！」

無論到什麼時候，他都這樣樂觀豁達，一如他著名的大嗓門，如洪鐘大呂。

去過朱先生家裡的人，都會對牆上那幅〈蝸居〉記憶猶新。這兩個字來自啟功先生。住在「蝸居」裡的朱先生，卻為國家捐獻了價值過億的文物。一九五三年，應母親的要求，朱家四兄弟把家傳的七百餘種碑帖無償捐贈給了文物局。一九七六年，由朱家溍提議，經過兩位哥哥同意，將家藏家具和多種古器物無償捐贈給承德避暑山莊博物館。其中包括黃花梨、紫檀、楠木等大型多寶格、條案、几案、寶座及床等各類一級文物。

然而，這批文物沒有得到當時相關人員的重視和保護，很多家具被毀壞，王世襄先生專門撰文表示了痛惜。後來，故宮工作人員修復了部分捐贈家具，邀請朱先生去看一看，朱先生答應了，然而沒有去。再問的時候，他說：「我就不去了，看了難過。」

一說起故宮捐寶人，大家容易想到的名字是張伯駒，朱先生和張伯駒第一次碰面，是在琉璃廠的古董店裡。儘管掌櫃兩邊傳話，兩個男子都有些傲嬌[1]，始終沒有過多的交流。

編注

1　傲嬌一詞源自日本動漫，外冷內熱、口是心非之意。

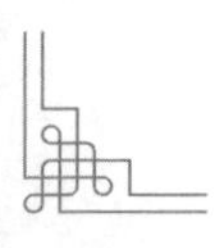

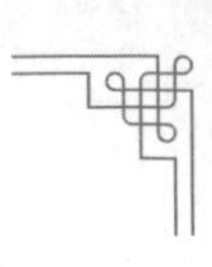

直到解放後，朱先生演了一回《長坂坡》的趙雲，演出結束，遠遠看見張伯駒先生走過來，握住他的手，興奮地說：「真正楊（小樓）派的《長坂坡》！」

張伯駒先生和朱先生這一輩人，經歷了軍閥混戰、抗戰流離、內戰動盪（張先生還經歷了跟軍閥搶老婆），他們的身上有一種特殊的氣質——在任何時候，面對錢財和權勢，他們總是風輕雲淡。這種風輕雲淡，離不開家人的支援，正如朱傳榮阿姨曾經說過的那樣：「我們家從來都認為自己只是文物的保管者，從來沒有認為是私有財產，父親把它們捐出去，我們沒有任何意見。」

而他們的夫人，也像極了古代仕女圖中的女子，嫻靜卻又不失性格。我們那位提議唱《得意緣》的朋友，每次都要感嘆，要找個這麼得意的媳婦太難了——我知道他的標準，當然，這世界上有幾個趙仲巽呢？

一九九三年一月九日，朱先生正在香港辦事，忽然接到仲巽因肺心病昏迷搶救的電話，緊趕慢趕，趕上最後一班飛機回到北京，朱先生看到的是「插著各種管子，口中有呼吸機」的夫人。仲巽不能講話，拿筆在紙上寫著，朱先生看著，淚已經滾下來。紙上只有三個字：「不要急」。

五十天之後，仲巽走了，捐出幾億文物的朱先生為了給夫人看病辦後事，欠了四萬多

元的債。他寫了一首不算悼亡的悼亡詩，都是日常，瓶子裡的花朵，盆景上的假山石，讀書唱戲鑒古，他的生活裡已經充滿了妻子的影子：

登臺粉墨悲歡意，
恍似神遊伴玉顏。

很久之後，他對小女兒說：「我們想共同慶祝結婚六十年，本是可以指望的，沒想到她竟自去了。」

二〇〇三年，有記者到朱先生家採訪，臨走時打算給朱先生拍張照，朱先生忽然叫停。他回身走到牆上那張〈泰岱晴嵐〉照片前，這是朱先生八十五歲登泰山拍攝的作品。在這幅攝影作品下方，端立著一方精緻的小畫框，內有仲巽的小照。朱先生在相框上擺了兩朵紅絹花，然後轉過身來說：

「照吧。」

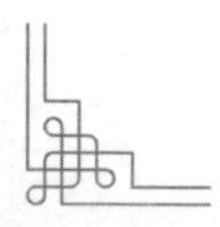

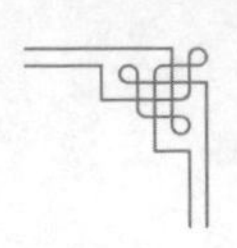

王世襄與袁荃猷

太平花

朱家溍先生當過《火燒圓明園》的顧問，當完之後，他跟大家說，再也不做顧問了。朱先生提了特別多的意見，比如「麗妃不是被慈禧害死的」，比如「妃嬪不是用被子包著太監抬著往皇帝寢宮送的」，對於咸豐和蘭貴人的初遇，他也有意見：

關於咸豐和蘭貴人在長春園相遇，聽見唱歌，然後一個跑，一個追。這不僅當時不可能，而且也是電影中早已被人看厭的陳腐舊套。這一段我在劇本上改為咸豐和蘭貴人相遇之後，就進入一個坐落，命太監叫蘭貴人。蘭貴人進門先跪請聖安，太監退出，然後咸豐問話。這一段我只能按著當時的生活方式來這樣創作，最後咸豐問蘭貴人會唱不會，蘭貴人唱了一支昆腔《玉簪記》的琴曲：「煙淡淡兮，輕雲。香靄靄兮，桂

陰。嘆長宵兮，孤冷。抱玉兔兮，自溫，自溫……」雖然這是我替影片編造的，但還不至於太違反當時的生活方式。我刪去了跑啊、追啊的畫面，還有現代型的《艷陽天》歌。可是，現在電影還是追、跑，唱現代的歌。

——朱家溍／《故宮退食錄》

朱家溍先生那一輩的中國人談戀愛，總是雋永的。張生見了崔鶯鶯，魂靈兒去了九霄雲外，卻只敢在紅娘跟前放肆「小生未曾娶妻」；賈寶玉對林黛玉表白，不過是一句「妳放心」；王世襄送給袁荃猷的表白信物，是一盆看起來平淡無奇的太平花。

很長一段時間，大家對於王世襄先生的評價，是「京城第一玩家」。對於玩兒，王先生確實做到了天賦異稟，據說，他八歲便能「飛簷走壁，爬牆放鴿子。一根轟鴿子掛著紅布條的竹竿上下翻飛，打得房簷無一瓦全。」上美國學校，口語流暢，本來頗得老師歡心，結果寫作文，一連幾個禮拜主題都是鴿子鴿子鴿子，老師氣得把作業退回，評語是：「汝今後如再不改換題目，無論寫得好壞，一律給 P（poor，不及格）。」

他養狗玩葫蘆養鳴蟲，後來又戀熬鷹捉獾。陳夢家和趙蘿蕤婚後住在王家隔壁，某日深夜，忽聽有人叫門，聲音嘈雜，兩人嚇壞了，以為是強盜，接著聽到一連串的疾行聲、

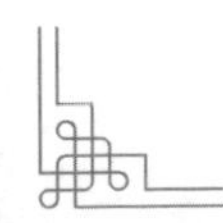

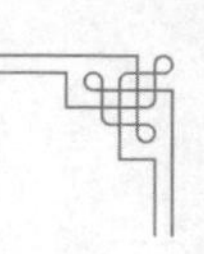

噓氣聲，隨即寂然。次日才知道，原來是王世襄牽了四條狗半夜去玉泉山捉獾，拂曉歸來，無人應門，只好越牆而入。趙蘿蕤說，所謂業荒於嬉，說的就是王世襄。

這當然是好朋友之間的玩笑話，玩雖玩，其實學問沒耽誤。王世襄進燕京，開始讀的是醫學，結果主課門門不及格，幸好選修課分數高，於是轉到文學院國文系。這下如魚得水，成績好（還經常幫同學完成詩詞作業），畢業之後，考取了燕京的研究生，研究中國畫論。一九四一年，王世襄拿到了碩士學位。

袁荃猷就是在這時進入王世襄的生活的。

袁荃猷出生於一九二〇年九月，處女座。她從小在祖父母身邊長大，據說，這是因為母親在生下她的小妹妹之後，得了產褥熱去世。奶奶就把她和幾個孩子「一窩端，全給接收過去養起來了」，理由是，「省得你爸爸娶了後媽，待你們不好」。

奶奶是袁荃猷祖父的第四位續弦，結婚時已經三十八歲，同盟會成員，熱衷婦女運動，經常拿一把洋槍去給受丈夫虐待的婦女做主。做奉天中國銀行行長的祖父很聽這位太太的

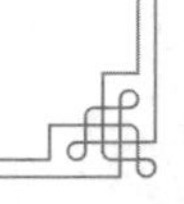

話，抗戰時期，這位奶奶叫了一輛三輪就出去了，爺爺急得直發脾氣：「太太哪兒去了？」後來才知道，奶奶上北京站了解難民民情去了。

袁荃猷在祖父母家長大，讀《論語》、《孝經》，彈古琴學畫畫，過的是典型舊派閨秀生活。入燕大，袁荃猷學的是教育學，畢業論文是編寫一本中小學國畫教材。她去找教育系主任周學章先生，周先生就推薦她去找王世襄，請他來做小學妹的「論文導師」。

初次見面，袁荃猷印象最深的是王世襄吃柿子，吃完留下完完整整的柿子殼。王世襄對袁荃猷的論文很上心，到了後來，為了讓她通過論文，居然幫著寫。這兩個人就這麼「相看儼然」了。

後來燕京停學，王世襄去了重慶，臨行，他送了袁一盆太平花。在四川，王世襄寫了很多信給袁，只收到兩封回信，其中一封寫道：「你留下的太平花我天天澆水，活得很好，但願生活也能像這太平花。」

這真是我見過最美的情書。

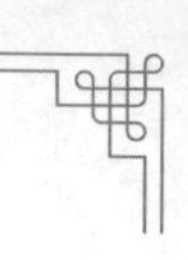

回到北平的王世襄，給袁荃猷帶了一個火繪葫蘆片小盒，這是他之前在信裡許諾的——要是做好了就送給她。她打開小盒子，裡面靜靜躺著的，是兩顆紅豆。袁荃猷說，這是我們的愛情信物。

一九四五年，他們結婚了。

袁荃猷的奶奶曾經跟小荃猷講過一條家規，說他們家的女孩子「不可入門房，不可入下房，不可入廚房」。結婚之後，王世襄很快發現，這位太太真是妙不可言，除了琴棋書畫外，其他全不會。據說家務活僅限剝蒜，到了剝蔥就不行，一根蔥可以層層剝光，剝完發現什麼都沒有，於是埋怨老王：「你是不是不會買蔥，為什麼蔥裡什麼東西都沒有？」荃猷有時候想進廚房幫幫手，佣人張奶奶一會兒說：「別讓油濺了裙子！」一會兒說：「別讓刀切了手！」荃猷只好退出，不搗這個亂了。

新婚燕爾，卻很快勞燕分飛，他們連蜜月也沒有過。彼時的王世襄，一心都在追繳文物上。他離開北京前往日本，追繳了多項文物，他在回憶文章中說：

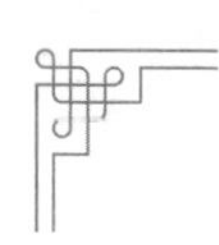

整整一年中，我們都一心放在偵查追繳文物上。當我將德僑楊寧史非法購買的青銅器目錄抓到手中，並把編寫圖錄的德國學者羅越帶到天津與楊對質，使楊無法抵賴時，荃猷和我一樣地喜悅興奮。又當楊謊稱銅器存在已被九十四軍占領的天津住宅中，爾等可以去尋找查看，而九十四軍竟不予理睬，多次拒絕進入，致使工作受阻，陷於停頓時，荃猷又和我一樣憂心忡忡，束手無策。

——王世襄／《錦灰不成堆》

荃猷對於王世襄做的所有事情，只有兩個字：支持。

某月月底，趕上兒子王敦煌的奶粉吃完了，鴿子的高粱也吃完了。王世襄說：「手裡的錢買了奶粉買不了高粱，買了高粱買不了奶粉。我是買奶粉呢，還是買高粱呢？」兩個人商量，覺得要是借錢買奶粉還算開得了口，要是借錢給鴿子買高粱，那就太不像話了。最後決定，把僅有的錢買了高粱，借錢買奶粉。

她的衣服，破了縫一縫，褪色補一補。他本來給她去鼓樓大街買內衣，結果半道上，看見喜歡的藏傳密勒日巴像，買了回來，內衣忘買了。荃猷見了，卻歡喜說：「要是我也先把他請回來，內衣以後再說。」

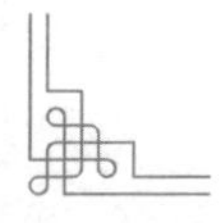

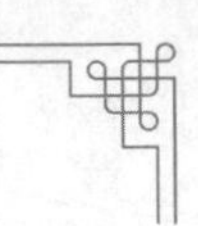

他們的朋友郁風說：

說起袁大姐這位主婦真夠她為難的，家裡已經塞滿各種大小件不能碰的東西，她的吃喝穿戴日用東西東躲西藏無處放，而王世襄還在不斷折騰，時常帶回一些什麼。她常說累得腰瘦背痛連個軟沙發椅都沒得坐（因為沙發無處放），家裡全是紅木凳。但是我了解她的抱怨其實是驕傲和欣賞，而絕不是夫唱婦隨的忍讓。

——張建智／《王世襄傳》

王世襄被故宮派去美國，彼時，荃猷正得了肺結核，到協和醫院檢查，醫學家林巧稚說有空洞，必須要臥床至少一年。大家都說，這病有危險，不可遠行。只有荃猷說：「沒關係，你去吧，家裡也有人照顧我，父親（指王世襄父親）還常常翻譯法文小說給我聽。」

他走的第二天，她的日記是這樣的：

今日父親買一筐洋（楊）梅，大吃。可惜暢安已走，念他。

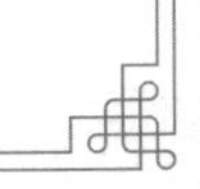

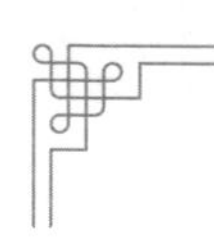

他亦念她。

荃猷喜歡撫琴，王世襄看到好琴，願意賣各種細軟，為太太的愛好掏錢。一九四八年，為了買「大聖遺音」古琴，王世襄以飾物三件及日本版《唐宋元明名畫大觀》換得黃金約五兩，再加翠戒三枚（其中一枚為王世襄母親的遺物），才購得此琴。在《自珍集》裡，他這樣說：「唐琴無價，奉報又安能計值，但求盡力。」

古琴壞了，荃猷著急，王世襄請來青銅器修復專家高英先生特製銅足套，並仿舊染色。琴身背面，是王世襄請金禹民刻的題記：「世襄荃猷，鬻書典釵，易此枯桐。」一管平湖先生調了漆灰，把銅足套牢牢黏在孔裡，笑曰：「又至少可放心彈五百年了。」

他最開心的事情，就是太太撫琴，自己陪在一邊，他給自己起了個名字，叫「琴奴」。據說，他還曾經收藏過一個蚰耳圈足爐，為的是款識「琴友」二字。

遇見這個爐子時，袁荃猷正在學琴。

一九四九年八月，王世襄回到了北平，荃猷的身體漸漸好轉，他們的生活，真的像那一盆太平花一樣：

芳嘉園南牆下一溜玉簪花，綠油油的葉片，雪白的花苞，淨潔無瑕。西南角有四五

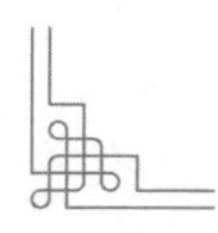

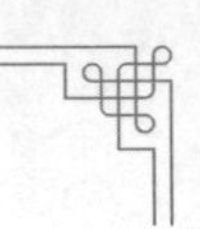

叢芍藥，單瓣重蕊，都是名種。西窗外有一株太平花，一串串小白花，散發出陣陣幽香，更因其名而倍加鍾愛。北屋門前階下，有兩棵老海棠，左右相峙，已逾百年。春日賞花，秋冬看果。不論是大雪紛飛，還是陽光燦爛，滿樹紅果，鮮豔異常。西側樹下小叢矮竹，移自城北，是一位老叟熱情贈送的，世襄曾有詩致謝。東側樹旁一畦噴壺花，種的是一九四八年世襄從美國寄回的種子，極易生長。花一開，就會迸發出許多花鬚，四面噴射。我們不知其名，就管它叫噴壺花。東北牆角，植竿牽繩，牽牛花緣繞而上，燦若朝霞，搖曳多姿。臺階上，大花盆裡種蔦蘿，用細竹竿扎架，綠葉中的小紅花，像一支支小紅蠟燭，煞是好看。小花盆裡還有各色的「死不了」，不用種，年年會自己長出來。東廂房外，一大架藤蘿，含苞欲放時，總要摘幾次做烙餅嚐鮮。盛開時，蝶鬧蜂喧；開謝時，繽紛滿地。架外竹籬上爬滿了粉色薔薇。過道門外，有一棵凌霄，攀援到影壁上，抬頭仰望，藍天白雲，托著黃得發紅的花朵，絢麗奪目。

——〈袁荃猷未刊日記〉，引自張建智／《王世襄傳》

在芳嘉園小院子裡，他養鴿子，她在一邊描畫；她撫琴，他在一邊欣賞。他們是夫婦，更是知音。家裡來了客人，談論起別的夫婦為了花錢的事情吵得不可開交，荃猷說：「長

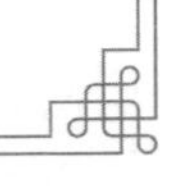

安別說吵架，臉都未曾紅過，我真不能理解。」王世襄說：「荃荃也從未紅過臉。」

他喚她荃荃，她喚他長安（王世襄的乳名）。

一九五七年，王世襄遭受「加冠」之災，被誣陷偷盜，關在東嶽廟裡逼供，又被關到公安局看守所。抄家多次，沒有查出任何問題，才把他放回家。回家之後，他才聽說，荃猷曾經前去看守所，慷慨陳詞，「講述我一九四五至一九四六年追回文物的日日夜夜，包括派往日本從東京運回一百零七箱善本書等。」

王世襄回到家裡，荃猷對他說：「堅強要有本錢，本錢就是自己必須清清白白，沒有違法行為。否則一旦被揭發，身敗名裂，怎還能堅強?!你有功無罪，竟被開除公職，處理不公問題在上級。因此我們完全具備堅強的條件。」王世襄說，在那一刻，他才知道，太太小小的身軀裡，居然藏著這樣的胸襟。

文革來了，王世襄被劃為右派，每個月就二十五元生活費，自顧不暇。全家老小，都靠荃猷一個月七十塊錢的工資。某日，王世襄在幹校忽得電報：「荃猷病危，王世襄速來。」他心急如焚，趕去才知道，荃猷得了精神分裂症。原來，和荃猷住在一起的同事天天勸她交代王世襄的情況，她躺在床上拚命想，實在覺得王世襄沒有任何問題，「以上的思考搜索，一遍又一遍地重複」，這才患病。

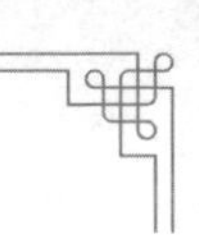

經過幾個月的治療，荃猷神智恢復正常，又回幹校勞動。有時候回芳嘉園，王世襄的父親心疼兒媳婦，給買了兩毛錢肉絲麵。荃猷謝了又謝，卻忍著沒吃，說留給老人。出門遇到侄女，想借錢，她立刻說，我這裡還有兩塊錢，咱倆一人一塊。

荃猷在幹校時曾經收到一個特殊的禮物，這是千里之外的王世襄做的一把小掃帚。這把「竹根兒做的把，霜後枯草做的掃帚頭」的小掃帚，袁荃猷一直珍藏著，她明白丈夫的意思——敝帚自珍。後來，王世襄出《自珍集》，他們把這把掃帚印在了扉頁上。

唐山大地震過後，為了避震，王世襄睡在萬歷款大櫃子裡。荃猷不願意睡在櫃子裡，但屋子小（其他屋子已經被分派給各種陌生人），只好睡在貼著櫃子放的炕桌上。王世襄每晚起夜，都要「手扶櫃子框，挺身越過荃猷」，如此出入一年多，從來沒有驚醒過太太。直到「恩准落實歸還被擠占的一間房」，荃猷才從炕桌上下來，改睡在行軍床上。說起這段經歷，王世襄笑著說，這叫「櫃中緣」。

王世襄出了許多書，如果沒有荃猷，這些書大概都要流產。《明式家具研究》裡，七百餘幅線條圖都由荃猷繪製，她將明式家具的結合方式和卯榫做了精確測量，繪成圖紙。寫書時，王世襄右眼忽然失明，也是荃猷幫他整理詩稿，編輯校對。

她心疼他，懂得他，他做的所有事情，她只有兩個字：支持。

王世襄八十歲生日的時候，荃猷為他刻了一幅大樹圖。王世襄說，自己這一生的愛好和追求，都被荃荃刻畫出來了，在那棵大樹的果實上，有家具、竹刻、漆器，也有鴿哨、葫蘆、獾狗……董橋曾經在文中這樣評價荃猷：「天生不幸愛上收藏文玩文物的男人，娶得一個美麗賢慧的妻子不難，娶得一個又美麗又賢慧又喜愛文玩文物的妻子那簡直是『天方夜譚』！」

二〇〇三年，王世襄獲得荷蘭克勞斯親王基金會授予的最高榮譽獎，基金會會長安克．尼荷夫女士說：「王世襄對於中國家具設計技術和歷史研究久負盛名，他的收藏使世界各地的博物館、手工藝者和學者都得到鼓舞。這些收藏成為國家級文化遺產珍寶。」這些收藏，指的是一九九三年王世襄夫婦將幾十年收集到的七十九件明式家具入藏上海博物館。這一舉動，亦來自荃猷，她對王世襄說：「物之去留，不計其值，重要在有圓滿合理的歸宿。」

克勞斯親王基金會獎勵給王世襄十萬歐元獎金，在得知這個消息的時候，荃猷已在醫院，「病危而神智清醒」，她和王世襄同時說：「全部獎金捐贈給希望工程。」

在生命的最後，他們還保持著驚人的一致性。

二〇〇三年，荃猷去世，王世襄悲痛欲絕，在他的《錦灰堆》裡，句句都是對荃猷的

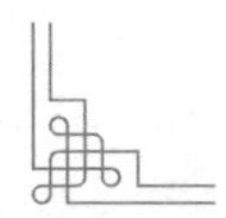

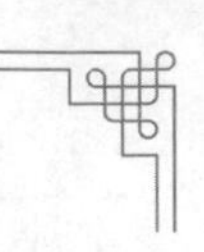

愧悔，他後悔沒有帶荃猷遊山玩水，這是她最想做的事情；他後悔慫恿荃猷晚年出版自己的刻紙集，覺得破壞了老伴的健康。

他說，我負荃猷。

他寫了十四首《告荃猷》，字字泣血：「我病累君病，我癒君不起。知君不我怨，我痛無時已。」他把她的東西都拍賣了，只有一件東西保留著，那是他與荃猷一起買菜的提筐，他說，等到自己百年之後，要請人把這個提筐放在墓裡，就像他們兩個人一起拎著這個提筐去買菜。

王世襄說，這叫生死永相匹。

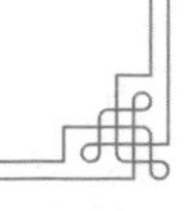

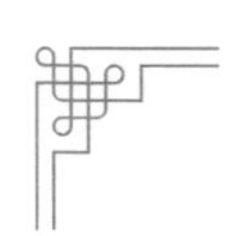

三婦豔

生活屬於自己，與旁人無關

〈三婦豔〉是樂府相和歌辭的篇名，這是梁陳時期的詩人們最喜歡的豔情詩題材之一，最喜歡寫〈三婦豔〉的，是著名的陳後主。別人寫的〈三婦豔〉，婦人或畫眉或浣紗或裁衣，唯有陳後主膽子大，開筆敢寫「小婦正橫陳，含嬌情未吐」，亡國罪行又多一件。

愛寫〈三婦豔〉的陳後主亡了國，人們要怪罪的是和他一起在井裡的貴妃張麗華。陳叔寶沒有死，倒把張麗華砍了頭，由此可見，豔麗的女人總是容易遭人妒忌，引來風言風語——何況還是三個。

今天故事的主人公，正是七十年前上海灘的三個女人：陸小曼、周鍊霞和陳小翠。她們都是上海中國畫院的女畫家，都有著各自風格的美麗，也都因為美麗而成為當時的話題人物。

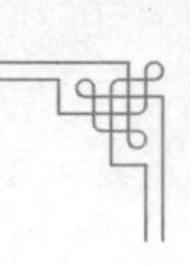

她們會如何處理這些對於美人的詰難，她們將怎樣回答輿論對於美麗女人的規範，這些故事雖然早已畫下句號，但我依舊想講給你們聽。

又是下午三點半，上海所有的時鐘彷彿都失效了。

外灘威斯敏斯特響半闋，大自鳴鐘叮噹噹，沒人聽見，也沒人關心，大家失去了聽覺，取而代之的是嗅覺和味覺——確切地說，是下午茶的味道。

洋房公館。墨綠色絲絨窗簾慵懶地靠在金銅掛鉤上，陽光像頑皮的孩子，閃耀著麻將桌上的一只只鑽石戒指。紅色漆盤呈上來八只描金小碗，四客縐紗小餛飩星星麻油金點點小蔥翠，四客黑洋酥湯團在酒釀湯裡浮浮沉沉，氤氳著溫暖的曖昧。紅蔻丹手指頭輕輕一撥，象牙麻將轟隆隆玉山頹倒，停了停了，今朝張太太格牌實在忒好，吃客點心大家調調手風。

四川路書場。墨竹摺扇啪嗒一收，楊乃武小白菜究竟能不能逃出生天，緊要處戛然而止。琵琶橫卧，臺上人拱一拱手，臺下人兀自歎息，熱手巾上來揩揩面孔，這才回了半晌

神。口袋裡摸幾枚銅鈿，包袱裡一只碗，小夥計心領神會接過，出門右轉，到橋堍上，遠遠見碩大的平底鐵鍋，騰騰熱氣，嗞啦啦響。師傅一手持大鍋轉圈，暗油流動，一手抓把白芝麻，正是生煎出鍋時，腳下不由緊了兩步。師傅瞅一眼，小把戲，來得滿是時候，等一歇，牛肉湯在滾。店堂間一口大鍋，暗黃色咖哩味，咕嘟咕嘟。菜刀寒光凜凜，牛肉在案板上片片如紙薄，紋路一圈圈，近透明。小夥計摒不牢，偷捻一片進嘴巴，飛奔而去。斷命小鬼饞佬胚[1]，明朝敲死儂只頭。

一九五四年。這是上海開埠第一百一十一年。這一年，西郊公園對外開放，文化局接管大世界遊樂場，龍華塔打算修復到宋塔形制，但對於上海人來說，這一年秋天大概也和過去二十年來任何一個秋天沒有什麼兩樣，就如同此刻，下午三點半，全上海都處於下午茶時間。

麥爾斯咖啡館（原東海咖啡館）外。梧桐葉鋪滿地，高跟鞋踩在上面，有細碎幽微的聲音，沒人聽得見。屋子裡，新一爐法式十字麵包熱氣烘烘地出爐，穿過人聲鼎沸的圓桌，

編注

1　饞佬胚，貪吃鬼之意。

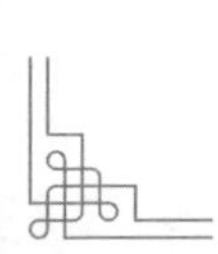

靜靜等待著的是桌上瓷碟子裡乳色的白脫球。角落裡的小圓桌，鏤空鉤花檯布，兩個女人坐著。背對著我們的女人著撒金小襖，頭髮新燙，侍者端上咖啡，忍不住看一眼，只一眼，似張君瑞初見崔鶯鶯，驚鴻一瞥。對面灰裙女人見狀，微微一笑，似乎看慣如此場面。女人之間，本來最怕樣貌比較，灰裙女人卻不介意，她戴著眼鏡，行動舉止，莊嚴寶相，唯獨看撒金襖女人是溫柔的，彷彿她說什麼、做什麼，自有她的道理。就像此時，她開口問：

「晚蘋還不曾有信？」撒金襖女人卻像沒聽到一樣，切一角檸檬派送入口中，略皺眉道：「東海調只名字，我以為換湯不換藥，怎麼最近檸檬派上的蛋白，簡直甜到發膩。」

灰裙女人叫陳小翠，感受到檸檬派變化的女人叫周鍊霞，在一九五四年的秋天，她作為女人的直覺，全部放在眼面前那客酥皮點心的滋味上，卻渾然不覺全上海文藝界的直覺，都放在她的身上。

陳小翠口中的晚蘋姓徐，是周鍊霞的丈夫。

晚蘋和鍊霞，是上海灘多少紅男綠女的榜樣，一言以蔽之，摩登夫婦。晚蘋愛跳舞，

愛攝影，《良友》、《玲瓏》上多有佳作，署名「綠芙」，所拍攝倩影，多半都是太太，燈下的太太，柳畔的太太，嬰兒肥的太太，湘君瘦的太太——在晚蘋的鏡頭裡，太太絕對是自家的好。

要做周鍊霞的丈夫，卻需要有一顆強大的心臟，因為周鍊霞的緋聞，如同上海灘的柳絮，風吹遍地，綠遍池塘草。

抗戰時期，徐晚蘋去了重慶。人們立刻傳說，不得了，周鍊霞縱馬歸山，新添多少男朋友。連蘇青這樣的「豪放派作家」和周鍊霞一起參加活動，都要特意留下來等周鍊霞演講完，無他，要看看她「豔名」究竟如何。

> 抗戰事起，徐為電報局職員，隨匪幫去重慶，她獨自一人留申，大肆交際。時上海，有小報五六家之多，幾乎無日不刊登伊艷聞軼事，一致公尊之曰：師娘。……勝利後其夫晚回家了，忽見多一兒子，五歲了。因告之曰：離家八年，這五歲小孩，本人不認帳的。她云：你放心，自有人認帳的。
>
> ——陳巨來／《安持人物瑣憶》

其實，徐晚蘋並不一直滯留重慶，至少在一九四四年，他曾經和周鍊霞一起合辦畫展，倘若真有私生子，彼時何以不知？陳巨來的一張八卦嘴，斷送了多少滬上好兒女。

謠言不獨陳巨來，舊時女人，如果美一點，外向一點，便易有「豔名」。北方代表，當屬唱梆子的劉喜奎，報上寫詩：「願化蝴蝶繞裙邊，一嗅餘香死亦甘。」段祺瑞的侄子專門去後臺強吻，罰款拘押之後得意洋洋：「買一個香吻，值了。」故都名士易實甫，自稱「三十餘年內，初為神童，為才子，繼為酒人，為遊俠」，每天必到喜奎寓所一次，風雨無阻，熱情洋溢，入門即高呼：「我的親娘呀！我又來啦！」

北方人叫親娘，是占大便宜；上海人含蓄一點，叫師娘，跁點小便宜——鍊霞花名，便是「鍊師娘」。

開口叫師娘，師父又在何方？有兩種解釋，一者講，徐晚蘋擅跳交誼舞，鍊霞同去，大家爭相請她跳舞，醉翁之意不在酒，美其名曰「向師娘問藝」，此乃說法之一。又云某日，鍊霞和畫家丁悚去跳舞，大家爭相與鍊霞握手。不巧佳人玉手生疔，方上了藥膏不便握手。丁悚平素愛開玩笑，後來生了一個兒子，也擅雅噱，大名鼎鼎丁聰也。老丁講，鍊霞，不妨用上了藥膏的手指頭畫畫，肯定是滬上風靡，乃是「雅事」。鍊霞想也不想立刻接：「疔亦有雅俗之分耶？然則老娘何幸，生此雅疔？」「疔瘡」、「丁」同音，鍊霞大

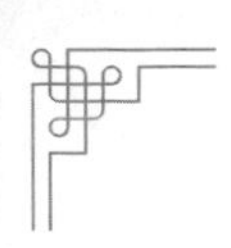

大占了老丁的便宜，時人呼周為「老畫師之娘」，遂為「錬師娘」※。

喜奎被叫親娘，滿心惶恐，倉促嫁於武清縣崔昌洲，誰知崔患肺病，結婚四日即被上峰施計調離，不久病逝。喜奎易名埋姓，隱居僻地。錬霞和喜奎身分不同，出身好，膽子大。舉一例，幼時學畫，把家裡收藏的唐伯虎拿出來，手持銀剪鉸下上面的仕女，依樣畫葫蘆。有豔名，錬霞滿不在乎，嘴裡不肯吃虧，絕不落下風。律師王效文問：「為何都叫你『錬師娘』？」答曰：「錬乃周錬霞之『錬』，師乃大律師之『師』，娘即姆媽。所以，就是大律師的姆媽的意思。」

陳巨來請江寒汀畫扇面，唐雲補花，錬霞補草。夏日炎熱，香汗淋漓，錬霞取絹一方，覆於扇骨之上，防止手汗。唐雲一見，喲，迭塊絹頭，看起來像是男人的嘛！到底是誰的？講不出，給我好了。錬霞不響，笑靨盈盈，真的要？唐雲說，捨得伐？錬霞講，不後悔？唐雲接過去，正待炫耀，錬霞講，哎呀呀，拿的是「奴兒子」的手帕。既然要叫師娘，那都來做奴兒子，這是典型的錬霞邏輯。

流言蜚語，錬霞無所謂，徐晚蘋著了惱。

※ 有關「錬師娘」之由來，劉聰先生《無燈無月兩心知》有詳細闡述。

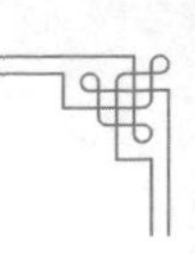

民國媒體人朱鳳慰，是「吃周鍊霞豆腐團」中堅力量。飯局之中，鍊霞敬酒，杯中酒太滿，鍊霞傾倒一點給朱，這本無傷大雅，誰知道朱馬上倒回去一點，指酒杯云「兄妹合歡酒」。鍊霞懷孕，朱鳳慰見了她，問曰：「大妹子黃台瓜熟，蒂落之期近矣？」周鍊霞回答：「八月十五月光明，屈指計之，吾即宣告破產矣！」這頓飯吃完，兩人語錄上了報，那記錄者倒不偏頗，敬佩如此坦蕩回答，小報記者也不免感慨：「於大庭廣眾見答覆一尋常女子羞於啟齒之私事，而能輕鬆脫略，不覺其粗俗如此，非鍊霞錦心繡口不辦也。」

玩笑收不住，則愈開愈大。朱鳳慰索性在《力報》上發花痴，題曰「綺夢」，文字露骨，內容無聊，說自己做夢與某女士接吻，而這位某女士的描繪，三百六十度直指周鍊霞。周鍊霞沒吭聲，差不多得了，結果沒多久，又在《東方日報》寫〈第二夢〉，比上一夢更加「銷魂攝骨」。

徐晚蘋忍無可忍，寫文章〈赤佬的夢〉回擊。這樣一來，卻中了圈套。須知鍊霞應對，原本方針為「以噱應噱」，遊戲人間，老男人們便討不到便宜。一旦認真應對，新一輪輿論席捲而來，聲勢浩大，一時間，造謠周鍊霞緋聞者有之，傳說徐晚蘋準備起訴朱鳳慰者有之，亂拳打死老師傅，徐晚蘋賠了夫人又折兵，一折騰，夫妻嫌隙頓生。

實際上，滬上此等流氓文章，惡意中傷佳人已非首次，周鍊霞前車之鑒，乃是吃盡苦

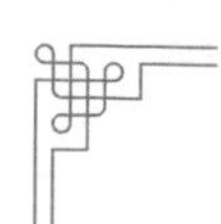

頭的陸小曼。

二

陸小曼，無須過多介紹，中國近代史鼎鼎大名之女人。陳定山有本筆記《春中舊聞》。春中，上海也，這本上海舊事中，他特別寫到上海灘的名媛譜系繼承，而第一個能被稱為「名媛」的，便是陸小曼：

上海名媛以交際稱者，自陸小曼、唐瑛始。繼之者為周叔蘋、陳皓明。周（叔蘋）為郵票大王周今覺女公子。陳（皓明）則（中華民國）駐德大使陳蔗青之愛女。其門閥高華，風度端凝，蓋尤勝於唐（瑛）、陸（小曼）。自是厥後，乃有殷明珠、傅文豪，而交際花聲價漸與明星同流。

一九二六年七夕，陸小曼和徐志摩在北平結婚，婚禮上，梁啟超當頭棒喝，作「從未有之結婚證詞」：「徐志摩！你這個人性情浮躁，所以在學問方面沒有成就，你這個人用

情不專，以致離婚再娶。陸小曼！妳要認真做人，妳要盡婦道之職。妳今後不可以妨害徐志摩的事業。你們兩人都是過來人，離過婚又重新結婚，都是用情不專。以後要痛自悔悟，重新做人！願你們這是最後一次結婚！」

北平輿論如此，結婚之後，陸小曼心心念念遷居上海生活，也能理解。上海灘的軟刀子，殺起人來更為爽利，很快，陸小曼體會到了小報的厲害。

一九二七年十二月六日，靜安寺路一二七號，夏令配克影戲院，人山人海。大家都說「來看新娘子」，所謂新娘子，便是其實已經結婚一年多的陸小曼。當日演出，最為矚目當屬壓軸戲《玉堂春》。扮演王金龍的是翁瑞午，蘇三的是陸小曼，連不擅皮黃的詩人徐志摩都扮了回崇公道。因為重度近視，他只能戴著眼鏡上場，大家一看便知是志摩，哄堂大笑。

票友不是專業，上臺胡鬧開玩笑是常有的事情。我讀書時票戲，唱《鎖麟囊・三讓椅》一折，丑角先抓一哏「看你畢業論文還沒寫完，還好意思到這裡來混座位」——蓋當時正苦於論文季，全場發笑，嚇得我差點忘詞。陸小曼的這場《玉堂春》，笑點不在戴眼鏡的徐志摩，而在張光宇扮演的醫生。

這個醫生本無對白，王金龍發現堂下犯人乃舊時情人蘇三，大驚失色，聲稱得了急病暫時休庭。此時有醫生上場為他診脈，胖呼呼的張光宇上臺，忽然現掛，用蘇白說：「格格

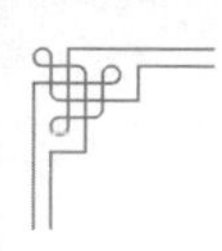

病奴看勿來格，要請推拿醫生來看哉。」臺下觀眾大半清楚諸人身分，王金龍的扮演者翁瑞午，正是推拿名醫，於是哄堂大笑，連臺上翁瑞午、陸小曼、徐志摩、江小鶼也失聲而笑。

這無傷大雅的玩笑，引發了一篇臭名昭著的報導。

是一天之後，小報《福爾摩斯》發表了一篇題為「伍大姐按摩得膩友」的文章，寫得極為不堪，但為了讓讀者們對陸小曼看完之後的怒火感同身受，特錄全文如下：

詩哲余心麻，與交際明星伍大姐的結合，人家都說他們「一對新人物，兩件舊家生」。原來心麻未娶大姐以前，早有一位夫人，是弓叔衡的妹子。後來心麻到法國，就把她休棄；心麻的老子，卻於心不忍，留那媳婦在家裡，自己享用。心麻法國回來，便在交際場中，認識了伍大姐，伍大姐果然生得又嬌小，又曼妙，出落得大人一般。不過她遇見心麻以前，早已和一位雄赳赳的軍官，一度結合過了。所以當一對新人物定情之夕，彼此難免生舊傢伙之嘆。然而傢伙雖舊，假使相配，也還像新的一般，不致生出意外。無如伍大姐曾經滄海，她傢伙也似滄海一般。心麻書生本色，一粒粟似的傢伙，投在滄海裡，正是漫無邊際。因此大姐不得不捨諸他求，始初遇見一位叫做大鵬的，小試之下，也未能十分當意，芳心中未免憂鬱萬分，鎮日價多愁多病似的，睡在寓裡納悶，心麻勸她，她只不理會。後來有人介紹一位按摩家，叫做洪祥甲的，替她按摩。祥甲吩咐大姐躺在沙發裡，大姐只穿一身蟬翼輕紗的衫褲，乳峰高聳，小腹微隆，姿態十分動人，祥甲揎袖捋臂，徐徐地替大姐按摩，一摩而血脈和，再摩而精神爽，三摩則百節百骨奇癢難搔。那時大姐覺得從未有過這般舒適，不禁星眼微餳，妙姿漸熱。祥甲哪裡肯舍，推心置腹，漸漸及於至善之地，放出平生絕技來，在那淺草公園之旁，輕搖、側拍、緩拿、徐捶，直使大姐一縷芳魂，悠悠出舍。此時祥甲，也有些兒不能自持，忙從腰間，挖出一枝短笛來，作無腔之吹，其聲嗚嗚然，嘖嘖然，吹不多時，大姐芳魂，果然醒來，不禁拍桌歎為妙奏。從此以後，大姐非祥甲在旁吹笛不歡，久而久之，大姐也能吹笛，吹笛而外，並進而為歌劇，居然有聲於時。一日滬上舉行海狗大會串，大姐登臺獻技，配角的便是她名義上丈夫余心麻，和兩位膩友，汪大鵬、洪祥甲。大姐在戲臺上裝出嬌怯的姿態來，發出淒惋的聲調來，直使兩位膩友，心搖神蕩，惟獨余心麻，無動於衷。原來心麻的一顆心，早已麻木不仁了。時臺下有一位看客，叫做乃翁的，送他們一首歪詩道：詩哲當臺坐，星光三處分，暫拋金屋愛，來演玉堂春。

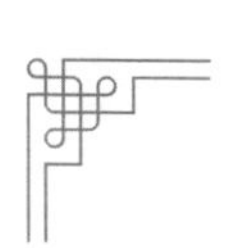

文章雖然全用假名，卻易看出「余心麻」是「徐志摩」三字的半邊，「曼妙」的「伍大姐」是陸小曼，「汪大鵬」是江小鶼，「洪祥甲」對應翁瑞午，「海狗會」是天馬會。文章繪聲繪色於翁瑞午陸小曼的「姦情」，更附會出陸小曼和江小鶼、徐志摩的父親和張幼儀均有不可告人之關係，這樣一比，那篇寫周鍊霞的春夢，簡直是小兒科之小兒科。

文章的始作俑者是《福爾摩斯》的編輯吳微雨，起初還列有平襟亞的名字。平襟亞的侄子平鑫濤是瓊瑤的夫君。我喜歡的女子，平襟亞一一都惹過，呂碧城告過他，張愛玲為了稿費的事情和他起過齟齬，這一回便輪到陸小曼。

更可氣的是，彷彿怕《福爾摩斯》的報導還嫌隱晦，又有《小日報》跟進，以〈陸小曼二次現色相〉點名之前的〈伍大姐〉，一一寫實。這樣一來，滿城皆知，徐志摩和徐晚蘋一樣，選擇了站出來控告《福爾摩斯》。

放到今日，《福爾摩斯》當然夠得上誹謗，但在當時卻無法打贏。平襟亞在第一時間就脫離關係，他延請律師到庭聲明，說自己與該報毫無關係。《福爾摩斯》是出了名不怕訴訟的小報，當時剛剛打贏和富春老六的官司，對付徐志摩，他們自有高招——藉助法律漏洞。他們先讓巡捕房控告自己，說〈伍大姐按摩得膩友〉一文中刊登了一幅裸體畫，而後被處罰金三十塊。而根據當時的刑事訴訟條例三百四十條第二項之規定，同一事件不

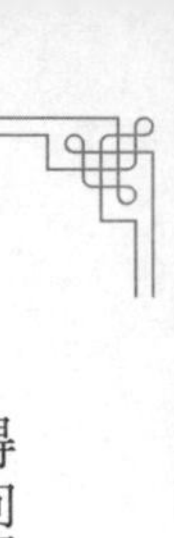

得向同一法院做再度控訴，這樣一來，〈伍大姐按摩得膩友〉便無法再作為「毀謗侮辱」案上訴。

最終，法院裁定：「本案與捕房所訴同一事實，不便再予受理，當庭駁回並諭知原告人，如欲要求賠償名譽損失，應另行具狀向民庭起訴。」

多年之後，平襟亞在〈兩位名女人與我打官司〉中揭曉了真相。原來，當年他和吳微雨去觀看了陸小曼的演出，回報館閒談。有人說：「徐志摩從英國回來後，與前妻張嘉鈖（幼儀）離婚，和小曼在上海同居，儼然夫婦，可是，志摩是個忙人，上海和北平常來常往，未免使小曼感到寂寞，尤其是小曼經常有病痛，有人介紹翁瑞午替她按摩，同時教她學習京戲，迄今年餘，她和翁的情感已經不正常，志摩竟置若罔聞。」另一人說：「今天的戲，理應志摩起王金龍才對，為什麼讓翁瑞午起王金龍，志摩起崇公道，那就彷彿把愛人牽上堂去給別人調情，這個穿紅袍的江小鶼也是志摩的朋友，居然也胡得落調，他們是出醜出到戲臺上大庭廣眾之間去了。」這不過是隨便談談，吳微雨居然成文，本來還有更為黃色的句子，被學法律的平襟亞刪除，並狡猾地將真姓名偷梁換柱。一九四六年，《飄》雜誌刊登了一幅女子側面像，懸賞十萬元競猜畫中人姓名。平襟亞寫信給《飄》，指出畫中人是陸小曼，而後表示，自己願意把獎金捐給陸小曼：「現在她頭童齒豁了，誰知她二十年

前豐姿曼妙？使我見著興美人遲暮之歎。……二十年前她雖曾和她的丈夫暨翁君、江小鶼君等人，向法院告我一狀，可是當時雖然是他們敗訴的，但畢竟我的不是。我寫了一篇〈伍大姐按摩得膩友〉，他們才起訴的，我內疚於心。」一九四六年的十萬元價值可憐，然而《飄》的記者在文末說：「對於平襟亞不記陸女士前嫌，並向其可憐身世寄無限同情，表示欽佩。編輯將按照襟亞的意願，對昔日的絕代佳人，予以扶持。」我看了只覺得無比噁心。可惜，這樣噁心的人，現在還是不少。

這件事對於陸小曼夫婦的打擊無疑是巨大的，夫妻之間由甜蜜而生了嫌隙，徐志摩深為後悔自己去演了那場《玉堂春》，在日記裡，他如是說：「我想在冬至節獨自到一個偏僻的教堂裡去聽幾折聖誕的和歌，但我卻穿上了臃腫的袍服上舞臺去串演不自在的『腐戲』。我想在霜濃月澹的冬夜獨自寫幾行從性靈暖處來的詩句，但我卻跟著人們到塗蠟的跳舞廳去豔羨仕女們發金光的鞋襪。」

陸小曼則完全變了一個人，她愈來愈少在上海公開場合出現，也不再登臺唱戲。上海灘的交際明星成了更年輕的陳皓明和郭婉瑩，她被小報的惡意中傷徹底擊垮了。

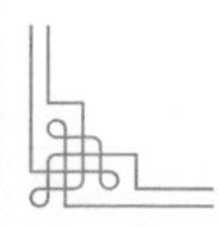

三

周鍊霞不是陸小曼，然而徐晚蘋則比徐志摩還要脆弱。

面對小報風言風語，徐志摩選擇完全相信陸小曼，正如陳定山在《春申舊聞》中所說：「志摩天性灑脫，他以為夫婦的是愛，朋友的是情，以此羅襦襟掩，妙手撫娑之際，他亦視之坦然。他說『這是醫病，沒有什麼避嫌可疑的』。」

但徐晚蘋則開始埋怨妻子。他認為若非周鍊霞平時快人快語，太過灑脫，那些男人怎敢變本加厲？面對指責，周鍊霞有些委屈，蜚短流長何須在意，生活是自己的，和旁人無關。

更何況，她是真心信任丈夫。徐晚蘋喜歡跳舞，有一次，他捧的舞女忽然失蹤，徐晚蘋回家悶悶不樂，周鍊霞填詞一闋：「問卿底事歸來早，綠窗豈有人兒好。」後來得知那位舞女嫁入豪門，周鍊霞又作詩曰：「惆悵侯門人不見，陌路蕭郎舊姓徐。」徐先生逢場作戲，鍊霞不吃醋，如今報上兩篇花邊文章，先生你吃什麼醋呢？

這對夫妻第一次遇到了感情危機。一九四六年五月四日，徐晚蘋因公飛往臺灣，他的本意是藉出差雙方稍許冷靜，等重陽節再回上海。結果三個月之後，忽然得到升職通知，成為臺北郵政局長，短差成了長差。徐晚蘋顧及妻子身體不好，臺灣也沒有朋友，夫妻便

一直這樣兩地分居著。

陳小翠在東海咖啡館詢問周鍊霞的時候，她們已經有八年未見了。對於周鍊霞的緋聞，陳小翠從來不在意。她知道鍊霞天生是爽利的人，別人講周陳二人，雲泥之別，她只笑笑，糾正道：「鍊霞係花衫，我乃青衣。」這評價實在恰當，周鍊霞是帶刺玫瑰的話，陳小翠便是芙蓉。她受到的教育，是典型的「林黛玉式的」，詩書做伴，自在風流。

這個和李後主同月同日生的女子出生在杭州的一個書香世家。父親陳蝶仙（我更熟悉他的筆名「天虛我生」）是所有知識分子的楷模，無論從事什麼行業，都是翹楚。十八歲第一部長篇小說就寫好了，《淚珠緣》一百零七回，中華圖書館印行問世，感覺是《紅樓夢》同人文。填詞也是一等一，他是南社中有名的填詞大家。授徒傳曲，在曲學界的影響也很廣泛。報紙主編也做得特別好，鼎鼎有名的《申報・自由談》，他曾經主持了兩年。百無一用是書生嗎？一轉身去創業，居然擠掉了日本品牌。這便是中國近代工業史上鼎鼎大名的「無敵」牌牙粉——「無敵」，上海話讀起來和「蝴蝶」是一樣的，這名字要風韻有風韻，要氣勢有氣勢，絕了。母親朱恕是江南著名文藝女青年，我喜歡她寫的「懶雲猶傍高樓宿，眉樣春山蹙」。他們所生子女有三，長子陳小蝶便是寫《春申舊聞》的陳定山，十歲能唱昆曲，十六歲翻譯小說，和父親合寫小說，在文壇和父親有「大小仲馬」之稱。他也畫畫，算是票友，「一九二九年七月的《小蝶畫扇》潤例中規定『以二百件為限』，純屬『籍杜應酬』的性質。」小兒子陳次蝶同樣善於詩詞，只是身體不好。而父親最為得意的便是女兒陳小翠，他曾在《婦女世界》裡說，自己有段時間在蜀地出差，年幼的陳小翠會給父親寫信，信末附幾首小詩，陳蝶仙以為是夫人代寫的，回來之後才知道，乃女兒獨立創作。陳小翠十三歲時寫出來的詩是這樣的：「詩似美人惟淡好，花如良友不嫌多。招來明月涼於水，拍碎紅牙哭當歌。」連葉嘉瑩先生也為小翠的詩擊節稱讚，她在《唐詩系列講座．王維詩》中說：「上海有一位叫陳小翠的女詩人，在她的集子前面有她哥哥作的一篇序，序中說她四歲時說話還說不清楚，她母親就叫她背誦司空圖的《詩品》，我發現她十幾歲時的詩就寫得很好了。」

陳小翠是被按照一個標準的女詩人來培養的，陳蝶仙曾經在《翠樓吟草》序裡半帶得意地吐槽女兒：「其母嘗曰：『吾家豢一書蠹，不問米鹽，他日為人婦，何以奉尊章，殆

將以丫角終耶？』璨則笑曰：『從來婦女自儕廝養，遂使習為灶下婢。夫豈修齊之道，乃在米鹽中耶？』母無以難，則惟任之。」

不想做「灶下婢」的小翠，在即將進入婚姻生活時，果然遇到了問題。父親並不同意她和自己的學生顧佛影戀愛，而執意打算把那兒許配給名門。這主要來自陳巨來的說法：

初，陳老蝶在中學任教師，得一佳徒名顧佛影，詩文俱佳，老蝶招之來家與小翠小蝶兄妹互相交換學問。因此，小翠與顧發生了愛情。但老蝶嫌顧家窮困，堅不允准。後家庭工業社發達了，思仰攀高門，遂以小翠下嫁於浙江都督兼省長湯仙之孫湯彥耆為妻了。小翠以非素願，故與湯生一女翠雛後，即離婚了。湯氏提出要破鏡重圓可以的，彥耆永不娶妻，小翠亦永不能另嫁為條件，小翠毅然簽字允之者（此小翠親自告余者也）。自離婚後，雖仍不能嫁與顧佛影，但魚雁時通，二人情詩之多，多不可言。

——陳巨來／《安持人物瑣憶》

不過，說陳蝶仙嫌貧愛富，我們似乎有一個反證。這便是施蟄存。施蟄存當時以青萍的名字在周瘦鵑創辦的《半月》雜誌上以封面為主題填詞投稿，從第一期填到了第十五期。

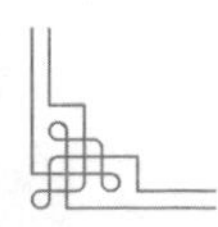

周瘦鵑把這些詞稿拿給了好友的女兒陳小翠看，小翠復填九闋，從第十六期到第二十四期，這一共二十四闋詞，發表在《半月》一九二二年第二卷第二號上，題名〈兒女詞〉。

這在文藝圈掀起了小小的波瀾，江湖兒女，長江後浪推前浪。而施蟄存的表叔沈曉孫當時供職於陳蝶仙的「家庭工業社」，他見過陳小翠，對她印象很好。在「兒女詞」事件之後，沈曉孫認為兩人是天生一對，就跟老闆陳蝶仙提親。陳蝶仙也非常欣賞施蟄存的才華，就讓施蟄存親自登門拜訪。為表誠意，陳蝶仙給了一張陳小翠的照片，表叔帶著照片去找施蟄存的父母，父母也頗為滿意，可惜，當施爸爸到之江大學跟施蟄存說這件事的時候，施蟄存表示了反對，反對理由是：「自愧寒素，何敢仰托高門。」

施蟄存和陳小翠沒能成為夫婦，但他們的因緣還將在幾十年之後持續。不過，既然看得上施蟄存，為什麼看不上和施蟄存家境門第頗為相當的顧佛影呢？也許有兩個原因：一則顧佛影和陳小翠年紀相差六歲，在當時的婚姻習俗中算「六不合」；二則父親陳蝶仙疼愛女兒，他希望女兒成婚之後可以繼續過在娘家的詩書生活，從這個角度來看，湯彥耆當然是更好的選擇。

不過，他沒能如願。

湯彥耆和陳小翠的婚姻不算和諧，兩三年就分居，後來繼續名存實亡。鄭逸梅先生認

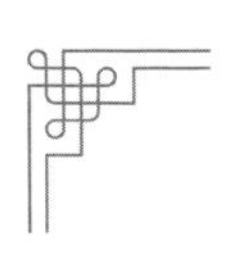

為，這主要是兩人性格不合，湯彥耆喜歡貓，吃飯的時候和貓對坐，陳小翠完全接受不了，二人不得不分桌吃飯。劉夢芙先生在《二十世紀傳統文學的玉樹琪花》中說得中肯，小翠與其丈夫湯彥耆婚後兩三年即分居，是因情趣、性格不合，並非沒有感情。

至少在陳小翠的詩裡，我們是可以看到兩人的感情的，比如這首送夫君出征所寫的〈別意〉：

昨夢送君行，睡中已嗚咽。
況茲當分袂，含意不能說。
人生苟相知，天涯如咫尺。
豈必兒女恩，相守在晨夕？
望盡似猶見，樓高久憑立。
思為路旁草，千里印車轍。
歸來入虛房，惻惻萬感集。
心亦不能哀，淚亦不能熱。
何物填肝臟，毋乃冰與鐵。

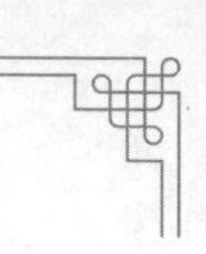

劉夢芙先生說小翠「分開後對其夫婿始終未能忘情，詞中時時流露」，真實不假。我猜，陳小翠在娘家時的浪漫情懷，和不善於家務瑣事的性格，使她並不適應婚後生活。湯彥耆在抗戰之後參軍，可以想見是一個熱血男兒，這樣的男子恐怕並不浪漫。而這種反差，便使得夫妻的感情日益淡漠，你不知我，我不知你，這才使得兩人漸行漸遠。

與其說陳小翠不適合湯彥耆，不如說她並不適合婚姻。

不是妻子，而是女子的陳小翠，實在是非常出色的。一九三四年，陳小翠與馮文鳳、李秋君等人在滬上發起成立「中國女子書畫會」，聚集了一百二十多人參與，這可能是有史以來女畫家們第一次這麼高調地集體亮相。陳小翠是常務委員，也負責編輯書畫會的特刊。次年第二屆中國女子書畫展，陳小翠與李秋君、何香凝等百餘名畫家共有五百多件作品參展。她同馮文鳳、顧飛、謝月眉還聯手於一九三九、一九四一、一九四三年三次舉辦「四家書畫展覽會」，也頗受關注。陳小翠的畫作頗受歡迎：「仕女人物嬰孩屏條每尺五十六元、花鳥魚蟲每尺四十五元、扇面冊頁作一尺計、另加墨費二成。」

她也創作戲劇，十幾歲時所作的《黛玉葬花》，和當時梅蘭芳演的《黛玉葬花》大不相同，不說寶黛愛情，不言共讀《西廂》，只說黛玉一個人的感受：「〈沉醉東風〉早則

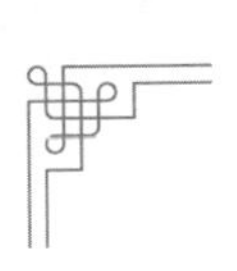

是媚春風柳明花豔，多化作困沉沉慘綠愁青。紅雨暗長亭，有多少倚樓人病，任你是嬌姿傲性，一例的香消玉殞。當日個寶鏡雲屏，消瘦了恩憐萬頃，到得個飛花落絮，更誰來問。」

陳小翠還寫得一手好字，著名書法家陳祖範所著的《近代書苑采英》一書中，收錄了近代以來書法家七十九人，其中女性只有陳小翠一人，可見其專業水準之高。

在更多的歲月裡，她把自己所有的柔情都寄託在書裡、在畫裡、在詞裡，可惜，這樣的女子不是什麼人都懂得欣賞。倒是鄭逸梅先生說得好：「女子鍾靈毓秀，實勝於鬚眉男子。可是女子須事針線，操井臼，凡一切瑣碎的事，大都由女子任之。何況女子照樣要在社會上擔負職務，八小時工作，已很勞累，加之內外兼顧，其忙可知。一旦嫁了丈夫，又有侍姑撫嬰的額外義務，在這種情況下，試問哪裡有閒功夫，下在文翰藝事上？雖具著充分的靈和秀，無從發揮出來，徒然辜負了造化給與的鍾毓，那是何等可惜啊！」

在徐晚蘋飛往臺灣的一九四六年初夏，陳小翠迎來了她的青梅竹馬顧佛影。兩人詩書頻仍，唱和往來，據說，顧佛影有意破鏡重圓。

最終陳小翠拒絕了，陳巨來揣測說，這是因為陳小翠的丈夫不同意。但此時陳小翠和湯彥耆已經分居多年，形同陌路。其實，她把拒絕的原因寫在了詩句裡，他有家小，她不能去輕易打攪：

明珠一擲手輕分，豈有羅敷嫁使君。（〈還珠吟有謝〉）

梁鴻自有山中侶，珍重明珠莫再投。（〈重謝〉）

陳小翠在詩中說得很明白：「莫把詩人當巾幗，風懷曾薄杜司勳。」不要把自己看成貪戀柔情蜜意的普通女性，她也並不欣賞杜牧那樣風流薄倖的文人。她鄭重寫了一首〈南仙侶．寄答佛影學兄〉，裡面這樣說：「十年血淚灑錢塘，把詩情畫意都輕放。」已經回不去了，不如各自珍重。

四

東海咖啡館裡，周錬霞雖然沒有回答陳小翠的問題，陳小翠卻明白這個問題的答案，此時的周錬霞不願意提及遠走的徐晚蘋，一則是時勢，二則她聽說在臺灣，徐晚蘋已經另有佳人。此時的周錬霞，完全靠一己之力養活著五個孩子，為了生存，她給上海市花紗布公司設計服飾花樣，畫臉盆，畫珠簾，畫檀香扇，只要能賺錢的，她都做。

陳小翠的情況好一些，名存實亡的丈夫湯彥耆在臺灣每個月都寄錢來，小翠一直保持著女詩人的閒雅生活。一直到一九五二年，湯彥耆去世。（陳巨來曾講一九五六年和陸小曼同去淮海路復興西菜館吃飯，進門見一男一女竊竊而談，男者五十左右，女者二十多歲，貌至美。陸小曼說，女的是剛剛離婚的陳小翠之女，「交了這麼一個老人作朋友」，後來才發現老人其實是湯彥耆。這則寫在《安持人物瑣憶》裡的傳聞當然是誤傳，彼時湯已駕鶴多年。）小翠說，前一陣子去了湯家花園。鍊霞給小翠的咖啡杯中添塊方糖，我看了那首〈詠湯氏園白藤花〉，寫得俠氣好。「東風吹冷黃縢酒，翠羽明珠漫寂寥」，湯彥耆能得這樣的詩，死了也不冤枉！小翠不響。

鍊霞又講，聽說顧佛影腳傷未癒，又添了新毛病。妳可去看過？小翠歎息道，他如今借住在朱大可的亭子間裡，連日咳嗽，醫生說，喉嚨裡長了癌，看上去不好。

小翠的臉望向窗外，黃葉漫天飛舞，層層疊疊。鍊霞怕小翠觸景生情，岔開來講，哎哎，老吳那本《董美人》，請妳贈詞了沒？小翠噗嗤一聲，從剛剛的惆悵中略略回神，那樣的寶貝，我還無緣得見。不過，鍊師娘，不是我講妳，現在外面傳得那麼亂七八糟，妳倒好，在我面前還窮講八講，一點忌諱也沒有，改天又登了報，妳還有幾個丈夫好和你吵？

鍊霞滿臉不在乎，現在都是人民的報紙，那些小報早就倒閉了。外面那些人頂頂無聊，

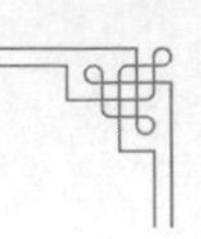

讓他們去講，反正我，蝨子多了不怕。

外面「窮講八講」的事情，指的是吳湖帆和周鍊霞的緋聞。一九五四年，陳小翠在臺灣的兄長陳定山在《春申舊聞》中寫道，張大千香港回來講吳湖帆「在先施公司門口擺地攤」，「書至此，為之泫然擱筆。」他大概還不知道，此時的吳湖帆，不僅沒有擺地攤，還交上了紅鸞運。吳周事傳得沸沸揚揚，甚至從上海傳到北京，連章士釗都聽說。在北京保利二〇一七年的春拍中，有這樣一件章士釗〈題滬上周吳故事〉詩札：

> 天佐返京，為言周、吳近得賃小房子，此定在伯鷹處聞此消息，似不失為一詩題……
>
> 甲午臘不盡七日。

這裡的「伯鷹」指的是潘伯鷹，他在國共和談時曾擔任章士釗的祕書。章士釗得到的「情報」，吳湖帆和周鍊霞已經租房同居，而到了陳巨來那裡，添加了更多戲劇衝突，簡直神乎其神：

> 冒鶴亭屢屢以她詩詞絕妙告於湖帆，力為介紹，二人在鶴老家一見生情，遂在平襟

亞次女初霞天平路家中樓上作幽會之所（初霞為余與她二人之女弟子也）。事為吳第二夫人顧抱真所知，私報公安局，將他們所居解散了。

——陳巨來／《安持人物瑣憶》

根據劉聰先生的考據，周鍊霞和吳湖帆確實是在冒鶴亭的介紹下相識的，但直到一九五二年夏秋，兩人的關係還十分客氣，〈荷花鴛鴦〉上，吳湖帆的題款是「用晏小山〈破陣子〉韻寫為螺川同志一粲」。不過，到了一九五四年清明時節，鍊霞自己對吳湖帆有了一個新稱呼：「填詞侶」。

她在這期間所作的十首〈採桑子〉，大約都是給吳湖帆看的，所以開頭都是：

湖邊最憶填詞侶。
登山最憶填詞侶。
燈前最憶填詞侶。
泛舟最憶填詞侶。
踏青最憶填詞侶。

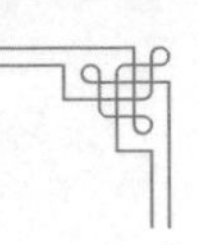

行吟最憶填詞侶。
品茶最憶填詞侶。
傳真最憶填詞侶。
歸途最憶填詞侶。
揮毫最憶填詞侶。

一言以蔽之，二十四小時都在想念你。

廣東崇正二〇一八春拍〈倩庵癡語．吳湖帆與周鍊霞〉專場上，也出現了大量兩人合作的畫作。一個畫荷花，一個補蜻蜓；一個描仕女，一個補芭蕉。吳湖帆對周鍊霞的稱呼，從「同志」變成了「螺川如弟」和「鍊弟」。

周鍊霞和吳湖帆究竟是什麼關係？眾說紛紜。劉聰先生的佳作《吳湖帆與周鍊霞》考證齊全，我不再贅述。不過，即便有那麼多藏在詩詞書畫裡的柔情蜜意，我仍舊認為，兩人的感情是淺嘗輒止的，或許曾經炙熱過，說到底，不過是男與女的「中年哀樂」。

《哀樂中年》是桑弧編劇導演的電影，而「哀樂中年」的含義，套用張愛玲的話說，就是「他們的歡樂裡面永遠夾雜著一絲辛酸，他們的悲哀也不是完全沒有安慰的。」他們

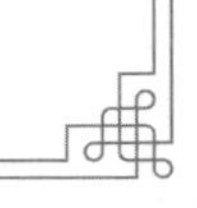

唯一的出路，也許只有互相安慰。在那十首〈採桑子〉裡，第十首有「中年同是傷哀樂，甘苦辛酸」的句子，周鍊霞的「中年哀樂」是丈夫徐晚蘋的不理解與出走，而吳湖帆的「中年哀樂」則是喪妻。

在吳湖帆心裡，沒有女人可以替代原配夫人潘靜淑。這個女子大約是最適合吳湖帆的妻子，出身名門，熱愛金石書畫，喜吟詠。這位出身蘇州潘家的完美妻子在一九三九年因闌尾炎遽然不治，據說，她始終秉持舊派閨秀的規矩，不願意去西式醫院就醫，由此耽誤了救治。吳湖帆為此「幾不欲生」，他把自己的號改成了「倩庵」，「取奉倩傷神之意」。為了悼念妻子，他編印了一百二十位詩人為之畫圖詠詩的《綠遍池塘草》，又自費出版了潘靜淑生前畫作集《梅景書屋畫集》，為畫集作序的是陳小翠的哥哥陳小蝶。他續娶的妻子是潘靜淑的貼身侍女阿寶，他為之取名顧抱真。上海畫院曾有吳湖帆文獻展，其中一幅中秋悼念亡妻圖，他和顧抱真並肩而立，遙望遠在天邊月中的潘靜淑。這是舊時代文人的思念，在今日也許會引起爭議，但在當時，每個人都能感受到吳湖帆的思念。

在吳湖帆的梅景書屋藏品中，最為珍貴的是宋版《梅花喜神譜》——這是潘靜淑的陪嫁。仔細看，上面留下一行墨跡，「癸巳元宵，抱真、鍊霞同觀」，題跋人周鍊霞。癸巳年為一九五三年，當年元宵節，周鍊霞和顧抱真一起觀賞了《梅花喜神譜》，倘若周鍊

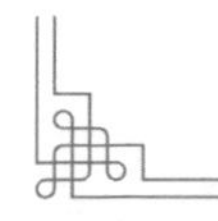

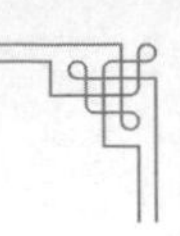

霞和吳湖帆的關係果真如外人所說的那麼不堪，會有這樣和諧的場景嗎？陳巨來所說的顧抱真去派出所報案，恐怕不是事實。

我們無法還原五十九歲的吳湖帆和四十五歲的周鍊霞之間究竟是怎樣的感情，但有一點是可以證實的，周鍊霞和九年前的周鍊霞一樣，無懼流言。她自顧自地穿著撒金襖，更為關心檸檬派的味道，跟吳湖帆一闋接一闋地詩詞唱和，任由陳巨來們的八卦大嘴滔滔不絕。

一九五四年的十月，當周鍊霞和陳小翠在東海咖啡館裡喝完最後一口咖啡的時候，她們還意識不到，一年之後，上海市人民政府工商行政管理局對全市西菜咖啡業進行改造，公私合營後咖啡館急劇減少，東海索性不再售賣檸檬派。山雨欲來風滿樓，反而是躲在深閨的陸小曼一葉知秋，這一年，全國進行社會主義改造，北京商務印書館告訴陸小曼，他們找到了之前失散的《志摩全集》原稿，但因為不合時代性，暫時無法出版，所以把清樣退還。徐志摩飛機失事之後，陸小曼人生最大的意義便是出版《志摩全集》，她先將整理好的稿件交給趙家璧所在的良友圖書，卻被胡適阻攔，認為新月派詩人不能在左派出版社出版全集，轉而交由商務印書館，內戰頻仍，商務印書館一度無法確認書稿「是否存在」。所以，收到清樣的陸小曼雖然頗為失望，卻並不絕望，她甚至寬慰身邊的朋友：「不要緊，只要志摩的稿子在，將來一定會出版的。」

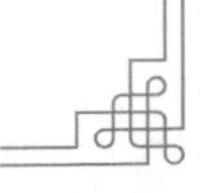

五

七年之後，足不出戶的陸小曼、灑脫隨性的周鍊霞和文靜堅強的陳小翠有了一個共同的新身分：上海畫院職業畫師。

這個機會，對於陳小翠大約是可有可無。她不怎麼去上班，連開大會都不參加，有人提意見，她說，我就是不想去開會，你們不接受我可以辭職。人們判斷陳小翠來沒來上班，有一個重要因素，她喜歡噴法國香水，人沒到，香味已經飄來，這是屬於陳小翠的特色。但進了畫院，陳小翠和閨蜜們的聚會更多了，好友之間，陳小翠也會開開玩笑。某次聚餐，周鍊霞進來，見大家都在喝粥，於是說，眼前風光，正好一個成語。眾人不解，唯有陳小翠立刻回答：「群雌粥粥」。

進入畫院對於周鍊霞來說是可圈可點。她本擅長填詞，進入畫院做的是學員，沒有拜師吳湖帆。這對「填詞侶」已經分手，是周鍊霞主動提出的。為什麼分手？我們無從得知，我們只知道，在這一年年初，吳湖帆經歷了一次中風。大病初癒之後，他企圖把自己的珍寶《董美人》贈送給周鍊霞：

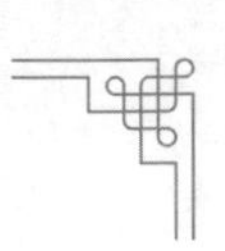

余得此志後乞題詞五十家，繼並女史四家，展為六十家。初和作四十六首，後陸續足成十首，旋得中風病，不能作細楷，索螺川補書十首。續和之女史詞二首，由螺川任之。螺川愛此志，物歸所好，緣償斯願。辛丑之春吳倩病起識。

然而，周鍊霞沒有為他補書，現在出版的《續和之女史詞》，也出自吳湖帆的手筆。這份禮物，周鍊霞亦沒有接受。對於她來說，結束就是結束，是終點，是句號，是永不回首。

進入上海畫院這個機會，對陸小曼則稱得上可喜可賀。前一年，她在街頭重逢老友王映霞，作為中國現代文學史上另一齣著名婚戀事件的女主角，王映霞早已擺脫了郁達夫的陰影，走進了第二段幸福婚姻。陸小曼對王映霞哭訴說：「出門一個人，進門一個人，真是海一般深的淒涼和孤獨啊。」徐志摩去世之後，她的境遇愈發難過。徐志摩的父親讓張幼儀主持葬禮，胡適則忙著幫林徽因抽掉志摩日記中的劍橋經歷，彷彿對生命失去了希望，陸小曼徹底掉進了小報早早為她設下的圈套，接受了翁瑞午的照顧。這一年，翁瑞午去世，這個男人曾經熱烈追求過她，也曾經背叛過她，在生命的最後，他拉著趙清閣說：「請你們幫我照顧小曼啊！」陸小曼能夠進入上海畫院，和時任上海市長的陳毅有一些關

係。據說，陳毅曾經在一次畫展上看到陸小曼的畫，他對身旁的人說：「我曾有幸聽過徐志摩先生的講課，我是他的學生，陸小曼應是我的師母了。」但作為畫家的陸小曼，確實找到了人生的新方向，這也是徐志摩曾經對她的期許——飛機失事現場，人們發現唯一保存完好的，是他隨身攜帶的鐵函，裡面裝著陸小曼的仿董其昌山水。

幾乎被小報摧毀了一生的陸小曼成了「三八紅旗手」，但在這個世界上，能讓她在意的事情似乎已經太少了。在侄孫邱權的印象裡，陸小曼的臥室窗簾大多閉合，即使是白天也光線昏暗。唯一的光明來自三樓上面的晒臺：「姑婆冬天取暖爐用的煤就堆在上面，我常用廢紙摺紙飛機拋飛出去……陽光照射下，紙飛機在碧藍的空中晃晃悠悠飄蕩下墜，姑婆會神色凝重地看著，不說任何話，要好一會兒才能回過神來，眼裡還盈含淚水……」

她人生所有的淚水，大約都在一九三一年流完了。她對朋友們說：「志摩在天上看著我，他知道我是清白的。」但陸小曼的心裡，卻隱藏著另一種虧欠，她決定在生命的最後，做另一件事，為她的前夫王賡平反。

在無數個故事版本裡，王賡永遠是一個悲情的影子。他是一個學霸，畢業於清華，而後留學美國，拿到普林斯頓大學文學學士學位，又入西點軍校。在整個中華民國歷史上，只有八個中國人成功從西點軍校畢業，王賡是八分之一，他當年的成績是全年級十二（全

校一百三十七名學生）。他精通英法德三國語言，和陸小曼結婚時，已經是陸軍上校——從訂婚到結婚，他們僅用一個月，是閃婚。

可他確實不懂愛，特別是對待陸小曼這樣花朵一樣柔弱的妻子。他沒有時間陪伴，也不想要了解，他以為只要事業成功，就是對於妻子的全部回報。他有時又很急躁，認為陸小曼的職責就是生育，反感陸小曼的交際生活。有一次，同伴們約她外出跳舞時，她有些遲疑，有些人便開玩笑：「我們總以為受慶怕小曼，誰知小曼這樣怕他，不敢單獨跟我們走。」剛要上車，被王賡撞見，他居然破口大罵陸小曼：「妳是不是人！」

> 她們看來夫榮子貴是女子的莫大幸福，個人的喜怒哀樂是不成問題的，所以也難怪她不能明瞭我的苦楚。
>
> ——徐志摩、陸小曼／《愛眉小札》

他以為自己找到了一勞永逸的解決辦法，給陸小曼找一個朋友來陪伴她，那朋友便是他的好友徐志摩。後來的結局我們都知道了。一九二五年，王賡和陸小曼離婚。第二年，陸小曼和徐志摩結婚。王賡送了結婚禮物，他還和陸小曼的母親保持著聯繫——丈母娘

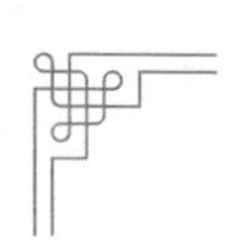

仍舊認為，王賡才是最完美的女婿。

和陸小曼離婚之後的王賡似乎退出了歷史舞臺，他在一九四二年因腎病復發死於開羅，連屍骨也未能還鄉。陸小曼為何在一九六一年重新提起這個名字？因為她看到了沈醉在《文史資料選輯》上發表的〈我所知道的戴笠〉。沈醉重新提起了王賡在淞滬會戰中誤入日軍區域而被捕的事件，並且說消息源自戴笠，王賡當時是為了去見禮查飯店裡的「當紅舞女」陸小曼，而王賡被捕之後，交出了十九路軍的地圖，從而導致淞滬會戰大敗。沈醉的言論不是孤證，十九路軍將領蔣光鼐和蔡廷鍇也對「王賡獻圖」做了闡述：

> 國民黨財政部直屬稅警團有兩團原駐上海浦東靠黃浦江沿岸一帶，戰事發生後，該團撤退無路，經宋子文要求撥歸十九路軍指揮。敵增加兵力後，我軍召開軍事會議。王賡以稅警團旅長身分與會，散會後王取去十九路軍「部署地圖」和「作戰計畫」各一份（當時在會場上散發的）。王當晚跑到租界舞廳跳舞，被日軍偵知，將王「逮捕」（？），搜去該項軍事文件。第二天，日本報紙吹噓俘虜十九路軍旅長王賡云云。王賡是美國西點軍校畢業的，與美帝特務有勾結，當晚被日方扣押數小時，即由美總領事具保釋放。這是國民黨政府破壞淞滬抗戰的另一罪證。

陸小曼決心執筆，為王賡喊冤。首先，王賡不可能是去禮查飯店見陸小曼，因為她當時一直因徐志摩之死病榻纏綿，住在四明村。其次，王賡當時的目的地其實是美國駐滬領事館。淞滬會戰中，他負責指揮炮兵，因為近視，大炮總是打不準。為了研究如何把炮打準，王賡打算去請教自己西點軍校的同學。我查到《紐約時報》關於王賡被捕事件的報導，找到了那位同學的名字 William Mayer，他在一九三二年一月到達上海，擔任美國駐上海領事館武官助理。《紐約時報》也從側面證實了陸小曼的說法，王賡當時忘記了美國領事館已經搬家，所以誤入禁區。第三，王賡並沒有把作戰地圖獻給日軍，在虹口巡捕房，他把自己的皮包交給了巡捕房裡的中國人。最後，陸小曼強調，自己並不是什麼當紅舞女。

一九六一年，陸小曼的文章在《文史資料選輯》上發表，可惜，這篇文章在當時的影響力遠遠低於沈醉的文章。畢竟，人們還是更喜歡相信那些捕風捉影的花邊新聞，因為近視而誤入禁區，怎麼比得上和佳人約會的傳聞呢！但她終究還是說了，我一直在想，如果換作周鍊霞和陳小翠，她們會如何做呢？周鍊霞大約會毫不在乎，而陳小翠恐怕會保持沉默，但陸小曼，這個遍體鱗傷的女子，最終還是一如既往地選擇抗爭，哪怕這抗爭注定失敗。

六

為王賡寫的文章，是陸小曼生命最後幾年中的一抹亮色。更多時候，她是垂垂老矣的老嫗，淪落到用固本肥皂洗臉，在家中也不梳頭，閒暇時看武俠小說。她最後的繪畫作品是一九六四年杜甫草堂的四幅山水條屏。一九六五年早春，陸小曼因肺氣腫入院不治，她把退回的徐志摩全集清樣託付給親戚陳從周。她說，如果有機會，一定要出版徐志摩全集。有人說，彌留之際，陸小曼右手不斷在空手揮舞，叫喊著：「摩，摩，摩。」四月二日，陸小曼去世，享壽六十二歲。

陸小曼走向生命盡頭之時，陳小翠位於金神父路金谷邨的家中來了一個客人。他居然是四十年前和自己共作〈兒女詞〉的施蟄存，陳小翠聽過他的名字，知道他曾經拒絕過自己的父親，卻從來不曾見過他。江湖子弟顏色老，紅粉佳人白了頭，兩位少年筆友居然一見如故，相談甚歡。在施蟄存的《閒寂日記》裡，陳小翠頻繁送詩作給施蟄存，後者「讀《翠樓吟草》，竟得十絕句，又書懷二絕，合十二絕句，待寫好後寄贈陳小翠。此十二詩甚自賞，謂不讓錢牧齋贈王玉映十絕句也。」如果沒有施蟄存年少時的一念之差，陳小翠

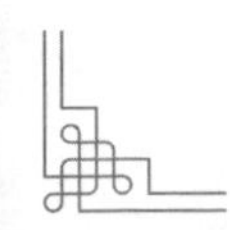

還會經歷如此多的滄桑嗎？沒有人能回答。陳小翠在送給施蟄存的詩裡這樣寫道：「少年才夢滿東南，卅載滄桑駒過隙。」在晚年找到這樣的文字同好是一件難得的事情，可惜，到了文革，這樣的日子也不可多得。

陳小翠和周鍊霞成了亂世姐妹。一個是臺灣電報局局長老婆，一個是臺灣暢銷書作家的妹妹，這樣的身分在文革中的遭遇可想而知。更為離奇的是，她們都開始被迫交代一個問題：如何亂搞男女關係。造反派們逼迫周鍊霞招認有多少姘夫，她只有一句：我有罪。而陳小翠被認定的姘夫更為離譜，造反派讓她坦白自己和象牙微雕藝術家薛佛影的關係，陳小翠和他從未見過面，造反派們大約弄混了他和顧佛影的名字。

陳小翠逃跑了兩次，但都失敗了。第二次捉回畫院時，陳巨來看見兩個姓徐的紅衛兵，逼著周鍊霞搜陳小翠的身。在那一刻，我無法想像，這兩個高傲女子會有多麼絕望。在陳小翠的褲子裡抄出了三百斤糧票和幾百塊人民幣，全部充公之後，「用極粗麻索捆綁登樓，二徐同時將之毒打一頓」。

如此屈辱之下，陳小翠選擇了玉碎。一九六八年七月一日，她哄睡外孫之後，把門反鎖，而後打開了煤氣，六十六歲的陳小翠和與她同一天生日的李後主一樣，死於非命。

她留給我們的最後一首詩，是《避難滬西寄懷雛兒書》：

欲說今年事，匆匆萬劫過。安居無定所，行役滿關河。
路遠風霜早，天寒盜賊多。遠書常畏發，君莫問如何。
舉國無安土，餘生敢自悲。回思離亂日，猶是太平時。
痛定心猶悸，書成鬢已絲。誰憐繞枝鵲，夜夜向南飛。

周鍊霞同樣遭遇了拳打腳踢，因為她寫的那兩句「但使兩心相照，無燈無月何妨」，被紅衛兵認為是眷戀舊社會的黑暗，不要新社會的光明，打瞎了她的一隻眼睛。但她顯示出了超乎尋常的堅強，她給自己治了一方印，叫「一目了然」。有友人跳樓自殺，她寫了輓詩：「繁華散盡春如夢，墮樓人比落花多。」

有人告訴她吳湖帆的死訊，她說，死得好，從此解脫了。

但她不死，她要活著，為了她的「填詞侶」，為了她的閨蜜，為了她自己。

渡盡劫波，文革結束，陳小翠的追悼會當日，親友寥寥。只有周鍊霞一人前往，她給她作了最後的輓聯：

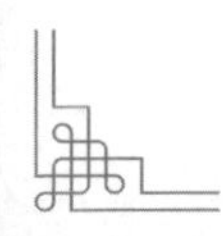

笛裡詞仙，樓頭畫史，慟一朝彩筆，竟歸天上；

雨洗塵埃，月明滄海，照千古珠光，猶在人間。

當周鍊霞又開始收到老友們的索照信時，她俏皮地回覆：「已是醜奴兒，那復羅敷媚。」滄海桑田，她一直沒有變。

一九八〇年，周鍊霞收到了一封來自美國的信，信是剛剛退休的徐晚蘋寫的，據說抬頭第一句是「鍊霞吾妻」。對於三十多年前的口角，徐晚蘋做何感想呢？他是否知道在後來的歲月裡，他的鍊霞所經歷的愛恨情仇？他是否後悔把妻子留在了內地？

都不重要了。這段姻緣，最終以這四個字破鏡重圓。

她去了美國。根據當地法律，夫婦分居三十年以上，需要重新舉辦結婚儀式。在諸多子女和親友的陪伴下，她和徐晚蘋於美國教堂又結了一次婚。

周鍊霞的眼傷最終治好了，洛杉磯建市二百周年，市長親自登門給她送來洛杉磯文藝名人證書，她亦贈畫〈洛城嘉果圖〉回報。一九八四年奧運會，她創作了一幅〈碩果〉，用傳統清供圖，將一串金光閃閃的奧運金牌和荔枝薺薺等果品一同入畫，喜慶中國奧運健兒取得佳績。人生的最後二十年，她和丈夫又恢復了蜜月時遊山玩水拍照的生活，她終於

徹底擺脫了那些無聊的八卦。陳巨來的文字，她看到了嗎？我想，即使看到，她也並不以為然，不以為意吧。

二〇〇〇年四月十三日，周鍊霞清晨起床，一切如常。中午，九十二歲的她在沙發上坐著坐著，忽然就這樣，離開了這個人間。

七

二〇二〇年十一月，暮秋。

金黃梧桐葉撲簌簌飛舞，鱗爪似的影子投射在沿街玻璃櫃檯裡，落地前一秒，葉子深情地望望深藍搪瓷盆裡剛撒上糖霜的檸檬派，在自己即將永久停留在秋日的一瞬間，它總算看到了一場甜蜜的初雪。已經關張多年的東海咖啡館重新開張，從南京東路搬到了外灘旁邊的滇池路。很久不回上海的我推門而入，紅木家具，花窗玻璃，老式吊燈，馬賽克地面，鄧麗君的歌，菜單上羅宋湯不過十五塊。並不是吃飯時間，又逢疫情，店裡客人寥寥，只有隔壁桌的時髦阿姨，拿著手機在壁爐前面拗造型拍照。

在等待檸檬派的時候，我重新回味了一個小時之前剛剛觀看的「畫院掇英——院藏女

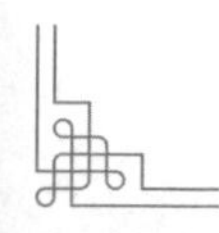

畫師作品展」。在那裡，我重新得見了我所熟悉的陸小曼、周鍊霞、陳小翠、龐左玉、陳佩秋、李秋君……陸小曼和李秋君背對背，而碎金棉襖的周鍊霞照片隔壁則是不怎麼微笑的陳小翠——陸小曼說，陳小翠不肯笑，是因為她的牙生得不好。在滬上畫壇之中，陸小曼、周鍊霞和陳小翠，絕對不是最出色的那個，作品也不是最多的那個，她們都不算勤奮，對比陳佩秋，也許可以歸到「懶怠的女畫家」一類，但三婦豔佳人如玉，紅塵中輾轉一世，留下的故事裡，充滿著世人的偏見，也充滿了她們自己的抗爭，留給我們的是一段傳奇。

順便說一句，過於甜膩的檸檬派，不必嘗試。

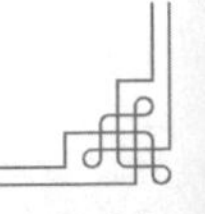

小姐須知

一九三一年，「小姐」這個詞還是字面上的意思，《小姐須知》的作者是兩位先生：策劃和文字是二十五歲的邵洵美，插畫和封面設計是三十歲的張光宇。

那一年，邵洵美剛剛添了長女小玉，兒女雙全，湊成一個「好」字。那一年，張光宇正在給徐志摩創辦的《詩刊》做美編，邵洵美亦是主編。瘦瘦的邵洵美，喜歡伍爾夫，說一口流利的英語。胖胖的張光宇，能唱京劇，得雅號「無錫梅蘭芳」。他們的共同點是浪漫。

《小姐須知》的售價不菲，賣一塊錢。一九三一年，一塊錢可以買哪些東西？我查了查民國時期編寫的《中外物價指數彙編》，發現一九三一年的物價較之前五年都有所上漲，但一塊大洋的購買力仍舊不容小覷。玉昆的《廣州近郊的生活》中說，一九三一年春天的廣州近郊，一塊大洋能買二十五斤大米。一九三一年，魯迅給海嬰買蚊帳，一元五毛。一九三一年，在一品香菜館吃一頓大餐，一元。

不僅夠貴，《小姐須知》的銷售方式也頗為稀奇：「只售小姐或女學生，如男性往購，亦必須書明持贈女性之姓名地址。」廣告詞更厲害：「這裡有許多能使男子戰慄的小姐祕訣，是一部小姐的聖經，讀之一切女子的恐慌都迎刃而解了。」

翻開這本冊子，你會發現任何一句都可以成為金句，邵洵美掏心掏肺，張光宇誠心誠意，葉淺予在〈宣傳張光宇刻不容緩〉一文中念念不忘這本書：「及至『時代圖書公司』時期，他為邵洵美《小姐須知》一書所作的插圖、雖係遊戲之筆，而筆筆扎實，圖圖靈活，又是一番風貌。因印數小見者亦少。」

寥寥幾千字，一字千金，兩位直男的誠意，實在可以令情感博主們汗顏：

> 見到了男人千萬弗以為立刻便要打仗的，一打仗那麼妳輸了便得投降他，即便勝了也得收他做俘虜。
>
> 什麼時候是結婚的時機？妳真正厭煩男人的時候，妳便可以揀一個男人叫他做妳的丈夫。

千萬不要自我感覺過於良好，瑪麗蘇[1]只存在於書裡：

妳自己以為自己是林黛玉時，那麼，來的賈寶玉也一定是冒牌。

不要自己以為自己便是童話裡的公主，也不要以為來找妳的便是童話裡的太子。

自己以為自己是最美麗的女子，那麼已顯露了自己的醜態。

直男的謊言，由直男邵洵美來戳破：

假使男子對妳說妳像天仙，妳應該明白他是從來沒有看見過天仙的。

假使一個男人對妳說他好像在什麼地方碰見過妳的，那麼一定在把妳當作他以前曾遺棄了的情人看待。

編注

1 瑪麗蘇是 Mary Sue 的音譯，泛指過於理想化、脫離現實的女性角色；同類型的男性角色則稱為傑克蘇（Jack Sue）。

愈是賣弄才能的男子，愈是不見得有真的才能。男人對妳懺悔他以前的過失，這仍不過是一種誇大與炫耀。

直男也看得懂撈女。邵洵美勸妳，如果借了太大的款項，「我知道妳一定預備著將來用別的珍物來償還他了。」

《小姐須知》在當年的聲勢浩大，除了葉淺予，不少人都記憶猶新。趙景深就曾經回憶，在出版之後，林語堂介紹邵洵美的時候，便經常講：「他是《小姐須知》的作者。」有一位洋女士接話說：「那我要編一本《少爺須知》。」後來真有一位老報人姚蘇鳳，編了本《少爺須知》，但我找了半日，毫無蹤影，可見《小姐須知》的影響力始終更大一些。

這本九十年前的約會指南，放到今時今日，卻仍舊能夠引發我們深思。為何？無他，因為我們的觀念，居然很多時候仍舊停留在保守的過去。許多輿論觀點，甚至比不上九十年前出身「封建腐朽沒落家族」的邵洵美。那時的小姐是小姐，那時的公子是紳士，公子如玉，佳句無雙，但你知道最打動我的是哪句話？

每天早上醒來的時候，妳應當感謝上帝今天仍是用了小姐的眼睛來看太陽。

媚兒眼

女子的眼波，很值得注意，描畫過分的眼眉，和媚眼隨射的女子，在有女職員的商店中可以求得。

——《玲瓏》，一九三一年

眼皮的陰影要描在眼皮上，增加深度和表情，同時來調和眼睛這局部和其餘化妝部分的匀稱。這陰影化妝的部分是在上眼瞼眉毛的底下，用油彩時動作須極輕微，務使油彩混合平幻。陰影的深度與其分配全按年齡分別決定，畫時將油彩塗在內眼角上，然後把它沿著眼眶骨漸漸向外塗去，愈向外愈淡，下眼瞼也是同樣畫法，不過圈子較小而色亦淡些。

——《青青電影》，一九三五年

蛾眉誤

電影演員的眉毛，原本是為了藝術的忠誠，剃去方便描畫。今天普通女子，卻學著她們一樣將眉毛拔成一線，甚至於演小生的男演員也學女演員畫兩條細長的新月眉兒，那未免太肉麻了。

——《民新特刊》，一九二六年

點絳唇

點唇用的顏色，據美容專家說，深紅的顏色只宜於天然本很美的嘴唇用。顏色太深的嘴唇切忌用深紅色，普通還是用淺紅，珊瑚和紅中帶黃的顏色最妥。

——《申報》，一九三七年

皮膚黝黑色的婦女們，應該選用玫瑰色的紫紅色的唇膏，但是皮膚不太白淨的婦女，就應該選擇紫柑色，櫻桃紅或者紅寶石色的唇膏了。

——《婦人畫報》，一九三四年

新裝

婦女的服裝一定須有曲線，方能夠表演出婦女天然美。

——《時裝號外》，一九三四年

旗袍不妨長到腳背，但必須穿高跟鞋，開叉約九寸，上端可將滾條及花邊延長上去，長度亦占九寸……因為這是晚裝，耳環和手鐲亦不能缺少。

——《玲瓏》，一九三一年

襟花

女子多於胸前懸一茉莉花球，或綴數翦之白蘭花。厥有清洌，沁人心鼻。今年六月間，花球之制，忽易而為花圈，修約六、七寸，花葉相間，環繞領際，且有御於粉臂至手之上者，狀殊別致。其始不過三五人獨創心裁，矜其新異耳。今則流傳甚廣，即大家閨媛，且群起而仿效之矣。

——《玲瓏》，一九三五年

手袋

拿手袋是時髦風氣，然而拿手袋時，應該懂得拿的技巧。

手袋的拿法，不管是穿什麼服裝，都應該把有蓋的一面向外邊挾在左腋底下……然後緩緩的走路。

——《婦女世界》，一九四一年

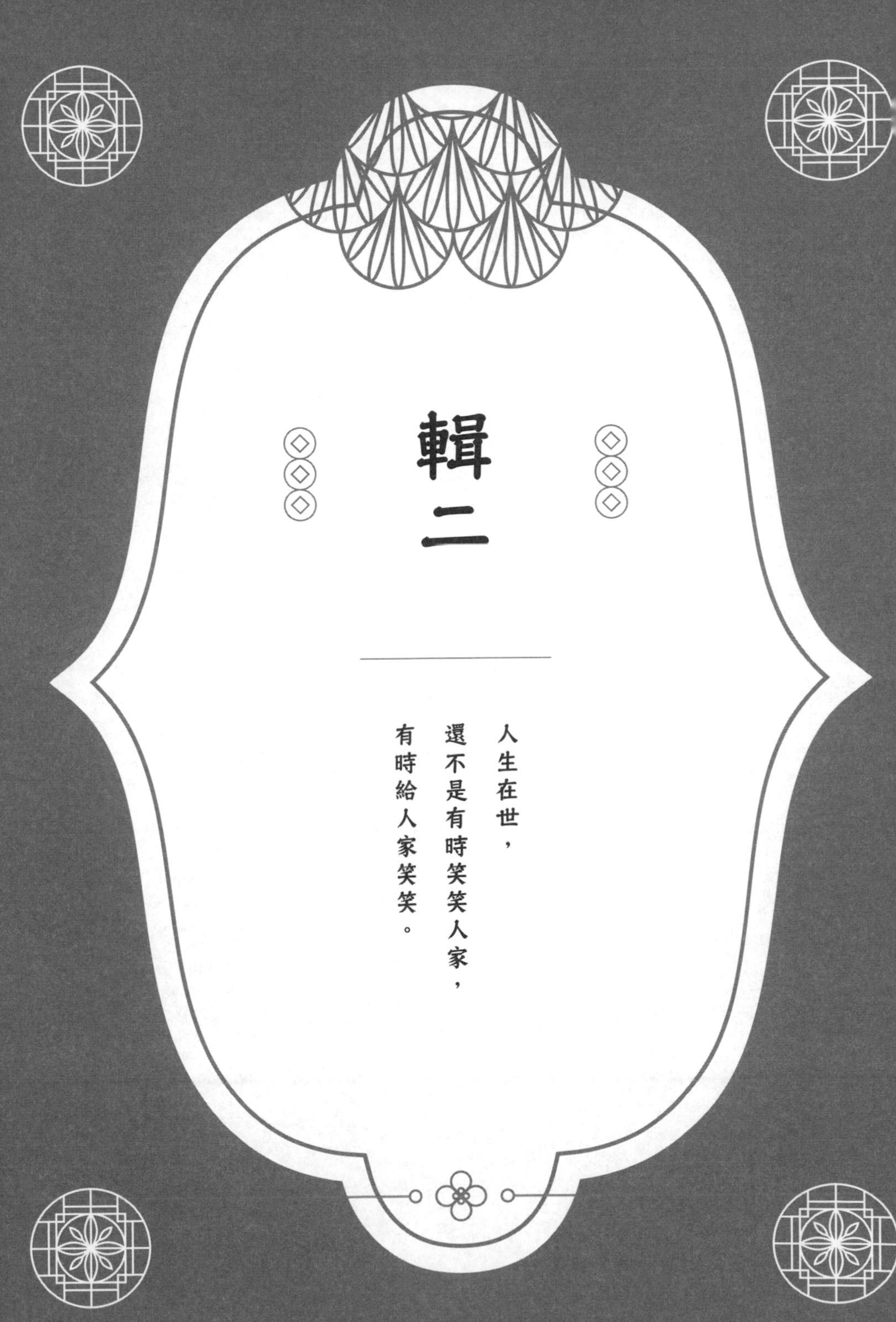

輯二

人生在世，
還不是有時笑笑人家，
有時給人家笑笑。

袁克文

莫上高樓，躺著風流

在故宮「林下風雅」展裡，念念不忘一張〈西園雅集圖卷〉。「西園雅集」是蘇軾的好基友駙馬都尉王詵的沙龍，明朝人很喜歡這個主題，創作頻率之高，簡直超過了另一場派對「蘭亭」。

雍正三年（一七二五年）夏天，畫家華嵒在友人處看到了一張未完成的作品，這是七十三年之前，陳洪綬老病之時繪作的〈西園雅集圖卷〉。作此畫的時候，陳老蓮做了和尚。山河已破，老病纏身，寄託於此畫之中，是陳老蓮對於桃源的最後一點幻想。可是只開了個頭，畫到「孤松盤鬱」，他便撒手人寰。這幅畫流落民間，秋聲館主人購得，請華嵒補完。如果不是絹後華嵒老老實實寫了題記，我們其實很難發現前後的接筆之處。

一個明末的和尚，一個清代的職業畫家，他們創作了一群宋代的文人雅士，兩個不同

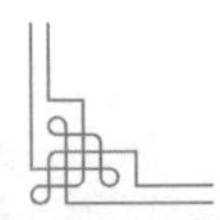

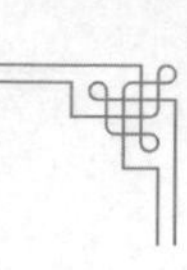

身分、不同心境、不同命運的人，靠著一幅作品成了百年之交，燈滅人亡，過眼雲煙，畫作卻如接力棒一樣，十年，百年，一代又一代流傳下來，這是中國人所獨創的貴族電影，雅致而又簡約，但足夠動人。

但吸引我駐足流連其間的，其實不只這幅畫，而是華喦題跋之後的一段題跋。我看到了一個熟悉的名字——寒雲。

寒雲，袁世凱的二兒子，「民國四公子」之首袁克文。由袁寒雲的題跋我們可知，一九二一年，曾有上海的畫商來買這幅畫，出價三千塊。寒雲此時身世落拓，正需錢財，本來已經答應了報價，卻在最後一刻，心中不忍，於是用元人郭天錫的畫軸替代。他似乎是真的愛這幅手卷，一再題跋。三年之後，他又寫下一段關於這一畫卷的驚心動魄往事，原來，他的某下堂妾曾經將自己收藏的畫卷席捲一空，「攜與俱逝，僅此一寫猶留篋中」。

這段往事寫於一九二四年十月初九日夜裡，陪伴著他的，是「雲姬」，心裡想的，是那位不知所蹤的下堂妾。

有點好奇，這位下堂妾究竟是誰呢？

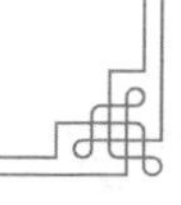

袁寒雲的故事，講的人太多了，從唐魯孫到鄭逸梅，我不是講得最早的那個，也不是講得最好的那個。幾年前，為了讓讀者們更好理解袁寒雲，甚至拿他比過某首富公子。文章寫完後數月，夜來幽夢，氍毹串戲，似乎唱的是〈琴挑〉「長清短清」句，臺下忽的一片倒好。眼裡頓時湧了淚，不解又委屈，正見座中一眼鏡男，著青衫持扇，慢條斯理曰，何以拿我比王某某？驚醒，出一身冷毛汗，連吞一只揚州大肉包一角豬油白糖糕，魂靈兒才篤悠悠迴轉，從此不敢造次，寒雲的威力十足。

不過有一點可以確認，夢裡那男子還是滿帥的。

寒雲是貴冑，一生的理想卻是當個名士，「讀書博聞強記，十五歲作賦填詞，已經斐然可觀」。詩文被譽為「高超清曠，古豔不群」，對古錢幣和集郵頗有研究，於字畫收藏也有心得，但他最愛還是京劇與崑曲。有才，而且多情，活脫脫曹子建再生（這回比的恰當了吧）！

曹丕嫉妒曹植，曹植便寫「煮豆燃豆萁」七步成詩；袁克文的大哥克定猜忌弟弟，寒雲治「皇二子」印表明心跡，其實哥哥太傻，袁世凱這麼聰明的人，看不出來袁克文是塊

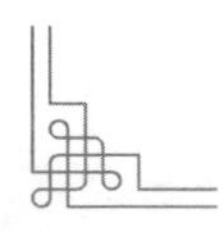

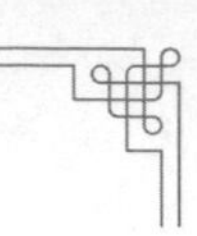

什麼料嗎？

他要是真的想做皇帝，只有一種可能——世上立一鐵規矩，除了皇帝，其他男子終生只准愛一個女子。

寒雲這輩子，桃花運簡直灼灼，足夠閃瞎吾輩。但他對待女子，似乎總是溫柔的，一如畫卷題跋中的「下堂某姬」，席捲走那麼多他的珍藏，他似乎也沒有那麼絕望，只感恩她終究留下〈西園雅集圖卷〉，大約知道這是他的摯愛，不忍掠奪。

我愈發想要知道這下堂妾的名字。

極有可能是薛麗清，《洪憲紀事詩本事簿注》裡有此女子的故事：「抱存自號寒雲，而名其愛姬雪麗清為溫雪，薛麗清亦名雪麗清，南部清吟小班名妓也。身非碩人，貌亦中姿，而白皙溫雅，舉止談吐，蘇產中誠第一流人。」

寒雲對溫雪，並不工整，像極了這段感情，落花有意流水無情。薛麗清嫁給袁克文，似乎只是為了見一見世面，正如她自己所說：「予之從寒雲也，不過一時高興，欲往宮中一窺其高貴。寒雲酸氣太重，知有筆墨而不知有金玉，知有清歌而不知有華筵，且宮中規矩甚大，一入侯門，均成陌路，終日泛舟遊園，淺斟低唱，毫無生趣，幾令人悶死。」

薛麗清想做的是皇妃，袁克文想要的卻是管道昇那樣的文人妻。更要命的是，袁府規

矩甚多，如果遇到家祭，「天未明，即梳洗已畢，候駕行禮」，「又聞其父亦有太太十餘人，各守一房，靜待傳呼，不敢出房，形同坐監。又聞各公子少奶奶，每日清晨，先向長輩問安，我居外宮，尚輪不到」，這樣的日子，對於自由散漫慣了的薛麗清來說，如何能忍受呢？

而兩人結合不久，便發生了寫詩觸怒大皇子事件。原來，秋日，袁克文帶著薛麗清去頤和園昆明湖划船，大概很開心，回來寫了一首詩，內有「絕憐高處多風雨，莫到瓊樓最上層」之句子。袁克定認為，這是勸說父親不要稱帝，於是大怒。（這腦迴路太神奇了，我就認為這是說自己只想躺平不想當太子。）

薛麗清受了刺激，覺得富貴日子沒怎麼過，下一秒就要進冷宮了。（「將來打入冷宮，永無天日。前後三思，大可不必」。）於是某日，悄無聲息走了，臨走前說：「寧可再做胡同先生，不願再做皇帝家中人也。」

薛麗清這樣的女子，世俗輿論，當然以她為「賤」，寧可「重樹豔幟」也不願從良，我卻欣賞她的膽識，哪怕面對的是袁克文這樣帥氣與才華集於一身的貴胄，給不了我想要的生活，就勇敢說再見，自食其力，實在了不起。

哪怕要拋棄自己的孩子。

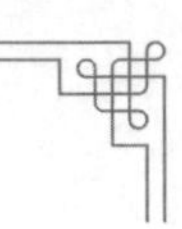

她要是知道，這個孩子將來會成為了不起的科學家，心中又當如何呢——她的兒子是著名物理學家袁家騮。

據說，一九一五年，袁世凱過生日，全家賀壽，老媽子抱著三歲的袁家騮來磕頭，袁克文也是心大，以為人多，老頭子必然看不見。誰知道袁世凱一見這娃娃，便覺得可愛，於是問，這小兒誰啊？老媽子回答，是二爺的孫少爺。袁世凱問，哪個是他的母親？老媽子答道，他的母親現居在府外，因為沒有得到您的允許，不敢前來拜見。袁世凱立即下令，請袁家騮的母親來見。薛麗清此時早就離開了，怎麼辦？

> 袁乃寬、江朝宗等，與寒雲商定，當夜朝宗派九門提督率兵往石頭胡同某清吟小班，將寒雲曾眷之蘇妓小桃紅活捉入宮，靜候傳呼。八大胡同南部佳麗，受此驚嚇，不知所云，有逃避一二日未歸院者。事定，手帕姐妹，艷稱小桃紅真有福氣，未嫁人先做娘。
>
> ——劉成禺／《洪憲紀事詩本事簿注》

這一段，拍成電影似乎也毫不遜色。所謂「未嫁人先做娘」，是多麼刻薄的讚許，不

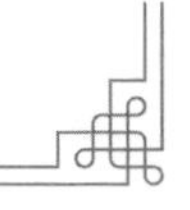

知道得了封賞的小桃紅，心中做何感想呢？但三年之後，小桃紅也忍受不了清規戒律，下堂求去。不過，畫卷中所寫的下堂妾捲走了那麼多財物，主觀上也很難再與袁寒雲相見，而小桃紅在一九二六年還曾與袁寒雲一起看了電影（「秀英邀觀影劇」）。

薛麗清則再沒有和袁克文重逢。袁家騮在燕京大學獲碩士學位，司徒雷登幫他獲得了赴美深造的獎學金。一九三六年，二十四歲的袁家騮前往美國之前找到方地山（袁克文的老師兼親家），這才知道自己的生身母親究竟是誰，於是苦尋到上海，才知道那婦人已在兩年前過世了。

他終於沒能見到她，他始終不知道，那女人在臨別時，在擁抱即將到來的自由時，對於那小小的酣睡中的幼兒，是否有一絲一毫的不捨得。

撫養袁家騮長大成人的，是袁克文的嫡妻。〈西園雅集圖卷〉袁克文的題跋之間，有娟秀小楷，一看便是閨閣字跡，落款亦是小小的兩字——梅真。

劉姌（字梅真），安徽貴池人，父親劉尚文本為鹽商，常年在津門長蘆鹽場任鹽務買

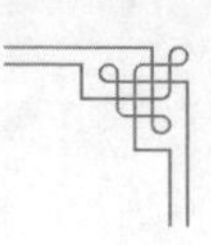

辦。光緒末年，捐候補道員，一直做鹽務生意，和袁世凱是好友。嫁給袁克文時，梅真不過十八歲。據說，袁克文聽說了梅真的才情，初時頗不以為意，見了她的書法作品，遂生愛慕之心，立即求娶。他應當是愛她的，至少愛她的才華。

時人說他們是民國的李清照和趙明誠。我在臺北某圖書館見過一本宋版的李賀詩，是袁克文的舊藏，裡面有「克文與梅真夫人同賞」朱印，還有梅真的題字。她寫給他的詩詞，也是情深義重的。但要袁克文「一生一世一雙人」，那簡直是俗語說的「想屁吃」。據說他曾經在「集雲軒濟公壇」扶乩，占卜結果說，他如果要一生平安，要娶足十二金釵。

二〇〇五年，袁克文的四子袁家楫在接受採訪時這樣說：「我父親納妾的態度，也薰染了民國時代自由戀愛的風氣，兩愛者則喜結琴瑟，互相厭煩者就勞燕分飛，分手後也不反目成仇，有時還互相往來。父親這樣對待妻妾的態度，原配夫人劉梅真又哭又鬧，把狀告到我祖父袁世凱那裡。我祖父重男輕女，他說：『有本事的男人才娶三妻六妾，克文有本事。女人吃醋是不對的。』後來她也不哭不鬧了，任憑我父親一個個迎進，一個個送出，依然在外粉黛成群。」

給〈西園雅集圖卷〉題跋時，梅真肯定已經想開了，否則，她肯定很難面對丈夫的那段題跋：「與雲姬對酒觀之，雖處烽火鼓鼙之中，恍若山林杳靄間也。」雲姬是他的妾，

名叫眉雲。

我曾經斥鉅資購得《寒雲日記》，回來廢寢忘食大讀兩日，八卦頗多，但最麻煩事，就是女人太多，筆記本密密記了一堆，一時哂笑，感覺自己是《紅樓夢》裡的平兒，要把這些彙報給梅真。

《寒雲日記》只有兩年，以一九二七年為例，已經大為了不得。彼時，劉梅真和蘇眉雲都留在天津家中，袁克文來滬不到十天，就給眉雲寫信填詞，表達自己想要回家：「遊思倦歇，指重彈，歸與春期。」沒有幾日，他便遇到了十八歲的嘉興姑娘于佩文。袁克文填了〈水龍吟〉：「曉來扶起心情，昨宵幽怨今何有。」當天，他們去中華照相館拍了小像，佩文本來要和他「作長夜談」，但「忽為其母呼去」。過了兩天，佩文就「去而復至，乃留枕焉」。

從認識到「留枕」，居然就三天。然後袁寒雲就填了一首〈翠樓吟〉：「月綻修娥，春融淺鬢，殷勤夢塵吹逗。微風簾外起，看羅帳燈痕輕皺。者時紅袖，正掠枕翻香，搖釵彈漏。憑消受，粉零脂膩，一番春透。」在這之後，兩個人就「竟日晤對」、「閉門閒話」，袁克文同學一邊和于佩文你儂我儂的時候，一邊卻仍舊給天津的大小老婆寫著思念的書信，尤其是這首〈答梅真代眉雲見寄閨詞四首〉：

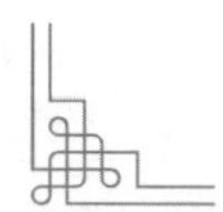

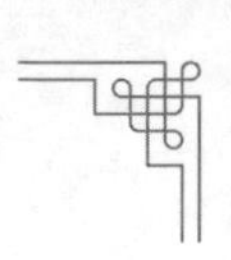

臨歧揮涕念當時，不盡春流蕩遠思。
盡是天涯存寤寐，風濤險惡欲歸遲。
天際歸帆誤幾回，相思依舊忍成灰。
應知江上多風雨，慢逐春潮打槳來。
危闌徙倚幾沉吟，斗室深寒夜不禁。
邂逅無端空寫素，閒情未分抱稠婣。
肯忘信誓與歡盟，魂斷沽流夢不成。
一捻猩紅應在臂，相期總不負生平。

你老人家明明在那邊「微風簾外起，看羅帳燈痕輕皺」地調戲小娘子，居然這邊給老婆說自己「斗室深寒夜不禁」、「相思依舊忍成灰」。直男的嘴，騙人的鬼。

但真奇怪，即便如此，袁寒雲的風評依舊很好。時人說：「他不隨便接近像姑，不與女優夾纏，對友朋的妻妾及親眷都端肅文雅，即使到青樓去嫖妓，也彬彬有禮，如同是去尋紅顏知己，從無輕薄之態。」他是風流的，卻並不放蕩。對於女性，他雖然多情，卻不齷齪。愛上的，他一一給她們名分；不愛的，他也尊重她們的意願。歡場上的女子，他並不拿她們當玩意兒，他不願意給達官顯貴們寫的字，卻肯為富春老六細細寫來。

他不拘小節，卻不肯失了大義。一如他不同意父親稱帝。而當父親去世，樹倒猢猻散，飛鳥各投林之時，他又別有深意串演一齣《千忠戮》：「收拾起大地山河一擔裝，四大皆空相，歷盡了渺渺程途，漠漠平林，壘壘高山，滾滾長江。但見那寒雲慘霧和愁織，受不盡苦雨淒風帶怨長。雄城壯，看江山無恙，誰識我、一瓢一笠到襄陽。」他的表弟張伯駒在看過袁克文的演出後感慨道：「項城逝世後，寒雲與紅豆館主溥侗時演崑曲，寒雲演《慘睹》一劇，飾建文帝惟肖……寒雲演此劇，悲歌蒼涼，似作先皇之哭。」

他喜歡在京劇中演丑角，我找到他《審頭刺湯》的湯勤扮相，居然有那麼一絲蒼涼。據說，他最喜歡湯勤的一句戲詞：「人情薄如紙，兩年幾度閱滄桑」。

一九三一年正月，袁克文染上了猩紅熱，據說尚未痊癒就找了舊相好，實在是「躺著風流」。這最後的抵死纏綿終於要了他的命，這一年，他不過四十二歲。大家都說，他給

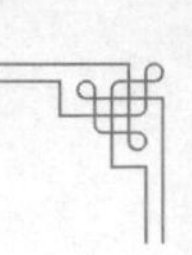

自己設計的簽名，「寒雲」之「雲」，寫起來頗似四十二，是他的壽數。

袁克文是青幫「大」字輩，比杜月笙高兩輩，他去世之後，徒弟們按照幫規給他披麻戴孝，一度戴孝的竟然多達四、五千人。開弔時，哭聲不絕於耳，當時便有「妓女繫白頭繩來哭奠守靈」的傳言。出殯頗為風光，津門的僧道尼，更有廣濟寺的和尚、雍和宮的喇嘛前來送殯。沿途搭了很多祭棚，有各行各業的人分頭前來上祭，喪事轟動一時。

人們在他的筆筒裡發現了二十塊錢，這是他的全部家當。

聽到消息的大哥袁克定也來了，據說，袁克文的妹妹袁靜雪，因為記恨哥哥唆使父親稱帝，打算帶著手槍大鬧靈堂，最終，還是劉梅真冷靜，勸走袁靜雪，讓袁克定在克文靈前磕了個頭，匆匆離去。她愛了這個男人一輩子，她當然知道，從頭至尾，他從沒想過和大哥爭鬥。

那首聞名中華的「絕憐高處多風雨，莫到瓊樓最上層」，也許是有勸說父親的意思，但更多，是這個貴公子對於人生的感悟。眼看他起高樓，眼看他樓塌了，到最後，都不過是白茫茫一片大地真乾淨。

莫上高樓，躺著風流。

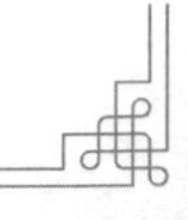

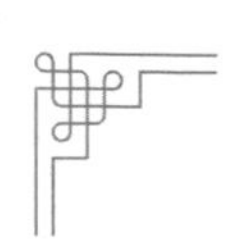

邵洵美

都是做了女婿換來的？

一九七七年，魯迅最有影響力的雜文之一〈拿來主義〉入選中學語文課本，其中有這麼一段話：「譬如罷，我們之中的一個窮青年，因為祖上的陰功（姑且讓我這麼說說罷），得了一所大宅子，且不問他是騙來的，搶來的，或合法繼承的，或是做了女婿換來的。那麼，怎麼辦呢？我想，首先是不管三七二十一，『拿來』！」

相當長的一個時期內，課本中對文章中「做了女婿換來的」一句話的注釋是：「這裡是諷刺做了富家翁的女婿而炫耀於人的邵洵美之流。」

我上學的時候，這篇文章是要背誦的，我們的語文老師在講解的時候還重點講了注釋，所以，我對於這段的印象是深刻的。但我這個人有點問題，很容易被一些表面華麗的東西迷住，比如長得好，比如名字美。邵洵美這個名字，怎麼看都不像是做了富家翁的女

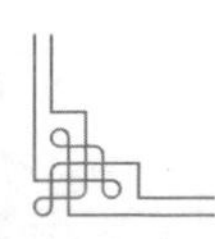

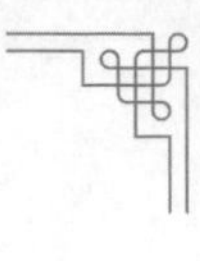

婿而炫耀的哎。

當年的上海靜安寺路上，住著全上海最出名的三家人，一是盛宣懷家，一是李鴻章的五弟李鳳章家，再就是邵友濂家。這三家被稱為「斜橋盛府」、「斜橋李府」、「斜橋邵府」，靜安寺街三大豪門。邵友濂同治年間舉人，在清政府官至一品，曾以頭等參贊身分出使俄國，後任上海道、湖南巡撫、臺灣巡撫。他娶了一個老婆、兩個小妾，生了兩個兒子、一個女兒。大兒子邵頤，娶的是李鴻章的侄女。二兒子邵恆，娶的是盛宣懷最寵愛的四小姐盛樨蕙。邵恆、盛樨蕙夫婦生了六個兒子一個女兒，大兒子正是邵洵美。由於大伯邵頤早逝，邵洵美就過繼給了李鴻章的侄女、大伯母李氏。所以，簡單地解釋，邵洵美就是邵友濂嫡孫、李鴻章外孫、盛宣懷外孫。

關於邵洵美的童年生活，有很多傳說，比如邵洵美屬虎，每年的生日蛋糕就是在「一品香」訂做一隻真老虎一般大小的奶油老虎。邵洵美他媽平時搓麻將，手邊常放一個景泰藍小罐子，打輸了就從小罐子裡面往外倒金剛鑽。

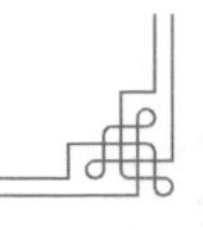

對於這樣一個人，魯迅先生還要說他靠岳父，實在是有點說不過去。

盛佩玉的眉眼細泠泠的，眉毛淡得幾乎看不見，有好看的臥蠶，雖然是在笑著的，卻有一點若有若無的哀怨，輕描淡寫那種——是典型的閨秀模樣。盛佩玉最著名的照片，是穿著白色黑點旗袍，長身玉立雙手環抱站在花園裡那張，隱約可見一雙綴滿珠玉的鞋子。印象最深刻倒是別在襟上的白蘭花——初夏時節，我過去常在石門路那邊的老婆婆處買棉線穿好的，是弄堂小兒女的香味，帶點世俗的甜美，只是過一夜，花便有些焦黃了，乍看有些觸目驚心。她當然是個美人，讓人舒服的美人。一個美人，須要一個紳士來配。

盛佩玉的姻緣，據說在她十一歲的時候，就已經初見端倪——那是她爺爺的葬禮上。

她的爺爺叫盛宣懷，曾經創辦了中國第一個民用股份制企業輪船招商局、第一個電報局中國電報總局、第一個內河小火輪公司、第一家銀行中國通商銀行、第一條鐵路幹線京漢鐵路、第一個鋼鐵聯合企業漢冶萍公司、第一所高等師範學堂南洋公學（今交通大學）、第一個勘礦公司、第一座公共圖書館、第一所近代大學北洋大學堂（今天津大學）……一九一六年，七十二歲的盛宣懷走完了他壯麗的一生。他的葬禮在上海，一百年以來，上海灘再也沒有出現過比盛宣懷更登峰造極的葬禮了。據說，當時出喪所經過街道，所有商店全部停業，臨時搭成出葬觀禮臺，根據座位的好壞出售價錢不等的門票。

盛宣懷留下的遺產，據說去掉各種債務，還有一千一百六十萬兩。盛宣懷當時把遺產分為兩份，一份給子女，一份做慈善，結果子女們為了這筆錢告上法庭，最終被江蘇省政府下令凍結，充歸公款。

在去蘇州安葬盛宣懷的路上，邵洵美第一次見到了自己的表姐盛佩玉。這一年，他十歲。很多人說，邵洵美立刻愛上了他的表姐，並且在這之後，一直想著非她不娶。

這當然是一廂情願。

十歲的小男孩，正在玩耍的年紀，兩小無猜還算貼切，一見鍾情的可能性實在太小，更何況，邵洵美那麼愛玩，他十六歲已經開始開著福特汽車在大上海四處遛彎，十七歲的時候，還曾經因為一個交際花，而被敲了一大筆竹槓。他愛賭錢，並且認為賭錢具有「詩意」，輸的愈多，詩就寫得愈好。

無論怎樣「紈絝」地玩耍，作為大家子弟，邵洵美很早就明白，玩耍和成家是兩件事，而要選妻子，盛佩玉絕對是個完美的選擇。他也是真心實意地希望娶盛佩玉，連邵洵美這個名字，也是為了盛佩玉而起——《詩經》裡有「佩玉鏘鏘，洵美且都」，你既然叫佩玉，我便為洵美。去英國留學之前，邵洵美讓母親去盛家求親，姑表姐弟，親上加親，他們順利訂婚。送別之前，盛佩玉織了一件白毛線背心權作定情信物，邵洵美為此專門寫了一首

〈白絨線馬甲〉，郎情妾意，一對璧人。

一九二七年元宵節，大華飯店承辦了盛佩玉和邵洵美的婚禮。幾個月之後，蔣介石和宋美齡在同一個飯店結婚。對於這場婚禮，我查了當時小報，記錄詳盡，主婚人是盛佩玉的四叔盛恩頤，小報上說，因為盛佩玉的父親去世得早，所以嫁妝不算豐厚，「僅只」一萬兩銀子。

盛佩玉母親送了一只金鑲玉如意，一串金剛鑽項鍊，一處房子和一筆現金，讓她做衣服。衣服做完，裝了十六只大紅漆底金描花牛皮箱子。綾羅綢緞裘衣皮草，還有特地訂做的全套繡上金龍的床罩、臺毯和椅套。

邵公館是洋房，但盛佩玉的孃孃仍舊按照老規矩，買了紅漆的大小木盆、馬桶和子孫桶。新房的家具出自女家，倒是聽了留洋回來的新郎的意見，兩人去外國人開的家具店，選了幾件西式的柚木家具。

陪嫁還有一個小插曲。按照傳統，陪嫁的餐具要用紅頭繩一件件拴在圓檯面上，從女家扛到男家。這本不難，因為他們家住在一條馬路上，路途不遠。當時講究用金餐具，金的叫金檯面，銀的叫銀檯面。盛佩玉的金檯面是借的，本來要買，但是哥哥不肯。孃孃為了要面子，就向三叔家借了抬過去，結婚三天之後再還回去。據說，因為兩家住得太近，

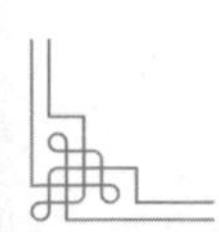

嫌場面不夠壯觀，於是讓送嫁妝的隊伍特地繞過幾條馬路，再轉回邵家。

婚禮分了中式和新式兩場，因為是親戚，之前就認識，可是見面叫人的時候，難免叫錯。比如，本來是盛佩玉的姑媽，嫁過來之後，跟著邵洵美叫，就要叫姨媽，自己的叔叔，要改叫舅舅。盛佩玉一不小心叫錯了，滿屋子人都笑。

這一年，盛佩玉二十二歲，邵洵美二十一歲。

邵洵美出國留學之前，盛佩玉和他做了一個「約法三章」，作為兩人結婚的條件：

> 我便向洵美提出了條件：不可另有女人（玩女人）；不可吸菸；不可賭錢。他這時是很誠心的，答應能辦得到。凡是一個人在一心要拿到這樣東西的時光，是會山盟海誓的。我呢，當然是守他回來。
>
> ——盛佩玉╱《盛氏家族．邵洵美與我》

如果以留學這段時間作為期限，這三條似乎都做到了。

如果以一生判斷嘛，一條也沒做到。

邵洵美當然是愛盛佩玉的，他的詩集《天堂與五月》扉頁上印著「給佩玉」三個大字，

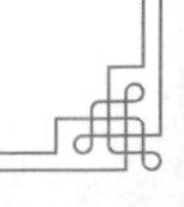

詩集《花一般的罪惡》封面上，他親自刻印了一朵大的茶花，因為盛佩玉的小名是「茶」——我一個女朋友對這種示愛方式嗤之以鼻，但我們知識女性滿吃這一套的，反正我覺得很甜。在自序裡，邵洵美還說：「寫成一首詩，只要老婆看了說好，已是十分快樂；假如熟朋友再稱讚幾句，更是意外的收穫；千古留名，萬人爭誦，那種故事，我是當作神話看的。」

盛佩玉是懂得丈夫的，陪嫁的十六只描金箱子，很快被邵洵美花光了。沒有花在交際花身上，花在了邵洵美熱愛的文學和出版事業上。

邵洵美是有名的文壇孟嘗君，一九二八年，夏衍生活困難，託人將譯稿介紹給邵洵美，他熱誠相待，安排出版，立即預付稿酬五百大洋；胡也頻被殺害後，沈從文護送丁玲母子回湖南老家，可是缺少路費，邵洵美慷慨解囊，助其成行……上海的文藝沙龍聚會，只要邵洵美在，必定是他買單。他的家裡，晚飯總是開兩桌，一桌自家人吃，另一桌就是雜誌社的同事、文學界的朋友，施蟄存、徐遲、錢鍾書都是常客，客廳裡的燈天天亮到凌晨。

盛佩玉完全支援丈夫，在她的自傳裡，篇幅最大的便是丈夫的那些朋友們。雖然她的自傳文筆並不好，但仍舊可以體會出她的識大體，她能夠懂得邵洵美在做的事情是有意義的。她也並非我們想像中的無趣，點評起來時刻有亮點，比如說張光宇圓頭圓腦像個荸薺，我看了哈哈大笑——可不是個荸薺。

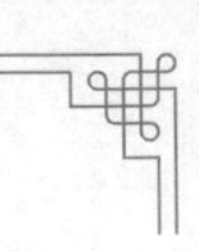

「佩玉個子矮小，很漂亮，她似乎對自己的美麗一無所知。」說這句話的女人叫艾米麗·哈恩（Emily Hahn），她有個中國名字叫項美麗——邵洵美取的。

一九三五年五月，上海的一場晚宴，買單的照例是邵洵美。然而這場晚宴，改變了三個人的命運——邵洵美、盛佩玉，還有《紐約客》的記者艾米麗·哈恩。艾米麗對神祕的中國抱有強烈的好奇心，她來到上海，是想要寫中國題材的選題。在這場晚宴裡，初來乍到的艾米麗顯得有點孤單，然而很快，她眼前一亮，那位長著希臘式鼻子的青年不僅溫柔，而且會說一口流利的英語。他們很快相談甚歡。

項美麗在《紐約客》的專欄裡以「潘先生」來介紹邵洵美，專欄很受歡迎。項美麗說盛佩玉說一口蘇州話，但性情上有些喜怒無常，生氣的時候會摔門。在項美麗的鼓勵下，「三十歲的盛佩玉生平第一次出門，親自走過上海的街道。」

在《潘先生》裡，項美麗看起來和邵洵美不過是知己一般的朋友，她喜歡他，外國人喜歡中國人那樣的喜歡，有一點傲慢。所以邵洵美看過《潘先生》之後並不滿意，覺得這

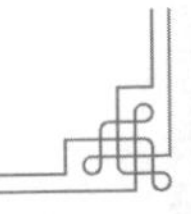

並不是真正的他。

不過，在項美麗寫的另一本小說《孫郎心路》裡，似乎透露了兩個人更多真實的情感。「一個帶著孩子氣笑容的英俊中國詩人」孫雲龍，他們在他的豪華轎車後座上接吻。孫雲龍說：「我知道我們會在一起的。第一眼看見妳就知道。」

兩個人的戀情急速升溫，先在酒店，之後孫雲龍租了一個房子，「他穿著絲綢長袍躺下，抽著他最喜歡的土耳其牌子的香菸——『阿朴杜拉帝國』，在煙霧繚繞中背誦唐詩，又或是吸著大煙，講解T．S．艾略特的《荒原》。」她說他的性愛「如此細膩，知覺強烈」，他們甚至討論過生個孩子。他們也討論過他的妻子，在小說裡，孫雲龍說「一個可愛的女人，嬌小纖瘦」，「她可能是個瓷娃娃」。

盛佩玉對項美麗的評價並不算高，她特別說「她不胖不瘦，在曲線美上差一點，就是臀部龐大……我羨慕她能寫文章獨立生活」。她很快覺察出這兩個人的不同尋常，但她選擇了默認。在自傳裡，她說，自己其實非常氣惱，甚至很傷心，但作為大家閨秀，她受到的教育不允許自己這樣「小氣」。在回憶錄裡，她只抗議了一次：

洵美，我又不好不放他出去，我應當要防一手的。因此我向洵美提出抗議，我說：

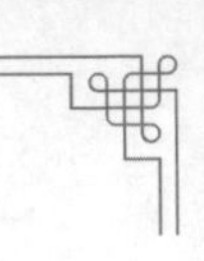

「……日裡出去你總說得出名正言順的理由，但你往往很晚回家，我不得不警告你……如果夜裡過了十一點你還不到家，那麼不怪我模仿沈大娘的做法，打到你那裡去。」

邵洵美則向盛佩玉表示，他無意離婚，並且絕對會遵守太太的約定。在盛佩玉的默許下，邵洵美和項美麗在項美麗江西路的寓所同居，盛佩玉對待這個美國小妾像姐妹一樣，她們一起逛街，一起出門吃飯、跳舞看戲。上海人經常在馬路上看見那輛邵洵美的黃色敞篷轎車，裡面坐著三個人，每個都溫柔可人。

但在小說《孫郎心路》裡，孫雲龍對多蘿西說，他可以娶兩個妻子，因為他同時是他伯父和父親的兒子。（這個情況叫兼祧，梅蘭芳當初娶孟小冬也是用這個說法。）

盛佩玉最終允許了這種三個人的關係——因為項美麗利用自己的身分，幫助邵洵美把印刷機器從封鎖線裡安全送出。她在自傳裡一再感激項美麗的義舉，她也再次邀請項美麗到家裡來，和孩子們玩在一起，他們都叫她「蜜姬阿姨」。

項美麗說，一開始她內心懷著對於孩子們的愧疚，感覺奪走了他們的父親。可是漸漸地，她覺得自己成了這個家庭的一員：「我個人覺得，我們都會死在這裡，餓死，而不是老死。我並不在乎。他們會在浙江的祖塋給我安放一口好棺材。」她補充了一句，盛佩玉

送了她一只玉鐲——那當然是接納她的意思。

盛佩玉當然也可以選擇離婚，可她沒有。原因錯綜複雜，但我們看到，盛佩玉用自己最大的誠意和智慧解決了這件事。她接納項美麗，也許是真的發自真心，用最大的善意，來處理這場婚姻危機。

我們可以不同意她的選擇，但我們不能苛責盛佩玉。

但項美麗是不安於現狀的。

一九三七年第四～五期《時代生活（天津）》上，出現了一首翻譯家李青崖寫的打油詩〈姚克擁著項美麗，哈櫻滋味竟如何〉：「洵美洵美美且都，美髯翩翩活耶穌。終日街頭汽車跑，哈櫻滋味竟如何？」「洵美」自然是邵洵美，「哈櫻」是反切，拼為「項」字，暗指項美麗。項美麗在上海的桃色新聞，似乎與日俱增。邵洵美好幾次和她發生爭執，但項美麗毫不在乎。

不過項美麗還是需要邵洵美的幫助。她一直想寫一本宋氏三姐妹的傳記，但她沒有門

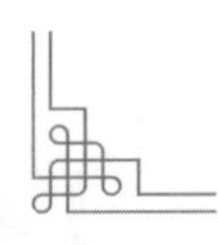

路，不知道如何聯繫。盛佩玉出面幫了忙，宋靄齡不僅同意了項美麗的寫作計畫，還說服了兩個妹妹給予配合。到達重慶之後的項美麗給邵洵美寫信，希望她的愛人也能到那裡會合，邵洵美的回信是：「費用貴了，而且，要是我去了重慶，日本人知道後會找佩玉麻煩的。」

在這之後，一九三九年十一月，項美麗在香港搜集宋氏姐妹的資料時，愛上了一個已有妻室的英國少校查爾斯．鮑克瑟（Charles Boxer）。一九四一年，她生下了一個女兒。

一九四五年十一月，查爾斯與項美麗在紐約結婚。

之後不久，她收到了邵洵美的來信：「我的確非常思念『潘海文』故事著名作者……來自妳永遠不切實際的邵洵美的愛。」項美麗在回信裡告知了自己的結婚：「我不知道你是否知道我欠你多少。」

一九四八年，邵洵美接受張道藩（時任宣傳部長）的託付，到美國去購買電影器材。在紐約，他再次見到了項美麗，還有她的丈夫查爾斯。項美麗說邵洵美改變了很多，「詩人精緻而對稱的臉龐被一場中風毀掉，眼皮變得下垂，常年吸鴉片讓他的容貌變得粗俗。」

「前任丈夫」邵洵美和「現任丈夫」查爾斯的對話是這樣的：

查爾斯：「邵先生，您這位太太我代為保管了幾年，現在應當奉還了。」

邵洵美：「恐怕還得請您再保管下去。」

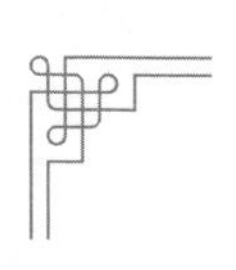

據說，項美麗當即大笑起來，前俯後仰，她說，這才是她愛的「可愛」的邵洵美。美國姑娘的腦迴路，我也是不太懂。

當時項美麗和查爾斯的生活非常拮据，邵洵美聽說，給了一千美金，作為生活費。而這筆錢，是他向美國朋友借的，後來，盛佩玉賣了首飾才還上。

盛佩玉一直陪在他身邊。

他只剩下盛佩玉了。

一九四九年，邵洵美接到了葉公超和胡適給他的信。胡適勸說他離開上海，葉公超表示，只要他願意，可以幫助他把印刷廠整體搬遷到臺灣。但他都婉拒了。他對新中國有很大的期待，尤其是當他得知，潘漢年出任分管文化的副市長、夏衍出任文化局長的時候。

上海解放後，夏衍代表政府與邵洵美商談，提議將他的影寫版印刷機賣給國家，連同工人全部遷到北京，印製即將出版的《人民畫報》。

邵洵美痛快地答應。然而，等到他把家搬到北京，卻發現廠賣了，自己卻無法得到安

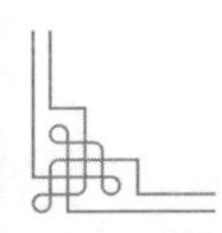

置。他忘了，他是新月派的骨幹分子，更是魯迅罵過的「富家女婿」，是人民的敵人。

他回到了上海，還是夏衍，看邵洵美實在是窮愁潦倒，生計無著，特地關照北京有關出版社，邀請邵氏翻譯外國文學作品，每月可預支二百元稿酬，相當於有了一份正式工資。

無妄之災還在後頭。

一九五八年十月，邵洵美收到香港的弟弟的來信，說自己得了重病，無錢醫治。邵洵美憂心忡忡，這時老友葉靈鳳從香港來，和邵洵美說起項美麗因為出版《宋氏三姐妹》，經濟狀況很好，邵洵美就給項美麗寫信，希望項美麗能把當年借給她的一千美金轉寄給香港的弟弟。這封信未出海關就被截獲，邵洵美以「帝特嫌疑」被捕，關押在提籃橋監獄。

他長期患有哮喘病，所以總是一邊說話，一邊大聲喘氣，而他又生性好動，每逢用破布拖監獄的地板，他都自告奮勇地搶著去幹。他一邊喘著粗氣，一邊彎腰躬背，四肢著地地拖地板。老犯人又戲稱他為「老拖拉機」。在監獄裡，他認識了因胡風案入獄的賈植芳。在放風的時候，邵洵美對他說：「賈兄，你比我年輕，你還可能出去，我不行了，等不到出去了。」

他希望賈先生將來出來的話，有機會要為他寫篇文章，幫他澄清兩件事，那他就死而瞑目了。

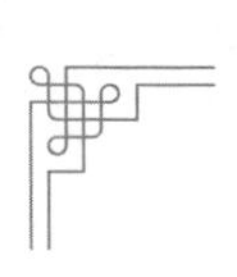

第一，一九三三年英國作家蕭伯納來上海，是以中國筆會的名義邀請的。邵洵美是世界筆會中國分會的祕書，蕭伯納不吃葷，吃素，他就在南京路上的「功德林」擺了一桌素菜，花了四十六塊銀圓，是邵洵美自己出的錢。因為世界筆會只是個名義，並沒有經費。但是後來，大小報紙報導，說蕭伯納來上海，吃飯的有蔡元培、宋慶齡、魯迅、林語堂……就是沒有寫他。他說，「你得幫我補寫聲明一下。」「還有一個事，就是魯迅先生聽信謠言，說我有錢，我的文章都不是我寫的，像清朝花錢買官一樣『捐班』，是我雇人寫的。我的文章雖然寫得不好，但不是叫人代寫的，是我自己寫的。」

——賈植芳／〈我的獄友邵洵美〉

入獄了的邵洵美不知道，妻子盛佩玉在上海已無住房，只好到外地女兒家住。小外孫出世，沒錢買布，盛佩玉想起自己的陪嫁描金箱子裡還有幾件嫁衣和細緞衣裙，本來是打算作為紀念品留下的，這時別無辦法，只好把衣服拿出來，「上衣改作和尚領的棉襖，裙子裁成開襠褲」，抱出去，大家都讚歎娃娃穿著華美，卻不知道，用的是盛佩玉最後的念想。

一九六二年，邵洵美被釋放出獄，他和兒子住在一間十幾平方米的小房子裡，他把床讓給兒子，自己睡在地板上。盛佩玉從南京給他寄來鴨肫乾，一隻他要吃好幾個月。家徒四壁，邵洵美環顧四周之後說：「都是身外之物，身外之物，沒有了，不足惜。」幸好兒子為他保留了百來本書，邵洵美看到一直使用的那本英文辭典Webster Dictionary，十分高興，說：「太好了！太好了！這是寶貝，有這本就行。」

一九六六年，文革開始。上海的紅衛兵差點把他押上火車，去北京批鬥。他太容易成為眾矢之的了。這時候，他的朋友王科一開煤氣自殺，邵洵美有了主意。

邵綃紅在《我的爸爸邵洵美》裡說，此後「我見爸爸天天在服鴉片精。不知他是從哪兒取得的？可能因病情加重，咳喘難忍，加上不時瀉肚，他想以此鎮咳止瀉？也可能爸爸不想活了！因為我發現後向他指出：害心臟病的人吃鴉片是要死的。他明白這點。但是第二天他還在服。我提出反對。他朝我笑笑。第三天，爸爸就故世了。」

一九六八年五月五日晚上，邵洵美去世，享壽六十二歲。因為沒錢籌辦壽衣，邵洵美的兒子只好買了一雙新襪子，送他上路。他曾經寫了一首〈你以為我是什麼人〉，乃是他一生寫照：

你以為我是什麼人？

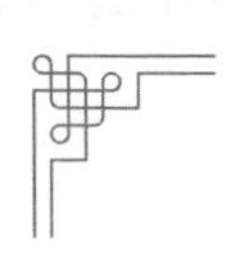

是個浪子，是個財迷，是個書生，
是個想做官的，或是不怕死的英雄？
你錯了，你全錯了，
我是個天生的詩人。

一九八八年，項美麗收到了一封來自中國的信，寄信人是邵洵美五十六歲的女兒。她告訴項美麗：「父親因心臟病及併發症死於一九六八年，在他臨死前，他告訴我，他曾給妳寫了一封信，看來他把信寄到了香港。我不知道妳是否收到了這封信。」

她沒有收到。

一九八九年，盛佩玉去世。同年，賈植芳寫了篇文章，內有邵洵美在提籃橋監獄拜託他的事情，登在《上海灘》雜誌上，兩個難友之間的約定終於兌現了。

一九九七年，項美麗去世。

給項美麗寫傳的加拿大作家高泰若訪問了邵洵美的孫女。他問她們，是否曾經恨過項美麗？她們回答，她們對項美麗阿姨只有美好的回憶。

我想，她們真的是盛佩玉的孩子。

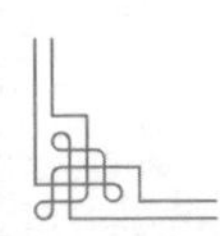

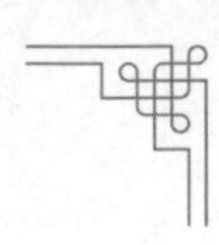

孫用蕃

不只是張愛玲的後母

上海灘有兩位盛名在外的七小姐。一位是盛家的七小姐盛愛頤。一九二七年，當哥哥盛恩頤企圖和兄弟們一起吞噬盛公的一筆遺產時，盛七小姐站了出來，控告盛氏五房男丁，認為男女平權，女兒也應該分得遺產，最終獲得勝訴。此案為民國第一例女性繼承權案件，盛七小姐也是中國歷史上第一個以女兒身分獲得繼承權的人。

另一位，則是孫家的七小姐孫用蕃，她的出名卻只在家族中流傳，且是一種悲壯哀怨的形式：

楚娣當然沒告訴她耿十一小姐曾經與一個表哥戀愛，發生了關係，家裡不答應，嫌表哥窮，兩人約定雙雙服毒情死，她表哥臨時反悔，通知她家裡到旅館裡去接她回來。

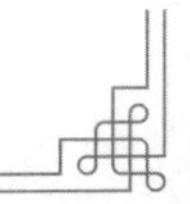

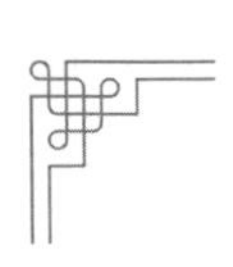

事情鬧穿了，她父親在清末民初都官做得很大，逼著她尋死，經人勸了下來，但是從此成了個黑人，不見天日。她父親活到七八十歲，中間這些年她抽上了雅片煙解悶，更嫁不掉了。這次跟乃德介紹見面，打過幾次牌之後，他告訴楚娣：「我知道她從前的事，我不介意，我自己也不是一張白紙。」

——張愛玲／《小團圓》

是的，孫用蕃的父親，是民國岳父孫寶琦。

一八九〇年，庚寅。京師的百姓和二〇二〇年初的我們一樣恐慌，因為北京發生了一場來勢洶洶的時疫。禮部尚書李鴻藻給李鴻章的女婿張佩綸寫了一封信：「京師至今無雪，每晨大霧迷漫，似有瘴氣。」

大家一開始都以為這病是流感，因為症狀相似。十二月八日，張佩綸的醫生給他開了感冒藥（投以疏散之品），然而一點用也沒有（不效）。

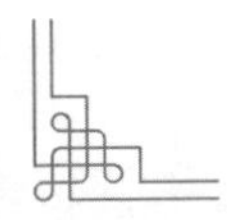

工部尚書潘祖蔭比張佩綸病得早幾天，症狀也是「忽感寒身，熱汗不止」。請醫生，開的也是「疏散之劑」，燒熱緩解了，但仍舊「喘如故」。李鴻藻把潘祖蔭得病的事情告訴了翁同龢，十二月十一日，翁同龢去潘家探望，遇到了醫生凌紱曾——這是一位以治療時疫見長的醫生。凌紱曾告訴翁同龢，病人已經不行了。酉刻，潘祖蔭「痰聲如鋸」，坐著去世了。

噩耗不斷傳來，姜鳴先生的《秋風寶劍孤臣淚：晚清的政局和人物續編》裡統計，僅僅十二月，感染瘟疫去世的京中重臣就有：前禮部右侍郎寶廷、怡親王載敦、光緒皇帝的老師孫詒經……連宮裡的貴人也未能倖免。怡親王去世之後四天，麗皇貴太妃以「年屆花甲，近染時疫，經御醫請脈，進以清表良劑，終因年邁氣衰，藥餌不易起效」而薨逝。麗皇貴太妃就是咸豐皇帝的寵妃麗妃，李翰祥《垂簾聽政》裡的麗妃被孝欽后（慈禧）做成「人彘」折磨而死，這實際上是演義，與歷史不符。

麗皇貴太妃去世後三天，翁同龢又一次見到了治療時疫的名醫凌紱曾，這一次的病人是光緒皇帝的生父醇親王奕譞。儘管醇親王的身體一直不好，但翁同龢看到的老王爺，「痰咯不出」的病症和潘祖蔭有些相似。一八九一年元旦，醇親王奕譞也去世了。

張佩綸要感激他的老丈人李鴻章，他不僅立刻給女婿帶去了金雞納霜，並且「每日必

陪醫兩次」（真愛！），在家人的照顧下，張佩綸的病症漸漸好起來。

對於翁同龢來說，這個冬天實在太令人悲傷，短短幾日內，他連續失去了潘祖蔭和孫詒經兩位好友，他在日記中悲傷地說：「七日之中兩哭吾友，傷已，子授亦諒直之友哉。」日記裡的「子授」，便是孫詒經。

這個冬天，倖存下來的張佩綸不會想到，若干年之後，他將和沒能倖存下來的孫詒經結為親家，他的兒子張廷重續娶了孫詒經的孫女孫用蕃。而張廷重和前妻所生的女兒在聽說父親將要給自己娶一個後媽時，這樣寫道：「如果那女人就在眼前，伏在鐵欄杆上，我必定把她從陽臺上推下去，一了百了。」

那個女孩，叫張愛玲。

孫詒經的兒子孫寶琦，一輩子都是牆頭草。

他做清廷駐法公使，孫中山去法國搞革命，有人盜取孫中山的機密檔送到孫寶琦手裡，孫寶琦一面向慶親王彙報，一面又派人密函孫中山「危險速逃」。

他做山東巡撫，武昌起義他第一個宣布獨立，又第一個給清廷發電報，建議起用袁世凱。結果既被孤臣遺老指責為「出爾反爾、兩面三刀」，又遭革命黨人口誅筆伐，裡外不是人。

但依舊不妨礙這個杭州人從晚清重臣做到民國總理。

能夠屹立不倒，靠的是什麼？有人說孫寶琦的情商很高，一九〇〇年八國聯軍攻入北京，慈禧太后和光緒皇帝倉皇出逃，孫寶琦是少數幾個隨駕護送的人，旅途中道路泥濘，孫寶琦跑去後面推馬車，這無疑給慈禧太后留下了深刻的印象。也有人說他善忍，隆裕太后病逝，吊唁靈棚中，梁鼎芬大罵當時已是民國外交總長的孫寶琦：「你做過大清的官，今天穿著這身衣服，行這樣的禮，你是個什麼東西！？」孫寶琦低頭連說：「我不是東西，我不是東西！」

他其實沒必要害怕那些遺老遺少，因為只要看看他嫁出去的女兒，就知道孫寶琦的後臺有多硬。

孫寶琦有五位夫人，一共生了八個兒子，十六個女兒。

大女兒孫用慧，嫁給了盛宣懷的四子盛恩頤。盛宣懷先後娶過三房正室。最早的董夫人為他生了三兒三女，但幾個兒子都早早就過世了。繼室刁夫人只生了一個女兒。第三任莊夫人生了兩子一女，其中一子夭折，剩下的盛恩頤排行老四，盛老四在當時就相當於是

盛家的獨苗了。盛恩頤這個名字，是慈禧太后親賜。所以盛恩頤字澤承。很多人說，盛恩頤像極了張恨水《金粉世家》裡的金燕西，有點混不吝。

盛宣懷對盛恩頤寄予厚望，他挑媳婦，據說最大的要求是會英文——孫用慧通曉英語、法語和西班牙語三國文字，給慈禧做過宮廷的女翻譯，所以在物色兒媳時，他第一個想到的就是人稱「一等好親家」的民國總理孫寶琦家。孫寶琦一開始不太願意，因為有人曾在朝廷上參奏盛宣懷「貪汙腐敗」。孫家的名聲很好，出了名的看重清廉，於是他對盛宣懷說：「我們怎敢高攀盛家，我女兒嫁給你兒子，我們家連嫁妝都陪不起啊。」盛宣懷說：「嫁妝我來辦，提前三天送到孫府，讓你女兒再帶回盛家。」

據說，孫寶琦曾經想嫁的是二女兒，因為大女兒孫用慧比盛恩頤大四歲。但盛宣懷更喜歡大女兒（據說覺得二女兒比較胖），請了算命先生來把關，說「女大四，抱金磚，頭一個一定養兒子」。一九一〇年，二十二歲的孫用慧嫁給了十八歲的盛恩頤。嫁過去第二年，算命先生的話應驗了，盛恩頤的長子出生，小名船寶。那年盛宣懷官運亨通，升任郵船部，尚書奪冠，他覺得這是孫家媳婦帶來的好運，於是給長孫起名盛毓郵。此後，孫用慧連生三個女兒，盛宣懷高興，花重金購置三塊宋徽宗時代的太湖奇石，為這三峰起了和三個孫女一樣的名字——冠雲、瑞雲和岫雲。盛恩頤的堂侄孫世仁說，一九一五年某日，

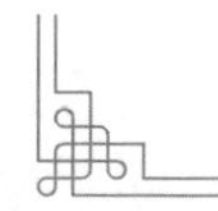

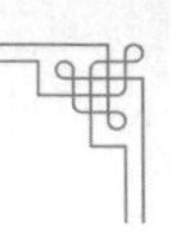

盛宣懷在園子裡散步，忽然刮來一陣大風，瑞雲峰隨即倒下成一堆碎石。佣人急匆匆來報——上海傳來噩耗，瑞雲小姐病逝。盛宣懷從此鬱鬱寡歡，第二年便去世。盛家的大樹倒了！盛老四卻無法承擔起主持家務的重擔——盛恩頤擁有一切，也擁有一切富家子弟的毛病。

他是上海第一輛賓士擁有者，還要花重金買「4444」車牌，唯恐大家不知道這是盛四爺的車。他配保鏢要四人，舞伴也要四人，他是「真．四爺」排場。他熱愛賭博，有次和浙江總督的兒子盧小嘉賭錢，一口氣將北京路、黃河路一百多棟房子的弄堂全部輸進去，他居然毫不在意。

他喜歡女人，和孫用慧留洋期間，便有女人帶著孩子上門，聲稱是盛老四的私生子。他給每個姨太太都配一幢花園洋房和一部進口轎車，外加一群男僕女佣。今天送鑽戒，明朝送貂皮大衣，小報最喜歡他的姨太太們，天天有花邊：「盛老四太太訂購進口別克汽車」、「盛老四太太出行戴四克拉鑽戒」……而孫用慧居然是靠看小報，才知道丈夫並沒有好好上班，而是在外面和女人鬼混。據說，她請了算命先生來算命，結果說，盛恩頤的桃花運要交一輩子，於是長歎一聲，從此不去管他了。

那些女人眼見盛老四錢愈來愈少，於是開口要分手費，凡是帶著盛恩頤孩子來的女

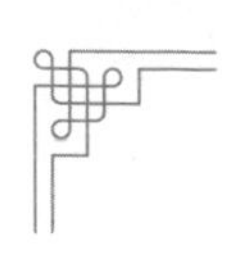

人，孫用慧統統認下，孩子留下，給她們一筆錢。

她確實是那個時代最好的太太。

沒被盛宣懷看上的孫家二女兒孫用智，擁有比大女兒更風光的夫家——她的夫君是慶親王奕劻的第五子載掄，這是朝廷詔許滿漢通婚後，宗室與漢大臣的第一例聯姻。奕劻對於孫寶琦的支援非常實在，他舉薦孫寶琦擔任山東巡撫，連跳數級，引來朝野議論紛紛。一九一〇年，山東萊陽、海陽兩縣因賦稅過重發生暴動，民眾死傷達一千七百多人，巡撫孫寶琦沒有受到任何處分。當時的報紙一針見血說：「孫固某大老之姻親也，有此巨援，夫復何慮？」

我們很難得知這門親事對於孫用智本人來說究竟是喜是悲，畢竟載掄前後有三任太太。但我們可以確定，曾經在法國生活的孫用智對載掄的影響很深。一九一四年，「他組織了一個小型觀光團，包括翻譯、醫生、祕書、隨員等八人，徑奔歐洲。以王子身分到德國、法國、義大利、瑞士、比利時、匈牙利、英國等國家觀光遊覽。」因為這次旅行，載

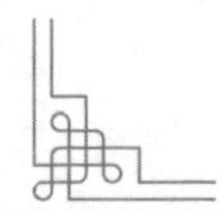

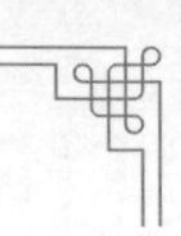

掄成為最早一個有檔案記載的卡地亞中國顧客。

根據故宮研究院闞雪玲的研究，一九一四年五月十八日到二十三日巴黎和平街十三號的卡地亞店鋪檔案記載，一位名叫 PRINCE TSAI LUN 的顧客光臨卡地亞，當天，他購買了一個鑲鑽石和黑色琺瑯的鉑金化妝盒——顯然是送女性的，不知道是否送給孫夫人？第二次到店則購買了一個黑色緞帶手提包，包的銀質手柄上鑲嵌有黑色琺瑯，包上用鑽石鑲嵌載掄拼音 TSAI LUN 的首字母縮寫 TL，顯然是買給自己的。幾天後，載掄又一次現身，購買了一隻 TORTUE 鉑金腕表，和兩條不同材質的鏈子（一條為黑白琺瑯，另一條為鉑金）……

孫用智去世很早，載掄的二夫人李倩如在一九二〇年代非常出名，頻繁出現在《北洋畫報》上，美國作家、記者、旅行家格蕾絲・湯普森・西登（Grace Thompson Seton）曾經評價這位夫人：「她身上的每一個細節都值得去細細品味，她把她所屬階層應有的雅致表現得恰到好處。」

孫寶琦的三女兒嫁給了大學士、總理衙門大臣王文韶的孫子。這門婚事是孫寶琦很早定下的指腹為婚，因為孫和王文韶是同鄉，兩家門當戶對。王處事圓滑，曾被人稱為「琉璃蛋」，感覺和孫寶琦三觀相符。四女兒孫用履的丈夫是內閣學士兼禮部侍郎愛新覺羅・

寶熙家的公子。五女兒則嫁給了袁世凱的七子袁克齊——袁世凱的六女兒袁籙禎嫁給了孫寶琦的侄子，孫寶琦和袁世凱是換帖兄弟，總算不枉他為了舉薦袁世凱的事情受到革命黨的指責。

不僅女兒嫁貴胄，孫寶琦的兒子娶的也不是等閒人物。三子孫雷生，娶了馮國璋的三女兒馮家賢。四子孫用岱畢業於復旦大學經濟系，娶了盛宣懷四弟盛善懷的女兒盛範頤——盛范頤的母親張鐘秀出生蘇州鹽商家庭，她家祖宅的花園就是拙政園的西花園。

但誰能想到呢？孫寶琦的女兒中，最為出名的卻是七女兒孫用蕃。而這種出名，實非她所願。

她有一張堅毅的臉，似乎很難被任何事情擊垮。哪怕在婚禮上，她依舊是端莊持重的：

新娘子太老了沒意思，鬧不起來。人家那麼老氣橫秋敬糖敬瓜子的。

——張愛玲／《小團圓》

《小團圓》裡說，孫用蕃和張廷重結婚之後，兩人一起抽鴉片時，張會給孫講家族過去的事情：

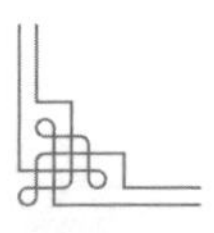

向煙鋪上的翠華解釋「我們老太爺」不可能在簽押房驚豔，撞見東翁的女兒，彷彿這證明書中的故事全是假的。翠華只含笑應著「唔。……唔。」

——張愛玲／《小團圓》

她當然算是敷衍，她的家族並不比張家低微，所以她把舊衣服帶給張愛玲穿，其實並沒有那麼多惡意。一如她辭退家中女佣，也為的是節省家用。但在張愛玲眼裡，這便是後媽刻薄，虐待前房兒女。但她的回擊，何嘗不是更刻薄：

翠華在報紙副刊上看到養鵝作為一種家庭企業，想利用這荒蕪的花園養鵝，買了兩隻，但是始終不生小鵝。她與乃德都常站在樓窗前看園子裡兩隻鵝踱來踱去，開始疑心是買了兩隻公的或是兩隻母的。但是兩人都不大提這話，有點忌諱——連鵝都不育？

——張愛玲／《小團圓》

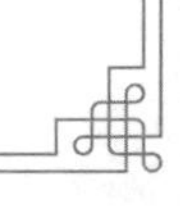

網上很多文章裡說，孫用蕃三十六歲才出嫁，實際上這是誤傳。一九三四年，二十九歲的孫用蕃在華安大樓（金門大酒店）和張廷重舉辦婚禮。這場婚禮遲到了三年，因為她的父親孫寶琦在她和張廷重訂婚的這年去世了。

民國岳父孫寶琦，死在一九三一年。他怎麼也不會想到，成也蕭何敗也蕭何，正是因為孫用慧的夫君盛恩頤，他生命最後幾年過得十分潦倒。孫寶琦是個清官，他曾任職稅務處督辦，每個月都有很大一筆數目的交際費，根據孫世仁的回憶，這筆錢孫寶琦始終沒有支取，卸任時「他將此筆款項一併取出後，在北京西堂子胡同裡造了六幢小洋房。你可別以為他是在給自己做房產投資。房子造好後，祖父悉數轉交給了稅務局，說是『留作紀念』」。

一九一六年，盛宣懷去世，孫寶琦接任了盛氏創辦的漢冶萍鋼鐵公司董事長職務，每月領取工資，當時任總經理的是他的女婿盛老四。盛老四為了撈錢，騙孫寶琦舉債二十萬元購買了公司股票，謊稱一定代為清理債務，卻從此再沒有了下文。孫寶琦心力交瘁，甚至去找日本朋友幫忙。他給兒子的信裡這樣感慨：「至親如翁婿反不如日友同情可恃，自恨當日之孟浪從事，汝等當引為前車之鑒，不可妄思生意投機之事。」

一九三一年二月三日，孫寶琦腸胃病發作，在上海去世，終年六十四歲。去世後，大家在他的抽屜裡只發現兩枚銅板。「他給子孫的遺言只有八個字——不開新鋪，回歸祖

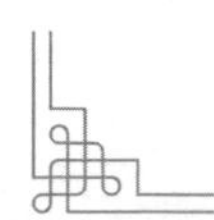

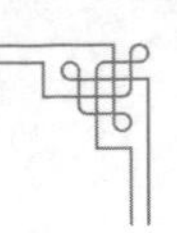

寶。意思就是不要大操大辦後事，簡葬即可。後來是他的學生為他募捐，圈地造的墓。」

十一年之後，他的大女兒孫用慧在正月受夠了人間疾苦，撒手人寰，不過五十四歲。孫用慧的去世，導致盛家全面崩潰，盛老四的第十一個兒子盛毓珅說：「十年間我們不斷搬家，房子愈住愈小，最後是全家八個人擠一間，我就睡在一張桌子上。」孫用慧和盛老四的長子盛毓郵後來攜妻任芷芳到日本，從炸油條辦小吃攤開始，最終讓新亞飯店成為東京頗有名氣的中餐廳。孫樹棻老師在《末路貴族》裡記述了盛老四的結局——一九五七年秋冬，盛老四在經歷了第三次中風之後，只能整日臥床。大女兒盛冠雲和大兒媳任芷芳商量之後，決定送他到蘇州留園老家。因為那裡尚有幾間祠堂房子可住，姨太太奚儀貞願意隨從服侍——那麼多姨太太裡，只有這個女人留了下來。

當時他已不能站立，只好躺在棕綳上，一隻小船一路從上海漂搖到蘇州。不過兩三個月，盛老四就突發腦溢血死在了留園門房裡。

他去世時正是三伏天，按照規矩要穿七套衣服入殮，兒子們滿頭大汗。去參加葬禮的，總共只有十幾個人。

大家唏噓地說起一九二五年，盛老四請朋友們在留園吃蟹賞菊，門前車水馬龍，領頭的馬車到留園門口，末尾的馬車還沒有出閶門，浩浩蕩蕩，熱鬧非凡。

盛恩頤倒在留園時，他的連襟張廷重已經去世四年。張廷重在一九四八年賣掉了自己最後一幢房產之後，不聽勸告，把所有的錢換成了金圓券[1]——所有賣房款蒸發，僅靠青島一處房租為生。他最後的歸宿是江蘇路二八五弄二十八號吳凱聲大律師住宅十四平方公尺的佣人房，有鄰居見證了他的死亡：

周圍的人突然神色怪異，小孩子擠在姑姑家的玻璃窗下，擠在前面的人說：「死脫了，死脫了。」又有人說：「看，看，給死人換衣裳了！」屋裡傳來聲音：「壓一壓，壓一壓，讓肚皮裡東西吐出來。」安靜了一陣，突然只聽得「大腳瘋」娘姨拍手拍腳大叫起來：「老爺升天了！老爺升天了！」

——黃石／〈江蘇路二八五弄〉

編注

1　金圓券是西元一九四八年中華民國政府為了挽救經濟而發行的法幣，因財政入不敷出且未嚴格實行發行限額，導致惡性通膨，不出數月便成廢紙。

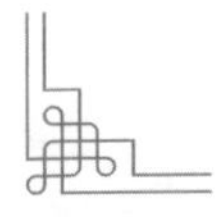

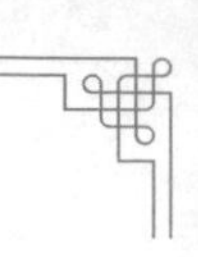

而孫用蕃則一個人，帶著那副一直那麼堅毅的表情，把日子過得穩穩當當。黃石的印象裡，她「極有風度，面容端莊，皮膚是那種幾代人過好日子積累下來的白皙」，和鄰居合用一個保姆，沖沖熱水瓶，磨磨芝麻粉。

她一輩子沒有小孩，卻很喜歡弄堂裡的小孩，給他們吃蜜餞、糖果，沖芝麻糊。

> 我在信箱的玻璃小視窗看到一封給她的信，寫著「孫用蕃收」，我很納悶，女人怎麼有這樣的名字。那是寄賣商店寄來的，說某件裘皮大衣已經出手。
>
> ——黃石／〈江蘇路二八五弄〉

盛佩玉對孫用蕃的評價是：「她一直照料張愛玲的父親，替他送終，這已經足夠。」更何況，在張愛玲的弟弟張子靜無家可歸時，她接納了他，把自己那麼小的房子挪騰出一個空間給他，她到最後也對得起張廷重，對得起張廷重的兒子。

她生命的最後，兩眼幾乎完全看不見，「五官都走位了，眼睛上敷著怪怪的東西」，但手裡的那根「司滴克」（手杖）仍舊顯露著她的不同尋常。大家問候她：「姑姑妳好嗎？」她回答：「好不了了，好不了了。」講的是標標準準的北京話，偶爾帶幾分蘇州音。

一九八六年，孫用蕃去世。

百年孫氏家族，風流俱被雨打風吹去。時至今日，大家提起孫寶琦，第一想起的，仍舊是他的女兒們。在一八九〇年那場瘟疫中，他失去了父親，但他用心培養子女，帶他們遊歷四方增長見識。也因為此，至今我們還會記得北京和上海都流傳的一句話：孫寶琦的女兒，真是個個搶。

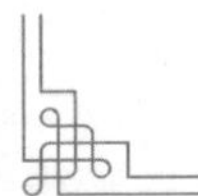

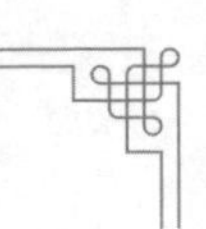

盛愛頤

愈艱難愈要體面

一九五八年冬，安徽蚌埠某收容所新到一批上海來的勞改人員。他們擠在一間屋子裡，唧唧喳喳講上海話。窗外瓢潑大雨，澆在屋頂之上，蚌埠很久不在冬天下這樣大的雨了。

在角落裡蜷縮著的是篆刻家陳巨來，這位滬上最風雅最懂享受最八卦的金石大家現在擁有了一個新技能——每天六點，他可以從腳步聲中，聽出來人拎著的那只大桶裡裝了什麼，是乾是稀，是湯是粥。腳步由遠及近，陳巨來豎起耳朵仔細地聽，雨聲嘩嘩嘩，講話聲哇哩哇啦……

「開飯了。」一個人進來，拎進來一個大桶。剛剛還在說話的人忽然沉默了，陳巨來只用了五秒鐘就辨識出這是一桶地瓜湯，然而裡面的地瓜少得可憐。可是瘦小的他已經完全沒有時間湊到桶前，剛剛還在說話的那群人像猛獸一般擁擠到大桶面前，沒有碗，就用

刷牙杯，顧不得燙，伸手便撈——為的是那一點沉於桶底的地瓜。

到了陳巨來手裡，只有一缸清水一樣的地瓜湯，漂著三兩根墨綠色的纖維——大約是地瓜秧子。他捧著缸子，幾乎要咧嘴哭了，饑餓讓他已經在崩潰的邊緣。

「陳叔叔，怎麼這麼巧？」陳巨來費力地抬眼，面前一個高個小夥。也許是因為太餓，他差點神志不清脫口而出一聲「莊少爺」，半晌方輕聲回：「小莊，你怎麼在這裡？」高個的年輕人叫莊元端，他的母親和陳巨來是書場裡聽書的朋友，曾經訂過陳巨來的扇面。算起來，陳巨來和他們家還有點沾親帶故。

兩個右派，一老一少，一高一矮，在這蚌埠的雨夜偶遇。

陳巨來當右派，源自上海畫院內部舉辦的某展覽。有點鮮格格（顯擺）的陳巨來帶去的是存錄自己歷年印章作品的一個長卷。起先，那長卷展開的是他一九四九年以後的作品：「毛澤東印」、「潤之印」、「朱德之印」、「故宮博物館珍藏之印」，一個賽一個風光。布展的時候，陳巨來愈發洋洋得意，悄悄把那長卷拉開一段，這下闖了大禍，在會場上，大家看到了「蔣中正印」、「張學良印」、「張大千印」。「現行反革命罪行」落實，於是下放。

陳巨來有些不解：「小莊，你年紀輕輕，除了出身不好，哪能也是右派啦？」莊元端

說，自己到上鋼三廠當基建科技術員，因為從小歡喜汽車，辦公室玻璃檯板下壓著好多自己畫的汽車圖樣：「別人看到都說這汽車好，一定是蘇聯造的。我說不是蘇聯的，是美國貨，一九三八年的美國汽車，比蘇聯汽車好。」這句話成了反動言論。一九五八年大煉鋼鐵，莊元端懵懵懂懂問：「第三個五年計畫裡面我們國家的主要工業指標要超英趕美，是超過什麼時候的英國？七十年前還是今年的英國？」上鋼三廠五個右派，其中一個指標自動劃給莊元端，且因為情節嚴重，被派遣勞動教養。

莊元端看看已經餓得說不出話來的陳巨來，終究不忍，把自己口杯裡唯一一塊地瓜給了他。幾乎只兩三口，那塊地瓜已經下肚。陳巨來稍稍恢復一點滬上名家的風範，讚歎道，小莊啊，你這樣心腸，像極了你的姆媽。你今天的一塊地瓜，恰如儂姆媽當年送出去的那把金葉子。

莊元端的母親是盛愛頤，她當年義贈金葉子的物件，是宋子文。

盛愛頤是盛宣懷的女兒，母親是當時的盛家當家人莊夫人。盛宣懷去世時，盛愛頤十六歲。她天天陪在莊夫人身邊，很快聲名遠揚，人人都知道上海灘「盛七」。宋子文進入盛家，是因為宋靄齡引薦。他成為盛老四的英文祕書（宋靄齡是盛家五小姐盛關頤的家庭教師）之後，很快結識盛七小姐，兩個年輕人很聊得來，宋子文很快墜入情網，公開追

求盛七小姐。

當時的宋家尚不顯赫，於是，對於這對青年男女之間即將發生的羅曼蒂克，莊老太太一萬個反對，她有意識不讓女兒和宋子文單獨相處。宋子文在大街上看到是七小姐的汽車，「就一踩油門加足馬力追上去，把車子往七小姐的車前一橫，硬要與之對話。」

盛愛頤兩邊為難，一邊是向來唯命是從的母親，一邊是從天而降的愛情。一九二三年二月，由宋慶齡引薦，宋子文準備南下廣州。出發之前，他力邀七小姐同往——盛愛頤最終拒絕了，作為大家閨秀，如果和宋子文一起走，無疑是私奔。她表達愛情的方式，是送給宋子文一把金葉子（當時上流社會常以此為禮金）權作路費。宋子文感激不盡，對她說：「算我跟妳借的。」盛愛頤說：「我等你回來。」

但守著這個諾言的，只有盛愛頤一個人。

七年之後，一九三〇年，當民國政府財政部長宋子文衣錦還鄉回到上海，他的身邊多了一個女人——張樂怡。為了宋子文拒絕了無數追求者的盛七小姐一記悶棍，大病一場，直到一九三二年，三十二歲的她才與莊夫人的侄子莊鑄九結婚。

據說，盛愛頤從此盡可能避免和宋子文見面，而宋子文則希望盡快解開兩人的心結。有一次，宋子文拜託盛家老五盛重頤安排一次下午茶，事先不告訴七小姐自己也在。結果，

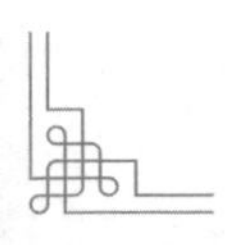

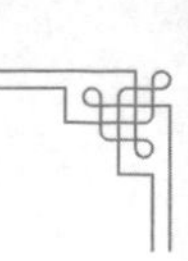

盛愛頤一到客廳，看到笑臉相迎的宋子文，立刻冷若冰霜，坐在一邊不講話。

到了晚餐時分，大家都勸她留下來，盛愛頤站起來說：「不行！我丈夫還在等我呢！」如此剛毅果決，難怪盛愛頤會成為中國第一個為女子爭取遺產的閨秀。《申報》當時對於她的報導充滿讚譽：「盛愛頤女士為已故蘭陵盛杏蓀之嫡女，在室未嫁，最近以弟兄分析遺產之保留部分，並不遵守黨綱及現行法律、依男女平等原則辦理，乃延聘律師，向法庭起訴。盛女士為國民黨老黨員，對於革命工作，曾迭次參與機要，先總理在日，甚為重視，又與宋氏姐妹相知甚深，故此次提起訴訟，各方均表同情……按女子要求男女平等之財產繼承權，此尚為第一起，影響全國女同胞之幸福，關係甚巨……」

愛便愛，恨便恨，她的生命裡沒有曖昧不明。一諾千金，她答應了的事絕不反悔，如同愛情。橫眉冷對，面對負心男友和狠心兄長，她也沒有絲毫猶豫。

這樣的盛七，真正是一朵上海之花。

因為宋子文的關係所以我母親結婚晚了。我母親一九三三年生我，時年三十三歲，那時候算很晚了。我父親比我母親大三歲，他們是親戚，從小認得的。

——莊元端／〈我在巢縣勞改隊造汽車〉

我在老票友之間聽過莊鑄九的名字，他在上海銀行工作，平時算是文藝青年。喜歡聽戲，曾經給梅蘭芳出過一套影集，之前拍賣會上出現過。上海銀行出資的《旅行雜誌》，也是莊先生創辦的，他為人忠厚誠懇，和他的偶像梅蘭芳一樣，輕易不出惡言，是典型的謙謙君子。這樣的男子，也許不適合轟轟烈烈地相愛，卻可以平平淡淡地相守。

相比之下，盛家其他幾位姑爺似乎更風光：

四小姐盛樨蕙嫁給上海道臺邵友濂之子邵恆，邵洵美便是他們的孩子。

五小姐盛關頤嫁給臺灣首富林熊徵，林的母親是帝師陳寶琛的妹妹。

六小姐盛靜頤嫁給南潯首富劉墉的孫子劉儼庭。

八小姐盛方頤嫁給大鹽商周扶九的外孫彭震鳴。

但婚姻是否幸福，似乎真的靠細水長流。比如彭震鳴和盛方頤的相愛，像極了後花園才子佳人初見面，他們在電影院裡邂逅，彭少爺一見鍾情，於是天天上門，熱烈追求。彭少爺的外公大鹽商周扶九是江南首富，周家的紋銀據說有三千萬兩（做個對比，盛宣懷家的家業是一千一百六十萬兩）。彭震鳴是個頗有小名氣的程派票友，人稱彭老七。為了唱戲，他特地辦了兩個私營廣播電臺，專播戲曲。有時候請人點播，要的是一句「特請彭君

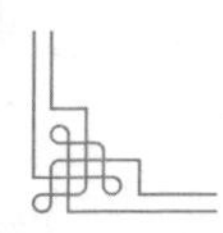

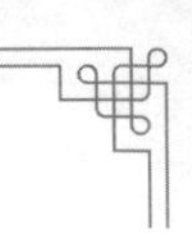

演唱」，為的是他自娛自樂，這樣大的戲癮也是獨一份兒了。順便說一句，盛家有很多程派戲迷，最負盛名的是盛家老四的女兒盛岫雲，她後來嫁給程硯秋的琴師周長華，戲迷們更熟悉她的另一個名號：穎若館主。彭家與盛家門當戶對，盛家人自然滿意。不久，彭震鳴如願以償娶到了盛方頤，他買了一輛車，車牌特意選「78」，為的是彭老七盛老八，今天成了一家。

《紅樓夢》裡紫鵑說得好：「公子王孫雖多，哪一個不是三房五妾，今兒朝東，明兒朝西？要一個天仙來，也不過三夜五夕，也丟在脖子後頭了……」婚後的彭老七到處拈花惹草，盛老八心情鬱結，抽上了鴉片。一九四九年上海解放，政府禁煙，八小姐煙癮已重，吞食鴉片自殺，年僅四十七歲。

相比之下，七小姐盛愛頤的生活，在一九五八年之前是波瀾不驚的。她住在淮海中路和常熟路路口附近的愉園小區八號，我從前去看過一次，雖然已經有些破舊，但仍舊看得出當年的氣象。這時的她，已經不再是年輕時鮮衣怒馬的贈金佳人，也不是銳意進取建成百樂門舞廳的女企業家。她的生活平靜，是里弄的小組長，平時所愛，除了照顧家庭，就是幫助那些不識字的家庭婦女認字讀報，樓下的小花園，她閒暇時種些花草，並不是名貴品種，但她甘之如飴。

這一切，隨著兒子莊元端被打成右派，都變了。

莊元端所在的勞改農場是巢湖，工作就是在山上挖石頭。每天幹的都是高強度的體力活兒，然而糧食定量只有十六斤，他很快體會到陳巨來那樣的飢餓。

莊元端累得胃出血，被送進醫院，他發現醫院裡沒有護士，輕症病人照顧重症。醫生也都是勞改犯，他一去就開刀，切了一部分胃，莊元端不敢告訴母親，最後還是遠在福建的妹妹莊元貞給他寄了一點魚肝油，救了他的命。等他回到勞改隊，領導來問他：你知道汽車嗎？他說，知道啊。領導說，太好了，你來參加，我們要造個汽車轎子——就是給汽車裝外殼。

讓他戴上右派帽子的是汽車，沒想到，救了他的還是汽車。莊元端所在的這支技術大隊，後來成為巢湖汽車配件廠、江淮汽車製造廠（一九六四年五月建立）的前身。誰能想到，上市公司江淮集團的初創團隊，居然是一群勞改犯！這群勞改犯建成了全國勞改廠中第一條汽車生產裝配流水線。一九六八年四月，莊元端們見證了第一輛江淮牌汽車的誕生。

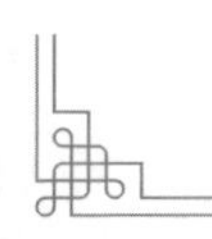

也是在這一年，莊元端準備成家了。牽線的正是他那位拈花惹草的八姨夫彭震鳴，他為莊元端選的姑娘叫王永瑛，是晚清軍機大臣王文韶的曾孫女。宋路霞老師的《上海小開》裡講，當年要把王永瑛的嫁妝（兩只箱子）從家中運到盛家，還頗費一番周折。還是盛家的一個親戚李家龐（李鴻章三弟李蘊章的曾孫）自告奮勇，披上軍大衣，戴上紅袖章，假裝「革命」，才瞞過了王姑娘弄堂裡的那些革命小將。

此時的莊鑄九已經去世，他們的房子被造反派占據，所有細軟都被搜刮，盛愛頤被趕到五原路上一棟房子的汽車間裡居住，受盡磨難。百樂門舞廳的建造者，曾經擁有千萬家財的盛家小姐，住在一個面對著化糞池的汽車間裡，據說，這是造反派的刻意安排。七小姐每天生活在惡臭之中，還要忍受拉糞車「突突突」抽糞的聲音。而汽車間的隔壁不遠處，就是她之前的房子愉園。

想了想，如果是我，可能已經崩潰了。

但七小姐不一樣，她安靜地待在汽車間裡。每次出門，她都把頭髮梳好，衣裳再舊，也是洗得乾乾淨淨的。盛家人來，她聽他們的煩難，幫他們解決各類瑣事；造反派上門，她照樣有禮有節。請她幫忙的人請她吃飯，永遠給她留的是上座——是發自內心的敬重。

盛愛頤住的汽車間在五原路六十五弄，宋路霞老師的書裡說，這裡後來成了菸紙店。

我去年路過，發現旁邊是昂立培訓中心。天氣好的時候，她喜歡拖一個小矮凳坐到門口，是熱鬧的五原路露天菜場。賣菜的吆喝，買菜的還價，她淡然地看著，微微笑著，好像在說，天氣真好。偶爾，有人路過，面對開過來的「大糞車」，臭味伴著機器轟鳴，路邊的老太太卻依舊坐著，手裡夾著一支雪茄，彷彿這一切都和她沒有關係。

怪不得，到底是盛七小姐。

文革結束之後，莊元端終於結束了勞改，孤身一人回到上海——他的婚姻只持續了八年差三天，可憐的王永瑛在安徽因肺癌去世。去時少年，歸來已經四十六歲，滿頭白髮。他能回來，仍舊多虧了他的姆媽盛愛頤。盛愛頤為了讓兒子回到上海，居然給宋慶齡寫了信。而宋慶齡在收到信之後，立刻寫信到安徽方面。莊元端回到上海，廠裡的人都說，他是宋慶齡安排的人。宋慶齡肯幫盛愛頤的忙，一方面是兩家的情分，是否也有宋子文的虧欠之心，我們不得而知。

在上海，莊元端又見到了陳巨來。陳巨來拉著莊元端的手念念不忘那塊地瓜：「當時我已經餓得眼冒金星了，要不是那塊地瓜，我能不能熬過那一天也說不定。」

盛家的親戚很多都在美國，莊元端也在一九八一年去了美國，辦簽證的時候，他用英語對簽證官說，我三十年沒有和美國人講過話了。莊元端去美國之前，盛家的孩子們還開

玩笑，說你去了要去找宋子文，跟他去要金葉子。

欠了盛七小姐一輩子的宋子文，已經在十年前的四月，被一塊雞骨頭噎住窒息而死，終年七十七歲。他的金葉子，是永遠還不了了。不知是偶然還是故意，宋子文給三個女兒分別取名瓊頤、曼頤和瑞頤，她們名字中都帶著一個「頤」字，盛愛頤的「頤」。

一九八三年，八十三歲的盛七小姐無疾而終。在生命的最後，她的身邊兒女雙全，送她遠行，她和任何時候一樣，永遠那樣體面，永遠那樣從容。

一直到最後。

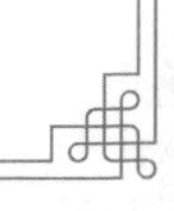

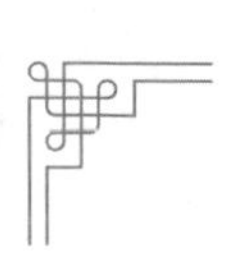

末代皇妹

聰明女人永遠靠自己

小時候沒有迪士尼，但依舊不妨礙我對於公主裙的熱愛。有段時間，幼稚園裡狠狠流行過這樣的裙子，如塔形，層層疊疊的泡泡紗，現在想來是很廉價的質料，因為廉價，顏色並不好看，是俗氣的粉或藍，也有白色的。我媽一直對這種公主裙嗤之以鼻，她早在一九九六年就訂了*ELLE*雜誌，會織《東京愛情故事》裡莉香穿過的開襟衫，在她的審美裡，這種裙子充滿著對於俗世的妥協，所以她堅持不肯給我買（當然我猜想也是因為貴），並且當時對著淚流滿面的我講了一句「金句」：「真正的公主是不穿公主裙的。」

這句話似乎對我產生了不小的震懾，於是我開始認真思考，真正的公主是什麼樣？

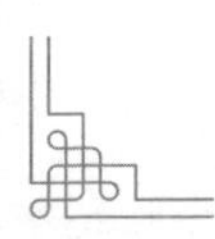

安徒生在《豌豆公主》裡討論過這個話題，真正的公主可以測試出「壓在這二十床墊子和二十床鴨絨被下面的一粒豌豆」，但如果用這樣的標準，金韞穎大概不是個真正的公主。

金韞穎有很多名字，她的乳名叫「佩格」，父親載灃給她取了一個秀氣的字「蕊秀」，哥哥溥儀又送了一個號「秉顯」，有段時間，大家還叫她「Lily」，這是溥儀的英文教師莊士敦給起的。愛新覺羅家族的公主，以美貌有名的並不算多，清末最有名的榮壽公主，身為恭親王奕訢和嫡福晉瓜爾佳氏的長女，是清代乃至中國帝制時代最後一位真正的公主（固倫公主），可是在僅存的幾張照片裡，她腫著眼泡，皮膚黝黑，完全可以算得上是難看的婦人。相比之下，韞穎顯然是美人胚子，有人說，她是醇親王府邸最美的格格，父親和母親的優點，都在她身上顯露無遺。

韞穎是溥儀的三妹，醇親王府裡，除了進宮當皇上的溥儀，韞穎與二格格韞龢以及溥傑都是一母所生，三人的關係也最為親密。不過，在二格格的口述傳記裡，這兩個小姑娘小時候並不在一個院子裡長大：韞龢是祖母帶大的，韞穎和溥傑因為更為母親瓜爾佳氏所寵愛，所以跟著母親一起生活。據說，雖然住在同一個王府，大人們並不鼓勵孩子們隨便串門，有一次，三格格學一首兒歌，忘了一句歌詞，要去問二姐，奶媽們不肯，三格格大哭大鬧，這才如願。

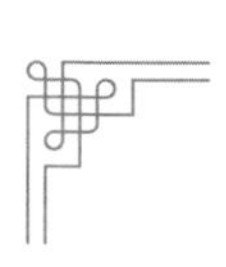

醇親王府的姑娘們是有名的「土」，她們只能穿肥大的旗袍，鞋子也是素顏色居多，式樣簡單。二格格說，小時候偶然見到六叔載濤家的姐姐們紮著辮子頭上繫著蝴蝶花，非常羨慕，回家和祖母要求，最終只爭取到允許她在紮辮子的時候加一根紅頭繩——感覺醇親王府格格們的願望和《白毛女》裡的喜兒差不多。

二格格和三格格的母親是瓜爾佳氏——榮祿的女兒，因為榮祿的地位，瓜爾佳氏嫁到醇親王府之後，一直過著較為隨心的日子，因為嫌棄醇親王府的飯菜難吃，她自己成立了小廚房，婉容的繼母曾經專門要求吃一次醇親王福晉家的番菜（西餐）。

照片上的瓜爾佳氏永遠不怎麼高興的樣子，她頭一次進宮見慈禧，老太后就說：「這孩子看著氣性挺大。」這句話決定了她的命運。一九二一年九月三十日，溥儀和端康太妃因為太醫院太醫范一梅的辭退事件爭吵，溥儀說了氣話，認為端康太妃是妾，自己不應該聽她的，「溥傑也不管王爺的側福晉叫額娘。」端康太妃一聽，簡直氣炸，於是把瓜爾佳氏和醇親王母親劉佳氏召進宮中，跪著聽教訓。

頗為諷刺的是，這兩人原先是宮中的閨蜜，一起聯合針對同治帝留下的敬懿太妃。瓜爾佳氏帶著孩子們進宮「會親」，端康總是會準備更為精緻的吃食，二格格永遠記得老太太戴著假牙咯吱咯吱吃燒鴨的樣子，而敬懿太妃則很少召見她們。端康的侄女唐石霞也嫁給了瓜爾佳氏的次子溥傑。

當瓜爾佳氏跪在永和宮前聽著端康太妃的訓斥時，她心中所想的，大概和溥儀罵端康的差不多。這個自尊心爆棚的命婦在回府之後，抱著三格格和溥傑到花園，這個情景，很久之後，韞穎仍舊記得：「平時她很少抱我。那天她抱著我，帶著二哥溥傑到花園裡玩，一邊對我說，妳長大了，可要聽話，別學皇上，要聽話。我只覺得不同於往常，可那時小，不懂什麼。」而後，瓜爾佳氏吞下了混著燒酒、金面兒的鴉片，去世時不過三十七歲。

八歲的韞穎似乎不太明白母親的死，在葬禮上，她因為一個福晉太太「哭得像雞叫」而笑個不停，只有大格格和二格格似乎一夜之間長大，她們的性子忽然沉穩了起來。

末代皇族的命運波折才剛剛開始，三年後，溥儀被趕出紫禁城，二格格和三格格在生了一場病之後，來到了天津。他們搬進了張園，在這裡，兄弟姐妹們將度過他們生命中最美好的時光——美好，而且短暫。

二

三格格排行不靠前，婚事卻是很早就定下來的。

皇后婉容的繼母仲馨一直非常喜歡韞穎，希望她能嫁給自己的兒子郭布羅・潤麒。在這之前，大格格韞媖已經嫁給了婉容的哥哥郭布羅・潤良，十六歲時得急性闌尾炎，耽誤了病情而去世。

醇親王並不喜歡潤麒，主要原因是覺得這個男孩子太皮，不夠穩重。這絕不是醇親王的偏見，電影《末代皇帝》裡有溥儀騎自行車的細節，實際上，第一個在紫禁城裡騎自行車的是潤麒。潤麒喜歡「上房揭瓦」，最開心爬上養心殿。根據他自己回憶，每次只要說「上房」，太監們馬上恭順地為他纏褲腿、架梯子，他的腰上繫著繩，繩子的另一端繫在一個太監的腰上，以便他安全地奔跑在養心殿上。據說，「一個太妃看見我在上面跑，嚇得趕緊退回房裡不敢看。」仲馨只好一再勸說：「等大一點就好了，等大一點就好了。」

當潤麒的照片由其母轉交載灃拿來時，韞穎表態相當痛快，她並不討厭這個從小玩到大的年輕人，更重要的是，她知道溥儀也贊同這一婚事——溥儀從小時候開始就很喜歡潤麒，為了召他進宮玩耍，曾經一個月送他四匹馬（因為賜馬必須進宮謝恩）。

潤麒的志向是學醫，但溥儀的夢想是「恢復大清朝」，潤麒只好聽從溥儀，和溥傑一起去日本學軍事。他和韞穎的婚事在一九三二年中秋完成——一年前，溥儀剛剛建立了偽滿洲國。

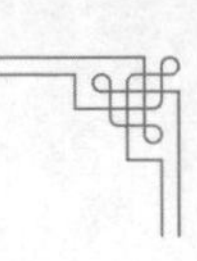

婚禮由嫂子婉容操辦，結婚的時候，小夫妻倆坐在床上，按規矩需要衣服壓著衣服。這裡誰壓誰是有講究的。婆婆仲馨讓韞穎的衣襟壓在自己兒子上面，因為她覺得自己兒子太鬧了，需要媳婦來管管。

溥儀主持了二妹和三妹的婚禮，二格格結婚時，溥儀第一次當主持人，當新婚儀式結束時，韞龢按照滿族的規矩給溥儀請了一個女式蹲兒安[1]，溥儀以為婚禮上都要請蹲兒安，便也朝她錯請了一個蹲兒安，引得在場的人哄堂大笑，這個笑話，三格格韞穎講了很久，直到自己結婚，還用來和哥哥開玩笑：「您可別再錯了。」

結婚沒幾天，韞穎就跟著潤麒去了日本。在日本的生活大多是枯燥的，韞穎愈發思鄉。她給哥哥溥儀寫了很多封信，這些信被溥儀保存下來，使得我們得以窺見許多兄妹之間的暖心細節：溥儀曾經給妹妹寄北平特產，「皇上說肘花、肘棒、小肚、醬肉等，通通賞穎等，穎實實在在太不忍了……吃著反不舒服，由北平帶到東京太不容易，皇上一些也不留下，穎覺得自己太有罪了。點心皇上留下一半，也太少了，請以後別這樣了」。彙報日常也很有趣，事無巨細都告訴哥哥，在東京街頭看見了「美豔親王」雪豔琴——當時她嫁給溥洸為妾，趕緊講；趙欣伯太太想要幫助婉容逃跑，趕緊講；她的信裡只有哥哥，連抱怨起來也完全是妹妹的撒嬌口吻，「皇上為什麼那麼懶，總不寫信，太可氣了」。

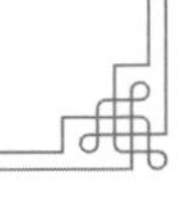

一九四四年，潤麒從日本陸大畢業，三格格陪著丈夫回國，一年後，日本投降。溥儀唸完所謂的「退位詔書」之後，便帶著潤麒等八人取道通化由瀋陽搭機赴日，包括婉容、李玉琴、嵯峨浩、韞龢夫婦、韞穎和三個孩子等家眷都被扔在了大栗子溝。

很多年之後，潤麒念念不忘的，是在大栗子溝，準備和溥儀前往瀋陽的自己最後一次見到姐姐婉容，她已經病得邋遢，弟弟對姐姐說：「我要走了。」轉身，他聽見那半瘋了的女人淒慘地喊著自己的名字，但他沒有回頭。在那一刻，他想起少年時，姐姐得知自己被選為皇后的那一刻，忽然和繼母抱頭痛哭的情景。

什麼末代皇妹，什麼復國大業，什麼皇家體面，一瞬間全沒了。

三

韞龢說，姐妹們小時候看到一件玩具，心裡很喜歡，隨口問了句，這東西要多少錢？

編注

1 蹲兒安又稱蹲安禮、半蹲禮，是滿族女子對長輩的請安禮。

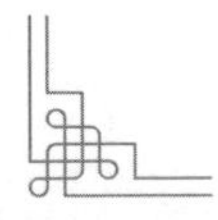

母親瓜爾佳氏立刻喝斥：「說錢是最不體面的事情。」

一輩子都記住母親這句話的格格姐妹花，現在需要開始自己給自己找飯吃。在逃難途中，韞龢見到了有死老鼠的醬缸，但為了吃飽飯，她還是帶回了這些大醬，給家裡人貼餅子吃。孩子覺得褲子裡癢癢，脫下一看：「怎麼有這麼多蟲子？」——她從來沒見過蝨子，還是老鄉教她，晚上把褲子外翻，在外面凍一夜，可以把蝨子都凍死。

和韞穎一起照顧孩子的只有從小帶她的老保姆林媽，一開始，五個人靠林媽給八路軍洗衣服換點食物，後來到了通化，她索性帶著三個孩子擺了一個地攤：一塊布上面放幾盒香菸，然後把整盒的菸拆開了，一支一支零賣。單根的菸，比整盒的菸賣得要貴，韞穎從中賺些差價，換來一些玉米麵，也不過是充饑而已，還要時常應付來投訴的——拆開的菸容易受潮，有時候打不了火。

因為顧不上孩子，兒子宗光從閣樓上摔下來，結果外傷感染成了骨結核，最終成了一輩子的駝背。回到北京時，有人給韞穎的女兒曼若吃餅乾，曼若竟不知道那東西可吃，哭著要吃窩窩頭。她學了打字，又學救護，本來考上了護士，結果被嫌棄有孩子拖累，沒有被錄用。

最終，她被安排到街道，成了胡同裡最和和氣氣的居委會大媽。丈夫關在監獄裡，兒

子落下了殘疾，婆婆的脾氣也變得愈來愈古怪，有一次，韞穎剛下班回家，婆婆嚷嚷要吃六必居醬黃瓜，她立刻出門，從兵馬司到前門外，來回一個多小時，終於買到婆婆要的六必居。

躺在那張用長凳搭出來的板床上，沒有人知道韞穎在想些什麼：比起監獄中潦倒而死的嫂子婉容，比起在途中被流彈打中而亡的二嬤，比起監獄裡的丈夫和哥哥，她覺得自己已經很好很好了。

她會懷念那些歲月嗎？在天津時，和嫂嫂婉容一起去逛「惠羅」，嫂嫂給她買的布料，教她說：「姑娘不要買那些花裡胡哨的顏色。」在東京時，哥哥溥儀寄來沙琪瑪和爐肉，那時候她是多麼想念北京啊！

她想不到的是，正是那些充滿童趣的信，救了一家人。

四

一九五四年，當時中央文史館的館長章士釗，在舊書攤上偶然發現一本舊書，名字叫《滿宮殘照記》。「我五遊滿宮，都在下午三時左右。其地在市廛之外，積雪籠罩了一切，車馬之跡幾絕，雞犬之聲無聞，固已寂寥如墟墓。其時又值冬天晷短，西邊黯淡的斜日，

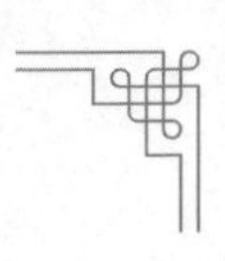

格外映出一片淒涼景色。這些都正是象徵了滿洲國的末日……」這是作者秦翰才在前言裡的一段話。韞穎寫給哥哥的信，被收編在這本書裡。章士釗很喜歡這本書，於是推薦給了毛主席。並且托載濤尋找到三格格，讓她寫一個自傳，「呈給毛主席」。

我回家用鋼筆白紙寫了自傳，把由小時候念書一直到解放後的事都寫了。其中，還寫了一段一九四六我在吉林通化縣的生活。那時，由於經濟困難，我的生活全靠鄰居和附近的解放軍接濟。有時，解放軍戰士還給我一些細糧。我說：「不要細糧了，給我點粗糧就行了。」當時，我的二兒子（郭宗光）患骨結核，沒錢治。有一個姓孫的，自稱是解放軍的「通訊員」，常給我送錢，有時十元，有時二十元。他還說，要帶我去瀋陽找我丈夫郭布羅·潤麒。但他又不讓我帶孩子。我說，「不帶孩子可不行」，沒跟他去。過了些天，聽街長說，那個姓孫的是國民黨特務，被政府逮走了。我差一點上了他的當。章行老誇我說：「這樣實實在在地寫，很好。」我在自傳中還提到一件事，就是從長春帶出來的東西在臨江時交給了當地的解放軍負責同志，餘下的擺攤賣過，以後又全部交給了臨江縣政府。臨江縣政府給我開了收條。可惜，「文化大革命」中這些收條被我燒掉了。在溥儀寫的《我的前半生》中，他只寫我曾在通化擺攤

賣東西，沒講我以後把東西全部交給臨江縣政府的事，特此補充訂正。

——金韞穎／《末代皇帝溥儀特赦前後》

韞穎寫完後，章士釗一開始還幫著改了改，結果，三格格對於老章改的稿子還不怎麼滿意：

對他改的一些地方我不同意，比如說：「溥儀記性好，人名記得很清楚，很聰明」這樣的句子，我就不同意寫。我說，「我心裡沒那麼想，不敢向毛主席說假話」，要求去掉。章行老像有點生氣的樣子說：「要是給別的人寫東西，我就不改，妳是個女同志，否則，我就不管了。」我央告說：「您還是管吧。」好歹把老人家說通了，按我的意思改過來。說真的，至今我還堅持，溥儀的記性並不很好。記得三十年代我在日本時，曾給溥儀寫過信，告訴他：「香蕉和白薯不能一起吃，有毒。」過後他又來信告訴我：「聽人說，香蕉和白薯一起吃有毒。」這說明他的記性還是不好。所以我不同意說溥儀聰明。

——金韞穎／《末代皇帝溥儀特赦前後》

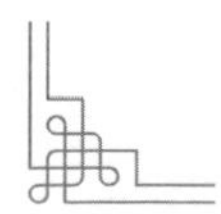

她的自傳最終被主席看到，韞穎被安排為北京市東四區政協委員，並得以在一九五六年去撫順戰犯管理所，見到了十一年沒有見過的丈夫潤麒和哥哥溥儀。

五

樂觀的潤麒把自己在撫順的改造生涯稱之為「鐵窗樂土」，他每天把日程安排得滿滿當當，甚至和溥儀一起演了話劇：

> 老潤（潤麒）扮的勞埃德像極了，他的鼻子本來就大，這個議會裡所有的英國公民，只有他一個人最像英國人。他的表情也很出色，惱恨、憂懼、無可奈何而又外示矜持，活活是個失敗的外交大臣。
>
> ——溥儀／《我的前半生》

一九五七年，潤麒回到北京，剛開始，他在汽車修理廠當工人。一九六一年除夕，周

恩來總理在中南海宴請以載濤、溥儀為首的愛新覺羅家族，席間，總理問潤麒幹什麼工作。潤麒說：「鉗工。」一旁的中央統戰部部長徐冰問：「你是幾級工？」潤麒說：「學徒工。」大家全笑了。周總理皺皺眉說：「這不合適，你應該發揮你的特長。」沒過多久，潤麒被調到了北京編譯社。

趙珩先生曾經在一九五九年至一九六二年之間多次見過三格格和潤麒夫婦，他眼中的韞穎不太說話，喜歡安靜地坐在角落，「常穿件墨綠色的大襟短夾襖，黑色的緄邊，人很瘦弱，但是氣質端莊」。潤麒則「快人快語」，「有他在場，沒有不熱鬧的」。趙先生說，潤麒曾經在《四郎探母》中飾演二國舅，真國舅的身分演假國舅，大家哄堂大笑。

文革開始後，韞穎家也來了紅衛兵，據說都是中學生，上來就要「金銀財寶」，但很快一個紅衛兵問：「你們是不是周總理讓保護的那四十八家裡的？」韞穎老實回答：「我不知道。」在那之後，紅衛兵沒怎麼衝擊他們家。

潤麒晚年最驕傲的事情，是他終於拿到了行醫執照。那一年是一九九四年，潤麒八十二歲。可惜的是，他的老伴兒韞穎沒有看到這一天，她在兩年前去世了。

韞穎喜歡告訴來訪者，她學會了許多不會做的家務事，比如縫被，她和街坊老太太學，結果縫得比外頭的人縫得還好。用蜂窩煤爐子，從點火、攏煤、封火開始學。在煤爐

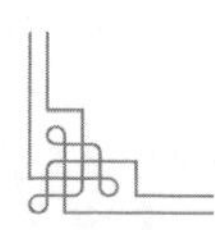

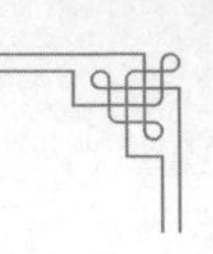

上做飯，在院子裡水管子上洗菜，在胡同裡上廁所，她徹底變成了一個普通的北京老太太——儘管在收藏家馬未都眼中，她是那個對著自己手中的極品官窯正眼瞧也不瞧的厲害角色。轀穎總是擔心自己的老伴兒潤麒，他不僅愛騎著摩托車出去晃悠，還自學針灸拔罐，經常外出給人扎針。轀穎說：「好擔心他給人扎壞了。」

當記者來到潤麒家裡採訪老先生時，他摸著妻子的照片，說：「來生，我還娶她。」

木心

把生活過成藝術，就能成為藝術家

有段時間，我住在虹口。

虹口有許多有意思的小馬路，看起來是寥落的，卻並不自卑。它們靜悄悄的在那裡，等著你去揭開那裡面的故事。

我喜歡晚飯後散步，漫無目的地走。有一次不知不覺走久了，很遠地，看見馬路邊上有兩個少年。

背著包、拿著照相機的少年，路燈下，一臉肅穆的。他們大約等了很久，才看見我這麼一個吃飽飯沒事做的蹓躂閒人，停了停，終究迎上來，我躲也躲不及。

「請問，這條路是大名路嗎？」

「你看路牌上不是寫著？」

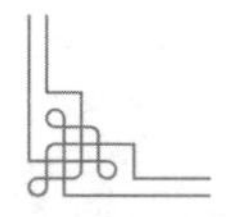

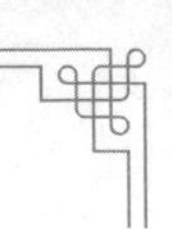

「那一六七號是在這邊還是那邊？」

大名路一六七號。

好像接頭暗號，我的好奇被激發了——以為他們在找邵洵美的故居。決定帶他們過去。三個人並排走在路燈下，影子一點點拉長，又縮短，又拉長，誰也不說話，一種奇怪的緊張感。

很快到了，黑黢黢的，一個很破的門洞，看不出有什麼花頭。樓梯出奇地陡窄，牆上布滿了多家的電線和火表（電表）。

他們並不上去，只在門口逡巡。一個拍照，另一個就那麼站著，仰望。昏黃的路燈打在他們的臉上，看不大清他們的五官，似乎是清秀的孩子，帶南京腔。那神情我卻再熟悉不過了——在洛杉磯張愛玲故居前、在巴黎常玉墓前的我大抵亦如此。

「這是誰的房子嗎？」

兩個人異口同聲，輕輕地說，好像有點難為情似的，但我確信我聽清楚了那兩個字：木心。

十六年前，我曾經去過一次木心的故鄉——烏鎮。

坐的是長途汽車，似乎中途還要換車——換車的地點已經不記得了。我背著一個小

小的書包，心裡是出門慣有的惴惴。烏泱泱上來一群人，說著同樣的話，想必都是烏鎮人。

他們饒有興趣地看著我，顯而易見是外鄉人。然而想了想，終究沒有開口問我，彼此都鬆了一口氣。我樂得靠著窗，看這一車人。他們似乎一大半都相識的，車尾和車頭的人大聲招呼著，大家都習以為常地樂呵呵。

他們講話，一大半都是疊字，與上海話極其相似，個別詞格外嗲媚，但不是蘇州話的綺麗，有種天然的質樸。

「今朝哪哈？」（今天怎麼樣？）

「哦少哦少。」（快點。快點。）

「到汽車站望活裡去？」（到汽車站怎麼走？）

很多年之後，我讀了木心寫的〈烏鎮〉，開頭和我的經歷如此相似：

坐長途公車從上海到烏鎮，要在桐鄉換車，這時車中大抵是烏鎮人了。五十年不聞鄉音，聽來乖異而悅耳，麻癢癢的親切感，男女老少怎麼到現在還說著這種自以為是的話——此謂之「方言」。

「這裡剛剛落呀，烏鎮是雪白雪白了。」

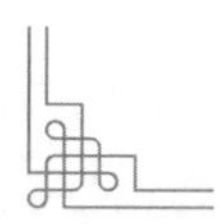

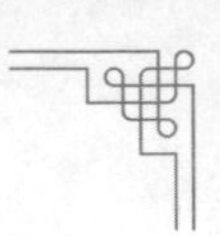

我第一次去烏鎮的時候，還不知道木心。

那時的烏鎮尚未開發，文藝男女青年黃磊和劉若英的傑克蘇、瑪麗蘇經典電視劇《似水年華》要到兩年之後才播出。

我去烏鎮，為的是沈雁冰，大家更熟悉的是他的筆名：茅盾。

鎮上的人，提起茅盾，無人不知，卻都不知道沈雁冰這個名字了。和七十年前恰恰相反。七十年前，鎮子上的人都知道沈雁冰，卻不知道茅盾。

沈家是烏鎮的大家，在東柵的一條街上，沈家的房子是最高最氣派的。然而，沈雁冰恐怕是沈家的書呆子少爺，「他們只知道他是寫字的」，還比不上另一個在《申報》做主筆的嚴獨鶴，「因為《申報』是厲害的，好事上了報，壞事上了報，都是天下大事，而小說，地攤上多的是，風吹日晒，紙都黃焦焦，賣不掉。」有鄉裡人貿貿然找沈雁冰寫狀子，結果當然是不行，於是大家又傳言「沈雁冰連個狀也寫不來」。言下之意，小說家其實是廢柴。

沈雁冰的鄰居孫牧心不這麼想。

孫家和沈家在同一條街上，有人傳言他們是遠親，其實並不是。沈家的財產襄理是孫家的好友，因為這層關係，孫牧心得以去沈雁冰家借書，借了一本又一本，沈家願意借給

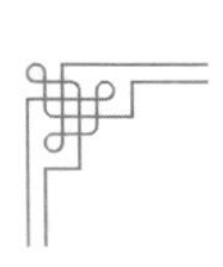

他，不僅僅因為抹不開面子，這個少年雖然不善談吐，借去的書卻是有借有還，壞了的部分還補綴裝訂，還回來比借去的還好。

孫牧心，亦是烏鎮人眼裡的異類。他八歲還要丫鬟抱著出門，等到十幾歲，全然不知人情世故，連東西也不會買。鄉裡的青年們，會傳唱上海的流行歌曲，孫牧心呆呆看著，一句也不會，心裡羨慕得緊，嘴上不響。

他是如此羞澀而驕傲的少年，乃至於見了茅盾，居然開口問：「我一直以為作家都窮得很？」

因為待客的是巧克力和花旗蜜橘。

茅盾回答：「窮的時候，你沒有看見。」

這兩個人的對話，古怪而唐突。一個問，沈先生在臺上做演講的時候，能不能不要用烏鎮話講「兄弟兄弟」，聽著難為情。

一個回答，因為不會演講，只有說烏鎮話，好像才不緊張。

這少年簡直是唐突而無禮的，對茅盾最大的誇獎，不過是在誇了魯迅的文章「濃」之後，順便說「沈先生學問這樣好，在小說中人家看不出來」。臨別時茅盾送書給他，問他可要「題字」？他回答，不要不要。

很多年之後，少年孫牧心已經變成了老年木心，他回憶起這段往事，也覺得自己莽撞，卻辯解說，不稱呼「伯伯」而稱「先生」，「乃因心中氤氳著關於整個文學世界的愛，這種愛，與『伯伯』、『蜜橘』、『題字』是不相干的。」

木心的第一個偶像不是茅盾，而是林風眠——他的畫作裡有很多林風眠，很多年之後，陳丹青說他其實學的是范寬和達文西，這當然是「弟子眼裡出西施」，但據說木心聽了激動得很，在馬路中間停住了說：「被你看出來了啊！」

在上海美專的兩年，知情人說，這該是「二十歲的木心生涯中的黃金時期。拉開民國末腳和熙的一幕：有誰見過他昨日一身窄袖黑天鵝絨西服、白手套的『比亞茲萊』式的裝扮；今日又著黃色套裝作『少年維特』狀；也許明天換上白褲、白色麂皮靴的摩登到家。」儘管身體不好，他仍然熱衷遠足，喜歡到霞飛路的亞洲西菜社，吃羅宋湯和小圓麵包。

難怪晚年看到自己少年的照片，認出來的一瞬間，他喃喃地說：「嚯，神氣得很呢……」忽然就用手遮住臉，轉過頭，不可遏制地痛哭起來。

有人說，那時候的木心，不是我們認識的木心，指點江山、激揚文字，熱血青年，倒看不出晚年那麼風輕雲淡。說這句話的是我的一個朋友，我覺得木心沒有變過，指點江山和指點文字，本質上其實是一樣的，而他的野心，在他的作品裡，無論是文字還是繪畫，都顯露無遺。

他是一個奇特的革命者，一邊革命，一邊又要「小資產階級情調」，他自己說，自己是一個無黨無派的革命者。因為學生運動，他被校方開除，又被通緝，不得已跑到臺灣去躲了躲，然後又回來參加解放運動，在部隊裡，他依舊是特立獨行的自由主義者。那一段經歷，知道的人很少，他自己的回憶裡，只特意寫，自己一邊扭秧歌，一邊吐血，血噴出來，噴在黃色的軍裝上頭。

布爾喬亞。[1]

後來在外高橋做了中文老師，幾乎是隱姓埋名的。

編注

1　布爾喬亞是法語 bourgeois 的音譯，通常用來指代擁有產業、資產和財富的社會階層。在一般語境中，布爾喬亞也可指稱中產階級的習慣、品味、社交規範和道德觀念。

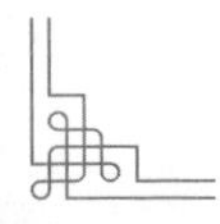

國慶節下午
天氣晴正
上午遊行過了

黃浦江對岸
小鎮中學教師
二十四歲，什麼也不是
看樣子是定局了
巴黎的盤子洗不成了
奮鬥、受苦，我也怕

——木心／《小鎮上的藝術家》

老家的母親來上海投奔他，家業早已散落了，交出了孫家花園，企圖當個普通群眾。然而到底不像，來的時候還穿著黑絲網手套，木心看了只苦笑。

在上海的木心，繪畫成了工作，文學當作興趣。他和朋友們聊到深夜，母親表示了不

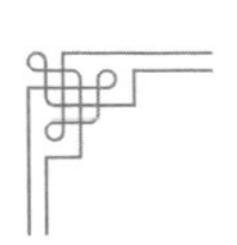

滿，他把門上塗了桐油，為的是不在深夜弄出響聲：

> 摸著門鉸鏈塗了點油　夜寂寂　母親睡在隔壁
>
> ——木心／《俳句》

他想做介子推，這當然是不可能的。很快，厄運來了。

一九五六年，木心被關進了上海第二看守所，罪名是策劃偷渡。據說，是得罪了當年上海美專的同學，來抓他的時候，木心一路狂奔，最終甚至「像尚萬強那樣拒捕跳海（高橋嘛！）遂被撈起投入監獄」，這是他第一次的牢獄之災，調查許久，查無實據。出獄前，獄卒忽然來告訴他：

「你媽媽死了。」

木心後來說：「我哭得醒不過來。為什麼不等到我出去以後才告訴呢。」

出獄後，木心被收編，生產工藝竹簾畫及毛主席立體照片。畫家夏葆元和木心是同事，他們曾經一起聊天，談到廣告，對於五顏六色的廣告，木心鄙夷地表示：「反而一副窮相！西班牙的廣告一律黑色，貴族氣派。」

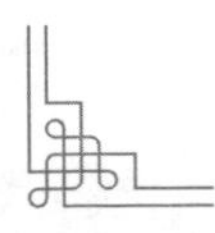

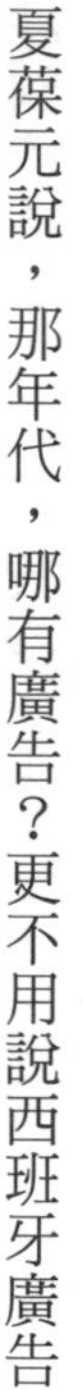

夏葆元說，那年代，哪有廣告？更不用說西班牙廣告。

文革一起，他再次入獄，這一次是因言獲罪。據說陳伯達在會上嘲笑海涅，木心憤而嚷嚷：「他也配對海涅亂叫。」

關起來的地方是防空洞，大約近似地牢。木心說，有時候會聽到人們說：「落雨了。」又有人說：「買小菜啊！」他有時候會想：「這一切和我有什麼關係呢？」又有時候，聽著這聲音，「我對生又充滿了希望」，「這種聲音簡直是從另一世界傳來的福音」。

監獄裡的犯人每月允許洗一次熱水澡，木心說，當熱水直達頭頸以下的脊椎，「這一種舒服如同死一般的舒服。」還有一次，看守允許他到天井放風，木心擱了一塊「汏衣裳板」（洗衣板），在冬日和熙的陽光下翻起絲綿棉襖來。

明明是在坐牢，是隨時會槍斃的罪名，他倒這樣享受，這享受和死亡沾了邊。

很多人都死了，自我放棄生命。

坐牢的木心不死，他有活下去的野心：「一死了之，這是容易的，而活下去苦啊，我選難的。」

有一天夜裡，因為太瘦，他從欄杆裡鑽出去了。然而想了想，他居然又重爬回囚禁他的牢籠。

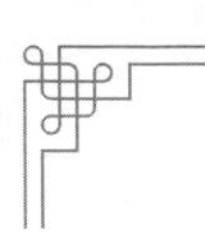

另一位「美術模型廠的同事」曾回憶說，一九七三年某日，他誤入防空洞，木心拉著他說，肚子裡油水一點沒有，你幫我出去買一客「小白蹄」（蹄膀）帶進來，喏！三角五分拿去。這一切「享受」，都與死亡沾邊，聽起來格外驚心動魄。

他說要寫交代，拿到了筆和紙，其實寫的都是自己的東西，散文詩歌樂譜，密密麻麻的，如同天書。到墨水快要用完時，他就加點水，然後故意碰翻，獄卒拿來新的，對他說，別滑頭，好好交代。

密密麻麻的，寫了六十五萬字。

文革結束之後，木心在上海工藝美術研究所和《美化生活》雜誌編輯部上班。他總是「戴著鴨舌帽、穿著黑風衣」，大家背後往往稱他「老克勒」[1]。「也有人對木心開玩笑說，他

編注

1　老克勒一詞源自 old white-collar，指生活在老上海，受西方文化影響，有教養、有格調的老紳士。

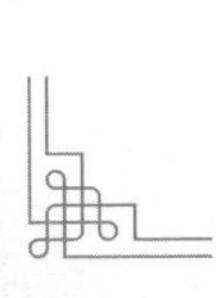

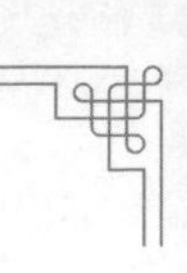

應該戴電視劇《上海灘》主人公戴的那種禮帽才更有派頭。」木心聽了笑得很開心。

很多文章說他是「首席設計師」，其實也不是。他和年輕人相處得很好，據說有一次，正在討論海派文化與京派文化的問題，雜誌編輯部開了一個研討會，同事方陽在發言時開了一句玩笑：「京派文化是靠什麼設計出來的呢？大概是靠喝白酒吧，海派文化大概是靠喝咖啡設計出來的吧！」會議結束以後，木心笑著對方陽說：「小方，你這段話說得太好了！因為我就是喝咖啡的。」

他時常弄出一副馬上就要走的樣子，他對同事們說，我是一個遠行客。

他始終是孤獨的。他把自己的五十張轉印小畫給朋友們品評。可是誰也看不出好在哪裡，他大為失落，當夜，獨坐在小酒館，喝著惆悵的酒。

不過，後來去美國簽證處，他也帶著這些畫，簽證官看了，對他肅然起敬，相信他是一個真正的藝術家。

一九八二年，木心去了美國。工藝美術研究所的同事們說，這個人，將來肯定要衣錦還鄉的，帶著美麗的太太。前一半說對了，不過，他一輩子都沒有結婚。

剛到美國的木心和所有藝術家一樣，捉襟見肘地生活著，有人願意為他提供豪華住處，然而需要每個月作畫送他，還要為他捉筆寫文，木心當然不肯。

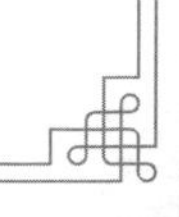

他住到「瓊美卡」[1]，聽這個名字，還以為多麼文藝，像徐志摩的「翡冷翠」。我去紐約時原打算去探訪，結果朋友們說，那裡多是非洲人和拉美人，獨身女子還是不要去的好。

若是就此沉淪下去，變成一個去美國討生活的人，那就不是木心了。就像在監獄裡，他把自己的爛鞋鞋頭用手捏尖，覺得自己像個王子。他自己做襯衫，自己做鞋子，把燈芯絨直筒褲縫成馬褲，為了搭配馬靴。他唯一的慌亂，是在馬路上吃霜淇淋，奶油融化了落在鞋子上，他蹲下去使勁擦，「因為是麂皮的，很難處理。」

詩稿的旁邊，也寫菜單，從蟹粉小籠到火燒霜淇淋，從金腿雪筍貓耳朵到瑞士新貨雀巢牌掼奶油[2]，從采芝齋鮮肉梅菜開鍋眉毛餃[3]到沙利文當天出爐巧克力奶油蛋糕。他是個美食家，會把雞蛋吃出十二種花樣。賺了一點小錢，要去買生煎包子吃吃，像在監獄裡想念「小白蹄」。

編注

1　指紐約皇后區牙買加（Jamaica），木心取了較文藝的名稱「瓊美卡」。

2　掼奶油即 whipped cream，發泡鮮奶油。

3　眉毛餃是一種呈月牙狀的小吃。

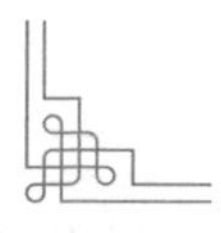

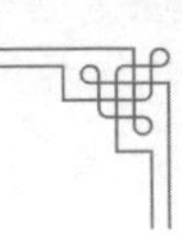

他說：「把生活過成藝術，就能成為藝術家。」

他做到了。

但他的野心，並不僅僅是成為藝術家。

他自己說過，文學是自己的兒子，繪畫是自己的女兒。他說，兒子是窮的，然而還是兒子好。所以拿女兒的嫁妝來補貼兒子。

在賣了自己的畫之後，他開始寫自己的文字。

他是一個有野心的文字寫作者。陳丹青後來說，木心有段時間遲遲猶豫，不肯回烏鎮，是因為惦念大陸的出版，惦念他是否有讀者。「他永遠在猶豫。很真實的原因，後來我才明白過來，很簡單：他在等大陸出版他的書，出來後，迴響會怎樣。他也不肯多寫『文革』時的經歷，他說，我不喜歡寫這些，好像人家出我的文字，是為了那些苦難，而不是因為文字本身。」

他的野心，還在於文學。

一如少年時，他在茅盾的家裡和茅盾的那場較量，他骨子裡有個榜樣，那是魯迅。

他想做文學導師。

一九八九年一月十五日，木心的文學課開始了。他穿著淺色西裝，開始講，每次四小

時，每兩週上一次。來聽課的都是藝術家，每節課二、三十塊錢，大概也有補助老先生的意思。這一講，就是五年。

印象最深刻的，是木心對陳丹青們愕然說：「原來你們什麼都不知道啊！」

何止是陳丹青們，經歷了歷史洪流的我們，和過去，斷絕了來往。文學、詩歌、音樂、藝術，我們都一竅不通，嗷嗷待哺。

木心的出現，給我們提供了一個範本。他代表著那個時代，那個時代裡，男子善於妙手著文章，女子也會白描世態炎涼，他們和愛人白日攜手遊冶，夜裡把盞到霧重月斜。離家去國，綿長歲月在壯闊山河裡遊走，是為民國。我們看那個時代，原本是影影綽綽的，看也看不清，而現在，忽然驀然來了一個木心，所有人都驚豔了。

這驚豔，一半為木心，一半為我們失去了的傳統。

就像木心自己說的：

古代，群山重重，你怎麼超越得過？……有人對我說，洞庭湖出一書家，超過王羲之。我說：操他媽！

——木心／《文學回憶錄》

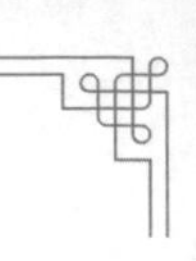

木心在晚年回到了烏鎮。

那個他曾經有些失落的故鄉，在他歸來時，對他隆重而熱烈。近千平方公尺的大宅子裡，有全部由紐約打包來的十九世紀古典風格家具。與木心相伴的是兩位八〇後潮男管家、一位清潔阿姨、一位中年廚師、一位保全，還有兩條有好聽英文名的狗——「一隻叫瑪利亞，一隻叫莎莎。瑪利亞比較聰明，莎莎就笨一點。」

他喝西湖龍井、寫字、畫畫，陽光好時偶爾出門散步，有時也抱怨廚師燒飯太鹹。

上海的老同事似乎曾經想要來烏鎮看看他，木心說：「你們忙，我也忙，算了吧。」

木心寧願寂寞：「其實我一直生活在自己的世界裡。」

我從來沒有去過烏鎮的木心紀念館。對於烏鎮，我還保留著十六年前的印象。我記得小飯館裡的紅燒羊肉，也記得黑魚湯裡的厚厚胡椒粉，更記得烏鎮人的那種矜持的熱情——餐館的老闆請我吃定勝糕，眉梢是藏不住的喜不自勝，原來是兒子考上了大學：「是北大。」一聲音幾乎是顫抖的。

那少年倒有些羞澀，對於父親的驕傲，他逃也似的躲進房間，飯館的客人們向他恭喜，臉紅到脖子。

我注意的，卻是他手上那本書，乃是一本《世說新語》。

忽然想起陳丹青和阿城聊天，說這樣子再過若干年，我們下面，還有誰呢？阿城說你可不能這麼想，年輕人咕嘟咕嘟冒出來，不要小看年輕人。

去過烏鎮的年輕人愈來愈多，現在的烏鎮有茅盾，有木心，還有烏鎮戲劇節。我想，倘若木心在世，一定無比欣慰，他所渴望的文藝復興，在他的家鄉，成為了現實。

忽然想要再去烏鎮看一看。

林語堂

人生在世，還不是有時笑笑人家，有時給人家笑笑

人到中年，疲憊是常態：工作、孩子、家庭，三座大山無論哪一座，都足夠壓得你喘不過氣來。過往的人生偶像似乎都不管用了，細細一看，他們在我們這個年紀也難以倖免地一地雞毛。張愛玲在我這個年紀為了綠卡嫁美國人然後被聯邦調查局核查老公欠款案，苦透。林徽因在我這個年紀天天盤算全家生計，「把這派克筆清燉了吧，這塊金錶拿來紅燒」，苦透。周樹人在我這個年紀和兄弟們一起奮力湊錢爭取全款北京西城學區房。他絕對想不到，過不了幾年，房貸沒還完，他就要被冤枉看弟媳婦洗澡被趕出家門，苦透。至於蕭紅……哦，她壓根就沒活到我這個年紀。

到了這時候，能救贖我的，似乎只有林語堂。

林語堂在西方世界的影響力超過了東方。紐約大都會藝術館舉辦過一場語堂舊藏書畫

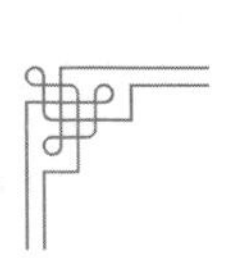

展覽，為展覽出的書叫 *Straddling East and West: Lin Yutang, A modern Literatus*（《兩腳踏東西文化：林語堂，一位現代的文人》），導言這樣評價林語堂：「中英文寫作都好到一個地步，能讓沉潛於一種語言中的奧妙與靈光，超脫翻譯，化身為另外一種語言，林語堂是中國現代史上的頭一人。」《紐約時報》的評語是：「集作家、學者、教育家、人文主義者於一身的林語堂博士，為世界上中英這兩個最大的語言團體，說中文和說英文的人們的溝通，打造的一座里程碑。」他曾經是派克筆的全球代言人，在中國嘉德香港二〇二一春拍的「故紙清芬見真如——林語堂手跡碎金」專題中，我們得以看到林語堂當年的代言廣告。

在華語世界裡，林語堂最多被提起的是「幽默大師」這個稱號。實際上，他的幽默是淡淡的，那些包袱到今天來講都響不了，比起老舍差了很多。對於別人讚美他為「幽默大師」，老林也謙虛地說：「並不是因為我是第一流的幽默家，而是，在我們這個假道學充斥而幽默則極為缺乏的國度裡，我是第一個招呼大家注意幽默的重要的人罷了。」

究其根源，其實是因為他是第一個將「humor」定義成「幽默」的人。

一九七〇年，唐德剛到臺灣去吃林語堂的飯局，在一家嘈雜的大酒店內，他問侍應生：「林語堂先生請客的桌子在哪裡？」結果侍應生把兩眼一瞪，大聲反問一句說：「林語堂是哪家公司的?!」

大陸對於林語堂的認知也不算廣泛。我讀書時有一大快樂，從語文課本魯迅文章的批注裡尋找老魯罵人線索，基本得出一個規律：老魯罵的人，多半都很有趣，寫的文章也不錯，比如沈從文，比如梁實秋，比如林語堂。

林語堂敢硬槓老魯，我沒記錯的話，他是和老魯對罵過「畜生」的人。但是老魯公開寫《論「費厄潑賴」應該緩行》[1]針對林語堂，林語堂就不回應，公開辱罵，對於林語堂來說不夠體面。梁實秋就吃了這方面的虧。但是老魯的綽號「白象」，也是林語堂取的。要知道老魯可是起綽號的聖手，他對這個綽號頗為滿意，所以許廣平管老魯叫「小白象」，老魯後來管兒子叫「小紅象」。

老魯去世之後，梁實秋陰陽怪氣在《雅舍小品・病》裡諷刺：「魯迅曾幻想到吐半口血扶兩個丫鬟到階前看秋海棠，以為那是雅事。」我看了有些反感，反過來看看林語堂，寫一篇〈魯迅之死〉，字字句句完全深知老魯，可以說是老魯知己：「吾始終敬魯迅；魯迅顧我，我喜其相知，魯迅棄我，我亦無悔。」

我有個朋友說，面對世界，老魯給出的藥方是：「戰鬥吧！破釜沉舟打贏最後一戰！」胡適說：「看能把房子修修補補湊合過唄！」而老林則說：「嗨，吃好喝好。」

林語堂絕對是莊子的學徒。

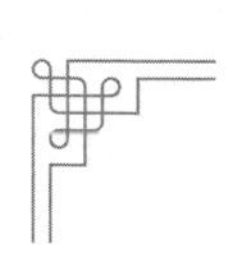

所以他認為，不要為了有用而讀書：「人如讀書即會有風韻，富風味。這就是讀書的唯一目標。唯有抱著這個目標去讀書，方可稱為知道讀書之術。一個人並不是為了要使心智進步而讀書，因為讀書之時如懷著這個念頭，讀書的一切樂趣便完全喪失了。犯這一類毛病的人必在自己的心中說，我必須讀莎士比亞，我必須讀索福克勒斯（Sophocles），我必須讀艾略特博士（Dr. Eliot）的全部著作，以便可以成為一個有學問的人。我以為這個人永遠不會成為有學問者。」

所以他認為，不要為了功名利祿而生活，「在一種全然悠閒的情緒中，去消遣一個閒暇無事的下午」，你這就叫懂得了如何生活。

林語堂看待世界是舉重若輕的，但這並不代表他心中沒有悲傷。

嘉德春拍「故紙清芬見真如——林語堂手跡碎金」的書信裡，藏著他巨大的傷痛。一九七一年一月十九日中午，臺北故宮博物院院長蔣復璁宴請林語堂，忽然有人急匆匆跑來報告，工人去打掃林語堂長女林如斯的房間時，發現她吊在窗簾杆上，桌上的一杯茶水

編注

1 費厄潑賴是 fair play 的音譯，運動家精神、公平競爭之意。

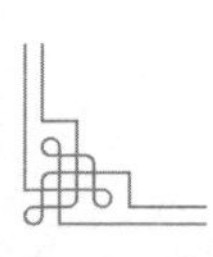

尚留餘溫。次女林太乙回憶，當她們一家從香港趕到臺北父母家中時，「父親撲到我身上大哭起來，母親撲在妹妹身上也大哭起來。頓時我覺得，我們和父母對調了位置，在此以前是他們扶持我們，現在我們要扶持他們了。」林如斯因為一段不幸的婚姻而長期受抑鬱症困擾，最終選擇用這樣的方式離開了人間，留下的遺書是寫給父母的：「對不起，我實在活不下去了，我的心力耗盡了，我非常愛你們。」

林太太廖翠鳳從此精神崩潰，整日喃喃自語。對人講話只說廈門話。「我活著有什麼意思？」這個問題，林太乙也曾經問父親：「人生什麼意思？」據說，林語堂沉默良久，而後緩緩回答：「活著要快樂，要快樂地活下去。」

> 人類的壽命有限，很少能活到七十歲以上，因此我們必須調整生活，在現實的環境之下盡量過著快樂的生活。
>
> ——林語堂／《生活的藝術》

所以他平靜地處理著女兒的遺物，為女兒編輯遺作並且發表悼念詩。只在寫給「國府外交部」自述赴港原因上，林語堂忽然失去了平靜，那些句子塗了改，改了劃去，長女如

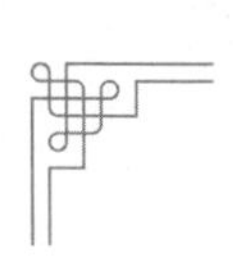

斯後面，他始終不忍寫出「棄世」二字，直到最後，「喪期」兩字，淒涼懇切，令觀者動容。莊子在妻子死了之後擊盆而歌，林語堂在給甥媳婦陳守荊的信裡，故作樂觀地籌劃著帶太太去散心的歐洲之旅，說「只去風景優美之處」。忽然想起《金瓶梅》裡，西門慶在李瓶兒去世之後對戲班說，不管演什麼戲，「只要熱鬧」。

但即便如此，他仍舊用一顆真心，溫暖著他的讀者。一九七四年，臺灣遠景出版社出版了林語堂的《八十自敘》，我很喜歡這本書，因為這裡面充滿真誠。他磊落地說：「我以前提過我愛我們坂仔村裡的賴柏英。小時候兒，我們一齊捉鰷魚，捉螯蝦，我記得她蹲在小溪裡等著蝴蝶落在她的頭髮上，然後輕輕的走開，居然不會把蝴蝶驚走。」以前提過，大約指的是他的英文小說 *Juniper Loa*（《賴柏英》）。賴柏英是他的青梅竹馬，他邀請她和自己一起走出家鄉，外出讀書，她卻拒絕了。他未知她的生死，仍舊掛念：「柏英不知尚在否，當已七十九，想將來或借蘇珍珠轉問。」

賴柏英是真名，不過，不知是他年歲已久，還是刻意為之，他真正的戀人其實是賴柏英的姐姐賴桂英。陳煜斕在〈李代桃僵話柏英——林語堂初戀情人考〉裡查證到，賴柏英比林語堂小十八歲，林語堂去聖約翰讀書時，賴柏英尚未出生。同時，根據《八十自敘》裡所說，賴柏英「嫁給坂仔本地的一個商人」，而賴柏英的丈夫叫蔡文明，畢業於北京大學，畢業後在廈門一所中學教書，並不是商人。反而賴柏英的大姐嫁的是開典當行的人，名叫林英傑。據說，林英傑後來性情暴躁，經常家暴，賴桂英時常對自己的養女說：「如果我當時嫁給林語堂，我也不會現在這麼淒慘。」

林語堂在被賴桂英拒絕之後，在聖約翰大學讀書期間愛上了同學的妹妹陳錦端。這一次，郎才女貌，可惜，反對的是陳錦端的父親陳天恩。他嫌棄林語堂出身窮牧師的家庭，但陳爸爸的拆散招數非常不同凡響，他把隔壁錢莊老闆廖悅發的女兒廖翠鳳介紹給了林語堂。林語堂的兩段戀情，或因女方不願離開家鄉，或因女方親屬嫌貧愛富而宣告失敗，最終，他選擇了那個不嫌棄他的姑娘。結婚之後，他把婚書付之一炬：

我說：「把婚書燒了吧，因為婚書只是離婚時才用得著。」誠然！誠然！

——林語堂／《八十自敘》

這是一個承諾，林語堂遵守了一輩子。他無比珍惜這場婚姻。我曾經在陽明山參觀過林語堂故居，發現屋子裡柚木椅子的靠背上，都刻有一個小篆的「鳳」字——這是廖翠鳳的名字。他把太太的名字做成家徽，並且告訴大家：「太太喜歡的時候，你要跟著她喜歡，

可是太太生氣的時候，你不要跟著她生氣。」

她也時刻包容他，包容他的童心不改，包容他為了發明中文打字機而停滯寫作，她包容他一再講起他的愛人陳錦端，她甚至會主動講起陳錦端的故事——這種坦誠，證明了廖翠鳳的自信。

世上沒有不吵過架的夫婦。假定你們連這一點常識都沒有，請你們先別結婚，長幾年見識再來不遲。你們還不知道婚姻是怎麼一回事，婚姻是叫兩個個性不同、性別不同、興趣不同、本來過兩種生活的人去共過一種生活。假定你們不吵架，一點人味都沒有了。你們此去要一同吃，一同住，一同睡，一同起床，一同玩。世上哪有習慣、口味、性欲、嗜好、志趣若合符節的兩個人。

——林語堂／《人生不過如此》

林語堂的朋友賽珍珠曾經問：「你的婚姻怎麼樣？沒問題嗎？」林語堂篤定地答：「沒問題，妻子允許我在床上抽菸。」

當我們對人生充滿倦怠的時候，讀林語堂的時刻到了。林語堂告訴你，不管我們是有

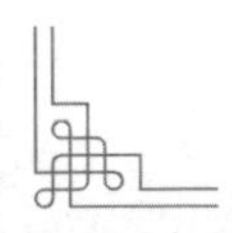

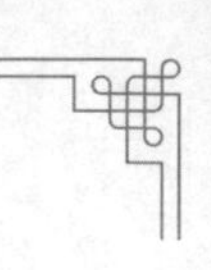

意或無意，在這塵世中一律是演員，在一些觀眾面前，演著他們所認可的戲劇。既然是一場戲，不妨瀟灑一點，悠閒一點，舒服一點。林語堂說，衣服不妨穿得寬鬆一點，讀書不要想著有什麼用，交朋友不要那麼有目的性，時常聽聽鳥鳴看看花朵，而生活最大的樂趣——就是蜷縮著身體躺在床上。

這並不代表我們對一切滿不在乎，而是我們對於人生，用不在乎的態度在乎地生活。要快樂，但這快樂，並不一定代表著財富，代表著愛情，代表著雞娃[1]。一切都來自你的內心，這答案林語堂在《京華煙雲》裡已經告訴你了：

人本過客來無處，休說故里在何方。
隨遇而安無不可，人間到處有花香。

編注

1 雞娃是網路用語，指擔心孩子輸在起跑點的虎爸虎媽，用補習班和才藝班填滿孩子的時間，一心望子成龍、望女成鳳。

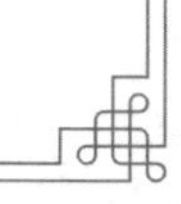

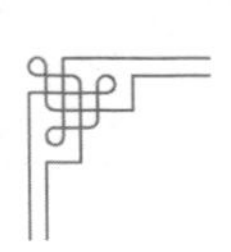

鄭天挺

西南聯大最忙的教授之一

一九三七年七月二十七日，日本占領北平，次日天津淪陷，戰爭如同旋風，忽然撲面而來。首先出走的是北平各大院校的教師們，因為他們不願和日本人合作，失節為稻粱謀，這樣的事是知識分子們最不能容忍的。

事實上，日軍占領北平之後，首先瞄準的找碴單位也是大學。八月八日日本憲兵突擊搜查北大辦公室，發現了抗日宣傳品，他們抓住一個男人，問他：「宣傳品是誰的？」這個微胖的男人回答：「是我的。」

八月八日，曾經和日本人打過交道的表姐夫跑來，說日本人可能要抓他，叫他不要再去學校，把他藏在自己的醫院裡。可是第二天，趁著小護士沒發現，他仍舊去了學校，理由是「不能讓大家為我擔心」。

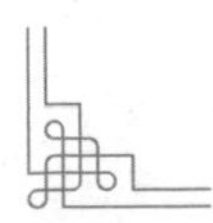

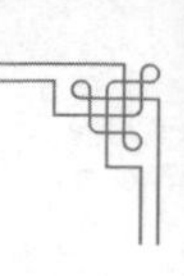

他便是鄭天挺，北京大學祕書長。他以一己之力獨撐局面，保護校產和教授安全，沉著應對日本人和漢奸的詰難。

而當時，他剛剛失去妻子半年。

他的妻子叫周稚眉，出身於泰州大鹽商之家，讀過私塾，兩人訂的是娃娃親。結婚時，鄭天挺還在北大念研究生。十六年婚姻，他們有五個孩子，家庭和睦，相親相愛。直到一九三七年二月十日，除夕夜。鄭天挺的女兒鄭晏回憶，當時全家人正準備歡度春節，母親周稚眉突然肚子痛。因是春節，直到初五，家人才將其送到醫院。聽說要動手術，她陪母親說了會兒家常話，當時感覺母親雖然虛弱，但神志清醒。在女兒眼裡，母親應該很快會好起來。

鄭天挺的日記裡透露了更多消息，妻子的病並不突然。一九三六年年終，有人送臘梅給他，「時夫人病，下紅已將月，猶起而觀之。」下紅之症，看過《紅樓夢》的都知道，鳳姐也得過，是典型的婦女病。

正月初七下午四點鐘，本來要在醫院陪病的姐姐鄭雯提前回了家。鄭晏問她：「發生了什麼事情？」她說：「不知道。」是大人們讓她回家的。將近天黑的時候，鄭天挺回到家裡，神情沮喪，一夜無言。周稚眉動了手術，但沒有下手術檯就去世了，這一年，她四十歲。五個孩子，最大的十三歲，最小的五歲。

鄭晏說，自己「躲在臥室裡聽大人講話，得知母親在做手術時，醫生把手術器械遺忘在她腹腔內，必須進行第二次手術取出，母親因流血過多再也沒有睜開眼睛，永遠地離開了我們」。但鄭天挺日記裡的記載，周稚眉死於麻醉意外，「以割治子宮，麻醉逾時不復甦」。

不管什麼原因，這都屬於醫療事故。蔣夢麟、羅常培等都主張鄭天挺和德國醫院打官司，最終，鄭天挺放棄了：「人已經死了，如果打官司能將人活過來，我就打，否則打這場官司有什麼用？」

一九三七年八月，獨立支撐北大的鄭天挺在外人看來，顯得格外鎮定而冷靜，他和胡適通信，為了避免搜查，用暗語。他告訴蔣夢麟對於校產的安排和逐步送出北大教授的計畫。十月，在接到北大、清華、南開三校在湖南長沙組成長沙臨時大學的通知後，鄭天挺申請了一筆一萬元的匯款，分送給北大各位教授，並送同仁陸續南下，留在北平城的則給了幾個月的生活費。

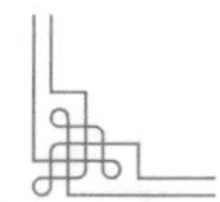

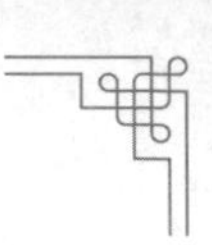

只有女兒鄭晏知道，他每日回來，除了工作，便是念經。沒有人能真正體味這個鰥夫的痛苦。

一九三七年月十七日清晨，天氣寒冷。鄭天挺拒絕了錢稻孫（後任偽北大校長）的邀請，決心南下。站臺上有很多日本人，他和孩子們幾乎沒有告別，也沒有告訴孩子們自己的去向，在車站，他對女兒鄭晏說：「每月到東城一位叫沙鷗的女老師家去取一百元錢，作為每月的生活費用。」他把家託付給了弟弟鄭慶珏，叮囑弟弟，無論多難，孩子們都要上學。

在日記※裡，鄭天挺對於五個孩子充滿歉疚，他一遍遍寫著：「苦矣吾兒。」

> 余遂隻身南下，留兒輩於北平，含辛茹苦者九年，而氣未嘗稍餒，固知必有今日。九年中所懷念，惟兒輩耳。余詩所謂「萬裡孤征心許國，頻年多夢意憐兒」，即當時之心境。

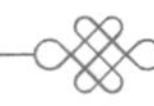

※ 本篇引文除特別標注，均引自《鄭天挺西南聯大日記》。

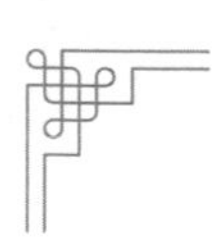

一路坎坷奔波，鄭天挺和教授們輾轉來到昆明。因為時任聯大總務長、清華大學心理系教授的沈履辭職，大家推選鄭天挺為西南聯大總務長。

一九四〇年一月十六日，梅貽琦給鄭天挺寫信：「聯大總務實非兄莫屬」。一開始，他是拒絕的。在日記裡，他早早就決定：「此次南來，決意讀書，以事務相強，殊非所望。」

但是梅貽琦和蔣夢麟等聯大決策層認為，鄭天挺在蒙自時為租借房屋、建築校舍、安排教職員與學生之伙食，以及學校保安諸方面表現出來的幹練，已經為人稱道。楊振聲、施嘉煬、馮友蘭等還專門跑到鄭天挺家裡，給他留了紙條：「斯人不出，如蒼生何？」

我們印象裡的西南聯大，是學生們努力治學，教授們艱苦教書，大家在戰爭中懷著戰鬥的心情，為中華民族留讀書的種子、未來的希望。但這一切背後，並不代表一團和氣。恰恰相反，三校之間的矛盾，遠遠比我們想像中的要多。鄭天挺的日記裡，幾乎每一天都有這樣的瑣事：羅庸教授和聞一多教授都要開《楚辭》及中國文學史一，兩人相持不下，要找鄭天挺。生物系女助教的房子被男職員霸占，要找鄭天挺。學生宿舍被偷了被褥鋪蓋，要找鄭天挺。趙西陸要評職稱請升講師，游國恩等不同意，「此難通過之」，來找鄭天挺。朱自清推薦一個叫張敬的女士當國文系助教，結果有人檢舉張敬獲得這個職位，是因為和羅常培有緋聞，羅以權謀私，這件事也需要鄭天挺調停。蔣夢麟太太的司機老徐和教授們

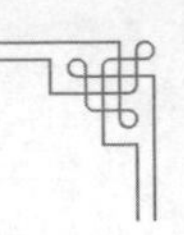

發生口角，教授提議辭掉老徐，蔣太太不同意，還是需要鄭天挺來說合……一地雞毛，光看看我已經要炸裂了。

可是鄭天挺不僅一一調停得當，還抓住一切機會讀書做學問。比如到觀音殿讀《明實錄》，臨睡之前讀《東維子文集》：「用菜油燈燈草三根，讀《明史》至十二時，目倦神昏，始寢。」

他曾經給自己制訂了一個學習計畫：

史書，五葉至十葉；

雜書，五葉至十葉；

習字，一百；

史書，先讀兩《唐書》、《通鑒》；雜書，先讀《雲南備征志》、《水經注》、《苗族調查報告》。……

當然是做不到的，為了不讓人打攪自己，他甚至不得不把房門反鎖，換得一點時間，給學生出考試題：「反扃房門，作書，記日記，出試題。數日來惟今日得此半日閒，然而

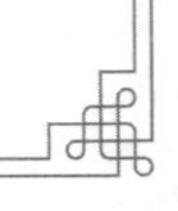

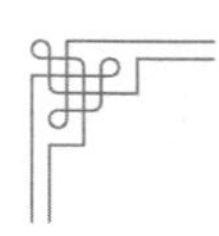

研究考試又逼來矣。」

西南聯大《除夕副刊》曾描述鄭天挺為：「聯大最忙的教授之一，一身兼三職（校內）。是我們警衛隊隊長。雖然忙碌，卻能開晚車做學術研究工作」。

印象裡，鄭天挺似乎只有一次生了氣。年末考評，校中有人說鄭天挺難以服眾，理由有二，一是容易遲到，二是魄力不足。鄭天挺說，我喜歡睡懶覺（其實我看都八點起來，比我好多了），所以第一件事你批評得對，但是第二件事，不說別的，「當二十六年，敵陷北平，全校負責人均逃，余一人綰校長、教務長、文理法三學院院長、註冊主任、會計主任、儀器委員長之印。臨離北平，解僱全校職員、兼任教員及工友。」

我恨不得穿越過去，幫鄭先生說一句，you can you up，no can no bb[1]。

更何況，在這些日常瑣事中，在這些夾縫求學中，他念念不忘的，仍舊是故去的妻子。有人介紹他續弦的事，他堅決不同意，主要還是為了五個孩子。看了蔣夢麟夫人陶曾穀與蔣夢麟前妻所生的女兒蔣燕華發生口角，他更篤定不能續弦，因為「嘗謂繼室視前室子女

編注

1 源自陸劇臺詞，翻成白話的意思是「你行你上，不行就閉嘴」。

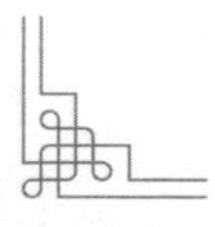

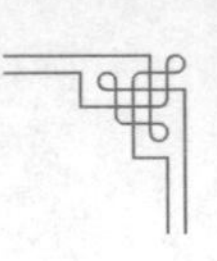

之優渥，蓋無逾蔣師母者」。鄭天挺作為旁觀者深受刺激，認為不讓「前房兒女」受委屈的唯一辦法，是不續弦。但我相信，多半原因仍舊是鄭天挺心中，對於妻子周稚眉的那份愛與思念，斯人已去，感情卻刻骨銘心無可替代。

每年妻子的生日、忌日，甚至入院的日子，他都念念不忘，每每登記。到了後來，朋友們知道夫人忌日將至，會主動來看望他，陪他散心：

余每夢亡室，多一慟而覺。魂苟相值，何無深罄之語？幽明雖隔，鬼神洞鑒家中之事，何勞更問？亡室沒於正月初七日，諸友多來相伴。

看見梅花，想起妻子：

坐石鼓，久而忘去，不知夫人所培諸梅今若何已。

過年在別人家裡吃到一道十香菜，猛然想起這是妻子的拿手菜：

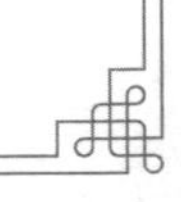

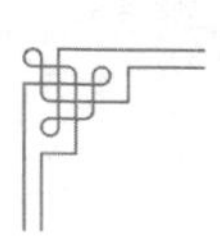

在華亭寺逵羽見具年菜，遂念及吾家年時所備與夫人之忙，不覺泫然。

喝酒打牌過了頭，想起的是從前夫人的告誡：

今日荒唐至此，不惟無以自解，且無以對亡者也。

聽到其他女眷吵架的事情，回來憶及過去夫人之處世原則，想的是我夫人就不是這樣：

余……輕裝南來，無日不以夫人為念。

抗戰終於勝利了。

一九四五年九月初，鄭天挺到達重慶，準備回北平接收北京大學。十月到上海，見到了三表姐。三姐支支吾吾，這時他才得知，之前留在北平，幫他照顧孩子的弟弟鄭慶珏已在這年清明去世了。

這位畢業於北平大學、曾赴東京明治大學法律系深造的高材生，在淪陷區國立華北編

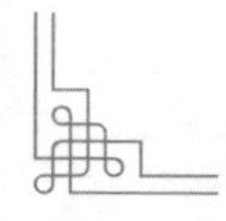

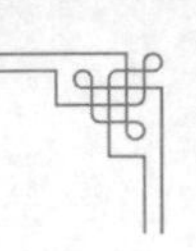

譯館擔任編輯並兼任偽北大法學院講師。他日常很少說話，看上去脾氣很大的叔叔從來不讓孩子們進入自己的房間，也不和孩子們一起吃飯，因為他很早就知道自己得了肺結核，這在當時是絕症。鄭慶珏的病情迅速惡化，大咯血不止，三週後即去世。鄭天挺在得知弟弟去世的消息後，整整一天把自己關在家裡，看自己從前拍的家庭錄影裡「亡弟亡室之像」，日記裡說：「吾負弟矣！吾負弟矣！」

他對孩子們也充滿愧疚，鄭晏回憶，太平洋戰爭爆發後，日軍對北平的糧食供應愈來愈少，最開始供應一次糧食可維持三至五天生活，後來只能維持兩天，最後一人供應兩斤糧食，要維持若干天。糧食有玉米麵、玉米豆、豆餅、雜豆、混合麵等。玉米麵是最好的糧食，白麵從來沒賣過。所謂混合麵，實際除了少量豆麵外，大都是豆餅、豆渣、掃倉庫的庫雜糧等合在一起磨成的灰黑色麵粉，麵裡還混有許多麻線、羊毛等雜質。「我每天早晨起床第一件事就是拿個舀子摘除糧食裡的雜毛，篩乾淨中午才能蒸窩頭。窩頭蒸熟以後怪味刺鼻，黏得難以下嚥，吃後還要漲肚……二弟克晟經常餓得在夜裡哭，每當這時我就把自己的窩頭掰一半分給他們吃，家裡人人營養不良，小弟克揚骨瘦如柴，十二歲的孩子體重僅二十多公斤。」

條件如此艱苦，兒女們的讀書成績仍然優異：「得廉致侄書，知大女入偽北大西洋文

學系，二女入光華女中高三，昌兒在盛新中學高一，惟未言晟兒、易兒學校，且未提及晟兒，不知何故。年餘無兒輩書矣，得此念過於慰也。」

女兒鄭晏這樣回憶父親回來的那天：

父親從南方飛回北平的時候，北大事務科的梁科長特意派了一輛車讓我們到南苑機場接人。我沒有去，中午有許多客人要到家裡吃飯，我需要在家裡與老張媽準備飯菜。父親在一些留在北平的親朋好友和北大同仁的簇擁下走進家門，我終於見到了日思夜想的父親，小聲地叫了聲「爹爹！」父親撇開眾人走近我，慈祥、和藹地看著我，用鏗鏘有力的聲音說出四個字：「勞苦功高！」當時我特別激動，熱淚盈眶，八年來的辛酸苦澀全飛到九霄雲外了。我有許多話想對父親訴說，可當時一句話也說不出來。

——鄭晏／〈鄭天挺日記中的家人〉

一九四六年二月二日，又是一個除夕夜，距離鄭天挺失去妻子，已經過去了九年。鄭天挺終於獲得了久違的天倫之樂：「六時回家上供，與六嫂，董行佺表侄，柴志澄表甥，養富、維勤、紹文三侄，晏、昌、晟、易四兒共飯。飯後兒輩跳舞，並做遊戲，擲色子，

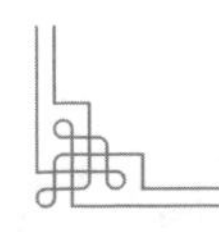

推牌九，極熱鬧有趣，至二時餘就寢，兒輩仍有餘歡佳興也。不知雯兒一人在昆如何過年。」

雯兒是大女兒鄭雯，之前在北平讀偽北大，鄭天挺得知，跟出版社借了錢，讓她到昆明讀西南聯大。一九四三年八月十四日，父女在昆明街頭相見：「忽見公司汽車來，僅一女子，似是雯兒，又不甚似。車停，果雯兒也！一時悲喜交集，淚欲落者屢矣。」

好景不長，一九四六年七月十二日，鄭雯因飛機失事死於濟南，時年二十三歲。友人李君告訴鄭天挺：「報載前日中央航空公司飛機自滬飛平，在濟南失事，名單中有雯兒之名。」一開始，鄭天挺還不相信：「買報讀之，仍疑信參半，而友好來電話詢問者不絕。」「比晚再取報紙讀之，玩其語意，絕難倖免，悲傷之餘，彌增悔痛。」他的日記在這一天驟然而止：「十二時大風雷雨，燈滅就寢。」

五年之後。

一九五一年六月九日，鄭天挺有了一本新日記本。他專門題下一句：「自雯兒之亡，久停日記。日月如駛，新生請自今始。」

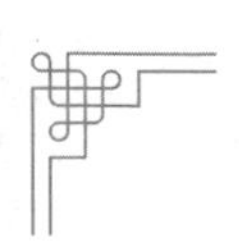

一年後，由於全國高等院校院系調整，鄭天挺被調至天津南開大學，任歷史系主任。做清史研究的鄭天挺顯然更適合留在北京，可是他什麼也沒有說，因為要服從組織分配。南開也成了他生命裡的最後一站。

歷史學家謝國楨回憶，五十年代初期，南開大學搞教改，要求教師在上課之前，每寫完一章講稿，須要試講一次，由教務處、歷史系負責同志來聽講。「鄭先生總是叫我不要著急發慌，叫我坐下來吸一口紙菸，慢慢地談。他坐在一旁，慢慢地聽著，講完之後，別位同志提出意見，鄭先生總是不著一語；人散之後，他才把我錯誤的地方告訴給我。」

他從北京帶去一株太平花樹苗，這是他的好友張伯駒所贈，是「用故宮裡的『御苗』壓條培育的」。鄭天挺的鄰居辜位廉回憶，種樹的時候，鄭天挺告訴他，太平花原來生長在深山中，「傳說宋朝時被花匠從成都選進開封御花園，仁宗皇帝看到盛開的此花，喜愛它的素雅清香，遂賜名太平花。」一九六〇年，鄭天挺搬家時，把太平花託付給辜位廉照管。但一九六八年春天，太平花被人偷挖走了。鄭天挺聽說花丟失時，十分惋惜。

一九六六年，他的學生田餘慶去南開看望鄭天挺，發現「鄭師所住樓房不供暖氣，原因是住戶普遍貧困，寧願領一點烤火費自己生爐取暖。那時鄭師已是望七之年，生活竟是如此」。兒子鄭克晟回憶，鄭天挺剛到南開的時候沒有宿舍，按照學校規定，一位教授只能住一間房，兒女們來看望父親的時候只能睡地板。困難時期，鄭天挺每次開完會回到食堂，根本什麼菜也沒有，「每個人只能打到一勺醬，然後自己再去買主食吃。」

文革期間，鄭天挺已經是南開大學的副校長了。做思想檢查時，「誠懇從容，給人以坦蕩蕩的印象，在壓力下不亂方寸。對同仁提意見，也是平和務實，沒有留下一句過火的言辭。」紅衛兵在家門口貼了很大幅的標語，他的日記也被查抄，幸好，經過審查，這些日記並沒有被銷毀，一直放在南開大學歷史系裡。為鄭天挺平反之後，相關部門歸還了鄭天挺的日記，每本日記上留下了題簽，是紅衛兵寫的。

無論受到怎樣的對待，鄭天挺都是這樣溫和從容。十年浩劫後，他編寫的教材丟失，可是他毫無怨言，繼續投入工作。針對南開歷史系沒有文博專業的情況，鄭先生努力爭取，最終在一九八〇年與國家文物局達成共識，使南開大學成為改革開放後最早開設博物館學專業的高校。

一九八一年十二月二十日，鄭天挺病逝於天津，享壽八十二歲。在女兒鄭晏和兒子鄭克揚的印象中，「父親的一生，沒見過他和一個人吵架，也沒發過脾氣，他不愛出風頭，也不站黨派。」

他最終的遺憾，仍舊是一生沒有時間讀書治學。不知道到了生命最後，他是否想起

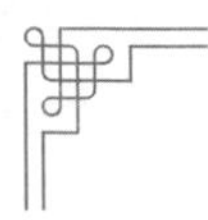

一九三八年歲初，他和羅常培、陳雪屏等友人游玉泉街書肆，無意間，買到一副曾國藩的「描金紅蠟箋行書」對聯，上面寫著：「世事多從忙裡錯，好人半是苦中來。」

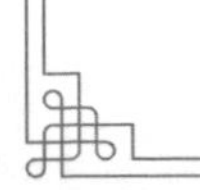

林徽因

一個建築師的遺憾

四月一日是四月的第一天。

四月一日是西洋的愚人節。對於很多人來說，四月一日是張國榮的忌日。而我的四月一日備忘錄上，永遠寫著一個女人的名字。

一九五五年三月三十一日深夜，北京同仁醫院病房，這個躺在床上「看上去如紙片」的女人對護士說，我要見一見我的丈夫。護士說，夜深了，有話明天再說吧。她沒有等到明天，幾個小時之後，她永遠離開了這個世界。

孤零零的，一個人也沒有陪在她身邊。

沉默的，一句話也沒有。

儘管，在朋友們的眼中，她是一個說起話來完全停不下來的人。儘管，在討厭她的那

些人眼中，她是一個永遠需要站在舞臺中央的人。

這個女人便是林徽因，她去世時不過五十一歲。

死亡並不是毫無徵兆的，一九五五年初春，林徽因的女兒梁再冰剛剛生了孩子，生產之前，林徽因跟女兒說，已經在給她張羅嬰兒用的衣被，生了孩子，可以到清華來坐月子度產假。然而等孩子滿月，林徽因已經住院了。梁再冰抱著孩子去醫院，想讓姥姥看一眼外孫子。醫院說，林徽因得的是肺病，孩子不能探望。當梁再冰看見母親時，她驚呆了：

> 一個多月未見，我一見到媽媽立即從她的臉色上感到，她快要離開我們遠行了。
>
> ——梁再冰／《我的媽媽林徽因》

梁再冰不知道的是，在十年前的重慶，日本宣布投降後不久，父親梁思成和他們常常稱呼的「費姨」費慰梅曾經請重慶一位有名的美國胸腔外科醫生里奧．埃婁塞爾（Leo

Eloesser）博士來給林徽因看病。看完病，醫生說，太晚了，兩個肺和一個腎都已經感染，她大概還能活五年。梁思成向所有人隱瞞了這個事實。他對費慰梅和費正清夫婦說：「我覺得是我，是我的忽視和我的不夠盡心盡力，造成了徽因現在的狀況，我永遠無法原諒我自己。」

林徽因的健康情況，是從什麼時候開始惡化的？一個曾經那樣健康活潑的女性，為什麼會如此早衰？是誰需要對此負責？

也許，我們需要回到一九三七年。

二

當我們回首林徽因的一生，在她短暫的五十一年的生命座標軸中，一九三七年無疑是最為重要的一年。

這個本命年的前半年，是建築史學家林徽因的事業巔峰。這一年夏天，她和梁思成等營造社學員一起，趕在日軍轟隆隆的炮火之前，發現了中國迄今為止保存最為完整的唐代木構建築佛光寺。他們先坐火車，而後汽車，再換騾子，綿延崎嶇的山路上，林徽因絲毫

不見旅途的疲憊。梁思成記錄：「照相的時候，蝙蝠見光驚飛，穢氣難耐，而木材中又有千千萬萬的臭蟲（大概是吃蝙蝠血的），工作至苦。我們早晚攀登工作，或爬入頂內，與蝙蝠臭蟲為伍，或爬到殿中構架上，俯仰細量，探索惟恐不周到，因為那時我們深怕機緣難得，重遊不是容易的。」與稀世之珍的相遇，少不了的是林徽因的慧眼。是她認出殿內四椽栿[1]下那幾乎無法辨認的墨跡，認出了那尊和她一樣美麗的女施主寧公遇，營造社找到了判斷佛光寺實屬唐代木構的力證。

但她不知道，這也將是自己最後一次如此酣暢淋漓地進行野外考察。更為殘忍地說，她人生中波瀾壯闊的一頁就這樣翻過去，在這之後，迎接她的，將是不盡的戰火綿延和身心俱疲。

剛剛走出佛光寺，他們得知了「盧溝橋事變」的消息。在給女兒梁再冰的信上，林徽因這樣寫：「我們希望不打仗事情就可以完；但是如果日本人要來占北平，我們都願意打仗，那時候妳就跟著大姑姑那邊，我們就守在北平，等到打勝了仗再說。我覺得我們做中

編注

1　四椽栿是中式建築設計術語，可用於主梁，也用於上層梁架。

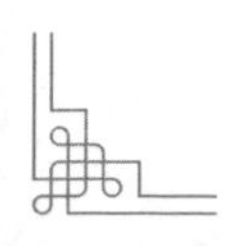

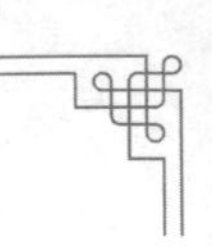

國人應該要頂勇敢，什麼都不怕，什麼都頂有決心才好。」

北平很快面臨危險，山雨欲來風滿樓，千千萬萬個林徽因被裹挾其中，痛苦地走上了流亡之路。臨走之前，她去醫院做了檢查，得知自己得了肺結核。她在一九三七年十月給沈從文的信裡說：

最後我是病的，卻沒有聲張，臨走去醫院檢查了一遍，結果是得著醫生嚴重的警告——但警告自警告，我的壽命是由天的了。

她的壽命的確是由天的，十一月，他們第一次在長沙見識了日寇的轟炸，那次轟炸造成了六十八人死亡，氣浪席捲著玻璃碎片，林徽因回憶，房子開始裂開，玻璃鏡框、房頂天花板統統砸在人們的身上，「我抱著小弟（梁從誡）被炸飛了，又摔在地上，卻沒有受傷。」在湘黔交界的晃縣，她再一次發起了高燒，四十度。下著雨的小縣城，所有的客店都住滿了人。最後，梁思成被客房裡的小提琴聲音打動，覓聲而去，他見到了八個身著軍裝的年輕人——他們是筧橋航校的預備飛行員。林徽因的弟弟林恆也是飛行員，這讓她和年輕人之間建立了一種看不見的親切和緣分，年輕人騰出一個房間，林徽因在床上昏睡

了好幾天。靠著旅行中結識的醫生的一副中藥方，高燒的林徽因再次從死神那裡繞了個彎兒，回到人間。

三

病魔只是暫時退卻，它在她的身體裡種下了一顆可怕的種子，它正在靜靜等待，等待著前方的苦難，將這位北平城中最美麗的太太折磨得面目全非。

對於林徽因來說，從長沙到昆明的路途雖然充滿艱辛，卻並非一無所獲，她有了八個新弟弟，到達昆明之後，他們邀請林徽因和梁思成作為自己的「榮譽家長」出席了航校的畢業典禮。梁思成還作為代表發了言。

但這對夫婦顯然沒有料到，作為榮譽家長，還要承擔的一個責任，是接收他們最後的包裹。第一個包裹，來自廣東人陳桂民。這是一個喜歡講故事的小夥子，他喜歡給梁從誡講自己在空戰中耗光了子彈，於是和敵機並排飛行互相用手槍射擊的故事。然而現在，梁從誡看到的陳桂民叔叔，只剩下了一份陣亡通知書、一些日記和信件，還有一點照片。梁從誡回憶，母親林徽因捧著這個包裹泣不成聲。隨後一個包裹，來自另一個廣東人葉鵬飛。

他無比珍重自己的飛機，那些由華僑同胞一個子兒一個子兒集資捐獻的飛機。他常常說起那些後勤部門長官盜賣零件汽油的內幕，氣憤而無力。他曾經遭遇了兩次飛機故障，最後一次，當長機命令他放棄飛機跳傘時，他拒絕服從，生命最後一刻，他仍然在想方設法使飛機平穩降落，最後，機毀人亡。

林徽因已經經不起這些打擊了，梁思成開始偷偷藏起這些包裹。這當中，有曾經救過她命的「小提琴家」黃棟權。包裹是寄到李莊的（那時候營造社隨考古所搬遷到了李莊），梁思成得知，黃棟權擊落了一架敵機，在追擊另一架時被擊中，遺體摔得粉碎，無法收殮。梁從誡記得，陳桂民犧牲之後，每年七月七日盧溝橋事變紀念日中午十二點，梁思成會要求全家在飯桌旁起立，默哀三分鐘。

八個弟弟只剩下了一個，林耀。在林徽因的親弟弟、剛剛從航校第十期畢業的林恆犧牲之後，林耀的來信成了病榻上的林徽因唯一的安慰。林徽因反覆地讀那些長信，常說這個小夥子是個「有思想的人」。

那時候的梁再冰，格外害怕黑夜。她記得黑夜裡，母親不斷地咳嗽、喘氣，早晨起來的第一件事情，就是跑去看母親，院子裡晒了七八塊手帕，那些手帕都是林徽因夜裡擦汗的，全部溼透了。李莊沒有藥，他們唯一的醫療用具，是一個體溫計。然而，連這小小的

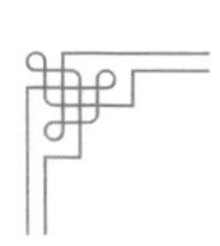

體溫計，也被梁從誡一次不慎打破了。梁再冰的日記本裡，天天寫著「到碼頭等爹爹，未果」，「爹爹你怎麼還不回來」……那時候，梁思成忙著在外為營造社籌措資金，林徽因寫給他的信裡，輕描淡寫了自己的病症，等到梁思成趕回，他大吃一驚：「我沒想到她病得這樣重。」他學會了靜脈注射，他學會了烤麵包，他學會了熨燙衣服，他甚至學會了做飯。

很快，李莊迎接了一位讓梁思成和林徽因夫婦頗為驚喜的面孔——林耀。原來，林耀在重慶一次空戰中擊落了兩架敵機之後左臂中彈，被迫跳傘，昏迷中墜落在重慶附近的銅鑼峽山上，被農民發現。醫生診斷他的手臂不能伸直，他一輩子開不了飛機了。但他不相信，頑強堅持，用各種體育器械來「拉」直自己的左臂，最終，神奇地恢復了手臂功能。在目睹了一九四一年五月的「大隧道慘案」之後，林耀要求調回作戰部隊，幾經申請，終獲批准。在歸隊之前，他選擇來到了李莊。

那是一九四二年的深秋，他在梁思成家裡住了短短幾天。那時候，林徽因只能躺在床上，林耀坐在旁邊，兩個人有時談一夜的話，有時又一句話不說。

在這之後，林耀回了部隊。他時常寄給林徽因一些新鮮的玩意兒，比如去迪化（今烏魯木齊）接收蘇聯援助的戰鬥轟炸機，他給林徽因帶來一張蘇聯唱片。還有一次，他駕駛飛機從昆明到成都途中，「到我們村頭上超低空地繞了兩圈，並在我家門前的半乾水田裡

投下了一個有著長長的杏黃色尾巴的通信袋，裡面裝了父母在昆明西南聯大時的幾位老友捎來的『航空快信』和一包糖果。」（梁從誡的回憶）這次神奇的會面，似乎成了林耀給予林徽因這個姐姐的最後一點溫暖。

一九四五年春天，林徽因告訴梁從誡，在衡陽一帶的空戰中，林耀失蹤了。後來人們才知道，一九四四年六月二十六日，他的座機在長沙上空中彈起火，被迫返航時飛機失控，他再次跳傘，因傘未張開，犧牲於湖南寧鄉縣巴林鄉橫塘嶺。

梁從誡說：「林耀的最後犧牲，在母親心上留下的創傷是深重的。她懷著難言的悲哀，在病床上寫了長詩《哭三弟恆》。這時離開三舅的犧牲已經三年，母親所悼念的，顯然並不只是他一人。」

這首詩，也是林徽因最為哀痛的抗戰記憶。

啊，你別難過，難過了我給不出安慰。
我曾每日那樣想過了幾回：
你已給了你所有的，同你去的弟兄
也是一樣，獻出你們的生命；

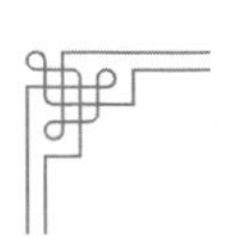

……

今天你沒有兒女牽掛需要撫恤同安慰，

而萬千國人像已忘掉，你死是為了誰！

四

奇怪的是，儘管林徽因從一九三七年開始就成為一個結核病人，卻沒有一個人當她是病人。所有人都認為，她依舊是充滿精力的——她還是那麼愛說話，在寫給費慰梅的信裡，她會把自己比作紐約中央車站的站長；她還是那麼俏皮，告訴女兒，看小說可以，但千萬要保護眼睛，否則找不到丈夫。

一九四七年年底，在梁思成的安排下，林徽因在白塔寺人民醫院動了一個大手術，切掉了一個腎。手術之後，梁思成看到了切下來的腎，大夫用手術刀把它拉開，裡面全是膿。這個手術之後，林徽因的身體逐漸好起來了，最集中體現的，便是她恢復了「太太的客廳」。

每天中午以後，大概三四點鐘左右，梁家都要準備餅乾、花生米之類的茶點，客人是變動的，高興就來，有事就走，金岳霖、張奚若、陳岱孫先生常是座上客，主持人無疑是林徽因，從政治、社會、美學、文學，無所不談，實際上這是無組織的俱樂部，無主題的學術交流會。即使批評一件事物，似乎多帶有學術性，談吐也有個人風格，如金岳霖先生有哲學意味的歸納，張奚若的政治議論。他們都愛繪畫，鄧以蟄教授（清代著名書法家鄧石如之孫，美學家）有時拿來幾幅畫，供大家欣賞，記得有一次拿來的是倪瓚的樹和金冬心的梅等。茶聚免不了要談一些政治，總是說來很超然，有魏晉清流的味道。也包括對時局的批評，有時談到一個人，如傳聞胡適睡在床上，頭頂上的天花粉刷泥塊掉下來，打破了額，於是談到建築裝修，又談到胡適近來說什麼，又不免議論一番。

——吳良鏞／〈林徽因的最後十年追憶〉

儘管無法到學校上課，她仍舊堅持在家裡給清華營建系的學生們講課，她對他們說，不需要提前預約，可以隨時去她家請教論文。朱自煊回憶：「每次到梁先生家去，無論是系務會，還是下午四點的午茶沙龍，林先生往往談得最多。她思維敏捷，說話節奏又快，

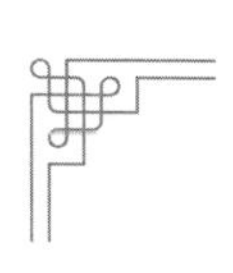

她的激情亢奮很有感染力。」有時候，大家在西邊客廳開會，開到一半，聽到臥室傳來悠悠一聲「思成」，梁先生便趕過去，一會兒回來轉達林徽因的意見。時間一長，學生們覺得這樣不好，一是擔心林徽因身體，「二是林先生思想活躍主意太多，大家有點吃不消。」會議便改在系裡開，為此，林徽因還非常委屈，認為「大家是嫌她煩」。朱自煊說：「不是嫌棄您……」她打斷說：「你別解釋，你們就是嫌我囉嗦。」最後，還是搬來了救兵金岳霖，這才解圍。

學生們不知道的是，教學工作對於林徽因來說，是一種生命的延續。沒有建築事業的林徽因，痛苦而不堪負重。在一九四七年動手術之前，她的詩歌調子曾經低沉陰鬱得叫人不忍卒讀。這種情況，在她重新開始工作之後好起來了。

是工作，讓醫生預言活不過一九五〇年的林徽因，綻放了新的光輝。她參與了中華人民共和國國徽和人民英雄紀念碑的圖案設計。在林徽因的建築理念裡，有著更多詩意和美感。已經成為中國工程院院士的著名建築學家關肇鄴負責協助林徽因設計紀念碑底座的浮雕紋飾，他記得自己照著林徽因給的樣子畫，有一次線條畫得太軟了，林徽因看見，說：「這是乾隆 taste，怎能表現我們的英雄？你恐怕還是要到盛唐中去找。」

她在清華大學營建系成立了搶救景泰藍的工藝美術小組，帶著常沙娜、錢美華、孫君蓮等人，致力於景泰藍紋樣和圖案的開發。常沙娜回憶，林徽因對古代景泰藍只有荷花、牡丹和勾子蓮幾種圖案非常不滿意。她提出，要善於運用唐代的紋樣，比如敦煌的飛天，或者青銅器的紋樣，都要運用到景泰藍中去。

她希望學建築的學生能愈來愈多，中國的建築人才能愈來愈多。一九五〇年校慶，營建系辦了一次展覽，林徽因希望能透過這次展覽，吸引更多學生改學建築，於是堅持到系裡看展覽。因為展覽在二樓，層高四五公尺，她爬不上去，學生們用籐椅把她抬了上去，這時候，大家才發現——她太輕了，像羽毛。

那時候，她瘦得只有二十五公斤了。

五

在學生面前的林徽因，是瘦弱但依舊充滿活力的。只有子女知道真相：

白天，她會見同事、朋友和學生，談工作、談建築、談文學……有時興高采烈，滔滔不絕，以至自己和別人都忘記了她是個重病人，可是，到了夜裡，卻又往往整晚不

停地咳喘，在床上輾轉呻吟，半夜裡一次次地吃藥、喝水、咯痰……夜深人靜，當她這樣孤身承受病痛的折磨時，再沒有人能幫助她。她是那樣地孤單和無望，有著難以訴說的淒苦。往往愈是這樣，她白天就愈顯得興奮，似乎是想攫取某種精神上的補償。

——梁再冰／〈我的媽媽林徽因〉

病痛沒能擊垮林徽因，讓她絕望的是另外一些東西。她和梁思成一直堅持把建築系叫作營建系，取《詩經》「經之營之」的意思。他們認為，一個好的建築系學生不應該只會畫圖紙造房子，應該賦予建築學更為廣義的內涵。

然而，一九五二年全國院系調整，一切學習蘇聯，營建系改名為建築系，凡不是搞建築的都離開了清華。畫油畫的李宗津到了北京電影學院，研究美術史的王遜到了中央美術學院史論系，常沙娜到了中央美院實用美術系，孫君蓮被調到中國貿促會，錢美華回到北京特種工藝公司，無可奈何花落去，他們的營建學夢想破滅了。吳良鏞回憶，林徽因哭了。

她的景泰藍試驗也沒有能夠被採納，據說，某領導參觀北京特種工藝公司時，批評新圖樣的景泰藍不是中國花紋，他仍舊堅持景泰藍應該就是龍和鳳。梁從誡在回憶文章中也談到，林徽因的試驗在當時的景泰藍行業中未能推開，設計被採納的不多，市面上的景泰

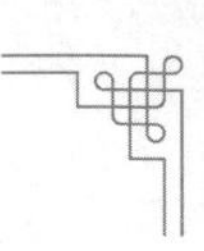

藍仍以傳統圖案為主。

更令她無法接受的，是一座座北京古建築的拆除。一九五三年五月，北京開始醞釀拆除牌樓。林徽因聲音嘶啞地在「關於首都文物建築保護問題座談會」上做了長篇發言，最終，當得知拆除已成定局時，她痛心地說：「你們拆掉的是八百年的真古董……有一天，你們後悔了，想再蓋，也只能蓋個假古董了！」

她一直保持著尖銳和直率。一九五三年，北京文物整理委員會編輯出版了《中國建築彩畫圖案》，請林徽因審稿並作序。她毫不客氣地回信：「從花紋的比例上看，原來的紋樣細密如錦，給人的感覺非常安靜，不像這次所印的那樣渾圓粗大……與太和門中梁上同一格式的彩畫相比，變得五彩繽紛，賓主不分，八仙過海，各顯其能；聒噪喧嘩，一片熱鬧而不知所云。從藝術效果上說，確是個失敗的例子。」

世間好物不堅牢，彩雲易散琉璃脆。如此直率的林徽因，在一重又一重的打擊下，在山雨欲來的對於「復古主義」和「大屋頂」[1]的批判下，終於被摧毀了。梁再冰回憶，在病床上，梁思成拉著林徽因的手放聲痛哭：「受罪呀，徽，受罪呀，妳真受罪呀！」梁再冰的遺憾，是母親最終沒能看到自己的孩子。在被醫院拒絕之後，她曾經抱著兒子去照相館拍了一張照片，打算帶給母親看。然而，等到照片印出來的時候，母親已經去世了。

四個多月之後，梁再冰生日。她收到了梁思成寄給自己的一封信：

寶寶：

今天我又這樣叫妳，因為今天是一個特殊日子，特別是今年，我沒有忘記今天。二十六年前的今天二時一分，我初次認識了妳，初次聽見妳的聲音，雖然很久了，記憶還不太模糊。由醫院回家後，在舊照片裡我還發現了一張妳還是大約二十幾天的時候，媽咪抱著妳照的照片，背面還有她寫的一首詩，「滴溜溜圓的臉……」我記得去年今天，妳打了一個電話回家，媽咪接的，當時她忘記了，後來她想起，心裡懊悔，難過了半天。

在四月一日凌晨的黑夜裡，在生命的最後一刻，林徽因究竟在想些什麼呢？是壯志未酬的古建築保護事業嗎？是奮鬥一生的營建系教育工作嗎？是熱愛執念的詩歌藝術嗎？是

編注

1　「大屋頂」是對當時盛行的民族形式建築帶有貶義的特殊稱謂。

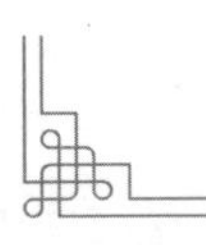

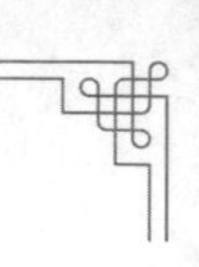

擔心飽受批判的丈夫嗎？是渴望看到剛剛出世的外孫嗎？是思念遠在海外的朋友嗎？我們已經無從知曉了。我們只知道，她寫了許多春天的詩，最有名的一首是有關四月的：

你是一樹一樹的花開，是燕
在梁間呢喃，——你是愛，是暖，
是希望，你是人間的四月天！

她的生命終止在了四月的第一天。

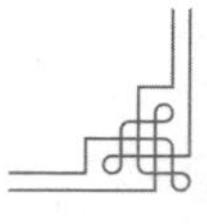

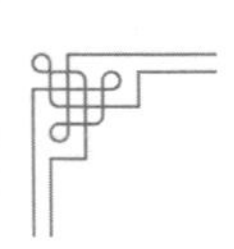

童寯

梁思成背後的男人

雨聲潺潺中，終於趕了晚集，去清華看了「棟梁——梁思成誕辰一百二十周年文獻展」。人比預料中多，看到很多年輕的面孔，不少父母帶著孩子來。雖然是梁思成的文獻展，林徽因照片前的人總是更滿。

一個爸爸指著這張照片問兒子，好看嗎？兒子點頭。爸爸又講，她不僅是民國四大美女之一，也是著名的才女。兒子點頭。爸爸再講，你好好學習，長大就可以娶這麼漂亮有才華的女人。兒子猛一抬頭，看看語重心長的爸爸，瞥一眼不遠處，有一群正拍梁思成照片的女人，頗為意味深長地小聲說，爸爸，看來你小時候學習不夠努力啊！一邊暗自佩服後生可畏，一邊趕緊離開現場，祝福小朋友平安。

展覽做得很用心，「棟梁」之「梁」，當然是梁思成的「梁」，同時也暗含著梁思成本人在建築學的評價——中流砥柱，國之棟梁。在我的心目之中，「棟梁」並不單指梁思成。在那個年代，撐起中國建築大廈的，是如梁思成一樣的中國初代建築學宗師們，儘管，他們的名字並不如梁思成那樣頻繁出現在我們的視野裡。

有一張照片看的人不多，但我仍舊在它前面矗立良久，照片拍攝在一九三〇年，照片上的師生來自東北大學建築系——這是中國第一個建築系，他們的系主任是梁思成。我一眼認出的是陳植。他是梁思成的清華和賓大同學，是清華管樂隊裡的法國號。陳植愛講笑話，也非常愛笑，和梁林的合照裡，他總是笑得最歡快的那個。但很快，我便被另一張面孔吸引了。如果說陳植永遠是照片裡陽光開朗的那一個，這張面孔便恰好相反，嘴巴如小小的山丘，向下垂著，他嚴肅、沉靜，有時候甚至看起來有些不開心。並不單單是這張照片裡，我甚至懷疑他拍照永遠不會笑：讀書的時候不笑，開會的時候不笑，在家不笑，外出旅行不笑……這個嚴肅的面孔，是中國建築學的另一座高山。

他的名字，叫童寯。

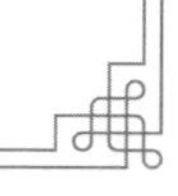

童寯為什麼一直這麼不苟言笑呢？

在他的傳記《長夜的獨行者》裡，我似乎找到了一點答案——他有一個極為嚴厲的父親，而他是家中的長子。父親是家族中第一個讀書人，對於兒子的教育，幾乎是霸道的。在讀高中的二兒子剛開始和某位小姐有自由戀愛的苗頭時，他便決定包辦所有三個兒子的婚姻（大兒子和小兒子實慘！），而選擇的兒媳婦，正是自己所辦的女子師範學校的前三名。

童寯十九歲便早早結了婚，幸好，結婚之後父親仍舊鼓勵他繼續學業。一九二一年七月，童寯中學畢業，先投考唐山交大。新任奉天省教育總署署長的父親去北平出差，得到了清華接收東北籍考生的消息。父親鼓勵童寯參加考試，最終，考了第三名，他也成為第一位考進清華的東北學生。

一進學校，童寯便認識了另一位聲名顯赫的長子——梁思成。這位比自己大兩級的學長是學校裡的明星，梁思成的父親是鼎鼎大名的梁啟超，顯然比童寯的父親更為開明。他沒有為兒子包辦婚姻，而是在為他選好未婚妻之後，讓他們培養感情。他也沒有為兒子選擇專業，而是一直鼓勵他多學多看多感受，找一個自己最感興趣的：

關於思成學業，我有點意見。思成所學太專門了，我願意你趁畢業後一兩年，分出

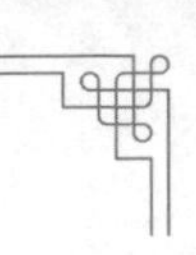

點光陰多學些常識，尤其是文學或人文科學中之某部門，稍為多用點工夫。我怕你因所學太專門之故，把生活也弄成近於單調，太單調的生活，容易厭倦，厭倦即為苦惱，乃至墮落之根源。

——梁啟超／《梁啟超家書》

儘管童寯被父親逼著學了四書五經，但進入清華之後，他的大學生活並不單調。他不是讀死書的書呆子，他喜歡賽艇，也喜歡讀莎士比亞。梁思成參加了合唱團，童寯則以繪畫而全校聞名，他在校期間曾經辦過個人畫展，並且擔任一九二二年至一九二五年歷年《清華年鑑》的美術主編。他的畫作水準很高，他曾經和學生說：「建築就那麼一點事。」這句話因被王澍在普利茲克建築獎（Pritzker Architecture Prize）頒獎典禮上發表獲獎演講時引用而傳揚開來，但童寯有後半句：「畫畫才是大事。」也許因為是大事，童寯很少向外人展示他的畫作。只有楊廷寶、劉敦楨這樣的老朋友來，他才把畫作展開，這不是敝帚自珍，而是一種來自文人的羞澀，他覺得畫畫是大事，他還可以做得更好。

他的旅歐日記《童寯畫紀》，取名「赭石」。據說，這是他最喜歡的顏色——像他的性格，深沉、厚重。但並不是古板，一如赭石，太陽一照，五彩斑斕。

之所以這樣說，是因為我讀了童寯的《江南園林志》。

依稀記得是大三下半學期，圖書館靠窗書架最下一層，逼仄角落處，有一本不厚的書。抽出來的瞬間，灰塵如雪，在陽光裡飛行。幫我找到這本書的是那個看起來很和藹的管理員，他看看書，問我，是這本嗎？我拿過來一看，簡潔的封面，上面豎排五個字：江南園林志。我頗有些抱歉，我剛剛就在這裡找了半天，還是沒看到。管理員長出一口氣，沒什麼，這種書借的人少，妳是建築專業的吧。我含含糊糊回答，當然不敢告訴他，這個書名，不過是我去蘇州旅行時的偶得。坐在滄浪亭裡，憑著一盒津津豆腐乾和一位老人家搭了話，講起那些園林裡的窗欞圖樣，那老者笑著說，有一本《江南園林志》，裡面畫了不少。

很難想像，這是一本一九三七年寫成的書。薄薄的一百六十一頁裡，扎扎實實藏著無數經典巨作，童寯作為一個理工科出身的學者，卻有這樣深厚的古文功底。光是裡面提到的文獻，我至今都沒有看完：《癸辛雜識》、《履園叢話》、《浮生六記》、《揚州畫舫錄》、《姑蘇采風類記》……

字不多，但真的字字珠璣：「造園最忌地曠而池寬」、「疊石之藝，非工山水畫者不精」、「達者觀萬物之無常，感白駒之一隙也」。……為了寫這本書，童寯所有的週末都帶著紙筆、捲尺和相機，去上海及周邊城市調研園林。時局紛亂，很多園林淪為無主之地，

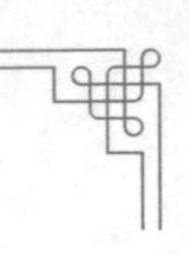

他曾被誤認為日本奸細，給人抓進了員警局。因為太太的支援，童寯花二百元買了一臺萊卡，這價錢能買五十袋麵粉。

從劉敦楨先生的序言裡，我們得知這本書曾經經歷過怎樣的坎坷——

書原稿與社中其他資料，寄存於天津麥加利銀行倉庫內。翌年夏，天津大水，寄存諸物悉沒洪流中。社長朱啟鈐先生以老病之軀，躬自收拾叢殘，並於一九四〇年攜原稿歸還著者，而文字圖片已模糊難辨矣。一九五三年中國建築研究室成立，苦文獻殘缺，各地修整舊圖，亦感戰事摧殘，缺乏證物，因促著者於水漬蟲殘之餘，重新迻錄付印。

一九三七年五月十七日，梁思成在北平讀完《江南園林志》，興奮地給童寯寫信：

拜讀之餘不勝佩服！㈠在上海百忙中，竟有工夫做這種工作；㈡工作如此透澈，有如此多的實測平面圖；㈢文獻方面竟搜尋許多資料；㈣文筆簡潔，有如明人筆法；㈤在字裡行間更能看出作者對於園林的愛好，不僅是泛泛然觀察，而是深切的賞鑒。無疑的是一部精心構思的傑作。

此時，距離他們上一次見面，已經過去了六年。

如果沒有梁思成，童寯的人生也許會大不相同。

一九三〇年，正在美國康恩事務所工作的童寯收到了梁思成的電報，他們在賓夕法尼亞大學時是室友。在信中，梁思成邀請他到東北大學任教，他第一反應是吃驚，因為林徽因和東北執政者有殺父之仇，梁思成曾經在同學們面前發誓，絕對不會為滿洲軍閥工作。「我永遠也不明白，為什麼兩年之後他會去瀋陽，就在那位殺害他岳父的元帥眼皮下創辦建築系？」很多年之後，在寫給費慰梅的信裡，他仍舊表達了自己的困惑。但他還是對梁思成的邀約動心了，建設家鄉，報效祖國，何況東北大學建築系的老師，幾乎全是他清華和賓大的好友，童寯放棄了在美國的工作，決定回國。

這一年八月，童寯回到瀋陽，此時的東北已是山雨欲來風滿樓。沒過多久，林徽因回到北平養病，又沒過多久，梁思成也離開，赴京主持營造社，他的好友陳植則前往上海。

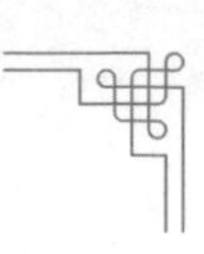

如此孤獨之下，童寯卻毅然接任了系主任的職務——我猜，是他的責任感使然。

他很快意識到擔子的沉重。一九三一年九月十八日，當東北統帥張學良正在北平中和戲院觀看梅蘭芳的《宇宙鋒》時，「九一八事變」爆發。次日，日軍占領瀋陽，東北大學宣布解散。覆巢之下焉有完卵，所有人都忙著逃命的時候，童寯沒有急著走。他安排父親、弟弟和夫人孩子先行前往北平，自己則召集建築系的三十名學生在家裡集合。他對學生們說，先去關內，總有一天我們還會回來的。他把自己的全部工資拿出來，給學生當路費。隨後，他委託一位德國朋友，把封鎖在學校裡的石膏像和梁思成在英國買的四百張教學幻燈片提取出來。而後，他帶著這些寶貝登上了火車。車至山海關時遭土匪襲擊，司機被擊斃，童寯跑到車頭，開動火車，帶著全車人脫離了險境。

這幾乎電影情節一般的傳奇經歷，童寯並沒有大肆宣揚，他心中一直惦記的，似乎只有梁思成的幻燈片。在隨後的戰爭歲月裡，他曾經失去過不少珍貴的東西，從瀋陽帶出來的家產，他的水彩畫，他的手稿，但貼身帶著的，始終只有這些幻燈片，它們陪伴著他，見證著他，輾轉萬里，北平到上海、南京到重慶，直到解放後，他把幻燈片交到東北工學院院長張立吾的手裡，說了一句：「我帶它走過兩萬里，歷經了二十年，現在物歸原主吧。」

他也始終沒有忘了那些學生們，是他的呼籲，讓中央大學和大夏大學接納了這批學

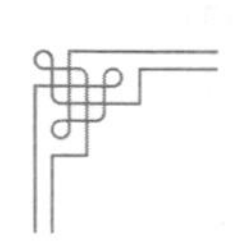

生；是他的呼籲，讓在滬建築師同意義務為學生補習功課兩年。他的家裡成了學生們免費的自習教室，直到他們畢業找到工作。國破家亡之際，他以一己之力，把所有的力量，都傳遞給了學生。連梁思成也不得不感慨，童寯是東北大學的「一線曙光」。

那個如赭石一般嚴肅的老師的內心，其實是炙熱而柔軟的。

民國時期的上海，是全世界建築師的舞臺。在今天的人們讚嘆著鄔達克（Laszlo Hudec）們時，中國第一代建築師同樣在上海留下了他們的傑作。今天的大上海電影院，已經看不到立面上原有的八根霓虹燈柱了，一九三三年，這座戲院剛建成便引起了全市巨大轟動：「大上海大戲院的外表，可說是一座匠心獨運的結晶品。大上海大戲院幾個年紅管（即霓虹燈）標識，遠遠的招徠了許多主顧，是值得提要的。正門上部幾排玻璃管活躍的閃爍著，提起了消沉的心靈，喚醒了頹唐的民眾。下部用黑色大理石，和白光反襯著，尤推醒目絕倫也。」這是童寯、陳植和趙深三位建築師的作品。

他們的建築事務所，叫華蓋。「華蓋」這個名字，據說是趙深的好友葉恭綽取的，寓

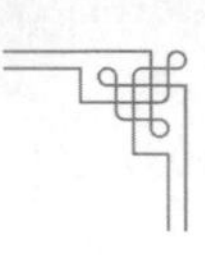

意很簡單，為中國蓋樓。我在當時的英文報紙上找到了華蓋（Allied Architects）的廣告，裡面有童寯的名字。

無論在專案的數量和品質上，還是在聲譽地位上，華蓋建築事務所都在競爭激烈的上海占有一席之地，與設在天津的基泰工程司並列當時的行業頂尖，有「南華蓋北基泰」之稱，而童寯的終生好友楊廷寶，正是基泰的建築師。

有趣的是，童寯應陳植邀請從北平前往上海時，最為擔心的是童太太關蔚然。她聽了許多上海花花世界銷金窟的傳說，深深擔心丈夫一腳踏錯。她把這種擔心寫在了信裡，不久，童寯對她說，妳這麼擔心，帶著孩子一起來上海吧。

一九三七年，上海的淪陷一夜之間叫停了華蓋建築事務所的所有業務。趙深常駐昆明，童寯帶著長子去了四川，三位才華橫溢的建築師不得不暫停了他們的事業。童寯心裡惦記著在上海的太太關蔚然和兩個幼子，那時候，不少人流行找「抗戰夫人」，童寯不以為然。他很擔心夫人的身體，有一次，關蔚然帶著幼子童林弼在街上被日本兵追趕，心臟病發作，在家昏迷了好幾天。

也許因為這個原因，童寯一輩子都對日本非常抗拒。《長夜的獨行者》裡記載了孟建民的回憶：「南京工學院建築系的領導帶日本建築師學會代表去資料室看他。領導介紹完

客人後，老頭合上書站起來一言不發繞過人群離開了。領導和客人等了很久不見他回來，才知道他回家了。」

因為戰爭，童寯被迫和妻子分離。也因為戰爭，童寯連父親最後一面也沒能見到。一九四五年春天，童寯才得知，父親已於一年前因腦中風在瀋陽去世。父親臨終之前，留下了家訓：「不參加政黨，不參加軍隊，不吸毒，不抽菸，不賭博，個人自立，勤儉生活，不暴富。」這幾條家訓，童寯並沒有當面聆聽，甚至，他要到幾十年之後，才從二弟口中知道父親臨終時的口述。

但神奇的是，三兄弟之中，似乎只有童寯，一板一眼，照著父親說的，奉行了一輩子。

一九四九年，定居南京的童寯再次收到了梁思成的來信。和十九年前一樣，這封信依舊熱情洋溢，他邀請童寯北上，加入清華。甚至給華蓋事務所也做了安排，可以在北京設置分部。

但這一次，童寯選擇了拒絕。很多年之後，建築界仍舊在猜測這次拒絕背後的原因。

有人說，這是因為童寯的朋友楊廷寶和劉敦楨都在南京，他習慣了南京生活。也有人說，之前東北大學的經歷，使得童寯有點「後怕」，不願意再當「北漂」。還有人說，他不希望再和妻子長期分居，不忍心再讓妻子為了搬家而顛沛。以上原因，或許是兼而有之的吧。但童寯的內心深處，也許更有一層，如父親教導的那樣，他希望自己遠離政治。去北京，固然可以獲得顯赫的盛名——由於建築創作頻繁且品質高，建築界將楊廷寶、童寯、李惠伯、陸謙受這四位稱為「四大名旦」，憑著童寯的本領，在清華必然是可以大展宏圖的。但如果我們參照梁思成之後的遭遇，恐怕也會慶幸童寯當年的選擇。

在沸騰的新中國建設之中，曾為華蓋三大巨頭之一、建築界四大名旦之一的童寯，卻選擇了沉默。這似乎是他一早就選好的歸宿，一方書桌，一杯清茶，他所嚮往的，大約是他心中那一個世界，寧靜而致遠。就像他自己所說的那樣：「我的逃名鄙利思想是由欣賞元朝繪畫和晚明文學而來。如倪瓚的山水畫，從來不見一人，只二三棵枯樹，幾塊亂石，有時加一亭子，我就是陶醉於這種畫中的人。」

但他仍舊在一九五五年春天去了一趟北京，這似乎是他和梁思成唯一的交集。他的目的，是去看一位奄奄一息的女子，那是他的同學，那是他的朋友，那是他的夥伴，那是他們那一代人心中的女神——林徽因。一年之後，他也體會到了梁思成的痛苦。一九五六

年，關蔚然因為照顧重病中的童寯，勞累過度，驟然去世。

童寯甚至沒能見到妻子最後一面。這個一直沉靜的男子忽然崩潰，失聲痛哭。他從來沒有想到自己會這樣和妻子告別，他們雖然是包辦婚姻，卻始終感情很好。關蔚然西餐做得很好，為了準備感恩節大餐，她甚至自己飼養美國火雞。賓大讀書時，梁思成和林徽因為了寫作業還是約會而吵架時，童寯給妻子寄去了自己的照片，背後寫著李商隱的詩：「何當共剪西窗燭，卻話巴山夜雨時。」

很快，劉敦楨夫人上門了，她給童寯帶來了關蔚然在世時的委託，她希望他再婚，並且希望他找一個「沒有結過婚的中年人」。這在當時是常見的。

他鐵青著臉拒絕了，理由是——男人也要守貞節。

南京的局勢相對平靜。梁思成遭遇的大風大浪，童寯沒有見識過。不過，從一九六八年開始，童寯開始屢次被抄家、批鬥、罰跪，他在文昌巷的家，被紅衛兵們光顧了十一次。有一次來了一撥，實在抄不出東西了。他們把童寯叫出來，他把他們領到院子裡，指了指樹下。他們挖出了關蔚然的首飾，是童寯自己埋的。「牛鬼蛇神」們領工資是要排隊的，童寯排在第一個。一個叫王才中的紅衛兵上來就打一個耳光，問：「你配不配拿這麼多錢？」童寯平靜地回答：「不配。」然後拿走了自己的工資。他不分辯。每次抄家，他拿

著一本書，直到結束，他對紅衛兵說，你們寫個收據。同事劉光華在建築系大門前掃地，童寯經過，步履不停，低聲對他說：「一定不要自殺。」被批鬥，回到家，他對家裡人說，吃餃子。吃餃子，是他對抗痛苦的一種方式。

他一直是一個倔強而執著的人。七十年代，工宣隊想合併建築系和土木系，在當時的情況下，發聲顯然是不明智的。但童寯說：「建築系與土木系有根本區別，如果兩系不併，地球就不轉，那就合併。不然，建築系還是要辦！」《江南園林志》在一九六三年出版，他堅持用豎排版繁體，這件事成為他文革期間的大罪證，被勒令反覆寫檢討。但他仍然堅持，「死不悔改」。

他的原則是一條鋼鐵之線，永遠不變通。一九七九年，南京工學院建築研究所成立，童寯擔任副所長，逐漸恢復學術工作。他每天早上五點起床，飯後就坐在桌前看書。等到學校圖書館開館，他步行三十分鐘到學校——三十年代回國之後，他就不坐人力車，認為這樣是剝削人，不人道。學校打算給他配汽車，他說：「汽油寶貴，不要浪費在我身上。」後來因為生病，實在走不動了，他「勉為其難」妥協，但只同意用三輪車，並且要他的兒子、當時已經五十多歲的電子系教授童林夙蹬車。童林夙領教過父親的原則。上大學時，父親出差到北京，約他中午十二點到中山公園見面吃飯，他因故遲到了十分鐘。父親對他

說：「你遲到了，我今天沒時間了，明天你再來吧。」

他仍舊不願意找老伴兒，也許是為了表達決心，也許是以寄哀思，他讓兒媳婦把去世近三十年的妻子的棉毛衫、棉毛褲改成男式的。直到生命最後一刻，他都穿著這些棉毛衫和棉毛褲。

從一九七九年到一九八二年，童寯人生的最後幾年時光，幾乎是在和時間賽跑。他像是瘋了一樣，要把那些年的荒廢補回來：《新建築與流派》、《蘇聯建築》、《日本近現代建築》都是這一時期的著作。還有一件事刺激了他。七十年代末，童寯接待歐洲的一個代表團，外賓們說，中國園林是從日本園林脫胎而來。童寯決定再寫一本書，一本英文書，告訴全世界，什麼是中國園林：「我要寫就寫摺頁冊，跟旅行社、旅遊部門掛鉤，可以擴大一點影響。」

這便是《東南園墅》。

為了寫這本書，他對醫生說，吊點滴的時候，不要戳手，因為手要寫字。住院的時候，

他也帶著書稿，想起來就寫著，連剛動完手術也不例外。一九八三年三月，病勢已經沉重，他仍舊在病榻上口述《東南園墅》的結尾。孫子童文看了這本書的原稿，老實回答自己看不懂，並且不理解為什麼要寫這本書。童寯抓緊了孫子的手，身體劇烈顫抖。良久，他緩緩說了一句：「後人總比我們聰明。」

三月二十八日，這顆不苟言笑卻又溫柔善良的心臟停止了跳動。兒子童林夙發現，南京房子的房產證上，童寯一直寫的是夫人關蔚然的名字，到他去世，也沒有更改。

我最喜歡童寯的一句話，是這樣的：「一個好的建築師，首先應該是一個好的知識分子。有獨立的思想，有嚴謹的學風，有正直的人品，才會有合格的建築設計。」正如《一代宗師》裡說的那樣，人活一世，有人成了面子，有人成了裡子。有人是陽光中的花朵，有人便要做泥土下的根基。如果說梁思成是中國建築學的面子，那麼童寯則當之無愧是中國建築學的裡子。他做了他能做的一切，他的不苟言笑背後，是踏踏實實的勤懇耕耘，是不言回報的默然付出。他，和他們，甘於做梁思成背後的男人，背面敷粉，烘雲托月，因為他們的心裡並沒有名利，一如童寯自己說的那樣：「我對名利看得很淡。人本身就累，背上名利這兩個字更累。所以我經歷的波折也最少。」

我們應當崇敬面子，我們也應當不要忘懷裡子。

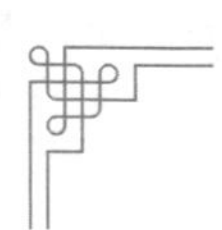

楊苡

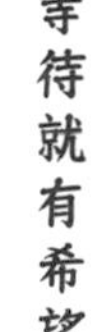

等待就有希望

影響你生命的一本書是什麼？這個問題，我被許多人問過，也問過許多人。我讀書不求甚解，有的囫圇吞棗著過去了，有的讀了一個章節放下了，但如果要說影響我生命的一本書，也許要算錢鍾書先生的《管錐編》。這套書讓我第一次知道，原來世界上存在這樣博聞強記的學問人，幾乎每一句話裡，都隱藏著一個或者數個典故。也是這套書，成為我的閱讀基礎，《管錐編》裡錢先生經常拿來引用的《藝文類聚》、《太平御覽》、《太平廣記》之類，是我大學時代最常細讀的類書。更重要的是，在《管錐編》裡，我找到了一種「融會貫通」的思維方法，這種方法一直運用到我今天的寫作當中，獲益良多。

不過，在我採訪過的那些民國時代人嘴裡，最常被提起的是巴金的《家》。一位老太太跟我說，她從兄長那裡偷偷翻到《家》，讀著讀著淚流滿面，「我覺得如果不逃，我就

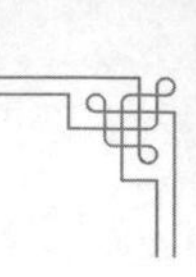

是梅表姐。」她連夜逃離了家，在訂婚的前夜。很多年之後，她已經兒女雙全，回到家鄉，遇到那曾經被她逃婚的「未婚夫」。他笑著說，那本《家》，其實是他借給她兄長的。他勸說父母不要追究，「我能理解妳的心情。」

二十世紀三四十年代，巴金是擁有最多青年讀者的作家。李健吾曾說，那時候，他們抱住他的小說，和裡面的人物一起哭笑。因為他的作品不只是傾訴了他自己的悲哀，而且也表達了時代的苦悶，因而點燃了他們的心，宣洩了他們悒鬱不平的感情，並使他們受到鼓舞和啟示，走上了人生的新路。在逃婚途中，老太太曾經給巴金寫了信，很多年之後，她仍然記得其中一句：「我說巴金先生，現在是覺慧在給你寫信，祝福我吧。」我問她，妳收到回信了嗎？她笑著說，巴金有那麼多讀者，哪裡來得及給我回信。

是的，當年給巴金寫信的讀者確實數不勝數，但他卻被一封信感動流淚，這封信上寫著：「先生，你也是陷在同樣的命運裡了。我願意知道你的安全。」

這封信來自十七歲的天津少女楊靜如。

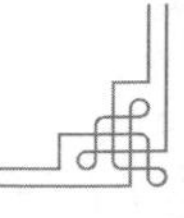

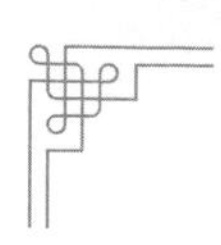

在楊家的照片裡，很容易認出靜如——最美的那一個。她出生於一九一九年九月十二日，我們更熟悉的是她後來給自己取的名字楊苡。

楊家是大家族，靜如的父親楊毓璋有三房太太，母親徐燕若是第二位夫人。靜如自己回憶：「母親是平常人家的，因為我父親的大太太懷了八胎，結果只活了兩個，就是我大姐姐和二姐姐。沒有兒子不行，結果就娶了我母親當二房。」母親生下了楊毓璋唯一的兒子，懷孕的時候她做了一個夢，夢見「白虎入懷」。算命先生說，這個徵兆很複雜，既吉又凶，這個男孩將來會成就一番事業，但他會剋父剋兄弟。

這個算命先生有點準，五歲時，男孩的父親去世了。這個叫楊憲益的男孩成為中國著名翻譯家，他寫了一本英文自傳，名叫 *White Tiger*，即《白虎星照命》。作為中國銀行行長楊毓璋唯一的公子，楊憲益從小就穿著來自袁世凱饋贈的黃馬褂。他管大太太叫「母親」，自己的母親叫「娘」。靜如則和姐姐一起，劃歸為「姨太太生的」。

幸好，大太太並不跋扈，他們的母親天性溫柔，但關鍵時刻非常堅強。父親去世之後，姑媽讓靜如的母親殉節。母親回答：「我幹嘛死？我有三個孩子，我得把他們帶大。老爺跟我說過，一定要把三個孩子撫育成人，對國家有貢獻。」

母親對待子女還算開明。女兒給好萊塢明星瑙瑪・希拉寫一封信，收到一張照片，下

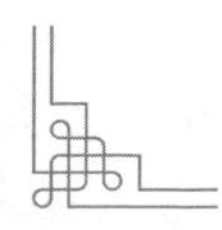

邊用派克藍墨水筆簽上「Sincerely yours Norma Shearer」。靜如「用手指頭沾沾口水去輕抹一下字尾」，發現是真的簽名。這樣的舉動太不閨秀，但母親並沒有訓斥，只是說：「不好好念書，寫什麼信！」

靜如在中西女校讀書，是有名的活潑小姑娘。讀小學的時候，她崇拜一個女老師，於是和同學約好，跑到教室的窗外，一見老師就不停喊「Anna Situ, I love you」，老師最終「溫和地批評了我們，就哄散了」。

靜如喜歡和堂哥們在一起玩。「七叔家的五哥」、「八叔家的四哥」和靜如的哥哥有一段時間迷戀《三劍客》：「四哥非常漂亮，我們就叫他阿托士。五哥又笨又胖，我們就叫他頗圖斯。我哥哥最小，就叫達特安。」哥哥們問，誰是密里迪（裡面的反派女人），姐姐敏如搖搖頭，結果還沒上學的靜如大喊：「我是密里迪！」——因為密里迪好看。

靜如崇拜哥哥，也是她敏感地發現，哥哥的家庭女教師喜歡上了哥哥，她告訴了母親。為了防止醜聞發生，母親決定讓楊憲益去英國留學。

哥哥楊憲益到英國留學，姐姐楊敏如去了燕京大學，剩下靜如一個人。一九三五年「一二．九運動」[1]，中西女校的學生們紛紛上街遊行，楊家雖然開明，並不允許靜如參加。靜如非常苦悶，在這時，她看了巴金的《家》。靜如的第一反應是，這寫的就是我們家嘛：

完全像，因為我祖父也在四川做過官，就跟他們家的生活有點像。家裡不是像書裡寫的那麼大，那麼講究，也沒有鳴鳳。他們家也沒有鳴鳳，我們家倒有個來鳳。他們家有老姨太，我們家也有一個老姨太太。

——李懷宇／〈楊苡：生正逢時，苦難的歷程有愛相隨〉

她向巴金傾訴心事。很快收到了回信。母親沒有反對他們的通信——她也是冰心和張資平等人的讀者。靜如沒有隱瞞巴金的來信，母親會一一拆開，檢查之後，再給靜如。但靜如隱瞞了另一個人的來信——巴金的哥哥李堯林。

李堯林當時在南開中學教英文，經巴金介紹，他和靜如通信。靜如收到的第一封信，是在一九三八年大年三十晚上，「很客氣的，像一個長輩對晚輩隨便說幾句，淡淡的鼓勵

編注

1　一二・九運動是中國共產黨策動的學生請願遊行運動，發生於一九三五年十二月九日，其訴求是要求國民政府放棄「攘外必先安內」的主張並且對日開戰。

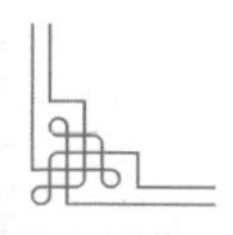

的話。」李堯林是巴金的三哥，燕大外文系畢業後，在天津南開中學做英語老師。他課餘為姓馮的一個富裕人家做家教。馮家小姐和楊苡一起學畫，過了正月十五，馮小姐突然悄悄走過來，笑嘻嘻走到楊苡面前：「李先生問妳什麼時候到我們家玩？」從來「不見生人」的靜如一下子窘得紅了臉，但她還是和李堯林見了面，他沒想到面前是這樣一位淑女，他「還以為我很小呢」。

「李先生喜歡拉小提琴，還會唱歌，男高音。」靜如用十二塊錢的生活費買了三張唱片（紅心唱片，四塊錢一張），邀請李堯林一起欣賞，他們還一起去電影院看過電影。靜如給李堯林寫的信，是讓佣人傳送的，假裝說給同學某小姐，信透過同學轉到李先生手裡；李先生的回信，偷偷藏在書裡，成功逃過母親的檢查。甚至連哥哥楊憲益也被蒙在鼓裡。

一九三七年，靜如從中西女中畢業，報考了南開的中文系。「那時候考文科只考中文和英文，如果考理科就加數學，那我就不行了。所以我一考就考上了。」

在畢業前夕，她和女同學們在天津著名的國貨售品所挑選了「綠色帶有極密的本色小方格的薄紗做旗袍」，配白色的皮鞋，在照相館裡拍了照。彼時，風華正茂意氣風發的姑娘們絕不會想到，不久，她們即將天各一方。

天津的氣氛愈來愈緊張了，靜如想要去昆明讀書，母親不同意，巴金在信中勸靜如要「忍耐」。後來，還是哥哥楊憲益幫了妹妹：「我哥覺得我在家不安全，所以給母親寫信，勸她早放我走，日本人早晚會進租界。」

走之前，靜如去見了李堯林。她對他說：「我們昆明見。」一九三八年七月七日，靜如從天津坐船前往香港：

郵輪很大，上面有舞廳、餐廳，但大部分人都是去香港。我們則是在香港待十天，再坐船到安南（越南的舊稱），這時就坐二等艙了。從安南再到雲南，只能坐鐵皮車，身邊都是流亡學生，一進中國邊境，大家又是唱《義勇軍進行曲》，又是唱《松花江上》，心情澎湃得不得了。

——楊苡／〈西南聯大裡的愛情〉

到了昆明，靜如感受到另一種朝氣蓬勃的生活。她想要報考西南聯大，聽說要考數學，

擔心會考不過。正在猶豫之間，有人提示她：「妳去年不是考上過南開嗎？」因為南開的學生自動進入聯大，於是靜如去問報考老師，他一查，很高興地說：「歡迎復校。」靜如說：「所以我什麼都沒考，就進了聯大。」

靜如的學號是「N2214」，那時候在聯大，北大學生的學號開頭是「P」，清華學生是「T」，南開則是「N」。當時流傳的說法是：「P字好，T字香，N字沒人要。」她在天津時考的是中文系，本來也打算上中文系。結果有一天，鄭穎孫先生對她說，楊小姐，走走走，帶妳去見一個人。「誰？」「妳崇拜的沈從文呀！」靜如激動得心好像要蹦出來了！穿長袍一口湖南話的沈先生表揚十九歲的靜如，有勇氣離開富有的家，來昆明吃苦。那天說了什麼，靜如都不大記得了。但她聽從了沈從文的勸告，「妳還是進外文系的好，妳已學了十年英文，那些線裝書會把妳捆住。」

靜如進了外文系。一進宿舍，靜如很快發現，有一個叫陳蘊珍的，和她一樣，是巴金的粉絲，曾經給巴金寫過信。陳蘊珍，便是後來成為巴金妻子的蕭珊。靜如的另一位室友王樹藏，是蕭乾當時的女友。靜如說，在宿舍裡，她們經常安靜地坐在書桌旁，「蕭珊給巴金寫信，王樹藏給蕭乾寫信，我給李堯林寫信」。

西南聯大的上課氛圍是自由的，老師們都很厲害，三校合一，牛人輩出，給靜如上課

的老師有聞一多、朱自清、浦江清、劉文典、吳宓、馮至……一個老師上兩個星期，講課之外，還有專門輔導寫作的老師，類似助教。沈從文先生說靜如不用功，靜如自己承認：「我也確實不愛鑽研艱深的學問，比如上陳夢家先生的課。他的那些現代詩『我愛秋天的雁子，終日不知疲倦……』我都是可以背下來的，可課堂上他不講新詩，而是研究古文字，我於是只能遠遠地欣賞這位老師。」

日子那麼艱苦，吃著有老鼠屎的八寶飯，日常還要跑警報。可是靜如不覺得苦，她說，所有西南聯大的學生都堅信，我們一定會打贏的。

西南聯大有很多社團，研究《紅樓夢》有之，研究《老子》亦有之，汪曾祺們拍著曲的時候，靜如打算去高原文藝社，因為文藝社的黑板報辦得好，而且社裡有當時已經小有名氣的詩人穆旦。靜如說，那一天晚上，文學社開會，十九歲的她冒冒失失走進去，直接說，我想加入高原。他們說，歡迎歡迎。

文學社裡還有一個相熟的人，是之前在表姐訂婚宴上見過的趙瑞蕻。趙瑞蕻幾乎對靜如一見鍾情，很快就開始追求靜如。有很多人問過靜如，在聯大時怎麼談戀愛？靜如笑著說，其實每次都是一堆朋友在一起，無非就是交換詩看看，但你會知道，這個人待你是不同的。

靜如寫了一首思念哥哥的詩，拿給趙瑞蕻看，他熱心地幫她修改，改完之後，靜如拿

來一看，笑一笑就撕了：「每個人風格不一樣，我不能接受他改的，但也不發脾氣。」

追靜如的人很多，但靜如仍舊在等一個人，那個人答應她，會來昆明。可是他始終沒來。

靜如經過漫長的等待，他們的通信裡愈來愈多抱怨，愈來愈多矛盾，愈來愈多誤解。一九四〇年，靜如接受了趙瑞蕻的求婚。她給李堯林寫了一封信，裡面說：「你讓我結婚，我聽你的。」兩人很長一段時間沒有再聯繫。很久很久之後，靜如才得知，李堯林曾經訂了她曾乘坐的太古輪船公司「雲南號」船票準備到昆明，但不知為何，最後他把票退掉了。

大二就結婚的靜如後來轉學到金陵女子大學，又因為生小孩耽誤了課程，不得不去重慶中央大學借讀，算是聯大借讀生。在重慶，她又見到了巴金和蕭珊。有一天，巴金請她吃飯，去了之後，發現還有蕭珊和巴金的一個表弟。巴金點了豬腦，蕭珊就笑話說：「李先生就喜歡吃豬腦。」巴金回答：「吃豬腦補腦子。」後來，靜如得知，他們打算結婚了，這頓豬腦宴，大概算是訂婚宴。

一九四五年，靜如收到蕭珊從重慶城裡寄來的信：「李先生已於十一月二十二日離開

了我們。我很難過，希望妳別傷心！」巴金見到了哥哥最後一面，他對弟弟說：「我覺得體力不行了。」躺在醫院裡的李堯林日漸衰竭，朋友們來探病，他卻總說「滿好」。有一天夜裡，李堯林忽然醒過來，對弟弟巴金說：「沒有時間了，講不完了。」兩天後，李堯林離開了人世，病因是肋膜炎，但大家都說他其實是死於長期營養不良。

靜如這時候才知道，在巴金的大哥去世之後，承擔起李家幾十口人生計的是李堯林。他放棄了自己的理想，每月領了薪水便定時寄款回家，支撐家裡人的生活。也許正因為如此，他不敢，也不願意回應他們之間的情愫，一如巴金所說的那樣：「應當說，他放棄了自己的一切。他背著一個沉重的包袱，往前走多麼困難，他毫不後悔地打破了自己建立小家庭的美夢。」

靜如想起他們恢復通信之後，他寫來的第一封信：「這封信可把我等夠了，現在知道妳平安，我這才放心。我只希望有一天我們又能安安靜靜在一起聽我們共同喜愛的唱片，我這一生也就心滿意足了……」她傷心得大哭。

後來，巴金後人把李堯林保存的唱片都送給了靜如。靜如想起他們在天津時，學英文出身的李堯林抄給她一份英文歌詞，這首歌叫《讓我們相逢在夢之門》，彷彿早早預示了一種不祥。靜如回答：「什麼時候我聽這些唱片時不會掉眼淚，我再聽。」

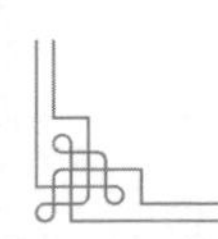

那些唱片，她再也沒聽過。

趙瑞蕻和靜如的婚書很有趣，一般的婚書寫：「我倆志同道合，決定……國難時期一切從簡……」靜如跟趙瑞蕻結婚，沒寫「志同道合」，靜如說，因為「我倆志同道不合」，喜歡的東西不一樣，「比如我特別喜歡戲劇，不管中國地方戲劇、外國戲劇，都喜歡，都想看。他對於看戲，簡直是受罪。」

靜如嘴裡說著「志同道不合」，其實兩個人的志趣挺相投的：趙瑞蕻是斯湯達爾的《紅與黑》的漢譯第一人，靜如則將艾蜜莉·勃朗特的《呼嘯山莊》介紹給中國讀者。《呼嘯山莊》這個名字，也是靜如想出來的，在這之前，已經有梁實秋的翻譯，他把這本書翻譯成《咆哮山莊》——「梁實秋英文水準超一流，兩三個月就翻完了，但我總覺得書名不是很妥，誰願意用『咆哮』二字來稱呼自己的住宅呢？」

翻譯《呼嘯山莊》的時候，靜如生活在一個環境特別差的丙等房裡，只要颳風，房子

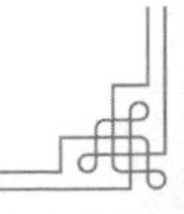

簡直就要倒塌。一個人在家帶著孩子，有點害怕。但也是在這樣的環境裡，靜如的靈感呼嘯而來，她至今得意《呼嘯山莊》這個名字——確實神來之筆。

但這本書在文革時，卻給靜如帶來了很多麻煩。

讓我寫檢查，說翻譯這本書，宣揚階級調和論。他們命我愛人開箱子，站在凳子上，把箱子裡頭的毛線、衣服就往地上扔。當時我們三樓還有好多鄰居都圍著看，我們宿舍很團結，鄰居大叫，來強盜了，這一喊呢東西不好翻了。走時他們幾個自行車的氣嘴子都給摘了，於是我又多一個罪名，挑動群眾鬥群眾。

——李乃清／〈百歲楊苡：我覺得《呼嘯山莊》比《簡・愛》好〉

不過，靜如很早就意識到了這種危險。她的同學陶琴薰是國民黨要員陶希聖的次女，在中央大學時，靜如和陶琴薰以及陳布雷的女兒陳璉住在同一宿舍。聯經出版公司出版的《嗩吶煙塵》裡，陶琴薰長子沈寧講述，母親陶琴薰是陶家子女中唯一留在大陸的人。父親跟隨蔣介石乘坐「太康艦」到上海吳淞口，請求蔣介石稍停兵艦，給陶琴薰發出電報，

但最終，她選擇了分道揚鑣。一九五七年「鳴放」[1]期間，陶琴薰積極「鳴放」，靜如知道了，給她寫了一封信，讓她謹慎，說：「妳既然沒有走，在這個時候，就沒有必要『鳴放』，因為那沒有用。」陶琴薰接到信後，似乎有點不高興，她和靜如斷絕了聯繫。

兩年後，靜如開始挨批。

> 一九五九年我已經挨批了，我寫《自己的事自己做》，鼓勵小朋友守秩序排隊、不要隨地吐痰、講衛生，結果批鬥，有個幹部說，那個楊苡帶著資產階級的有色眼鏡，批判我們的新中國兒童，說他們隨地吐痰，然後底下就說隨地吐痰有什麼不好，說完就「呸」一吐，吐完後他還用腳擦一下。
>
> ——李乃清／〈百歲楊苡：我覺得《呼嘯山莊》比《簡．愛》好〉

在靜如開始勞動的時候，哥哥楊憲益和嫂嫂戴乃迭因為「間諜」罪名，被投入監獄。對於這一切，靜如什麼也不知道，後來還是外文局來找她調查葉君健，她順口問：「我哥哥怎樣了？」來人支支吾吾，說你哥在哪兒我們也不知道。她又問，那他算什麼。來人回答，說他是「反革命」也行，說他是「右派」也行，說他是「反動學術權威」也行。

一九七二年，楊憲益出獄，靜如才得到了「解放」。

她忙著打聽朋友們的下落。

首先得到的是蕭珊的噩耗。一九七二年，穆旦寫信給靜如：

> 去年年底，我曾向陳蘊珍寫去第一封信，不料通信半年，以她的去世而告終……蘊珍是我們的好朋友，她是一個心地很好的人，她的去世給我留下不可彌補的損失。我想這種損失，對妳說說，妳是可以理解的。究竟每個人的終生好友是不多的，死一個，便少一個，終於使自己變成一個謎，沒有人能了解你。我感到少了這樣一個友人，便

編注

1 毛澤東發起「大鳴大放」政治運動，請黨外人士和知識分子批評黨政工作的缺失，後來卻演變為大規模鬥爭，提出意見者被劃為右派，所提之意見統統變成罪證並遭到秋後算帳。

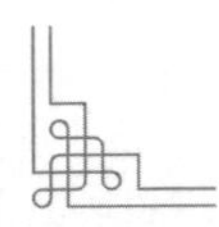

是死了自己一部分（拜倫語）；而且也少了許多生之樂趣，因為人活著總有許多新鮮感覺願意向知己談一談，沒有這種可談之人，那生趣自然也減色。

——穆旦／《穆旦詩文集》

五年後，穆旦去世。巴金告訴靜如，文革當中，牛棚裡的巴金聽說李堯林墓所在的虹橋公墓因為「破四舊」被砸毀，石頭搬光，屍骨遍地，驚得一身冷汗，「只希望這是謠言」。他恢復自由之後匆匆趕去，想要找到李堯林墓上大理石的那本書，卻發現整個公墓已蕩然無存。

靜如也一直惦念著和她絕交的陶琴薰，一九七六年她讓哥哥楊憲益打聽陶琴薰的情況，只說她被下放去農村了，她不知道的是，患上急性類風溼關節炎的陶琴薰到潭柘寺農村勞動改造，在勞動中彎不下腰，只好跪在水田裡幹活，最後一頭栽倒在水田裡。一九七八年，她在病痛中去世，終年五十七歲。去世前，她念念不忘的是當年在吳淞口和父親的生離死別：「到了北京，我們再沒見到海。」

還好，靜如還有哥哥姐姐，還有丈夫。渡盡劫波的楊家兄妹，用最大的樂觀和熱情對待生活。他們經常保持通信，互相講著老朋友的故事。

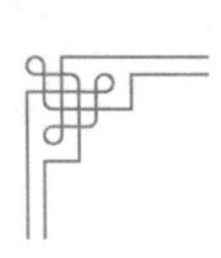

有記者去採訪靜如，她講著講著，會忽然走到房間裡的某張照片前，就是他哎！「丁聰、吳祖光、羅孚、我哥……這些人全都沒了，就剩我一個人了。」

靜如愛惜舊物，也愛惜老朋友。她的瑙瑪．希拉簽名照在文革的時候被趙瑞蕻燒了，她總念叨：「哎，我那老頭給我扔了，他不認為這些是很值得的，人家可是三十年代的奧斯卡影后吶！」女兒趙蘅總勸父親：「爸，你就寫篇文章反省一下，向媽道個歉，免得她老埋怨你。」「爸說是啊是啊，會寫的，可沒等他寫出來，人就走了。」

一九九九年春節前夜，丈夫趙瑞蕻因心臟病復發而辭世。

二〇〇九年，哥哥楊憲益去世，享耆壽九十四歲。靜如說：「我是真的崇拜我哥。」

二〇一七年十二月，姐姐古典文學專家楊敏如去世，享嵩壽一〇一歲。靜如說：「她是真的才女！燕京大學中文系研究生，老師是俞平伯，系主任陸侃如，她跟葉嘉瑩是同學。」

靜如的家很小，客廳十二平方公尺，也是書房。「我們家又小又亂，有人說落腳點都沒有，但也有人說很 cozy。」

靜如喜歡布偶，大猩猩、貓頭鷹、穿格子西服的小男孩、紮辮子的黃毛丫頭……「這是我的一種玩法，我最喜歡那個睡覺的娃娃。」她也喜歡研究微信，經常給女兒趙蘅打電

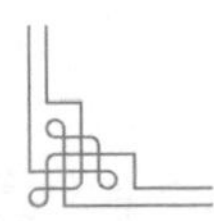

話：「快看！六頻道《佳片有約》！」「新年音樂會馬上開始！」

二○○三年，靜如骨折住院，她對女兒說：「開刀打進身體的那隻鋼釘價值八千元，就相當於一顆鑽石戒。」

她還在堅持寫作，用稿紙寫。為了讓保姆小陳不打攪她，靜如會慷慨發出紅包，「以資鼓勵」。就在上個月，我仍舊看到靜如發表的文章。趙蘅老師說，一直到現在，一聽見《五星紅旗迎風飄揚》，母親還是熱淚盈眶。「母親她總喜歡一句話：『Wait and hope!』」她不悲觀，對國家前途抱有信心。

這是屬於那一代知識分子的堅定。

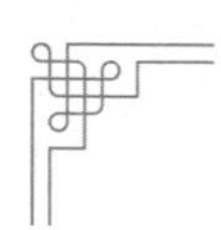

趙蘿蕤

如何度過至暗時刻

最近這半年，大概算是我的至暗時刻。輾轉京滬兩地，一半給公司，一半給醫院。日程表裡畫了細細密密的紅線，提醒我化療時間到了，提醒我要申請外科會診了，提醒我交稿時間到了，提醒我開會時間到了，唯獨沒有停一停的時間。好像一頭蒙著眼的驢，看不到未來，只能悶頭拉磨。

那些細細密密的紅線終於有一日成了夢魘，夢裡的我被它們纏繞捆綁，勒得喘不過氣，然後落入碧潭深淵。我那殘存的幽默感在夢的結尾靈光一現，隱約感覺拋下去的瞬間看見了東方明珠，醒過來第一句對自己說，啊，這就是舊社會被扔進黃浦江的感覺。

舊上海當然沒有東方明珠，一如真的生活並不是被扔進黃浦江這麼一了百了，醒過來你還得繼續悶頭拉磨，看那些你看不懂的腫瘤數據，一趟趟跑醫院，然後在醫院住院部外

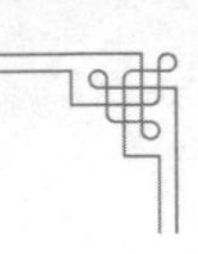

的樓梯間打工作電話。連這篇文章，也是我在胸腔外科外因為疫情臨時搭建的醫生診間的桌子上寫成的，小護士打開門探了探頭看看我，嘆了口氣講，那個桌子後面有一個隱祕插座，妳別告訴別人。

一位師長對我說，歷經了這些事，妳才能真的長大了。嗨，原來長大是這樣地不好玩，早知道逃去夢幻島，和彼得潘做伴，永遠做小孩。

至暗時刻的光在哪裡呢？你是如何熬過自己生命中的至暗時刻呢？買買買已經不管用了，我最近買過的最貴的東西是我爸的免疫藥，一針3w+（三萬以上）。吃到好吃的也沒辦法安慰到自己了，我最近覺得最好吃的東西是我媽的炸豬排，但她已經很久沒有時間做一塊炸豬排了。至於旅行？看看行程卡上的星標號，我們還能說什麼呢？

給自己熬一劑濃濃的心靈雞湯——這一招老前輩們用過，苦不苦，想想紅軍二萬五[1]。每次想到她的時候，我確實覺得自己的至暗時刻——也就還好。

一

我喜歡她的名字，儘管一開始我只認識她姓趙，另外兩個字連音都讀不出來。

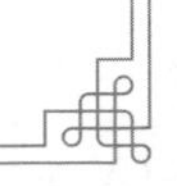

綠蘿紛葳蕤，繚繞松柏枝。

——李白／《古風》

蘿與蕤，是香草，是藤蔓，是繁茂而堅強的生命。賦予這名字的是她的父親，趙紫宸，這位燕大宗教學院院長大概永遠想不到，這個名字將預示著這女子的未來，看上去脆弱不堪，實則堅韌不拔。

趙蘿蕤，在燕京大學的綽號是「林黛玉」。我喜歡她一張彈鋼琴的背影，時間在那一瞬間凝滯，彷彿留下的只有音符和屬於她的優雅。香草美人，自然追求者甚眾。其中最為著名的是錢鍾書，世間傳說《圍城》裡的唐曉芙正是以趙蘿蕤為原型：

唐小姐嫵媚端正的圓臉，有兩個淺酒渦。天生著一般女人要花錢費時、調脂和粉來

編注

1　指中國工農紅軍於一九三〇年代進行的二萬五千里長征。

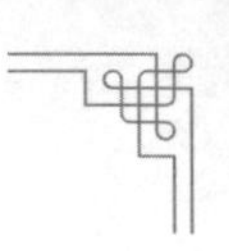

彷造的好臉色，新鮮得使人見了忘掉口渴而又覺嘴饞，彷彿是好水果。她眼睛並不頂大，可是靈活溫柔，反襯得許多女人的大眼睛只像政治家講的大話，大而無當。古典學者看她說笑時露出的好牙齒，會詫異為什麼古今中外詩人，都甘心變成女人頭插的釵，腰束的帶，身體睡的席，甚至腳下踐踏的鞋襪，可是從沒想到化作她的牙刷。她頭髮沒燙，眉毛不鑷，口紅也沒有擦，似乎安心遵守天生的限止，不要彌補造化的缺陷。總而言之，唐小姐是摩登文明社會裡那樁罕物——一個真正的女孩子。

據說當年電視劇《圍城》選史蘭芽做唐曉芙，楊絳先生很歡喜，理由是覺得史蘭芽像自己。她吶喊若干次，講自己就是唐曉芙，無奈吃瓜群眾不響，更要命的是錢鍾書也不響，「李唐趙宋」、「牽芙連蒁」的隱語，實在有點昭然若揭。

楊絳和趙蘿蕤是好朋友，或者說，曾經是。

她們的友誼始於清華，趙蘿蕤小楊絳一歲，兩人都是清華外國文學研究所的研究生。所不同的是，楊絳由東吳大學而來，為的是圓夢（她之前夢想讀清華）；趙蘿蕤燕大英語系畢業，讀書是因為年紀還小，「不知道做什麼」。

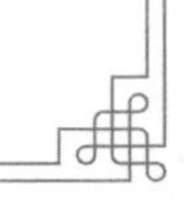

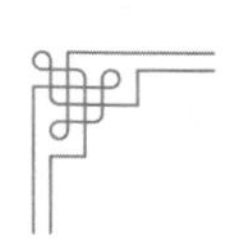

在宿舍，阿季還是和趙蘿蕤交往較多。她們還一起學崑曲……趙蘿蕤當時正在戀愛，追她的男生很多。一次曾問阿季：「一個女的被一個男的愛，夠嗎？」她的追求者之一、燕京同學吳世昌，從報上讀了阿季的〈收腳印〉後，對她說：「楊季康，妳可以與她做朋友。」

——吳學昭／《聽楊絳談往事》

這段話有些女生之間的「不懷好意」，至少透露了兩點消息：

一、趙蘿蕤男朋友很多。

二、吳世昌曾經追過趙蘿蕤。

隻字不提錢鍾書，或者用這個方式否定了錢鍾書曾經追求過趙蘿蕤。在這段描述裡，趙蘿蕤似乎離唐曉芙很遠，離鮑小姐有點接近。

有趣的是，看過《圍城》的趙蘿蕤表示自己對於書裡面的細節並不熟悉。談及錢鍾書時，她只說是「同學」，而楊絳則是「挺熟」。和揚之水的談話裡，有一段話顯然可以看出說的是錢鍾書：

又說起近來對某某的宣傳大令人反感，「我只讀了他的兩本書，我就可以下結論說，他從骨子裡滲透的都是英國十八世紀文學的冷嘲熱諷。十七世紀如莎士比亞那樣的博大精深他沒有，十九世紀如拜倫、雪萊那樣的浪漫，那樣的放浪無羈，他也沒有，那種搞冷門也令人討厭，小家子氣。以前我總對我愛人說，看書就要看偉大的書，人的精力只有那麼多，何必浪費在那些不入流的作品，耍小聰明，最沒意思。」

——揚之水／《《讀書》十年》

「我愛人」，是她的丈夫陳夢家。儘管有那麼多人追求趙蘿蕤，這個愛人，卻是她自己主動追求的。

二

「是不是喜歡他的詩？」

「不不不，我最討厭他的詩。」

「那為了什麼呢？」

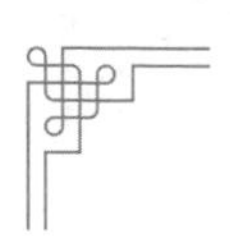

「因為他長得漂亮。」

——揚之水／《《讀書》十年》

不獨趙蘿蕤，誰見了陳夢家，不會誇一句「美哉少年」？乾乾淨淨的模樣，盈盈秋水，雕像一般的五官，帶著溫柔笑意的少年，我見了陳夢家的照片，只覺得詞窮，想了半日，覺得「光風霽月」這四個字並不唐突了他。

但我還是比趙蘿蕤矯情，人家落落大方，只說他「長得漂亮」。

夢家這個名字，源自母親懷孕時的一個夢，夢裡遇見了一頭豬。當然不可叫陳夢豬，「豬」字的甲骨文寫法為「豕」，加一個寶蓋頭，便成了「家」。這個名字，大約算是陳夢家和甲骨文考證結下天定緣分的開始。

夢家中學沒有拿到畢業證書，考進中山大學法律系，認識了聞一多，開始寫新詩。作為新月派最年輕的成員，陳夢家在很早是以詩聞名的。俞大綱說他如王勃，「特具中國人的蘊藉風度」，而錢穆則說他「長衫落拓」，有中國文學家氣味。

我喜歡夢家的詩：

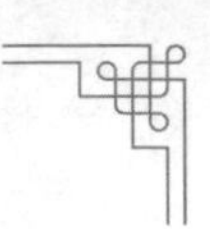

不祈風，
不祈禱山靈。
風吹時我動，
風停，我停。

這首《鐵馬的歌》寫於一九三一年十一月十八日，那天白天，夢家和徐志摩在雞鳴寺聊天，志摩說自己要過一種新的生活，夢家寫了這首《鐵馬的歌》。第二天，徐志摩飛機失事。夢家的詩，竟然一語成讖了。

趙蘿蕤說討厭夢家的詩，理由是她反「新月派」，宣稱自己要做一個理性的詩人。我見過她寫的詩《遊戒壇寺》：

山裡顛了個把鐘頭，
清晨的風吹冰臉龐，
和車上那班旅行人，
同看龍煙廠的煙囪。

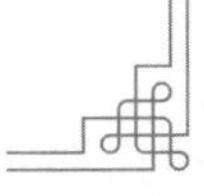

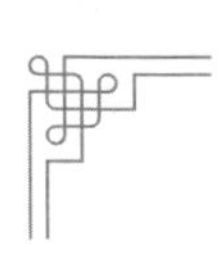

渡過永定河的泥水，
小驢也得得的過來，
十五里無理的塵土，
爬蒼茫紅葉的大海。

她愛他，似乎是有理由的。在遇到趙蘿蕤之前，夢家有過轟轟烈烈的戀愛，對象是孫多慈，為了這個差點和好基友[1]鬧僵，然而最終兩人都失敗了，是《圍城》裡的「同情兄」。一九三二年，二十一歲的夢家認識了二十歲的趙蘿蕤。也是在這一年，他開始了甲骨文的研究。普通人談戀愛軋馬路吃飯看電影，這對戀人談戀愛的成果是一九三三年十月一日《文藝月刊》上刊登的《白雷客詩選譯》[2]，署名齁甜[3]：蘿蕤・夢家。

編注

1 此處指關係特別好的兄弟、哥兒們。
2 白雷克即 William Blake，臺譯威廉・布萊克。
3 齁甜，北方方言，非常甜的意思。

戀愛談了三年，要結婚時卻遭遇了不小的挫折，理由只有一個，夢家窮。趙蘿蕤的母親明確表示反對，她甚至停了趙蘿蕤的經濟供給。趙蘿蕤一度要靠和楊絳借錢度日，每月借十元，等獎學金到了還，還了再借。最後，趙紫宸給女兒寫了一封信，告訴她自己的態度：

蘿蕤：

妳的信，我能了解。我心中亦能體諒。前日攝影，我本向妳母說，請夢家在內，她猶豫，我便不再問。我們都是神經過敏的。我愛夢家，並無一絲惡意。我從去年到現在，竭力將妳撇開去，像心底裡拔出肉來一樣，所以我非冷淡不可。妳有妳的生命，我絕對不阻擋，因我到底相信妳。現在只有二件事：

㈠不要將孩子們的話，認真看。也不必向誰作解釋。

㈡不必重看母親之舉動。

信中之言，關係倫的事，我皆未知。我愛你們是赤誠。我冷淡，請你們撇開我如我撇開你們一般。

我認識夢家是一個大有希望的人。我知我的女兒是有志氣的。我不怕人言。你們要文定，就自己去辦；我覺得儀式並不能加增什麼。

你們經濟上我本想稍微補助些。但我目下尚不能，因我支票底根上只有三十一元了。除去新市立刻須寄二十元，尚有十一元，又不肯向徐劉李陸等開口借！以後妳有需用，可以寫個字來，我可以幫忙。看妳認識我幾分；我是沒有人認識的！

父宸

民國二十四年四月九日

一九三五年五月五日，陳夢家和趙蘿蕤在燕大甘德閣訂婚，訂婚儀式是簡單的，茶和點心。他們在七月參加了錢鍾書和楊絳在蘇州的婚禮，這兩個女孩子在結婚儀式之後漸行漸遠，儘管她們明明有著眾多交集。就像趙蘿蕤後來回憶的那樣：「以後的幾十年，我們幾乎再沒有來往，形同路人。」

三

倘若林黛玉結了婚，也不得不面對一個可怕的怪獸：家務。這是所有知識女性在進入婚姻生活之後最大的挫折，在傳統觀念面前，女人天生是操持家庭的，哪怕她有那麼多理

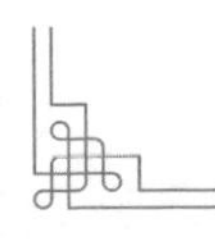

想和事業心。很多女人敗給了現實，連林徽因也不例外。只要看看她寫給朋友們的信便可以知道。

一九三七年十月致沈從文：

我是女人，當然立刻變成純淨的「糟糠」的典型，租到兩間屋子烹調，課子，洗衣，鋪床，每日如在走馬燈中過去。中間來幾次空襲警報，生活也就飽滿到萬分。文藝，理想，都像在北海五龍亭看虹那麼樣是過去中一種偶然的遭遇，現實只有一堆矛盾的現實抓在手裡。

一九三七年十一月致沈從文：

不能不哭！理想的我老希望著生活有點浪漫的發生，或是有個人叩下門走進來坐在我對面向我談話，或是同我同坐在樓上爐邊給我講故事，最要緊的還是有個人要來愛我。我做著所有女孩做的夢。而實際上卻只是天天落雨又落雨，我從不認識一個男朋友，從沒有一個浪漫聰明的人走來同我玩——實際生活上所認識的人從沒有一個像我

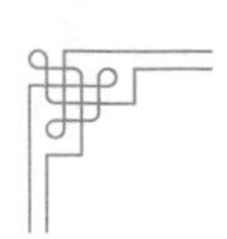

所想像的浪漫人物，卻還加上一大堆人事上的紛糾。

致費慰梅：

我繼續扮演「魔術師」來玩耍經濟雜技，努力使每位家人、親戚和同事多多少少得到一些照顧。我需要不斷地為思成和兩個孩子縫補幾乎補不了的內衣和襪子……有時我們實在補不過來時，連小弟在週日下午也得幫忙。這比撰寫一整章的宋、遼、金的建築發展和繪製宋朝首都的圖像都要工程浩大。上面兩項工作我很有興趣也很自覺地替思成做過，在他忙著其他部分寫作的時候。寶寶成績很好，難為她每天要走這麼長的泥路去學校，而且中午她總是吃不飽。

趙蘿蕤沒有孩子，在家庭負擔上比林徽因輕一些，她說自己「是老腦筋，妻子理應為丈夫作出犧牲」。她的犧牲不小，一九三八年，新組建的西南聯大拒絕了趙蘿蕤，理由是清華舊規，夫妻不能在同一學府任教，而陳夢家已經是清華大學中國文學系的教員。趙蘿蕤選擇了回歸家庭，從做飯開始。她曾經發表過一篇〈一鍋焦飯一鍋焦肉〉的小文，初到

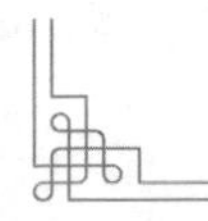

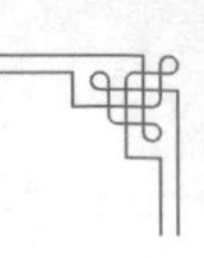

昆明的下馬威，狼狽不堪的「林黛玉」。但她確實沒有林徽因那麼多哀傷，〈一個忙人〉和〈廚房怨〉中，把「靈魂交了出去」的日子充滿了幽默感：

> 一早起來蓬頭散髮就得上廚房。

> 沒有一本書不在最要緊處被打斷，沒有一段話不在半中腰就告辭。偶有所思則頭無暇及緒，有所感須頓時移向鍋火。寫信時每一句話都為沸水的支察所驚破，縫補時每一針裁都要留下重拾的記認。

> 終究是個讀書人。我在燒柴鍋時，腿上放著一本狄更斯。

她漸漸學會了許多家務，後來連種菜也學：「菜園的總顧問當然是老朋友張發留君了，我從他學會了如何點刀豆，兩顆一堂。」她說自己是個樂觀主義者，因為悲觀沒用：「我覺得一切悲傷事結果都是最大的喜事，一切淚珠恨海在世界的喜劇場中都是些美麗的點綴，珍貴的紀念，活潑的教訓，經驗的演進……所以我對於悲觀者永遠懷著疑懼。」

也是在婚後，趙蘿蕤翻譯出了艾略特的長詩《荒原》：

四月是最殘忍的一個月，荒地上
長著丁香，把回憶和欲望
參合在一起，又讓春雨
催促那些遲鈍的根芽。
冬天使我們溫暖，大地
給助人遺忘的雪覆蓋著，又叫
枯乾的球根提供少許生命。
……

我讀了艾略特那晦澀的原文之後，才意識到趙蘿蕤的翻譯是多麼精妙和準確。她的翻譯甚至得到了作者本人的認證。一九四六年七月，艾略特曾經邀請趙蘿蕤和陳夢家夫婦在哈佛俱樂部共進晚餐，詩人在趙蘿蕤帶去的《1909-1935年詩歌集》和《四個四重奏》二書上簽名，還在扉頁上題寫下「為趙蘿蕤簽署，感謝她翻譯了荒原」的題詞。有趣的是，趙蘿蕤

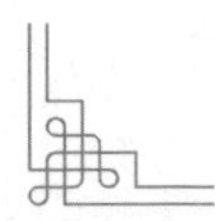

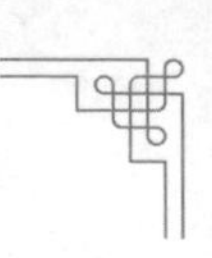

蕤出版《荒原》時，請葉公超寫序（因艾略特是由葉公超介紹給中國讀者的），葉公超問：「要不要提妳幾句？」趙蘿蕤清高地回答：「那就不必了。」

趙蘿蕤靠譯名擺脫了「燕京校花」（錢穆評價）稱號，成為了實力派翻譯家。這當然離不開她的努力，不過，作為丈夫的夢家，確實也和其他的丈夫都不一樣。

他時刻照顧趙蘿蕤的情緒，比如有段時間朱自清經常去陳家吃飯聊天，陳夢家代替趙蘿蕤待客，甚至引起了朱自清的不快，回家在日記裡寫下「陳太太始終在廚房裡吃麵包黃油」。他時常鼓勵趙蘿蕤，希望她不放棄自己的文學事業。當陳夢家在金岳霖的推薦下獲得芝加哥大學的講學機會時，他拿出自己一部分獎學金，鼓勵趙蘿蕤讀博士：

維爾特教授問我有多少時間學習，打算學三年還是四年？他說若是妳跳過碩士學位這一關，可能三年就得到博士學位，不然就至少用四年。這時我想起了十歲時祖父和我的一段對話。祖父曾問我：「妳將來想得一個什麼學位？」我誇口說：「我只想當一個什麼學位也沒有的第一流學者。」我猶疑了。夢家此時卻竭力說服我：「一定要取得博士學位。」於是我對維爾特教授說，那還是四年吧，我想多學一點……

——趙蘿蕤／《我的讀書生涯》

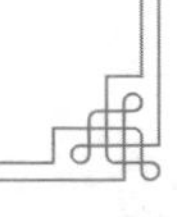

這在當時，是非常非常非常奢侈的事，當然，現在也是。

一九四七年，陳夢家決定先行回國，趙蘿蕤留在美國繼續寫她的博士論文。回到北平的夢家心裡裝著趙蘿蕤，魚雁往來之間，細細密密是他的溫情：

小妹：

聞妳欲作衣，在其店中挑一件古銅色的緞子並裡子……

在東單小市買了小古董，銀碟子陶鏡子紅木文具架子，一一寫信和夫人彙報：

此等東西，別人未必懂得它的妙處，而我們將來萬一有窘迫，可換大價錢也。……

妳看了必高興，稍等拍照給妳。

他斷定趙蘿蕤看了會高興，因為他們的三觀審美都很一致，從讀書到欣賞藝術。陳夢家離開美國之前，趙蘿蕤鼓勵他在行李中塞滿書籍和唱片，陳夢家「身上只剩十元，還要

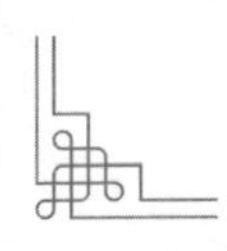

借墊付稅」，因為「我和夢家商量，必須盡我們所能，享受美國社會所能提供的和個人文化教養有關的一切機會」。

但他們並不是貪戀美國的生活。一九四八年年末，當趙蘿蕤聽說平津戰役打響，北平即將解放時，剛剛獲得哲學博士學位的她放棄了來年六月在著名的洛克菲勒教堂登臺接受博士學位的機會，搭乘第一條運兵船「美格斯將軍號」離開美國，前往上海——很多年之後，當我們讚譽著錢學森等烽火中回國的赤子時，趙蘿蕤的事蹟被湮滅了。但我們不應該忘記她，滄海橫流，這一刻，那個在無數人眼中瘦瘦弱弱的女子盡顯英雄本色。

到上海，哥哥全家去了香港，去北京的火車和海輪都已經停運，趙蘿蕤最終托查阜西幫忙，搭乘傅作義運糧食的飛機前往北京，至天津上空，她聽到了解放軍的炮聲。一月三十一日，北平宣布和平解放。而陳夢家則用最浪漫的方式去迎接他的摯愛——他和朋友們騎著自行車，把趙蘿蕤接回了清華。

四

博士趙蘿蕤意氣風發，她興奮地發現新中國的旗幟下男女平等，女教授也能施展拳

腳，她再也不需要像過去那樣，因為丈夫的出色而不得不蝸居灶台，燕京大學外文系等著她和她的同事們一起奮鬥。

她邀請了仍在芝加哥大學讀書的巫寧坤回國教書，當巫寧坤輾轉到達北京時，他敏銳地發現，原本愛穿西裝的趙老師換上了皺皺巴巴的灰布毛服。但不久之後的院系調整給了趙蘿蕤一記悶棍。作為教會學校的燕京大學被解散，趙蘿蕤被轉去北京大學西語系，巫寧坤則前往天津。從來都在困境中頗具幽默感的趙蘿蕤第一次放聲大哭，為了巫寧坤，也為了她的壯志未酬。

這對天真的夫婦退回了書齋，退回那些明式家具之中，退回趙蘿蕤心愛的史坦威鋼琴之中。躲進小樓成一統，他們以為書中自有歲月靜好，可惜，只是一廂情願。

我不想，亦不忍，把那些細細碎碎的折磨一一展現給讀者。我寧可講述在那些滄桑巨變之中，這一男一女的相互扶持。當陳夢家被誣陷貪汙清華大學文物館文物時，一向優雅的趙蘿蕤用最通俗的話勸慰丈夫：

> 我告以不吃屎，不騎馬，以此兩句作座右銘，不承擔未有之罪，但亦不自高自大，騎高頭大馬。

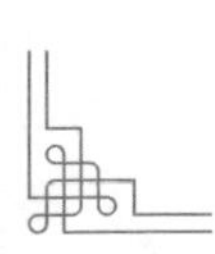

陳夢家調入中科院考古研究所之後，夫妻分居城內城外，陳夢家給妻子寫信，時常末尾一句是「妳放心吧」。想起《紅樓夢》裡寶玉對黛玉語，他只要她放心：

今日因不放心妳，心中不知何故非常難過。……現在但求一個「安」字。

壓垮趙蘿蕤心靈的最後一根稻草是陳夢家在「鳴放」時對於簡體字的批評，她精神受到嚴重影響以致失常。協和醫院要把趙蘿蕤送到瘋人院，陳夢家求他的同事夏鼐去說情，最終出院。然而回家二十天，再次爆發，在給王獻唐的信裡，夢家吐露了心聲：

我與她共甘苦已二十五載，昨日重送入院，抱頭痛哭而別，才真正嘗到了這種滋味。……

小小庭園中，太太心愛的月季業已含苞待放，令箭荷花射出了血紅的幾箭，最可痛心者是一群黃顏色的美人蕉全開了。美人蕉啊，何以名之為蕉？憔悴乎？心焦乎？

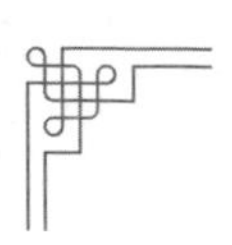

他想把趙蘿蕤的工作從北大調到文學研究所來，這樣自己可以照顧她，最終也失敗了。他下放去居庸關勞動，幾乎每天給趙蘿蕤寫信，寫的都是細節，有點囉嗦，但是可愛的：

> 妳的健康是我唯一掛心的事；但其實，妳已經好得差不多了……我的床上放的是妳的黑大衣……我買了幾卷檸檬糖，居然想吃幾顆了。我理髮一次後，並未剃鬍子，棉衣很髒了，見到時不要怕。……

他最想說的，其實還是這一句：

> 我們必須活下去，然必得把心放寬一些。

他這樣勸她，他自己卻未必做得到。

一九五六年，陳夢家寫了《殷虛卜辭綜述》，用這筆稿費買了錢糧胡同三十四號的四合院，十八間房屋組成凹字形，中間是小院。小院裡有一棵小樹，沒有名，我們到現在也不知道是什麼品種，我們只知道，十年後，一九六六年九月三日，夢家在這棵樹上，結束

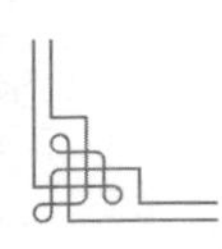

了自己的生命。

五

我從前寫過夢家的故事，這故事和夢家的骨灰一樣不知所蹤了，偶爾有人發給我看，署著別人的名字，我並不以為意，這是我對於夢家的祭奠，只要大家知道了他，於我便是值得。我仍舊想要在趙蘿蕤的故事裡寫一寫夢家，因為夢家是蘿蕤的一部分，是她靈魂裡最溫柔、最有靈性的一部分。

夢家喜歡研究吃，再簡單的食材，他也能欣賞出味之道。大白菜切成條，加胡蘿蔔絲和生薑絲，拌了白糖，他吃了一盤又一盤下酒，「中國菜餚舉世無雙，是我們傳統文化中的一大特色」。

夢家喜歡乾淨，「反右」之後家裡不再有條件請佣人了，但學生上門，發現他一個人做飯洗衣，家中依舊整潔如初。

夢家喜歡買家具，這些故事都被王世襄先生記錄下來，往事歷歷在目，是活潑甚至有些歡快的，只在最後露出一點悲傷的餘味，久久蕩漾在我們心裡：

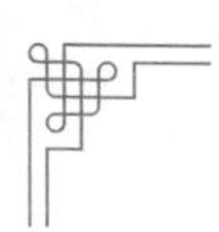

例如那對明紫檀直欞架格，在魯班館南口路東的家具店裡擺了一兩年，我去看過多次，力不能致，終為夢家所得。但我不像他那樣把大量精力傾注到學術研究中，經常騎輛破車，叩故家門，逛鬼市攤，不惜費工夫，所以能買到夢家未能見到的東西。我以廉值買到一對鐵力木官帽椅，夢家說：「你簡直是白揀，應該送給我！」端起一把來要拿走。我說：「白揀也不能送給你。」又搶了回來。夢家買到一具明黃花梨五足圓香几，我愛極了。我說：「你多少錢買的，加十倍讓給我。」抱起來想奪門而出。夢家說：「加一百倍也不行！」被他迎門攔住……

——王世襄／《懷念夢家》

夢家喜歡晚上工作。趙蘿蕤永遠記得一九六四年，家裡有了電視機，夢家天天看到十點鐘，太太去睡了覺，他開始工作，「有時醒過來，午夜已過，還能從門縫裡看到一條淡黃色的燈光，還能聽到滴答——滴答——他擱筆的聲音。」如今，這足以令她心安睡去的聲音，再也不存在了。

趙蘿蕤的精神分裂症在最慘痛的那一天「拯救」了她，她沒有見到丈夫最後一面，上

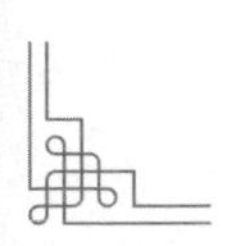

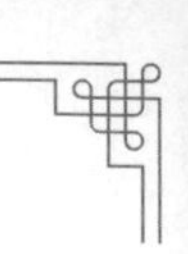

天似乎用一種殘忍的方式挽救了她，讓她得以倖免於他最為悽惶的生命終點。我猜，那麼光風霽月如夢家，也許也不願意她見到這樣的自己。

夢家用稿費購買的房子，她上交給了國家，象徵性地拿了點錢，她去歐洲旅行了一次。這是趙蘿蕤的作派。一九八一年，她重又訪美，興致勃勃地喝了百事可樂，收到朋友送的「當地視為稀罕的松子糖，其實哪比得過蘇州的產品呢」。在西班牙風味的飯館吃了乳酪塞辣椒、肉糜塞玉米餅蘸辣醬、油炸餡餅，她評價道：「口味都失之濃濁，我不能欣賞。」——在吃這件事上，她也和夢家一樣，喜歡清淡。

她仍舊喜歡看書，並且如夢家希望的那樣，一直在勤奮翻譯。一九九一年她翻譯了惠特曼的《草葉集》。一九九四年她發表的〈讀書筆記〉上說，自己「這個八十出頭的老嫗」仍然「必須每天抽出兩小時來閱讀我剛剛收到的精裝的一九八四年紐約大學版的惠特曼《筆記與尚未出版的手稿》（*Notebooks and Unpublished Prose Manuscripts*），共六大卷……我的職責不是研究原稿原樣而是熟讀正文，增加我對詩人思想內容與藝術風格的理解，正文當然是最寶貴的部分。」

在很久很久之後，她仍舊避免提起有關夢家的一切往事。巫寧坤在賓館裡詢問夢家的最後，她忽然正色道：「你要讓我發病嗎？」她說的是實話。一九九一年，趙蘿蕤參加芝

加哥大學校友會活動。在芝加哥美術館，工作人員向她出示夢家編著的《白金漢所藏中國銅器圖錄》時，趙蘿蕤再一次慟哭失聲，淚如雨下。她沒有忘記，一天也沒有，一小時也沒有，一分鐘也沒有。

一九九八年元旦，趙蘿蕤去世，享壽八十六歲。她去世兩個月之後，潘家園市場上出現了一個「保姆模樣的人」，用麻袋裝著趙蘿蕤的日記、與夢家的書信，甚至她的家用本，開價達數十萬元。幸好，這些書信被收藏家方繼孝買下，刊登在他的《碎錦零箋》裡。

我們難以評價趙蘿蕤的一生，我只能說，如她的名字一般，趙蘿蕤堅強地攀爬過那些苦難，蜿蜒曲折地繞過那些千瘡百孔，一株女蘿，一直到最後，仍舊帶著芬芳，迎霜傲立。我們難以評價趙蘿蕤的苦難，尤其當這些苦難最終只能被付之以「時代」兩個字時，我們便更難以啟齒。我堅信那個時代將永遠翻篇，將永遠不再回來。

如何度過生命的至暗時刻？趙蘿蕤的答案是「不吃屎，不騎馬」，守住自己的底線，不洋洋得意，不落井下石，不胡亂攀附。在黑夜裡靜靜地等待，像村上春樹《海邊的卡夫卡》裡寫的那樣：

暴風雨結束後，你不會記得自己是怎樣活下來的，你甚至不確定暴風雨真的結束

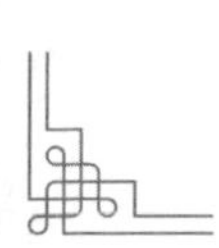

了。但有一件事是確定的：當你穿過了暴風雨，你早已不再是原來那個人。

這篇文章寫了大半個月，擱筆之際，忽然發現已是九月三日——夢家的忌日，冥冥之中皆有注定。謹以此文獻給蘿蕤．夢家，獻給黑暗中的我，也獻給所有感知生活不易的人們，讓我們用夢家的話作為結語吧：

我們必須活下去，然必得把心放寬一些。

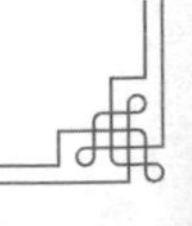

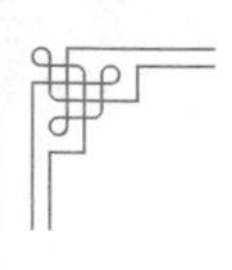

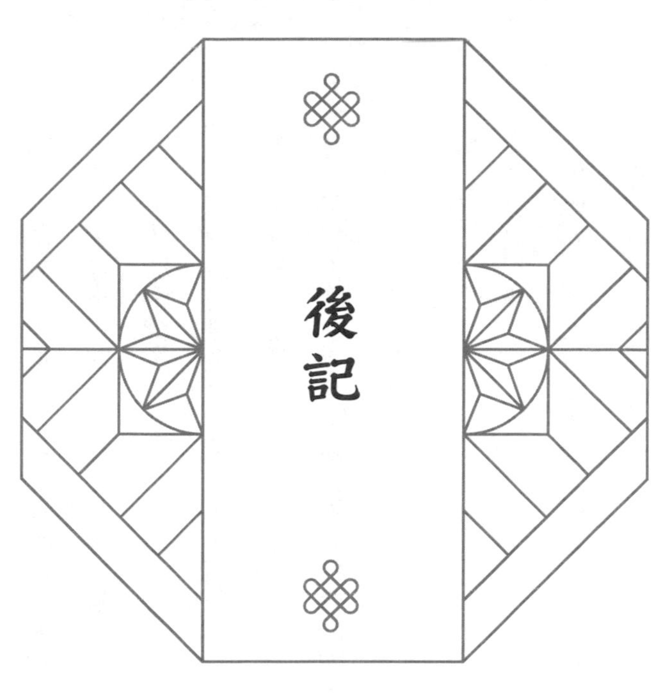

後記

這本書的初衷是想把我寫在公眾號「山河小歲月」裡的文章結集，但最終，我刪掉了裡面一大半的舊稿，粗略一數，現在的稿子竟有一半創作於二〇二一年。

《一代宗師》裡有這樣一句臺詞：「如果人生有四季的話，我四十歲之前都是春天。」三十八歲之前，我的人生不算日日春風得意馬蹄疾，卻至少溫暖和煦，即便有風，不過一陣，更多時候，遇到的都是愛我幫我的貴人。二〇二一年不是我的本命年，我卻在這一年，第一次感受到了命運的衝擊。

這個故事的開頭充滿了偶然，父母看了我寫的揚州攻略，決定開車去玩兩天。我為他們訂了相熟的餐廳，並且給

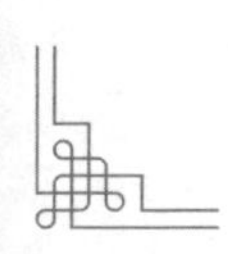

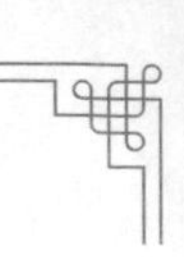

他們點好了菜。當晚，主廚暗地給我發微信說，感覺你爸吃得很少，是不是我們的菜口味不好？兩天之後我們就從醫院得到了答案，父親的胃口變差和他的偶爾咳嗽都是有原因的，那薄薄一張紙上，寫著幾句我不太看得懂的醫學術語，幾個關鍵詞靜靜臥在那些句子中間，那樣觸目驚心。我把那張紙對折，再對折，揣進口袋裡，四周靜悄悄的，什麼都沒有變，什麼都變了。

我寫過許許多多人的故事，每每寫到挫折之處，總不忍心多加筆墨，即便是簡略再簡略的寥寥數行，落實到實際的人生裡，也是由一個個不眠的長夜組成的，充滿了細碎折磨，充滿了痛不欲生。有時候，我只好含混籠統地寫一句「渡盡劫波」，具體要如何渡，怎樣才算渡盡，我卻一無所知。

真的輪到自己，這才明白，沒有方法，沒有技巧，只好老老實實，一分一秒地過。把時間分割出來，每一天都那麼寶貴。上好鬧鐘去搶專家號，早晨去醫院，直到天黑才回家，大約因為累，又無法熬夜，睡眠品質直線上升，不到十二點倒頭便睡，一夜無夢，一到六點準時醒來，循環往復。

寫作在這時，成了至暗時刻的光。我開始習慣於觀察醫院的各個角落，為了尋找到任何有可能為我的電腦充電的插座，病房外醫生臨時擺放用於和病人術前談話的桌子，麻醉

室前的窗臺，手術室的牆邊，ＩＣＵ室門鈴旁邊放花盆的檯子……我把這段經歷講給王家衛導演聽，王導給我講了卡佛的故事，卡佛一生共寫下六十餘篇短篇小說，為什麼沒有長篇小說？他曾經這樣解釋，迫於生活壓力，他只能抓住在洗衣房裡等待衣服洗完的那點時間寫作，隨時都在擔心屁股下面的椅子會被人抽走，因此他只能寫短小的、坐下不久就能寫完的小說。可即便如此，他仍舊沒有放棄，因為他知道，寫作已經成了救贖自己的唯一方式。

我忽然明白了，為什麼張愛玲可以在紙箱子做成的書桌上寫作，廬隱在抱朴道院養病的時候也堅持天天寫一點零散的文字，蕭紅在病床上最為含恨的是「留著那半部紅樓給別人寫去了」……生活愈艱難，就愈想占有生活，而寫作成了我占有生活的唯一方式。我想寫在備餐間遇見的女人。是同病房的家屬，我們一起討論如何給父親加強營養，也相互幫著看醫生回辦公室的時間。她看上去沉靜而篤定，只有那天黃昏，我去備餐間打開水，那女人在角落站立著，只看見肩膀聳動，顯然是在抽泣。見我進來，有點不好意思，站住了看我打水。滾水龍頭一開，水池上方的鏡子漸次模糊起來，只看見女人頭髮烏黑如雲，氤氳之中，女人問我，阿妹，妳幫我看看，我眼睛紅不紅？

我也想寫排隊做增強CT（顯影電腦斷層掃描）時遇到的老先生，安靜地坐著等打顯影

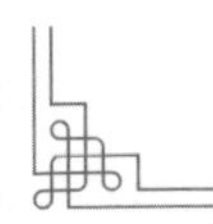

針。旁邊有人焦慮地問，聽說這個打了很疼。他淡淡一笑，輕輕回答，不要緊的，我做過很多次了，不痛，只有一點發熱。他一個人來醫院，在過去三年裡，他總是一個人來，每個月都來一趟，或化療或放療。護士都認識他，因為他的穿戴是整整齊齊的，也不是多麼高檔的衣料，但勝在整潔，還有配色一致的帽子和鞋子：春天的黃色風帽，夏天的咖啡色草帽，秋天的黑色鴨舌帽，冬天的深褐絨線帽。唯一不變的是手上那根司滴克，彷彿是他親密的夥伴，永遠不離手，只在做檢查的時候，遞給護士，伴著一句「謝謝」，也是輕聲的。我欠他一個謝謝，因為是他告訴我，醫院裡的麵包房「中午賣雞蛋三明治，味道相當不錯，加兩塊錢可以配一杯咖啡，不妨一試」。

我還想寫一寫醫院花園裡遇到的夫婦。那時候父親的病還沒有最終確診，住在醫院裡等穿刺結果。中午，我送完飯，到小花園的走廊晒會兒太陽。那是一條碎花磚的走廊，斜斜纏繞著的紫藤，長勢不錯的芍藥，暮春下的萬紫千紅，可惜無人欣賞。我在那裡看見一個坐在輪椅上的女人，戴著帽子，瘦得不成人形。旁邊蹲著一個男的，地上有一個奇大無比的黑色包袱，他蹲在那裡，拆開包袱，從裡面拿出什麼東西。要仔細看才能分辨出是墨綠色的三角包，纏了細細的麻繩，是粽子。他掏出來，聞了聞，有些遲疑，把粽子擎舉著，太陽下照了照，像是要用紫外線來測量一下粽子的味道。輪椅上的女人似乎被他這孩子氣的舉動惹得

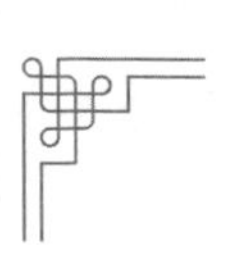

發笑，問他：是不是餓了？拆開聞聞。他很聽話地蹲在那裡，拆著麻繩，一圈一圈。

來來往往的人有點好奇，停了腳步看他，一個阿姨忽然發現了他的祕密，忍不住叫嚷出來，你包了這麼多粽子啊。他有點不好意思，但拆粽子的手沒有停。墨綠色葉子褪去，露出象牙色的米，他咬了一口，欣喜地對妻子說，沒有壞。他們從四川來，他仔仔細細算過，帶來的錢，夠來的路費和住進醫院的押金。包袱裡的粽子，是他來之前包好的，一頓一顆粽子，一天六顆，是他和她的全部伙食。這怎麼可以，病人營養不夠啊，阿姨嘟囔著。他更加羞澀了，訕訕笑著，而後把手伸進包袱，那黑色的巨大的包袱皮裡，彷彿還藏著什麼神奇的能量。半日掏出來一顆蘋果，小小的，皺皺的，但少見地紅，如同花圃裡的花。他把蘋果擦了又擦，再次遞給女人。他盯著她，一定要她吃下那個蘋果。甜不？他有些焦急地問。當著那麼多人的面，女人的臉第一次泛起了紅暈，像那個蘋果，也像旁邊花圃裡的花朵。

甜的。她回答。

我喜歡記錄這些俗世中的點滴，這些普通人的體面與倔強，不輸給我曾寫過的任何一個故事裡的主人公。我也喜歡記錄那些閃光名字的普通一面，比如抱怨著做不完家務的林徽因，為了生煎勇鬥小偷的張愛玲，發誓要好好學習再也不打牌的胡適。無論是誰，放到

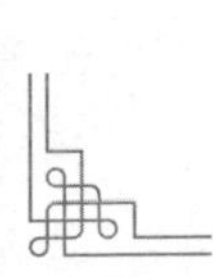

歷史的長河裡，都不過是大時代裡的一粒塵土，有的人留下姓名，更多的人則默默無聞，塵歸塵，土歸土，彷彿你從來沒有來過。

但我並不覺得虛無，因為活著本來就不是為了證明什麼。只要我們在力所能及的範圍內，讓自己以優雅的姿態和面貌對待生活，如米小的苔花，也能在牆角處開出牡丹一般的花朵來。盛開過，便沒有白活。寫作也是一樣，就像卡佛說的，文學「只帶給寫作它的人強烈的愉悅，給閱讀那些經久不衰作品的人提供另一種愉悅，也為它自身的美麗而存在。它們發出光芒，雖然微弱，但經久不息」。

謹以此書獻給在塵世中掙扎著的我們，如果裡面的任何一個故事或者一個句子能讓你感到一分鐘的溫暖，我會非常高興。

二〇二二年一月三日　北京

參考文獻

唐瑛

九十年前上海最時髦的女性

1 楊小佛：〈關於「南唐北陸」的見聞〉，《世紀》（2010年第二期）

2 李萌：〈中外近代媒體對「交際花」報導的女性主義研究以——《申報》和《北華捷報》對唐瑛的報導為例〉，《海外英語》（2015-4-23）

3 肖素興：〈唐瑛：老上海最摩登的交際名媛〉，《文史博覽》（2010年第12期）

4 王戡：〈花開花落：滬上「交際花」興衰史〉，《鳳凰週刊》（2018-6-5）

5 唐薇紅：〈上海灘最後的名媛〉，《南方都市報》（2011-6-22）

6 雷曉宁：〈唐薇紅：舊上海的金粉世家〉，《中國企業家》（2005-8-30）

言慧珠

初代飯圈女孩

1 翁偶虹：《翁偶虹看戲六十年》，學苑出版社（2012-7）

2 丁秉鐩：《國劇名伶軼事：丁秉鐩談國劇系列之二》，山東人民出版社（2010-1）

3 唐魯孫：《說東道西》，廣西師範大學出版社（2013-1）

4 張文瑞：《舊京伶界漫談》，中華書局（2018-6）

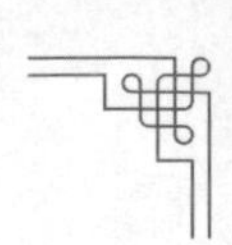

上海小姐

所有的禮物都明碼標價

1　劉倩：《賑災與競秀：1946 年「上海小姐」選美臺前幕後》，上海師範大學碩士學位論文（2016-3）

2　祝淳翔：〈人生如戲，戲如人生：民國上海二小姐謝家驊〉，《澎湃新聞》（2018-1-31）

3　祝淳翔：〈王安憶《長恨歌》故事原型考〉，《澎湃新聞》（2018-6-12）

尹桂芳

一想起來就讓人如沐春風的「越劇皇帝」

1　周良材：《追憶蘇青二、三事》，南薇劇社（2005-2-3）

2　傅駿：〈蘇青：越劇界的張愛玲〉，《上海戲劇》（1998 年第 9 期）

3　李金鳳：《我在人世間——越劇皇帝尹桂芳的舞臺伴侶李金鳳自述》，上海大學出版社（2012-7）

4　王慧：〈蘇青的『芳華』歲月——以〈寶玉與黛玉〉為中心〉，《紅樓夢學刊》（2011 年第 5 輯）

5　王一心：《海上花開——民國上海四才女之蘇青傳》，安徽文藝出版社（2011-2）

6　中亞：〈有關蘇青　上海訪問記〉，《書城》（2000 年第 11 期）

7　云十洲：〈尹竺拆檔為哪般〉，竺音清響公眾號（2019-10-21）

姚莉

世間再無時代曲

1 楊偉漢：《姚莉：永遠綻放的玫瑰》，商周出版（2015-12）

2 淳子：《點點胭脂紅》，上海辭書出版社（2011-8）

3 沈冬：〈〈好地方〉的滬上餘音——姚敏與戰後香港歌舞片音樂〉（上），《音樂藝術》（上海音樂學院學報，2018-3-8）

4 斯雯：〈從《申報》看上海「時代曲」的發展〉，南京師範大學碩士學位論文（2017）

5 淳子：〈陳蝶衣客廳裡的紙蝴蝶〉，《新民晚報》（2007-7-8）

6 葛濤：〈「百代」浮沉——近代上海百代唱片公司盛衰紀〉，《史林》（2008-10-20）

7 苗禾、李陽、鄭家苗：〈陳鋼訪談錄〉，《當代電影》（2011-5-1）

8 馬泓：《從《歌星畫報》管窺近代中國歌星群體的產生》，西南大學碩士學位論文（2017）

9 項筱剛：〈民國時期流行音樂對1949年後香港、臺灣流行音樂的影響〉，《音樂研究》（2013-1-15）

蘇青與張愛玲

塑膠姐妹花

1 黃惲：《緣來如此》，福建教育出版社（2014-8）

2 毛海瑩：《蘇青評傳》，中國社會科學出版社（2010-11）

3 王慧：〈蘇青與張愛玲的「天地」情緣——兼談生育問題特輯「救救孩子」〉，

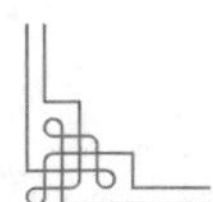

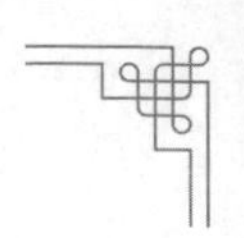

《學術交流》（2018-11-5）

4 陳子善：〈張愛玲與小報──從〈天地人〉「出土」說起〉，《書城》（2007-10）

5 于亮：《1943：張愛玲與海上文學雜誌》，吉林大學碩士學位論文（2010）

6 王安憶：〈尋找蘇青〉，《上海文學》（1995 年第 9 期）

唐玉瑞

婚姻保衛戰裡沒有贏家

1 湯晏：《蔣廷黻與蔣介石》，大塊文化（2017-1）

2 蔡登山：《讀人閱史》，印刻（2011-3）

3 黃波：〈婚變毀了蔣廷黻後半生〉，《長江日報》（武漢，2014-9-23）

4 〈蔣廷黻婚變案竟控至聯合國〉，《申報》（1949-3-26）

5 王曉慧：〈1914 年清華學校首批留美專科女生考略〉，《江蘇師範大學學報》（哲學社會學版，2018 年第 44 卷第 3 期）

黃蕙蘭與嚴幼韻

絕代雙驕

1 黃蕙蘭：《沒有不散的宴席》，中國文史出版社（2012-2）

2 顧嚴幼韻口述、楊蕾孟編著：《一百零九個春天》，新世界出版社（2015-5）

3 周桂發：〈私立復旦大學女生宿舍「東宮」〉，《新民晚報》（2015-5-31）

4 楊雪蘭口述、李菁整理：〈母親嚴幼韻與她的世紀人生〉，《三聯生活周刊》（2006 年第 46 期）

朱家溍與趙仲巽

得意緣

1 朱傳榮：《父親的聲音》，中華書局（2018-10）

2 王世襄：《錦灰不成堆》，生活·讀書·新知三聯書店（2007-7）

王世襄與袁荃猷

太平花

1 朱家溍：《故宮退食錄》，紫禁城出版社（2009-10）

2 張建智：《王世襄傳》，江蘇文藝出版社（2010-6）

三婦豔

生活屬於自己，與旁人無關

1 劉聰：《無燈無月兩心知——周鍊霞其人與其詩》，北京出版社（2012-7）

2 劉聰：《吳湖帆與周鍊霞》，中華書局（2021-1）

3 陳巨來：《安持人物瑣憶》，上海書畫出版社（2011-1）

4 陳建華：《陸小曼·1927·上海》，商務印書館（2017-5）

5 桑農：《花開花落——歷史邊緣的知識女性》，廣西師範大學出版社（2010-6）

6 全國政協文史和學習委員會編：《文史資料選輯》（合訂本），中國文史出版社（2000-1）

7 陳定山：《春申舊聞》，世界文物出版社（1978-6）

8 陳小翠著、劉夢芙編校：《翠樓吟草》，黃山書社（2010-11）

9 鄭逸梅：《藝林散葉》，中華書局（2005-4）

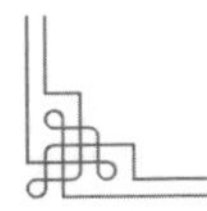

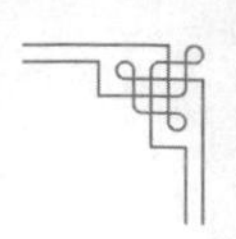

10 萬君超：《近世藝林掌故》，浙江人民美術出版社（2017-4）

11 蔡登山：《多少往事堪重數》，新銳文創（2019-1）

12 王慧：〈陳小翠的戲曲創作與婚戀人生〉，《洛陽師範學院學報》（2010-12）

13 王慧:〈也談〈女子世界〉——以陳蝶仙及其家人為中心〉,《學術交流》(2013 年第 12 期）

14 許麗虹：〈尋找一代鬼才陳蝶仙〉，《文史精華》（2016 年第 14 期）

15 張憲光：〈如何為周鍊霞辯「誣」〉，《東方早報》（2012-10-14）

16 陸宗麟：〈憶姑母陸小曼〉，《澎湃新聞》（2020-11-27）

17 邱權：〈曼廬墨戲，憶姑婆陸小曼〉，《新民晚報》（2020-11-27）

18 李君娜：〈陸小曼：其人，其畫，其藝術世界〉，《上觀新聞》（2020-11-21）

袁克文

莫上高樓，躺著風流

1 劉成禺：《洪憲紀事詩本事簿注》，山西古籍出版社（1997-7）

2 袁靜雪：《女兒眼中另面袁世凱》，中國文史出版社（2012-1）

3 袁家緝：〈我的父親袁克文〉，《河南文史資料》（2017 年第 1 期）

4 《萬象》編輯部編：《那些人那些事》，遼寧教育出版社（2011-11）

邵洵美

都是做了女婿換來的？

1 盛佩玉：《盛氏家族．邵洵美與我》，人民文學出版社（2004-6）

2 邵綃紅：《我的爸爸邵洵美》，上海書店出版社（2005-6）

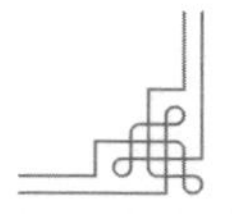

3 高泰若著、劉曉溪譯：《項美麗與海上名流》，新星出版社（2018-6）

4 項美麗著、王京芳譯：《潘先生》，新星出版社（2017-12）

5 賈植芳：〈我的獄友邵洵美〉，《新民周刊》（2006 年第 8 期）

孫用蕃

不只是張愛玲的後母

1 姜鳴：《秋風寶劍孤臣淚：晚清的政局和人物續編》，生活．讀書．新知三聯書店（2015-8）

2 宋路霞：《細說盛宣懷家族》，上海辭書出版社（2015-1）

3 孫樹棻：《末路貴族》，東方出版中心（2008-1）

4 胡平：〈昔日第一豪門的衰敗〉，公眾號「ArtDeco 上海」（2018-3-26）

盛愛頤

愈艱難愈要體面

1 宋路霞：《上海灘名門閨秀》，上海科技文獻出版社（2009-1）

2 宋路霞：《盛宣懷家族》，上海科技文獻出版社（2009-8）

3 莊元端口述、徐兵整理：〈晚清洋務大臣盛宣懷外孫回憶：我在巢縣勞改隊造汽車〉，《世紀》（2019-6-29）

4 陳廷一：《宋子文大傳》，團結出版社（2004-1）

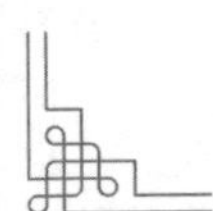

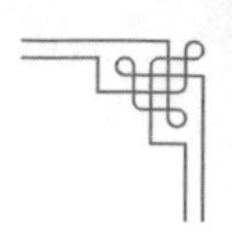

末代皇妹

聰明女人永遠靠自己

1　潤麒口述、李菁整理：〈潤麒：從末代國舅到普通公民〉，《文史博覽》（2006年第8期）

2　賈英華：《末代皇妹韞龢》，人民文學出版社（2012-3）

木心

把生活過成藝術，就能成為藝術家

1　夏葆元：〈關於木心〉，《南方周末》（2012-1-7）

2　李平：〈「我是一個遠行客」〉，《文匯》（2016-8-29）

林語堂

人生在世，還不是有時笑笑人家，有時給人家笑笑

1　林太乙：《林語堂傳》，陝西師範大學出版社（2002-2）

2　陳煜斕：〈李代桃僵話柏英〉，《文藝報》（2018-2-28）

鄭天挺

西南聯大最忙的教授之一

1　鄭天挺：《鄭天挺西南聯大日記》（上、下），中華書局（2018-1）

2　封越健、孫衛國編：《鄭天挺先生學行錄》，中華書局（2009-6）

3　南開大學歷史系、北京大學歷史系編：《鄭天挺先生百年誕辰紀念文集》，中華書局（2000-1）。

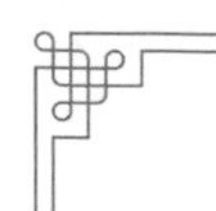

4　馮爾康、鄭克晟編：《鄭天挺學記》，生活・讀書・新知三聯書店（1991-4）

5　《國立西南聯合大學史料》，雲南教育出版社（1998-10）

6　俞國林：〈「斯人不出，如蒼生何？」｜西南聯大諸人勸鄭天挺出任總務長〉，《文匯學人》（2018-2-2）。

7　鄭晏：〈鄭天挺日記中的家人〉，《文匯學人》（2019-1-4）。

8　〈辛德勇讀〈鄭天挺西南聯大日記〉：「不暇亦學的總務長」〉，《澎湃新聞》（2018-10-2）。

9　〈「不只是一部個人史，更是一部西南聯大史」——俞國林談《鄭天挺西南聯大日記》〉，《中華讀書報》（2018-1-28）。

10　〈專訪鄭天挺之子鄭克晟：父親最初並不想做西南聯大總務長〉，《澎湃新聞》（2018-2-1）

11　〈鄭天挺 95 歲女兒口述：父親在西南聯大，我們在北平〉，《澎湃新聞》（2018-1-25）。

12　劉宜慶：〈鄭天挺：烽火歲月中的家事與國事〉，《同舟共進》（2018 年第 9 期）。

13　辜位廉：〈鄭天挺先生植下太平花〉，《今晚報》（2019-10-8）。

林徽因

一個建築師的遺憾

1　梁從誡編：《林徽因文集・文學卷》，百花文藝出版社（1999-4）

2　費慰梅著、曲瑩璞等譯：《梁思成與林徽因：一對探索中國建築史的伴侶》，中國文聯出版社（1997-9）

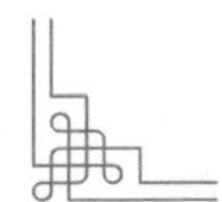

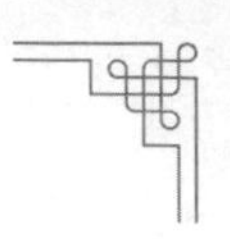

3　清華大學建築學院編：《建築師林徽因》，清華大學出版社（2004-6）

4　紀錄片《梁思成　林徽因》，中國國際電視總公司出品

5　鮑安琪：〈1953：「太太的客廳」的最後時光〉，《中國新聞周刊》（2020-11-2）

6　陳學勇：《林徽因尋真——林徽因生平創作叢考》，中華書局（2004-11）

7　梁從誡：《不重合的圈——梁從誡文化隨筆》，百花文藝出版社（2003-1）

8　王軍：〈建築師林徽因的一九三二〉，《中國建築史論匯刊》（2014-10-31）

童寯

梁思成背後的男人

1　童寯著、童明譯：《東南園墅》，中國建築工業出版社（1997-10）

2　楊永生等著：《中國近現代建築五宗師》，華中科技大學出版社（2018-10）

3　張琴：《長夜的獨行者》，同濟大學出版社（2018-9）

4　趙辰、童文：《中國近代建築學術思想研究》，中國建築工業出版社（2003）

5　童明：〈世界與個人——童寯先生的文化建築觀〉，《建築師》（2020年第6期）

楊苡

等待就有希望

1　楊憲益著、薛鴻時譯：《楊憲益自傳》，人民日報出版社（2010-3）

2　楊苡：〈淮海路淮海坊五十九號〉，《文匯讀書周報》（2002-3-1）

3　楊苡：〈巴金：作家不是應聲蟲不是傳聲筒〉，《北方音樂》（2008-1-10）

4　楊苡：〈一枚酸果——漫談四十年譯事〉，《中國翻譯》（1986-1-15）

5　楊苡：〈堅強的人——訪問巴金〉，《新文學史料》（1979-8-15）

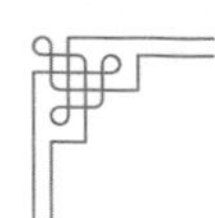

6 楊苡：〈舊郵拾遺〉，《新文學史料》（2006-8-22）

7 楊苡：〈西南聯大裡的愛情〉，《環球人物》（2015 年第 20 期）

8 趙蘅：〈她是呼嘯而來的奇女子〉，《北青天天》副刊（2018-9-12）

9 李乃清：〈百歲楊苡：我覺得《呼嘯山莊》比《簡・愛》好〉，《南方人物周刊》（2018 年第 10 期）

10 范泓：〈我的老師楊苡先生〉，《時代報告》（2017 年第 4 期）

11 李菁：〈楊苡：與巴金家人 69 載的交往〉，《三聯生活周刊》（2005 年第 40 期）

12 張新穎：《九個人》，譯林出版社（2018-7）

13 紀錄片《西南聯大》，雲南省委宣傳部與中央新影集團出品

趙蘿蕤

如何度過至暗時刻

1 趙蘿蕤：《讀書生活散札》，南京師範大學出版社（2009-8）。

2 趙蘿蕤：《我的讀書生涯》，北京大學出版社（1996-11）。

3 方繼孝：《碎錦零箋》，山東畫報出版社（2009-4）。

4 子儀：《陳夢家先生編年事輯》，中華書局（2021-6）。

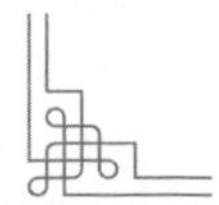

從前的優雅：紳士與小姐的絕代風華

2023年11月初版　　定價：新臺幣450元

著　　者　李　　舒
特約編輯　林佳慧
插　　圖　俞家燕 D2
整體設計　吳郁嫻

出版者　聯經出版事業股份有限公司
地址　新北市汐止區大同路一段369號1樓
叢書編輯電話　(02)86925588轉5305
台北聯經書房　台北市新生南路三段94號
電話　(02)23620308
印刷者　文聯彩色製版有限公司
總經銷　聯合發行股份有限公司
發行所　新北市新店區寶橋路235巷6弄6號2樓
電話　(02)29178022

副總編輯　陳逸華
總編輯　涂豐恩
總經理　陳芝宇
社長　羅國俊
發行人　林載爵

行政院新聞局出版事業登記證局版臺業字第0130號

本書如有缺頁，破損，倒裝請寄回台北聯經書房更換。　ISBN 978-957-08-7140-1 (平裝)
聯經網址：www.linkingbooks.com.tw
電子信箱：linking@udngroup.com

本書中文繁體版由北京楚塵文化傳媒有限公司授權出版，原著作名《從前的優雅》。

國家圖書館出版品預行編目資料

從前的優雅：紳士與小姐的絕代風華/李舒著．
初版．新北市．聯經．2023年11月．424面．
14.8×21公分
ISBN 978-957-08-7140-1（平裝）

855　　112016248